新 潮 文 庫

勝　海　舟

第一巻・黒船渡来

子母沢 寛 著

新 潮 社 版

1848

勝海舟

第一巻・黒船渡来

開眼

今日は、勝も、ずいぶん、みっちり身を入れて遣《つか》って行った。肱《ひじ》のところに血がにじんでいたようだ。

島田虎之助《とらのすけ》は、師匠の男谷《おたに》精一郎から、特に言葉があって、自分のこの浅草新堀《しんぼり》の道場へ来ている勝麟太郎《かつりんたろう》という奴《やつ》の、何処《どこ》となく桁《けた》の外《はず》れたそれでいてちゃあーんと算盤《そろばん》の合うような如何《いか》にも妙な遣いぶりが、今日はしみじみ気に入った。

昼までで、門人達がみんな帰って行くと、道場は実に深閑として終《しま》う。虎之助は小さな庭のある一と間についた狭い縁側で、膝《ひざ》の前へ沢山木賊《とくさ》を散らかしながら、頻《しき》りに樫《かし》の木剣を磨《みが》いていた。

眼を上げると、青い空が見えるが、丁度その庭の真ん中に、まるでこの青空を見せまいとでもするように、大きな榎《えのき》の木が枝を張って、その若葉の匂《にお》いが島田の着ている木綿の黒紋付に染《し》みる程に強かった。

陽ざしが、葉のすきをもれて、ちらちらちらちら木剣へ流れて来る。

遠くから、飴《あめ》売りの太鼓の音が聞えて来た。と、一緒に、誰か、玄関で
「御免よ」

そんな声がしたような気がした。

師匠のお蔭《かげ》で三軒つづきの長屋を借りて少し手を入れて二軒を道場に拵《こしら》え、一番端の一軒へ自分が住んでいるこの小道場は、近所隣も近いので、その客が、果して自分のところかどうかを、確めようとしている中にまたつづけて
「居ねえのかえ。え、おい」

と客は早口に云った。

虎之助が、――何んだ無作法口をきく奴だ――そう思いながら木剣を磨く手をやめた時には、もう、女房のいないこの道場のたった一人の内弟子の大野文太が、その客と応接している声が聞えた。

「勝だよ、勝の隠居だよ」

虎之助は、大野の取次ぎを待つまでもなく、直ぐに立つと、白い小倉の袴《はかま》の膝の埃《ほこり》を払って、玄関の方へ出て行った。

「おう、おのし、虎さんかえ」

麟太郎の父、勝小吉《こきち》が、土間に立っていて、声をかけた。

虎之助は、一寸言葉《ちょっと》が出なかった。

小吉は、月代《さかやき》の延びた頭に、腰までの黄色い短羽織《みじか》を着て、女のようなしゃれた小紋袷《あわせ》の着流し。上前の裾《すそ》をちょいとつまみ上げているが、そこから緋縮緬《ひぢりめん》の長襦袢《ながじゅばん》が出ている。素足に雪駄《せった》、これを爪先《つまさき》に半分程も突っかけて、しかも、腰には、おもちゃのような短い木刀が一本。

「倅《せがれ》がいつもいつも世話になり、心の中では有難《ありがて》えともうれしいとも思っているが、どうにも埒《らち》くちもねえくらし故《ゆえ》、思いながらも無沙汰《ぶさた》をしたが、まア許しておくれよ。今日は、それや、これや、礼にやって来たという訳よ」

虎之助は、作法正しく手をつかえた。

「むさいところで御座いますが、どうぞお通り下さい」

小吉はうなずきながら
「御免よ」

気軽く上がって来た。

大野は、眼をくるくるしていた。年はまだ二十六だが、師匠本所亀沢町の男谷精一郎を除いては、先《ま》ず江戸随一とさえ噂《うわさ》され出している島田の道場へ、これはまたなんというべら棒な来客だろう。

ひと間へ通って、小吉は、まじまじと島田をみていたが、

「おのし、男谷の道場では、滅法かんしゃくの虫を立て、みなみな痛い目に逢《あ》わされるというが、こっちでは手軟らかか倅も毎日無事にけえって来るね。もちっと、みしみし遣ってくれるがいいじゃあねえかえ」

「は」

島田は、逆らうまいとしているようであった。小吉は、師匠の叔父《おじ》である。掛違っていて逢うのは今日がはじめてであるが、三十七の若さで、小普請《むやく》の身が隠居をさせられた程の人間である。小吉は幼名で、本当は左衛門太郎、隠居して夢酔《むすい》と名をかえたが、誰一人、左衛門太郎とも夢酔とも云わない。

「ところで、どうだえ、倅は、物になるかえ」

「は？」

「男谷は、口がうめえから、何事も修行次第よなどと抜かすが、おのしは、まだ、九州から出て来て幾年にもならねえ故、江戸前の口うまにはなるまいから、おきき申すのだ、どうだえ麟太郎は」

島田は太い眉《まゆ》を少し上げた。そして、睫毛《まつげ》の濃い大きな眼を真っ正面に見すえて
「わたくしが申すまでもなく、あなた様は、すでに御存じの事と思いますが」

「いや、それがさ、親は馬鹿さ、子にはあめえよ、他人の事はわかっても、おのが子の事はわからねえものさ」

「しかし」

「云っておくれよ」

島田は少し黙っていた。そしてなお眼《ま》ばたきもせずに小吉の両眼を睨《にら》むようにしたまま
「剣術遣いにはなれません。剣術遣いになる剣術ではありません」

「ふむ?」

「それだけです」

小吉は幾度も幾度も、まるで、おもちゃの虎が首をうごかすようにうなずいた。そして
「さすがだねえ、おのしは」

といった。それから、双方、なんにも云わなかった。

飴売りの太鼓が、道場の横辺りへとまって、いつまでもそこで叩《たた》いている。

「うるせえなあ」

小吉は、そういったが、島田は、やっぱり口をつぐんでいる。怒っているかな、小吉は腹の中でそう思った。

「先生」

と、島田は少し重く口を切った。

「わたくしは、田舎《いなか》もので、江戸の事は一向にわかりませんが、どうも、江戸の武士は、風俗も悪く、服装なども、まるで女のような人間なども居り、青痰《あおたん》でも、吐きかけてやりたいと思いますが、先生は、どう御考えなさいますか」

島田は、さっきから、じろりじろりと、頭のてっぺんから爪の先まで、小吉の風態を見ているのである。小吉は、ふふんと笑った。そして

「おいらの姿なんぞも嫌《きれ》えかえ」

島田は、何にも云わずに横を向いた。

小吉に、いろいろなわるさを仕掛けられて潰《つぶ》された道場が江戸には幾つもある。しかし、島田はそんな事などは、びくともしない。が、ただ、師匠の叔父である、それだけで、師匠に対すると同じ態度を忘れまいと努力した。

「先生は別です」

こういってのけて、島田は自分でも、ほっとした。

小吉と、島田が連立って、道場を出たのは、それから半刻《はんとき》ばかりの後であった。もう七つ時分を過ぎていた。

小吉が、島田は酒を飲まないといったら、それなら浅草に甘いものがある、初対面のちかづきに、そこまで御苦労を願いたいと、無理矢理引っ張り出して終《しま》ったのである。

「莨《たばこ》はどうだえ？」

「修業中故喫《の》みません」

「ふーん。そんな事でどうなるえ。莨ぐれえに敗《ま》けるようじゃあ江戸の修業は出来ねえよ。それより、ほうら見ねえ、あすこに女が来る、いい女だろう。え」

「そうですな」

「あんなものだって、恐がっているようじゃあ本当の修業は出来ねえよ。おのし達は、堅くなって、こちこちに成るのを修業だとばかり思っているよ。そんな事じゃあ真物《ほんもの》の人間は出来ねえね」

「は」

小吉は、女の方へ手招ぎをした。新堀端浄念寺の築土塀《ついじべい》の前であった。

「おい。馬鹿におめかしをして、何処へ行くえ」

「ああら先生」

二十一二、綺麗《きれい》ない女だ。にこにこ顔で小吉の前へ小走りに寄った。

「虎さんや」

と小吉は島田を見て
「こ奴《いつ》あね、浅草の奥山にいる水茶屋の女だが、これでいいところのある奴だ、亭主と云うか情夫《いろ》というか、そ奴が巾着切《きんちゃくきり》でね、こ奴もいくらかはやるらしいが」

「まア、先生、飛んでもない、あたし、知りませんよ」

「お白洲《しらす》じゃあねえんだ。知ってると云ったっていいんだよ。おれどもあ、これから、あっちへ行くところだ、お前先へ行って、いい女をずらりと並べて置いてくれろ」

「ほんとでござんすか」

「本当だよ。この方《かた》あな、島田虎之助とおっしゃる江戸一の剣術遣いだ、怖《こえ》えんだぞ、粗相のねえように——いいかえ」

女は、うなずいて、改めて島田へ一礼すると、とっとと、行って終った。

丁度その女とすれ違いに、四十がらみの侍が、みんな二十二三の若い侍を五人つれて、同じ堀端の、東漸寺《とうぜんじ》前の、駄菓子屋からぞろぞろ出て来るのと、小吉は、ばったりと顔を合わせた。

「小吉だっ！」

誰かが叫んだ。忽《たちま》ち六人はまるで焔《ほのお》でもかぶった時のような、興奮に駆り立てられた。

年上の一人が、つつとみんなの前へ飛出して来た。もう刀の欛《つか》へ手をかけている。

「小吉、前へ出ろっ」

しかしその小吉はにやにやしながら島田を振向いた。そして小声で
「今、喧嘩《けんか》を見せて上げる。面白いものだ、御覧よ」

小吉は対手《あいて》へ向って行くと共に、羽織を脱《ぬ》ぐと、さっと島田の方へ投げて寄こした。そして、それと同時に、一番先の奴へ、組みついて行った。それが悉《ことごと》く、瞬《まばた》きをする間もない素早やさである。

小吉は、左手で対手の髷《まげ》っぷしを鷲《わし》づかみにして、こっちへぐんぐん引っ張って来ながら、右手にはもう対手の刀を奪い取って、その峰で、対手の背中を叩きつけて
「真っ昼間、生くらなんぞを振廻しやがって、大べら棒奴《め》、師匠の面汚《つらよご》したあうぬが

事だ」

怒鳴りつけて、さて一段と大声で

「島田虎之助先生、こ奴らあ、みんな割下水の近藤弥之助先生のところの弟子さ。馬鹿ばかりで、こうして往来で、喧嘩を売る、いや飛んだ滅法界者《めつぽうけえ》だ。ちょいっと片づけて、直ぐに行く故、先生は、一足先に奥山のさっきの女のところへ行って、おくれよ、蛇の目屋ときけあすぐにわかるから、え」

こういうと、またぐんぐんと対手を押して、外の奴らの方へ出て行った。みんな刀をぬいたが、今島田という声をきいてぎっくりした様子である。

「さ、来ねえかよ、小吉が喧嘩の仕口を、手を取って教えてやる」

島田はすっかり閉口して終った。もう、一ぱいの人だかりになっている。真っ昼間、緋縮緬の長襦袢を着た侍が、暴れている、それが自分の連れと見えるさえ気まりが悪くて堪《たま》らない。といって、このまま行って終うことにも行かない。羽織を持たされてほんとに閉口している。

小吉は、またこっちへ戻って来た。そして、つかんだ対手を不意にぱっと押っ放して、よろよろと泳ぐように逃げて行くうしろから、さっと、一太刀軽ろく浴びせた。対手は襟《えり》っ首から袴の下まで斬《き》り下ろされた。しかし、それは、着物も帯も袴も斬り割られて、対手が殆《ほとん》ど、素っ裸になって、ひどく狼狽《ろうばい》している醜態を其処《そこ》に投出しただけで、別に一滴の血も出なかった。

「先生、え、是非お初のつき合いに御馳走《ごちそう》がしたいのさ。先に行っていておくれよ」

そう、もう一度、島田を促すと、また、敵中へ戻って行った。刀をこうふりかぶって

「どうだえ、見ろよ、小林隼太《はやた》の褌《ふんどし》は、めっぽう汚ねえじゃあねえかよ」

着物を斬られた小林は夢中になって逃げて行く。若い侍たちも、もう、小吉の科白《せりふ》などはきいてはいなかった。どんどん逃出していた。

「おう、刀あ要《い》らねえのか、刀あよ」

小吉は、にやにやしながら、呼んだが、振向くものもなかった。お寺の前の、帯を敷いたような掘っぷちに、今の小林の着物や帯が、散らばって残されている。

小吉は、その上へ刀を投《ほう》り出して

「これで喧嘩もやりつけると面白いものだよ、段々味が出て来るからね」

そう島田へいって

「連れが島田虎之助と聞いて、あ奴らあ、ふっ飛んで終ったよ、虎さん、おのしゃ江戸の鬼神《おにがみ》だね」

島田は苦虫を咬《か》み潰したような顔をして、黙っていた。

如何《いか》に四十俵の小禄《しょうろく》で、不身持ちで隠居をさせられるような人間とは云いながら、これでも徳川の御家人、直参《じきさん》である。かねて噂《うわさ》にきいてはいたが、余りひどい。こんな処《ところ》でこんな喧嘩をするのは市井の小無頼《こやくざ》にも劣るではないか。この人が、かつては直心影近世の偉人と云われた藤川弥司《やし》郎右衛門の年回忌に六百人近い参会者の試合行司を勤め、下谷車坂の井上伝兵衛の年回忌にも勝負検分をした。殊《こと》には師匠男谷の道場開きにも取締行司を勤めたときくが、実に意外な話である。こうして見ると江戸の剣客の正体などというものも大抵底が知れているような気もする。

島田は、自分の師匠の叔父だなどとは信じたくない気持であった。

「どうだえ」

小吉は平気なものである。たった今の喧嘩などは、けろりと忘れたような顔つきで預けた羽織を受取りながら、

「勝は貧乏で、倅《せがれ》が、おのしの世話になっても、何一つの貢《みつぎ》も出来ねえ。喧嘩なら資本《もとで》がいらないこと故《ゆえ》、いつでもお目にかけられると云うものさ。え、おのしの国の九州辺りでは、こんな喧嘩あなかなか見れねえだろう。今の奴あね、あれで近藤んと

ころの目録だよ、とんと埒《らち》もない腕前さねえ。北割下水の能勢《のせ》の妙見《みょうけん》さまの講金の事で、おいらを恨んでいやがって、あんな喧嘩を仕掛けたが形もねえわさ」

まるで他人事《ひとごと》のようにして先に立って、門跡《もんぜき》の方へ向って歩いて行く。

島田は、何処《どこ》で、どんな口実を設けて、なんといって、別れよう、それぱかりを考えて、もう小吉の言葉などは少しも聞いてはいなかった。

青い空には、いつの間にやら、薄靄《うすもや》のようなものが、かかっていた。

春である。

新堀の水色は、乳色に光って、浄念寺前の辺りから薬師、抹香《まっこう》、こしやの小さな橋々が、北へ北へと並んでそこへ静かな影を投げ落し、寺の塀《へい》、町家の屋根もそのままうつし絵のように水に映っていた。

小吉は、俄《にわ》かに少しどぎまぎした。

「ええ、これあいけねえよ。倅が向うからやって来やがった。なんだってまあ、今頃こんなところへ来たものか——虎さん、実あおいらあ、倅がとんと苦手さ、あ奴ああれで、おいらに輪をかけた癇癪《かんしやく》持ちよ、この、おやじどのの風態を見たら、何をやり出すか知れねえ故一寸《ちょっと》の間、姿をかくそう。え、おのし、知らぬ顔で、一歩先に奥山へ行っててておくれな。え、間違げえなく、え」

小吉は、島田の返事をきく間もなく、あわてて竜王寺の墓所の方へふっ飛んで行って終った。

島田は、ほっとした。まるで有難い救いの人に出逢《であ》ったような心地であった。如何にも、勝麟太郎が、堀を越えた向い側の、小さな旗本屋敷の、黒い塀の前をこっちへやって来る。大切そうに包み物を抱《かか》えている。書物のようである。

島田は手を上げて、勝、勝と呼んだ。その声は聞えなかったかも知れないが、麟太郎はすでに島田の姿を見ていたらしくすぐ馳《か》け足で、抹香橋を渡ってこっち側へ来た。

今の騒ぎを知っているのだろうかと思いながら、島田は、勝が、何かいうのを待った。が、勝はまだ人だかりがあって、中には、こわごわながらすぐ鼻ッぱしからじろじろ島田の方を見ている人などもいるのに、そんなことは眼にも入らぬ風で、丁寧にお辞儀をしてから、

「どちらへ、お出ましでございますか」

といった。

「お前は？」

「これから先生をお訪ね申そうと思うて参りました」

「そうか。それじゃア道場へ戻ろう。いや、戻ろう。わたしも外へ行くのが忌《い》やになったところだ」

島田は、すぐ道を引返して歩き出した。

「何処ぞへ行って来たのか」

「はい。牛島弘福寺の参禅の同行《どうぎょう》で本多貢《みつぐ》という同年のものがあすこの組屋敷《くみやしき》に居りまして」

勝は抹香橋の彼方《かなた》に屋根を並べている御書院番の組屋敷を振返って

「長崎にいられる長兄から届いた荷物を解いたら、面白い書物が入っている、見に来ぬかとの言《こと》づけがございましたので、見せて貰いに参りました」

「それか？」

島田の眼は、勝の抱えている包みへ行った。

「これではありません、これはわたしに読めそうな漢書を二冊借りて参ったのです。長崎からの本というのは蘭書で、わたくしにはまるで読めないので只《ただ》絵図だけを見ました。大砲やら小筒やらと思われる絵図が沢山入っておりました」

「長兄というのは、長崎で何をしている仁だろう」

「高島四郎太夫先生の門下で、蘭学、洋兵式などを学んでいられるそうで御座います。

病弱で、近々に高島先生が江戸へ参られるにお供をされて一応学問を止《や》めて帰られるので荷物だけを先送りしたもののようです」

「そうか、わたしも秋帆《しゅうはん》先生が江戸へとの噂をきいていたが、それではいよいよ事実だな」

「事実でございましょう――それについて、勝は少々先生にお尋ね申したいことがあるのです」

「何んだ？」

「それは」

勝が、こういうと、島田は、小さくうなずいて、

「うむ、うむ。そうか。わかった、わかった。とにかく、道場で」

勝が、島田道場の一室で、話している間に、暗くなって終った。島田は、内弟子の文太に云いつけて、蕎麦《そば》を取り、行燈《あんどん》の脇《わき》に寄り集まって、それを食べながら
「蘭書と云えども人間の書いた文字である、人間の書いた文字を人間が読めないというのは如何にも心外だ、わたしは今日から蘭学を勉強いたしますというお前の覚悟は甚《はなは》だ結構だ。やれ、大いにやれ、が、勝」

島田はじっと麟太郎を見た。

「学問はいい。しかし剣術も止めるなよ。剣術は己れを捨てて直々に神を見、仏を見る修行だ。一生のものだぞ」

島田は繰返して、二度、同じことを云った。勝は、瞬きもしない師匠のその眼光の下に、いつの間にか、持っていた箸《はし》を置き、両手を畳へついて、はい、はい、大きくうなずいた。

勝が、道場を出たのは、もう五つ過ぎであった。朧月《おぼろづき》が出て、街から街は、いかにも春の夜らしかった。

その頃、父の小吉は、本所二つ目の古道具の市に大胡坐《あぐら》で坐っていた。昼、島田の道場へ行った時の、羽織も長襦袢《ながじゅばん》も着ていないが、あの袷に、今度は本物の大刀を横へ置いて、ごたごたと道具を積上げた市の、横の一段高いところへ、大座蒲団《ざぶとん》を敷いて、そこに胡坐をかいているのである。

内ふところから手を出して顎《あご》を撫《な》でながらにやにや思い出し笑いをした。実はあれから、再びそっと寺の塀の横から顔を出して見ると、島田と倅が並んで、あっちへ行って終う。暫《しばら》く後をつけたが、島田はふり返りもしないし、倅を呼ぶ訳にも行かない。とうとう道場へ送り込んで終った。――べら棒な話よ、島田奴《め》、田舎者の分際で男谷の弟子共は元より方々の道場の名のある奴らをいじめるので、みんなぶるぶる恐がっているから、一つ仁輪加《にわか》がかりで浅草から吉原へでも引きずり込んでこっちの威勢を見せ、毛肌《けはだ》の立つ程弱らせてやろうと緋縮緬《ひぢりめん》の長襦袢を無理算段の工面をし、木刀などをさし込んで出かけたが、却《かえ》ってこっちが倅に脅され損なった、どうにも麟太郎にゃあ叶《かな》わねえ——、そう思い出すと、おかしいやら、少しは口惜《くや》しいやらで、小吉は、くすぐったい気持がしていた。

島田をおもちゃに出来ないとなったら、急に今夜の市のことを思い出した。

蔵前で身代限りをした奴がある。そ奴のだいぶいい家財道具一切と、刀もいいのが十口《ふり》ばかり寄るし、お茶師でこれまで同じ道具屋をやっていた奴の娘が上方の国詰ものの囲い者になってあっちへ行くのでそれと一緒におやじも行くとかで、その手の品を、一つ残らず出すのだから、是非、今夜は先生も来て下さいと、市の世話焼きに、手すりこっぱいで頼まれた事を思い出した。

小吉はいつも、ふところ工合のわるい時は、夜見世へ坐って道具を売る。近頃は、そんなに損もしなくなったが、はじめの頃は、一月に六十両も大損をして、腹でも切るより、首の廻しようが無くなった事さえあるのだ。そんな年貢《ねんぐ》の納め甲斐《がい》か、今では、市へ行っても、別座蒲団が出来ているという幅っ利《き》きだから、島田虎之助というおもちゃを倅に取上げられた面白くない口直しに、思い出して出張ったものである。真ん中に八間の燈、行燈《あんどん》がいくつもいくつもついて、その下で、世話焼きが、皺枯《しわが》れた声で、仲間同士の付値を叫ぶ。塵《ちり》がもうもうと立つ。

その往来から、白い着付に同じ袴《はかま》をはいた顎にちょっぴりと鬚《ひげ》を垂らした年をとった男が、頻《しき》りに内を覗《のぞ》いていたが、とうとう、その混雑の中へ入って来て

「恐れ入りますが勝先生を、一寸」

といった。

小吉が、眼ざとく、それを見つけた。

「おお、長谷川さんじゃあねえか」

その声をきくと、市の人達も、みんな表を見た。

「妙見様の長谷川さんだよ」

如何にも割下水の能勢の妙見の禰宜《ねぎ》である。長谷川は恐れ入りながら入って来て、実は朝からあなたの後を追って、とうとう今まで逢えず、へとへとに探《さが》しくたびれて、やっと、ここを突き留めて参りました、どうぞ一寸、表まで顔を貸してくれという。

小吉は今日も妙見の事で遺恨をふくむ小林隼太とあんな喧嘩《けんか》をした。小林の頓馬《とんま》奴《め》な

にかまたその尻《しり》でも持って行きやがったかと思って、直ぐに外へ出た。前が竪川《たてかわ》で、月がぼんやり映っている。

「なんだ、え」

「いや、もう、とんだひどい事になりました」

「なにがだ、え」

「神主様が、口惜しがってぼろぼろ泣いていられましてな」

「だからさあ、なにがどうしたというのだよ」

「御神鏡のことでございますよ。中村多仲《たちゅう》のことでございますよ」

「中村多仲ってお前、紀州殿のお金扱いの役人だという奴だな。あ奴がどうかしたかえ」

「その紀州様のお役人が、先生」

「ふん、ひん用師だったというんだろう」

「え？　ひん用師？」

「そうだよ、あ奴あな、おいらあ、はじめから臭《くせ》えと睨《にら》んでいたんだ。ふだん立派な服装《なり》をして、参詣《さんけい》の多いお寺や神社へ出入りをしてな、信心者に化けて、お終《しま》いには講金の世話人などになり、金を集め、充分集まったところで、そ奴を持つと、どろんどろんと消え失《う》せては、又、外へ行って、はめる奴よ。一年中、そ奴が商売《しょうべえ》なんだ。そのはめ仲間が大勢いるし、町同心や岡っ引には手一ぺえの付け届けがしてあって、こっちが泣きっ面《つら》で御役向きへ駈《か》け込んでも、物にはならねえ事にうまく出来ているものなんだ。お前がところで、御神鏡一面の御寄進についてくれというから、おいらあ、ああして講中を募り十二両の金を集めたが、あの時、あの中村多仲が、何よりの事だから、わしも加入いたしましょうと、三両ぽーんと寄進についた。お前らは喜んだが、おいらあ、あん時に、こ奴あ臭えと思ったんだ。それになんじゃあねえか、お前ら十二両で出来る御神鏡を、序手《ついで》だから、もう十両も集めてえと、小林隼太へ頼み込み、あ奴に、みすみす二両もくすねられ、あ奴とおいらの喧嘩になった。神に仕えるお前らが、そんな汚ねえ根性っ骨じゃあ、ひん用師に、はめられるのは神の罰、当り前さ」

「そ、そう申されましては、なんとも口が開《あ》かれませんが、せ、先生。集まったお金の二十両、一文残らず持って行かれて終いまして」

「それあそうだろう。まだお前ら身の皮を剝《は》がれねえのが、めっけものだ」

「せ、先生、先生」

「うるせえね、その先生に、なにをどうしろというんだえ、おいらあ、もうなんにも知らねえよ」

「せ、先生、先生に、そう無愛想に致されましては、この長谷川が、神主様へ死んで申し訳を致さなくてはなりません。あの人は立派な人だ、あの人へお頼みなされと神主様へおすすめしたのが、このわたくしなのでございますから」

「死んで申し訳か、そ奴《いつ》も結構、おいらもさんざ度々用いた手だ。お前はもう年だ、死んだ方がいいかも知れねえ。おいらも、もう道楽の仕度《して》え放題を仕尽して、隠居どころか三年も座敷牢《ろう》へ入れられた馬鹿だ。別して、この上この世に望みはなし、生きていれあ却《かえ》って倅《せがれ》の出世の邪魔になる。死んだ方がいい、いいとは思っているが、さて、人間、並々の修行じゃあ、死ぬといって自分では死ねねえものだ。お前が、二十両位の金の事で死ぬというなあ見上げた量見、お前が死んだら、妙見様の禰宜さんは立派なものだ、偉《えれ》えものだ、実はこれこれでと、おいらが、江戸中を吹聴《ふいちょう》して廻ってやる故、安心して死んだがいいよ」

「せ、先生、先生、そ、それあ余りお情けないというものです」

「情けねえ事あねえだろうじゃあないか」

「わたくしに死ねとおっしゃいますか。ようございます、死にます、それでは死にます」
　禰宜は、頭をふりながら、そういって一度、行きかけたが、また戻って、わっとい
うと、其処《そこ》の地べたへうつ伏して終った。
　小吉は、にやにや笑いながら、また市の方へ引返して来た。世話やきが、刀をせっ
ている。小吉はそれを指さして、
「どうれ、おいらに見せな」
　引取って、一応、拵《こしら》えを見てから、すっと抜いて、ちょいと八けんの燈に照らして
見たが、
「いけないよこれあ。一合すると直ぐ折れるから、こ奴を売っちゃあ買った奴が酷《ひど》い
目を見る。売らねえ方がいいよ」
「といったところで、商売《しようべえ》物を捨てる訳にも行かないでしょう」
「そんな金火箸《かなひばし》にも劣る物あ捨てる方がいいよ。いつも云っているじゃあねえか、武
士の腰の物は、本当は自分を守るんじゃあない。正しいという事を守るものだ。古道
具屋などといういかさま臭え商売をしていても、武士の守るその正しいという事には、
一人残らず味方をしなくちゃあならねえ、武士道具だけはいかさまをするなといって
ある。あ奴だよ、え、そのいかさま刀あお蔵にしな」

「さようですか」

いやだなんぞといったら、小吉は、なにをやり出し、またなにを云い出すか知れない、少なくとも、いやだといったが最後、今夜の市の壊《こわ》れるのは明らかだ。世話やきは、それを、誰やらへ渡して、蔵《しま》って置けと云いつけた。

禰宜が、そっと、また人混みのうしろから顔を出した。

「先生」

それから、幾十遍、呼んだか知れない。が、小吉は、一度、ちらりと、それを見ただけで、返事もしなかった。

禰宜は、とうとう諦《あきら》めたか、すごすごと帰って行くようであった。

小吉が、本所入江町の家へ戻ったのは、もう、真夜中といってもいい位の刻限。小さな行燈の傍《かたわ》らに、麟太郎は母のお信とただ二人。母は、麟太郎の着物の袖《そで》の辺りをぬい、着がえのない麟太郎は、白木綿の襦袢一枚に、袴をつけて、今日借りて来た漢書をよんでいた。

お信は、小吉より一つ二つの年上に見える。

「どうだ剣術の方は近頃」

と、小吉は、麟太郎へ云いながら、お信の脇へ胡坐をかいた。そして、今、市から持って来たいくらかの金を膝《ひざ》の上へ投げてやった。お信は、にっこりして、無言のまま頭を下げた。

ひどい貧乏をしているようである。畳もぼろぼろだし、襖《ふすま》も障子も破れ放題というのであろう。

「やっています」

と麟太郎は素直に答えた。

「一生懸命やれよ、島田は生一本だ。いい師匠だよ」

「はい。お父上は、先生にお逢《あ》いなさいましたか」

「う、う、そ、それ。その丁度、今日、新堀へ行ったんでな、ちょいと、なあにちょいとな、挨拶《あいさつ》に顔を出して、序手にいろいろ話して来たよ」

「それは有難うございました。何刻頃《なんどき》でございましたか」

「え、さあ、あれあ、何刻頃だったっけなあ」

「わたくしは、今日、道場のかえりに、抹香橋の御組屋敷へ寄り、七つ刻過ぎに、堀端を通りましたが、あすこに、侍同士の喧嘩がございました。お父上は御覧になりませんでしたか」

「え、け、け、喧嘩。知らなかったなあ。ど、ど、どんな奴らだえ」

「さあ」

麟太郎は、皮肉そうな眼つきで、父を見上げたが、それきり黙って終った。

行燈が、じじい——っと鳴った。

「寝ないのかえ」

小吉は、お信が、二人の話をさえ聞いていないように、熱心に、着物をぬっているのを見て、そういった。

「お前も、寝たらどうだ」

麟太郎へも、いった。お信は、はいと、うなずいてから
「明日、麟太郎が、どなた様とやら、先生をお訪ねすると申しますに、余り、着物が汚れておりましたので、さき程、襟、袖など、つまみ洗いを致しましたところ、今度は、方々の破れが目立ちまして」

小吉は少し面目なさそうな顔をした。

「先生、何処《どこ》の先生よ」

暫《しば》らくして、そうきいた。麟太郎は
「一度、参って見てから、お父上にお願いいたそうと思っておりましたが——明朝、

箕作阮甫《みづくりげんぽ》先生をお訪ねいたします」

　といった。小吉は眉《まゆ》をぴくぴく動かした。

「名代の阿蘭陀《オランダ》学者だな。お前、阿蘭陀でもやる気かえ」

「はい。島田先生も、大いによろしいと賛成して下さいました。そして師を選ぶならば先《ま》ず箕作先生だろうとの事でございました」

「あの島田が賛成、え、不思議だねえ。阿蘭陀の先生のいいも悪いも島田にわかるのかえ」

「は、先生はこれからの若いものは、蘭学をやらなくては御国のお役には立たぬと仰《おお》せでした」

「へ、へーえ」

「そして、われわれはただ天下泰平に眠っている。その眠りをさますには、先ず若いものが蘭学をやるべきだ。今にして、大きな眼を開けて、世界を見なくては日本国がとんだことになるぞとおっしゃるのです。それには、勝、お前、先ず眼を開けろ、そしてこの日本の若いものの開眼《かいげん》の導師になれと云われました」

「島田がねえ、あの島田がねえ」

「そうです、しかも島田先生は、窃《ひそ》かに、すでに蘭書なども御覧になっていられるようです」

「へへーえ、島田がねえ、あの島田がねえ」

小吉は、軽く自分の頰《ほお》を、ぴしゃぴしゃと、なぶるように叩《たた》いた。

暫くしてお信は、ふと、思い出したか、あのう——と云いながら、小吉を見た。小吉は、もう、胡坐《あぐら》をかいたまま、こくりこくりと居眠りをしていた。

「夜になってから、三度程、岡野様の奥様《おまえさま》がお見えなされました」

「うむ」

「岡野の奥様が、ぜひおすがり申したいことがございますとやらで」

「なに、岡野、岡野かえ」

「はい」

そうか、といってから、

「岡野には、とんとおいらも手がつかねえ、途方もねえ人だよ」

「またなにか為《な》されましたか」

「うむ。聞いた事もあるが」

と、後は云いかねるとみえて麟太郎を見て、

「おいらをはじめ、どうしてこう直参には、馬鹿ばかり出来たものか。ははは」

と笑いに紛らした。

「奥様も気の毒よ」

「ほんに、さようでござりますね」

「お前も、その気の毒の御多分にはもれねえが——その代り、お前には岡野と違っていい倅があるからな」

小吉は、急に、

「麟太郎」

と、もう、頻《しき》りに本に読みふけっている倅の方へ、少し強い声をかけた。

「はいっ」

麟太郎は顔を上げた。

「偉くなれよ、お前の親父《おやじ》のこの俺は、生れついての阿呆《あほう》故、これまで、碌《ろく》なこたあ一つもせず、座敷牢やら隠居やら、先ず武士《さむれえ》の風上には置けねえ人間だ。その俺と夫婦になり、殊《こと》には俺の前に養子になった夫婦ものをいじめ殺したとさえ噂《うわさ》される並はずれたわからず屋の俺の養祖母に仕えて、さすがの俺せえ一緒に泣いてやりてえ事が幾度かあった程の苦労をした。俺あもうこの世の中の厄介もの、自然何一つの頼みもねえが、たった一つ、お前、偉くなれ、偉くなって、このお袋へ一日でもいい、ああうれしい、ああ楽しいという幸福《しあわせ》な日を送らせてやっておくれ、よ」

天悠《ゆう》々《ゆう》

麟太郎は暁明《ぎょうめい》と共に起きた。裏の井戸へ出て、顔を洗っているところへ、もう岡野の奥様《おまえさま》が忍ぶようにしてやって来た。千五百石の御直参《じきさん》の奥様が、長いこと貧乏ぐらしの麟太郎の母よりも、もっともっと面やつれがしていた。

薄曇りがしているが、お日さまが高くなったら晴れそうな空相《そらあい》である。尤《もっと》も、岡野は、勝の地主でその邸内の片隅《かたすみ》に勝は住んでいるのである。孫一郎をついだ当主は、まだ若いが、先代の孫一郎は小吉同様、とっくに隠居をさせられて、頭を丸々と剃《そ》って江雪《こうせつ》と名乗っているが、それでいて未《いま》だに方図《ほうず》もない道楽ものである。

それ故《ゆえ》、奥様の苦労は並大抵ではないのである。

小吉は、麟太郎と入れ違いに井戸端へ出て来た。お信が、急用で、ちょいと出かけていないことや、きのうは留守にしていたことなどをしゃべってから

「吉原の女の事でんしょう」

と、こっちから図星をさした。

「あなた、御存じでいらっしゃるのですか」

「かねて噂《うわさ》はききやんした。大金を出したそうだが、先《ま》ずそれだけの融通がつくようになってお目出たい」

「それがでございますよ勝さん」

と、奥様は泣き出した。

「その女を柳島に囲って置きましたところ、ゆうべそこで御隠居が急病故、すぐに引取ってくれるようと使いをよこしたのでございます」

「急病？」

「それが真偽もわかりませず、痩《や》せても枯れても岡野家のものが、妾宅《しょうたく》へ参るということもなりませず、御相談を申したいと度々お伺いいたしております中に、たった今、お亡《な》くなりなされましたとの知らせなのでございます」

「え、死んだ？　真実か」

「わかりませぬが、まさかに、死んだとまでは偽りを申しませぬかと、今になって驚いているところでござりますが」

「ほ、ほんとうなら大変だ」

そこへ、何処《どこ》をどうくぐって来たものか、この朝ッぱらから、こそこそと入って来たのは、ゆうべ、死ぬのなんのと騒ぎ立てた妙見《みょうけん》の禰宜《ねぎ》長谷川老人。

「せ、先生」

さすがの小吉もびっくりした。そして

「後で行ってやる、けえれけえれ」

そっちを怒鳴ってから

「今になって岡野家も千五百石もねえでんしょう。直ぐに行って見ておやんなせえまし。話あ万々それからですよ」

「でも」

「でもなにもねえ、おまえ様が第一番に駈《か》け付けねえで、誰が駈けつけやんすえ」

「で、でも」

小吉は一寸《ちょっと》首をふった。そして、二つ三つうなずくと

「わかりました。五両や三両は、この小吉、首を売っても工面を致して差上げます」

お信の戻って来る足音がした。

「わたしも、直ぐにめえりますが、奥様はお駕《かご》で急いでいらっしゃるがようごぜえますよ。駕はそのまま待たせてお置きなせえまし。そこへわたしが駈け付けます。ところで殿様はお屋敷ですかえ」

「はい」

岡野の奥様はうつ向いた。

「留守ですね――」

小吉は、そういってから、隠居も当主も屋敷を外の放埓《ほうらつ》じゃあ奥様も並大抵じゃあねえなあと、ひとり言のようにつぶやいた。

「殿様も、これから奥方をむけえようというに、とんと、始末にいかねえわさ」

奥様を追いかえすようにして、急いで、家に入って来た。

お信が、隅っこの方で風呂敷包を解いて、大きな紋のついた黒羽二重の袷《あわせ》を取出していた。その紋付もいい加減草疲《くたび》れてはいるけれども、それを撫《な》でながらうれしそうな顔をしていた。

「上州屋奴《め》、驚きやがったろう」

「はい」

「戸前《とまえ》の外で、質受けが夜の明けるのを待っているんだ、驚かなけれあ、そっちの方がどうかしてるさ」

箕作《みつくり》先生を訪問するときいて、小吉は真夜中になって、眠っているお信を起して、自分の懐中の金を一文残らず投げ出して、質入れしてからもうだいぶ長い間、陽《ひ》の目も見ない麟太郎の紋付を出して来てくれと云ったのである。

お信は、夢ではないかと思った。そして、もう、その、うれしさでそれっきり、眠ることは出来なかった。所詮《しょせん》あの着物を着せてやれるなどとは思ってもいなかった。黒い大きな紋のある着物が、幾度も幾度も、眼の中を、行ったり来たりしたが、どうにも出来ないのである。継ぎだらけの色の褪《さ》めた着物を着てはじめての蘭学の先生のところへ出て行くわが子の姿を思って、泣きたいような気持でいるところへ、突然こんなうれしいことをいってくれた。

お信はとうとうまだ夜の明けないのに、三笠町の上州屋へ出かけて行って来たのである。辛《つら》いとも情けないとも思わない。ただ、うれしさで一ぱいであった。

「おいらあ、飯あいいよ。直ぐに出かけにゃあならねえんだ」

「さよですか」

「岡野の隠居が、妾《めかけ》んところで死んだとよ」

小吉は、言葉が終るか終らぬに、刀をさすと、尻《しり》っぺたが見える位に高く尻端折《しりはしょり》を

して、五六歩とっとっと駈け出したが、急に引返して来て、

「麟太郎、麟太郎」

　と呼んで、

「しっかりやって来いよ」

　そのまま、今度は本当に飛んで行って終った。

　小吉は、二つ目へ来ると、道具の市の世話焼きさんがまだ寝ているのを叩《たた》き起し、売ってくれと客筋から預っている刀を五本、しっかりとからげて、こ奴を抱《かか》え込むと、また顔の利《き》く上州屋へ来た。びっしょり汗をかいて、

「さっきは女房、こんどは亭主だ、驚かしてすまねえな」

　岡野の隠居江雪が、妾のところで死んだのは事実だ。が、小吉の工面をした金で、その遺骸《いがい》を屋敷へ運んで、奥様が泣いているというのに、当主の孫一郎の行方が皆目《かいもく》知れない。ゆうべ吉原で泊ったまではわかったが、それから、何処かへぶらりと出かけて行ったという。

「おいらが家のように三十俵や四十俵の小高《こだか》のものたあ訳が違うのだ。親子揃《そろ》って、吉原通い、それで千五百石が何時《いつ》まで立っていると思っているんだ」

小吉は、とうとう腹を立てて、死人の枕元《まくらもと》で怒鳴ったが、といって、さめざめ泣いている奥様の顔を見ると、どうにも、ほったらかしては置かれない。

江雪が死にましてと、知らせをやっても、親類のものが一人もやって来ない。ほんの昔の奉公人などが一人二人来ただけである。

「それあ隠居は何処にも此処《ここ》にも借金を拵《こし》れえたさ、が、積って見てもたった五千両じゃあねえか。それを根に持って、線香一本上げに来ねえとは、しみったれ奴、来なけれあ来ねえで、結構だ。道楽仲間の勝小吉が、見事にお葬《とむら》いは出して見せるぞ」

力んではいるが小吉も貧乏。それにもまして岡野は実に大変である。屋敷の中には差換えの大小一口、男たちの着がえ一枚無いばかりか、奥様の着替えさえもないのである。これで千五百石。はっはっ、江雪も根《こん》好く費《つか》ったよ、小吉は、苦笑いをするより外に手はなかった。

江雪の世話になった遊人が一人玄関で客受けをしていた。薄汚れた風態《ふうてい》で、こ奴が、小吉のところへやって来た。

「先生、妙見の禰宜が来ましたよ」

さすがの勝も、ちょいと眉《まゆ》を寄せた。

「しつこい奴だ。こんなところまでやって来やがったか、え、おい、ひん用師にはめられた金は必ず小吉が取けえしてやる故、安心して待っていろ。うるさくしたらおいらあ知らねえぞといってやれ」

「へえ」

「その上、うるさくいうようなら、尻っぺたを紫になる程つねってやれ。尤《もっと》も、爺《じじ》いの尻っぺたじゃあつねったところで、つねり甲斐《がい》もねえだろうが、――ええと、それからな二つ目の市の世話やきあ少々遅いな、芝居狂言も道具方が来なくちゃあ仕方がねえ。お前、一とっぱしり迎えに行って来てくれろ」

「承知しやした」

遊人は気軽く玄関へ引返して行った。

麟太郎は、質受けをして貰《もら》った紋付を着て、今、丸の内鍛冶《かじ》橋御門内の作州侯松平三河守上屋敷の門を入って行った。橋を渡ってすぐ右、土州の上屋敷と向い合っている。

空はすっかり晴れ輝やいて、本所から歩きつづけて来たからだに汗がにじんでいた。

箕作阮甫《みづくりげんぽ》は作州侯屋敷内の長屋に住んでいる。

十万石の作州侯の侍医でその上、蘭学を以《もっ》て幕府天文台飜訳《ほんやく》局員として、五人扶持《ぶち》を賜わっている箕作阮甫の長屋はさすがに堂々たるものだ。麟太郎は、折角父母の苦しい思いをしてくれた紋付を着てはいるが、その玄関へ立つと、ひどく見窄《みすぼ》らしかった。

麟太郎は、自分の蘭学志願の旨《むね》を告げて、丁寧に取次ぎを頼んだ。その式台前に土下座をする位の、謙虚な、真剣な気持になっていた。

取次はすぐに、逢《あ》えない、といって断わって来た。が、二度、三度、四度押しかえして、ふところから、今朝、母から貰って来た百疋《ぴき》の束脩《そくしゅう》を扇子へ載せて出して、頼み入れた。

四度目に、屋敷の奥の方で、なにか大きな呶鳴《どな》りつけるような声がしたような気持がした。そして、ずかずかと、響くような足音がしたと思うと、そこへ四十五六の大柄な人物が姿を現わした。額の広い眉の太く長い眼の吊《つ》り上がって大きな、頬《ほお》のこけた人であった。

麟太郎は、頭を下げながら、ははあこの人が箕作先生か、元は奥州水沢の人で、酒の上で人を殺して岡山に奔《はし》って隠れ、一と頃は岡山侯に仕えたが、さらに京へ出て、ここで医学を勉強して、改めて作州侯の家来になったという、如何《いか》にも、そうらしい逞《たくま》しさが、その肩の辺りに燃えているような気持がした。

「おれが箕作だが、お前は何処の人間か」

声も高調子で、一見傲岸《ごうがん》の風である。

「幕府家人《けにん》、勝麟太郎と申します」

「江戸人かあ。わしは江戸人は嫌《きら》いじゃ」

こうのっけから吐きつけるようにいって、暫《しばら》く麟太郎を見下ろしている。

「江戸人は元来浮薄だ。蘭学の研究などはよく江戸人の為《な》し得るところではないのだ、われわれ一生を打込んでなお足りない難事だぞ」

「元より、それは心得ております。幸いにして先生の御門末《もんまつ》に加えていただけば、わたくしは、命をかけて勉強をいたします覚悟で伺いました」

「命をかける？　江戸人は二た言目にはよくそんな事をいうが、わしは、江戸人にはそんな人間はいないと思っている」

「なんと仰《おお》せられますか」

麟太郎の、つぶらな眼が異様な閃《ひらめ》きをもって、真っ正面から箕作を見つめた。

「しかし――少しは蘭学を学んだことがあるのか」

箕作は、眼をそらしてそういった。

「有りません、これからはじめるのです」

箕作は、嘲笑《ちょうしょう》の語気である。

「中道《ちゅうどう》に挫《ざ》折《せつ》するよりは、むしろ始めざるに如《し》くはない」

「しかし、わたくしは——」

「江戸人は、銘々自分だけは自分だけはと、なにか特別な人間でもあるように自惚《うぬぼ》れている。だからわしは江戸人は嫌いだ」

麟太郎の頬はいつの間にか真っ赤に紅をさしていた。

「江戸人は、自分だけが特別な人間でもあるように自惚れているとおっしゃいますが、失礼ながら、その言葉は、そのまま先生御自身へ返上いたします。先生に出来る蘭学が、江戸人に出来ぬという法があるものか」

麟太郎は差出してある束脩の包みののった扇子を取ると共にもう、後をも見ずに、玄関を離れて行った。箕作は、却《かえ》って恥《はずか》しめられたような気がして、自分も顔が真っ赤になっていた。そして
「馬鹿ものっ」

そう呟《つぶや》きを、投げ捨てると、そのまま足音荒く奥に入った。

麟太郎は、一気に丸の内を駈け抜けると、斜めに江戸の街々を突切って、隅田《すみだ》川《がわ》べ

りまで来て終った。

川は悠々《ゆうゆう》として流れ、空には、白い雲がまた悠々として漂う。麟太郎は両国橋へかかって、思わず、ほっと吐息した。

まだ桜には五六日も早かろう。が、その咲きもせぬ花にでも浮かれるような屋形《やかた》や猪牙《ちょき》や、川舟が、なにかしら艶《なま》めかしいものを乗せては、上りつ、下りつしている。

麟太郎は、ここで、はじめて、ぽろぽろと、涙が出て来た。その涙の底に、まだ暗い中からこの紋付の質受けに行ってくれた母の姿や、まるで子供の事などは眼の中にないような父がああして心配してくれた姿やが、はっきりと浮び出て来てならないのである。こうこうで、箕作先生に、こんな事を云われて戻りましたとは、どうしても云えない。

麟太郎は、更に子供の頃のことを思い出した。ふとしたことから本家男谷家の親類筋に当るものの周旋で十一代将軍家斉《いえなり》の孫、十二代将軍家慶《いえよし》の五男初之丞《はつのじょう》君のお遊びお対手《あいて》の小姓に召出され、やがてこの君が一橋《ひとつばし》家を継ぐこととなったので、父の小吉は、麟太郎もやがて一橋家に入り、殿のお側《そば》近く立派に御重役衆にも出世をするものとその喜び方は一通りではなかったのである。そして苦しい中から、衣服大小その他持物まで御三家の御近臣として恥ずかしからぬその勤め支度《じたく》をつづけている中に、この君が、急病でぽっくりと逝《ゆ》かれた。今にも、倅《せがれ》が天上へでも昇る出世をするように思っていた小吉は、絶望の淵《ふち》へ蹴落《けお》とされたも同じ事であった。

「ああ、どうとも成りゃあがれ」

小吉は、幾度も、幾百度も幾千度も、こう叫んで、余り飲めない酒を飲みつづけ、苦しみつづけ、そして性格さえ次第に変って行った。

その荒《すさ》み果てた姿を麟太郎は、今もまざまざと、忘れない。

麟太郎は、ふと、父が自分を誰かに引合せる時には、定《きま》っていう――こ奴は餓鬼の時分に青雲《せいうん》を踏みはずした奴で――という言葉を思い出した。そして、あの時に、自分はどんな決心をしたかを思い出した。人を頼って立身出世をしようなどと思っていたからその人に死なれて度を失って終ったのだ、頼らなければいいのだ、そして自分自身の力で立ち上がり起き上がり、石にかじりついても前へ前へと行けばいいのだ。はっきりそう決心したのだ。俺はあれから十年余の成長をしている。今、ここで、こんな事でまごまごしてはあの時の俺自身に恥じねばならぬ。よしっ、立つぞ、遣《や》るぞっ、馬鹿にするねえ、糞《くそ》でも喰らえだ、江戸人がどうしたってんだ、浮薄たあなんのことだ。今に、見よ、必ず箕作阮甫を見返してやるぞ――。

力一ぱい左の掌に右の拳《こぶし》を打《ぶ》っつけると、麟太郎は、ぱっと眼がさめたような気がした。そして、そのまま、どんどんと、元来た道へ引返しはじめた。

走ったのか、どうしたのか、麟太郎は夢中であった。そして、赤坂溜池《ためいけ》黒田家中屋敷の御門前へ着いて、その余りにも早かったのに、自分ながらびっくりした。

中屋敷とは云いながら、五十二万石の構え、しかも御当主松平美濃守斉溥《なりひろ》は、薩摩の島津斉興《なりおき》の実の叔父《おじ》、なんとなく権勢が、屋敷の中に溢《あふ》れている。

「蘭学志願の書生、幕府家人《けにん》勝麟太郎と申します。永井助吉《すけよし》先生のお長屋まで通ります」

門番は、勝の風采《ふうさい》を頻《しき》りに見上げ見下ろしていたが、それでも、ここを真っ直ぐに行って、突当ったら左へ、そしてまたすぐ右へ行った右側のお長屋が、それだと親切に教えてくれた。

門内から長屋へ、ずっと、小さな砂利が敷いてあった。その砂利のところどころに、若草が芽を出して、それが晴れ晴れとした春の陽に当っている。

永井助吉は号を青崖《せいがい》といった。黒田の家中であるが、藩主斉溥は早くも蘭学の必要に眼をつけ、かねて執心の青崖をして、専《もっぱ》ら、蘭学の研鑽《けんさん》に当らせたのである。書籍の代は、いかなる高価でも、どんどん買入れさせては、青崖に飜訳させた。自然他の学者たちが、その蘭書を求めるのに苦心をしている間に、青崖は望むままにこれを求め、望むままに耽読《たんどく》研究する事が出来たのだ。

麟太郎は、友人の本多貢《みつぐ》から、この人の名をきいていた。

が、今、その青崖先生の玄関を眼の前にした時、年の頃三十五六の武家が、狭い式台に腰を下ろして、草鞋《わらじ》の紐《ひも》を結んでいるところであった。縞《しま》の木綿の着物に、小倉の袴《はかま》、黒のぶっ裂き羽織を着て、背には小さな荷を斜めに背負い結び、笠を片隅《かたすみ》に置いている。誰やら平凡な家中の一士が旅立つ様子である。

妻女は、うしろに、下男らしいものが傍《かたわ》らに、しゃがんで世話を焼いている。

麟太郎は、はっとした。そして、つかつかと前へ進むと

「失礼ながら永井先生でいらっしゃいましょうか」

と声をかけた。

「はあ、永井ですが――」

草鞋の手を止めて、その平凡な家中はすぐに答えてくれた。妻女も、下男も、一斉に、こっちを見た。

「幕府家人、勝麟太郎と申します。お願いがあって参りました」

「はあ」

　青崖は、静かに立ち上がった。そして、妻女が差出した笠を受取りつつ
「実は国許《くにもと》の主人から、先刻急々のお召状が到来して只今《ただいま》出発するところです。御用なれば、失礼ながら歩きながら伺いましょう」

　如何にも質素な風采であった。そしてまた如何にも物穏やかな口ぶりであった。

　妻女と、下男へさえ別れを告げて、ただ一人歩き出した青崖のうしろについて、麟太郎は、率直に、蘭学の弟子にしてくれと云い出した。

　青崖はふり返って
「弟子？　ははははは。教えるどころではない、まだまだこの方が教えられたいところだ。江戸には蘭学の立派な先生がいろいろとお出でなさる、そういう先生におすがり申さなくては駄目です」

　といった。麟太郎は、

「参りました。そして、江戸人は蘭学をやる資格がないと恥しめられて戻りました」

「え？」

「箕作阮甫先生をおたずねして、俺は江戸人は大嫌いだ、江戸人は浮薄だと恥しめられたのです。わたくしは江戸人、しかも小普請《むやく》の小高《こだか》のものの子弟です。果して江戸

人には出来ないかどうか、命をかけてやりたいのでございます」

「うむ」

「わたくしは参禅同行《どうぎょう》の友人のところではじめて兵学の蘭書を見ましたが、一字も読めないのです、蘭書と云えども人間の書いたものです、それを同じ人間が読めないのが如何にも口惜《くや》しかったのです。そして、必ずどんな蘭書でも自由に読めるところまで勉強するという心願をたてたのです。先生、どうかお弟子にして下さい」

麟太郎のうるんだ声に青崖はもう一度ふり返って、じいっとその顔を見た。

「江戸人です。本当に江戸人が駄目なら、勝麟太郎は、腹を切ってお詫《わ》び申します」

しかし青崖は黙っていた。

ざくざくと砂利が鳴る。

そちこちの長屋から、家中の誰彼が顔を出しては、青崖へしばしの別れをいった。中には、国許からのお召しも知らず、何処へ行かれるのかときくものもあった。

門を出ようとした。青崖は、足をとめて、

「遅くも夏までには戻れるであろう。それまでお待ちなさい」

「待ちます、幾年でも待ちます。が、先生お弟子にして下さいますか」

実はなんということはなかった、ただ、何物とも知れず、ひしひしと胸を衝《つ》いて来るものを、青崖は感じたのだ。そして
「よろしい。では、一緒にやろう。学問に江戸人も、西国《さいごく》人もあるものか。ただ、命がけでぶっつかって行けるか行けないかということだけですよ」

「先生っ有難う、有難うございます」

麟太郎は、余っ程うれしかったのであろう。ぼろぼろぼろぼろ泣き出して終った。頬には幾筋も幾筋も涙がつたわった。

その日、麟太郎は、青崖を、とうとう高輪まで送って終った。そして入江町へ戻ったのは、もう、真夜中であった。

月は西に傾いて、まるで秋のように冴《さ》えている街で、幾度も幾度も犬に吠《ほ》え立てられて、犬の嫌いな麟太郎は、刀に手をかけて、汗をかきながら逃げては歩いた。九つの時、街上で犬に睾丸《こうがん》を咬《か》まれて、治療七十回に及び九死に一生を得て以来、麟太郎の一番恐ろしいのは犬だ。

今日は早朝から、殆《ほとん》ど一日中歩き廻り走り廻っている。本来ならば、へたへたになって、もう足腰もたたなかったかも知れない。が、麟太郎は、少しも疲れていないようにさえ元気であった。

母のお信は床に入っていたが、すぐに起きた。

麟太郎は、無言でにこにこっと崩《くず》れる程に笑って見せた。母は、うなずいた。そして母もまたにこにこっと笑った。

「おとう様は、岡野様にいらっしゃる、お知らせして来たらどうだろうねえ」

「さようですか、でも、こんな真夜中に」

「いいんですよ。皆様、起きていらっしゃいますよ。明日の午《うま》の刻にお葬式で、そのお支度で大変でございましょうから」

「お母様はいらっしゃらないのですか」

「わたしには、いいから帰れと、おとう様がおっしゃるので先程戻って参りました」

「では、わたくし、行って参りましょう」

そして、麟太郎が、岡野家へ行った時、屋敷の中は、まるで盛り場のように賑《にぎ》やかであった。

小吉は、黒の紋付に仙台平《せんだいひら》の袴をつけ、そのうしろに随《つ》いているよく父のところへ来る顔見知りの遊人の三人四人も、みんな同じような風采で、小脇差《こわきざし》をさしていたし、殊《こと》に道具市の世話焼きなどは、座敷の床の間の前に、羽織姿で、何処《どこ》かの武家の御隠居かというようにして儼然《げんぜん》と坐っていた。

台所の方に大勢同じ紋付姿がとぐろを巻いているが、これは、どうやら、手弄《てなぐさ》みでもしている様子。

小吉は、倅を見つけて直ぐ立って来たが、草疲《くたび》れたろう早く寝なと、そういったきりで、一度そのままみんなの居る方へ引返して行ったけれども、なんと思ったのか、また戻って来て

「箕作ってのあ、大そうもねえ傲慢《ごうまん》な男だときいたが、どうだったえ」

といった。麟太郎は、その箕作には入門が出来なかった。その代り、筑前の御家中永井青崖先生が快く弟子にしてくれたというと、小吉は、幾度も幾度もうなずいて

「師匠なんざあ誰だっていいやな。学問だって剣術だってすべて己《おの》が心掛け次第のものだ。さ、早く寝な。明日あまた新堀《しんぼり》へ行かなくちゃあなるまい」

そのまま後を振向くと、もう、誰かへなにか、早口に云いつけていた。

段々、朝に近くなる。

小吉は、江雪の柩《ひつぎ》の前へ坐って、腕をこまぬいて、さすがに苦虫を咬《か》み潰《つぶ》したような顔をしている。四五人、そこへ集まって、一人、外からかえって来た男が、なにやら報告したところだ。奥様が隅の方にうな垂《だ》れている。ちぇっ、小吉は舌打ちをして

「仕様がねえなあ」

とこういってから
「ね、奥様え、お聞きのような次第でんすよ。何処を尋ねても、殿様《とのさん》の行方あ皆目知れねえ。向島の梅屋敷へ、若え綺麗《きれい》な女をつれて行って、半日、あすこで昼寝をしていたってことまであわかったが、それから先はどっちへ行ったか、とんと見当もつかねえ始末、父御《てご》の亡《な》くなったも知らねえで今頃何処を、うろうろしているのか、困ったもんですねえ」

「面目次第もござりませぬ」

「奥様のせえじゃあござんせんが、御支配へはうまく手を廻してあるとは云うものの、こんな芝居は、そう長丁場《ながちょうば》は持つものじゃあございません。殿様の行方が、解っても解らなくとも、明日お葬《とむら》いを出して終《しま》いやしょうねえ」

「どうぞお願いいたします」

「しかし柳島の妾《めかけ》という阿魔《あま》も薄情な奴ですね。隠居の死骸《しがい》を送り出したきりで、線香一本上げにも来ねえ」

「はい。妾などはどうでもお宜《よろ》しゅうございますが、肝腎の倅《せがれ》にさえ線香一本上げられず、お葬式の万端、あなた様のお世話になりますなど、生前の心掛けとは申しながらよくしき業《ごう》の深い不仕合せな仏でございます」

話の半ばにもあっちこっちから、いろんな若いものが帰って来る。みんな孫一郎を探しに出て、その孫一郎の見つからない事を、自分の罪でもあるように、小鬢《こびん》の辺りをかきながら、恐る恐る報告に来るのである。

いよいよ夜が明けた。

台所の方にとぐろを巻いていた手弄みの奴らが、いくらかの寺銭《てらせん》らしいものを持って来て小吉の前へ差出した。

「お天道さまが御覧だ。もうやっちゃあいけねえぞ。それに借着は気をつけて、汚さねえようにしろ」

着物から袴から大小から、何からかにまで、道具市の世話焼きの才覚で、借物だ。着物どころか人間も、一人残らず、市の関係者から、日頃死んだ隠居の江雪や小吉が眼をかけてやっている遊人、小さな剣術の道場の先生から門弟ども、それに遠くは浅草奥山の女ども、男たち、殊には近所の入江町の切見世《きりみせ》からも、男たちが、着馴《きな》れない着物を着て、千五百石の旗本屋敷へ詰めているのである。坐り夜鷹《よたか》の切見世は、処《ところ》が処だけに、乱暴人がある。金の足りない奴がある。そんな時には小吉が出張って行っては、うまく取捌《とりさば》いてやっていたので、かねて処の親分のような恰好《かっこう》になっていた。

いよいよ午の刻に近くなったが、依然、孫一郎は戻らない。

「おう、三公、来いよ」

小吉は、仏前で小器用にお線香を上げている二十五六の、色の白い男を呼んだ。紋付を着て、袴をつけて白足袋をはいている上品な、何処から見ても三公などと呼ばれる男ではないように見える。

「へえ」

「仕方がねえ故《ゆえ》、お前、喪主の殿様になるんだ。今から御仏前へぴたりと坐っているんだ」

「へえ」

「会葬人がなにかいっても、千五百石の殿さンだ、黙って頭を下げていれあいいんだ。なまじ物を云っちゃあ打《ぶっ》こわしだ、黙っていろよ」

「へえ」

切見世の若い衆三太、云わば吉原の廓《くるわ》なら仲廻《なかまわ》り、こ奴が岡野孫一郎の身代りとはあきれ果てたものである。市の世話焼きさん、その他もそれぞれ一人一役ずつ、お武家の役がついて、如何《いか》にも千五百石らしいお葬いの出たのは、きっちり午の刻である。

小吉は、葬列の奉行に就《つ》いた。

三太は立派な岡野孫一郎になっていた。下賤《げせん》な渡世に似ず根が上品な顔つきに、編笠を、ぐっと前下がりに、顔の半ばをかくしてうつ向いて歩いているから、二度や三度、孫一郎に逢《あ》った事のある位の人では偽者とはわかるまい。

粛々と歩いて行く。

岡野の菩提寺《ぼだいじ》は、柳島の竜眼寺《りゅうげんじ》。津軽侯の下屋敷に並んで、俗に萩寺という萩の名所である。

横川に沿って真っ直ぐに法恩寺橋まで来てここから東へ曲る段取り。葬式がこの法恩寺橋の西詰へかかった時である。丁度その東詰へ、ひょいと姿を見せたのは、

「あっ！　岡野の殿様だっ」

先の奴が思わず声を出した。切見世の若衆猪之公《いのこう》のようであった。小吉が、じろりと向うを見た。そして、つつッ——つと三太の孫一郎を脇へ引寄せると、そのまま麻上下《あさがみしも》に、つんと突袖《つきそで》をして、済まし込んで進んで行く。

孫一郎は、如何にも十八九の若いいい女をつれているが、こ奴は、常磐津《ときわず》か清元か、町の師匠のようである。

孫一郎は、小吉を見て、一寸会釈《ちょっとえしゃく》した。それまでつんとしていた小吉は、列を離れてつかつかと側《そば》へ寄ると
「どうだえ、立派なお葬《とむれ》えだろう」

といった。

「何処の？」

「お前さんところさ」

「え？」

「あすこにいる喪主あ岡野孫一郎だよ」

「え？」

孫一郎は、眼をくるくるさせた。

「どうだ、お前も、ああしていれあ立派だろう」

「あれが、わたし？　い、い、一体ど、どうしたという事です」

「どうも、こうも、あるものか、あの喪主が、お前だという事よ」

小吉は、へらへら笑い出した。

「どうだ、驚いたか孫さん、御隠居は、妾んとこで急死さ」

「え？」

「まあ、いい。今更びっくりしたって追っつかねえ。こっちへ来なせえ」

小吉は、孫一郎の手首を握ると共に、行列の方へ
「三公、三公、来な」

と呼んだ。

「おいらあすぐに後から追っつく故、外の奴ら直ぐに寺へ行ってくれ」

そうなると、さすがの孫一郎も、女もへったくれもない。手を引っ張られて、すぐ橋際《はしぎわ》の薄汚《うすぎた》ない居酒屋へ飛込んで行った。馬方が二三人、どぶろくを飲んで、一人の奴が地べたへ寝ている。

「さ、三公と、孫さん、早替りだ――え、孫さん、おいらあ、ゆんべあ、親父《おやじ》の死んだというに、しかも金もねえお前さんが女を連れて、二日も三日も屋敷を空けて知らせる術《すべ》もねえという始末に見つけ次第、腕の一本も叩《たた》き折ってやろうと思っていたが、考げえて見れあ、お前さんも知らねえ事、天の配剤、怒ったところでそ奴《いつ》あ無理だ。え、畳の上の往生に倅が親の死目に逢えねえ。これだけでもう、不孝の罰は当っているんだ。な、まあいいや。道楽ものの碌《ろく》でなし、勝の小吉が意見をしても、お前は、ふふんと鼻であしらうだろうが、ここら辺りがお前にも考げえどころ、おいらんところの麟太郎などとは事違い、千五百石の身分故、いつまで小普請《むやく》でいるものか、勤め

次第、身の入れ方で御番入《ごばんいり》も出来なくはねえわさ、え、孫さん、お前さんは千五百石だよ、その身代りが、坐り夜鷹の切見世の三公じゃあ、こ奴あ忌《い》やでも考げえずばなるめえな」

三太は、汗とほこりに汚れた孫一郎の着物に、孫一郎は喪主の姿に入替って、再び外へ出た。馬方達はびっくりしていた。小吉は銭をばらばらとその馬方へ投《ほう》りやって

「新仏の供養《くよう》だ、飲みな」

といった。

喪主が俄《にわ》かに真物《ほんもの》になって、今度は、外の奴らが面喰《めんく》らったが、とにかくみんな、その気になって済まし込んでやって行く。

それはいいが、すっかり腹を立てたのは、橋際へおっぽり出されて終った女である。

「馬鹿にしているったらありゃしないよ、ほんとに」

葬式が、橋を渡って真っ直ぐに行くが、孫一郎は元より、誰一人振返りもしなかった。

「ちぇっ！　御直参《おじきさん》がきいてあきれるよ」

今日は何処から来たものか、女はだいぶ歩き疲れているようだ。そのまま橋際で、

橋へ肱《ひじ》をもたせて、ずいぶん長い間、休んでいた。

「いよう、車坂の、これあ珍しいところに御出現だね」

出し抜けに、うしろから声をかけられて、女はびっくりした。

「おや」

「三度も行ったが、いつも留守さ」

「すみませんでしたねえ」

「お引合せをして置くが、この人あ喜仙院《きせんいん》といってね、名代《なだい》な行者さんだよ。よく祈《き》禱《とう》が利《き》く人さ。この人に祈って貰えや富籤《とみ》は当るし、惚《ほ》れた男は直ぐにこっちの手に入る。信心してやることだね」

「ほほほほ」

「ただ用心すべきは、この人、些《いささ》か女癖が悪い」

「先生と同じね」

「やあ」

小林隼太《はやた》だ。今日は仲間は無く、その代り、如何にも修験者《しゆげんじや》らしい風態をした喜仙院を連れている。

「ところで、車坂の弁財天常磐津の文字《もじ》二三《ふみ》さんがどうしてこんなところに――ははあ、さては噂《うわさ》に違《たが》わず、岡野孫一郎を物にしているね」

「へん、物にするどころか、すっかり物にされてさ」

「へへえ、そ奴あ驚いた。余っ程惚《ほ》れているてえ訳か」

「ふん、それはどうだか知らないけれど、一日でもいい、千五百石の奥様になって見たいと思いますよ」

「約束かえ」

「約束なればこそ、ひど工面《くめん》の三十両も注《つ》ぎ込みました」

隼太は喜仙院と思わず顔を見合せた。そして、ぽーんと手を叩いて
「どうだえ師匠、任せないか、おいらで、必ずお前さんを、岡野の家の奥様にして見せる」

「とか、なんとか、先生がまたあたしを喰う気で御座んしょう」

「そうじゃあない。実は、江戸の敵《かたき》を長崎で討つんだ。かねて岡野の世話を焼く勝小吉という奴に、俺もこの喜仙院も喰らいつきてえ程の恨みがあるのだ」

火《か》　焔《えん》

朝、五つ前に、道場へ立った島田虎之助と麟太郎は、もうとっくに九つが過ぎているというのに、ふた刻《とき》余りの立切り稽古《げいこ》をつづけているのである。息をつくひまもない程の激しい撃合《うちあい》であった。

大勢の門人達は、ぴたりと、道場の羽目板へついたままで、ただ手に汗をにぎって見ているだけである。

午《ひる》はすぎたが、弁当を持って来ているものも、これを喰べることも出来ない。

麟太郎の汗が、稽古着を絞るようだ。門人達は、今にも、打倒《ぶったお》れて終《しま》いはしないだろうかと、さっきから幾度もはらはらさせられたが、その度毎《ごと》に、麟太郎は、ぴーんと立ち直っては、島田へ撃ち込んで行った。

「これまでっ」

島田が叫ぶようにいった。みんな、ほっとした。島田は面をとったが、汗一つにじみ出してもいなかった。そして、やっと面をとった麟太郎へ

「お前は道場に居れ」

といってから
「勝はまだまだ余力がある、みんな、ぶつかって行け」

四辺《あたり》を見廻して、そのまま奥へ入って行った。

島田の居間の、庭の大きな榎《えのき》の木の枝の間をぬってすいすいと飛ぶ小鳥が来ている。島田はただ面をとっただけの稽古姿で、無造作に手紙を書いた。そして、内弟子の大野文太を呼んで
「御苦労だが入江町の勝の家まで持って行ってくれ。返事はいらぬ」

と云いつけた。

島田が再び道場へ出て行った時如何《いか》にも勝は、門人を相手に、まだ道場に立っていた。島田は、腕を組んで、じっと見ていたが、やがて、その稽古を最後に、門人達は次第に帰って行って終った。

道場はいつものように深閑とした。

「疲れたか」

島田は、そうきいた。

「はい。疲れました」

「明日は、もっと疲れて見るがいい」

「はい」

麟太郎はにやりとした。

次の朝は、島田は、もう明けの六つから、道場で、麟太郎と相対した。そして、これまでっと声をかけてくれたのは、午の刻一寸《ちよつと》すぎであった。

次の日は、夜の明けぬ中から道場へ立った。そして、昼も、八つ過ぎまで、ただ二人で、一瞬も休まなかった。

次の日は、真夜中からはじめた。島田も、なにも、云わなかったし、麟太郎も、なにもききもしなかった。

島田の麟太郎への近頃の稽古は、時々は骨の髄までも打砕けて終ったのではないだろうかと思う程にさえ撃ち込んで行った。その上最後には三日の間ただおも湯だけ飲んで、昼も夜も道具をとかず、そのまま立切りの稽古をつけた。

麟太郎は、五体が痛んで坐る事も、腰をかける事も容易ではなかったし、尿にはいつも血が混った。

が、この稽古で麟太郎は自分のからだの中へ、まだ聞いた事も味わったこともないような清らかなものが、ぐんぐんと流れ込んで来るような気持がして、なにかしら不思議でならなかった。

真夜中である。掛行燈《かけあんどん》の薄暗い灯影《ほかげ》で、じっと竹刀《しない》をつけていた島田が突然、面の中から

「勝、面を取って、面《つら》を見せよ」

といった。はっ、麟太郎は、ひょろひょろとしながら、やっと、うしろへ手を廻して、面の紐《ひも》を解いた。島田は、じっとその顔を見詰めた。

「よろし――これまでっ」

そして、島田も面を解きながら

「勝、お前の顔は、やっと、本当のお前の顔になったぞ」

といった。

「は？」

「なあに、お前が、箕作《みづくり》先生を訪問して後に道場へ来た時の顔は実に醜かった。が、もういい、もういい。が、わたしは、その醜怪な姿を打こわして、別な新しいものを打込むことの出来たのを喜んでいる。――勝、明日から、わたしの代稽古で、二三カ所、大名屋敷を廻って見ろ、面白い事もありましたお前の心の中の眼がいろいろなもの

を見、いろいろな事をきいて、もっと大きく、もっと明るくなる」

「先生のお代稽古？」

「やって見ろ。腕の修行にはならなくても、きっと心の修行にはなる」

次の朝、麟太郎は、ちくちくと骨の痛むようなからだを堪《こら》えて、島田に連れられて三味線堀の大久保佐渡守の屋敷へ行った。野州烏山侯《やしゆうからすやまこう》である。島田はいつもの黒紋付、勝もやっぱり質出しをして貰《もら》ったあの黒紋付を着ていた。

「みしみしやっていいのでしょうか」

麟太郎は、待っている間にそっと、そう島田へきいた。

「いいとも――殊《こと》に、山城守様（佐渡守嫡子《ちやくし》）は御大名に似ず荒稽古をお好みなさる。気絶するまでやっていいのだ」

「承知いたしました」

「お前の父上にきかせたら、二万石や三万石の小大名などは木っ葉と思えというだろう。稽古の上はそれでいいのだ」

二人は、先《ま》ず殿様にお目通りをするために待っていた。四半刻《とき》、半刻、一刻――島田はいやあな顔をし出した。

島田は無言のままに立ち上がった。その眼には、さ、勝、帰るんだ、そういうものがはっきりと見えた。麟太郎もつづいて立った。

が、丁度、そこへ山城守の御附役大石安右衛門が、忙《せわ》しく入って来た。

「お待たせ致して誠に恐縮でした。実は、先生がお越し遊ばされました一寸前に、柳《りゅう》営《えい》からの御急使がございましてな」

「ああそうでしたか」

島田は、それなら仕方のない事だろう、佐渡守様は今はお国だ、嫡子様がこれに代って御使者に応接するのは当然で、それでは半刻一刻の暇をとるは仕方がなかろうと思った。

「では、本日は御稽古は？」

「いやいや、山城守様はお稽古を何よりの楽しみにしていられます。もう直ぐに道場へ出られますから」

「そうですか。これが予《かね》てお話をいたし置きました山城守様へ御対手《おあいて》を申上ぐるわたくしの門人勝麟太郎です。わたくしが手古摺《てこず》る程の荒筋ですが、先ず御推挙申上げて恥ずかしからぬ腕前」

「これは、これは」

大石と麟太郎は互いに初対面やら、今後の交誼《こうぎ》やらの挨拶《あいさつ》をして、やがて、島田も共に、屋敷内の道場へやって行った。

山城守は、まだ二十四五の若い人であった。この程奥方を迎えられたばかりで、ぴちぴちするような元気さが、その大きな眼にあふれていた。

「若いな」

山城守は、島田の引合せがすむか済まないうちに、勝を見ながらこう言葉をかけた。

「虎之助奴と思《おぼ》し召《た》されますよう」

島田は強い声でつけ加した。

麟太郎と山城守との烈《はげ》しい稽古がはじまった。麟太郎は、遠慮会釈《えしやく》なく、みしみしと撃ち込んで行ったし、山城守も、大名に似ず、撃たれても撃たれても突き進んで来て、一歩も退こうとはしなかった。

島田は、傍《かたわ》らの大石へ

「いい御対手ですよ」

と笑った。大石は、ふむふむとうなずいたが、山城守が、勝の突きを喰らって、道場の羽目までふっ飛んで行ったのを見ると、一寸、眉《まゆ》を寄せた。島田は、やるやる、そういって、いっそうにやにやした。

その日、小吉は、また道具市の世話やきの手から麻裃《あさがみしも》を借着して、岡野の本家岡野出羽守の屋敷へ金の掛合いに行った。葬式の金じゃあない、とにかく纏《まとま》った金を少しなんとかして貰って、孫一郎に着物やら、なにやかや勤め道具を拵《こしら》えさせて御番入の出来るようにしてやって貰いたい事や、今のままでは、孫一郎もだんだんぐれてお終いには腐り物になって終って、千五百石も長くはもたない、それに江雪以来奥様も余り可哀そうだから、御本家でなんとかしてやって貰いたいという話なのだ。

が、相談どころか、本家ではてんで剣もほろろの扱いだ、いや、それよりも、死んだ隠居のために迷惑をかけられた金が七八百両もある。至急これをなんとかしてくれなくちゃあ困る。あんな途方もない放蕩《ほうとう》ものの孫一郎の事などは知ったことか、という話なのである。

「ひでえものだ」

小吉は沁々《しみじみ》そう思った。尤《もっと》も、あのお葬《とむら》いにさえ来てはくれないところへ例《たと》え奥様があんなにお頼みなさるからといって相談を持ち込んで行くなんざあ、おいらも、貧すれば鈍するで、とんと焼きが廻りやがったが、六千石の御大身、有り余った生活をしていやがって、一族のものがどんなに困ろうと苦しもうと鼻も引っかけねえとは、あれでも人間の血が通っていやがるのか、金のある奴なんぞというものはどうしてまあこんなに腹の中の汚ねえものか、忌々《いまいま》しい奴だと、小吉は腹が立って、腹が立って堪《たま》らない。

「なあにいざとなりあ、孫さんだって不具《かたわ》でもなけりあ阿呆《あほう》でもねえんだ。おまえ様お一人位を養えねえ事あねえだろう。乞食をしたっていいやな、あんな腸《はらわた》の腐った鬼みたような本家の世話にゃあならねえがいいや」

両腕を組んで、ぶつぶつ口叱言《くちこごと》を云いながら、自分では、何処《どこ》を通っているのかさえ気づかずに歩いていた。丁度、南割下水の津軽屋敷の裏通り。

下水の端へしゃがんで、さっきから長話をしていた着流しと、きちんと袴《はかま》をつけた四十がらみの侍二人がこれを見つけた。柳が一本、枝を水面すれすれに垂《た》れて、水が白く光をその柳の葉先へかえしている。

「勝」

瘦《や》せた一人が声をかけた。小吉がびっくりして、

「おお、何をしてるんだ、そんなところで」

「こ奴が、とんだものに引っかかってさ」

「それあ女かえ」

「いいや、そんなものなら訳あねえが」

「なんだよ」

「うむ、実は、金を借りようと思ってはめられたらしいのさ」

「金を借りようとして、嵌《は》められた――はっはっ、寛さんなどは御番士で大きな事は云っていても結句とんと正直だからな」

と小吉も、そこへしゃがんで終った。

着流しは勝田、もう一人は長谷川寛次郎という、共に割下水住居の小高の御家人だが、寛次郎だけは、御番入《ごばんいり》をしている。

「どう云う筋だえ」

「なあにね。この間中から、長谷川が、金を借りたいと云っていたんだ。ところがお前さんも知っての通り、おいら、この間、ああして三両という前礼《まえれい》を取られて、それっきり相手が煙になり、大損をした程だから、おいらの手ではなんともならねえ、誰か貸す奴はいねえかいねえかと探《さが》していると、斎藤監物《けんもつ》という奴が世話をして紀州の高野山の金を借りてくれるという話でこ奴へ頼み込んだ。ところがそ奴がね、二三日前に長谷川んところへやって来た」

勝田がここまで云うと、長谷川は

「おいらはなんとかして金が借りてえものだから、酒を出してもてなしているとね」

と言葉をつづけた。

斎藤監物が、まだ御覧なされた事はないでございましょう、銀山の銀の吹寄《ふきよ》せを、お見せ致しましょうか、といって包みものの中から銀塊を出して見せた。これは珍しい、家内のものにも見せてやって下さい、といって、長谷川が、これを借りて奥へ入って家内中へ見せてから、再び座へ戻って、傍へこの銀塊を確かに置いて、また酒になった。

が、お金の方の事は明日中に取極めを致します、いろいろ御馳走《ごちそう》に預りまして有難うございます、といって、さて監物が帰ろうとすると、不思議な事に、さっき確かに置いた吹寄せ銀が無いのである。

長谷川は、あわててその辺のものを跳《は》ね飛ばすようにして探したが、無い。困りましたなあ。監物が眉を寄せた。どうも誠に済まないこと、しかし、この家の外へころがり出している筈《はず》もなく、家内のものも誰一人外へ出た訳でもありませんから、後程、気を落つけて探しましたなら、よもや無いという事はございませんでしょう、真ぐに探し出してお届けに上がりますが、どうぞ一つ、お願いのお金の件は宜しく願います、という訳で、その節はそれで別れたが、家内中が、畳まで引んめくるようにして探しても、銀は出て来ない。

翌日、監物がまたやって来た。今度は家来らしいものを一人つれて来た。そして、しかつめらしい顔をしてあの銀の吹寄せというものは、紀州の御国の銀山からはじめて採った銀であって、紀州様へ直々御覧に入れた品故《ゆえ》、あれが知れぬとあっては大層な事になる、といって、さんざ脅かした上、その銀代として五両出せばなんとか方法をつけてやる、という。

無理な金でも借りようという場合だ。長谷川にその金のある筈はなく、近々に嫁に行くというその娘の支度衣裳《したくいしよう》を、質屋へ担《かつ》ぎ込んで、やっとの事に金を拵えて、その上、天下の直参が、畳へ額をすりつけるようにして詫《わ》びた。それも監物の機嫌《きげん》を損ねて、金が借りられないようになっては大変だと思うからである。

ところが、監物が、五両取って終うと、がらりと風《かぜ》が変って、どうも大切な銀がこんな事になるようでは、金談はむずかしい、先ず駄目と思ってくれというのだ。

「え」

と長谷川は、

「借りてえという金だって、別に、おいらが、道楽ごとにどうしようというんじゃあねえのさ。娘を嫁にやる、自分はうめえものを喰わなくても、そ奴《いつ》に帯の一筋も多く持たせてやりてえと思ってねえ、その金が借りたかったのさ。ところが、帯どころか、あべこべに、折角拵《こし》れえた衣裳が、質屋のお蔵へ入って終《しま》った」

しみじみとした声であった。勝田は
「だが、それもこれも仕方がねえと、この人あ諦《あきら》めているが、おいら、承知が出来ねえので、実あ、町方《まちかた》の同心《どうしん》をかけて見たのだよ」

と低い声である。

「余り事が不思議だし、監物という奴は、どうも臭い、手品か、いかさまか、只《ただ》の奴じゃあねえと思っての」

長谷川がそういうと、小吉は、はじめて、くすくす笑い出した。

「べら棒奴、そ奴あ、ひん用師だよ。同心なんぞかけたって、どうなるものかよ」

「え？」

「ひん用師というのは人をはめるが商売《しょうべえ》だ。え、この辺の知行取《ちぎょうと》りが、七人も八人も、その仲間に引っかかっているのを、お前ら知らねえのかえ。高野山の金を貸すとふれ込んで来る奴もあり、芝の山内の金を融通するという奴もある。みんな前礼を取って、そのままずらかって終うか、ぽーんと断わって来るんだよ。高野も山内もあるものかよ」

「そうか」

「銀の吹寄せだのなんだのと、うめえ手品に引っかかり、御番士なんぞはあめえものだと、今頃舌を出していやがるよ」

「そ、そうかあ」

「そ奴の仲間にゃあ、お社やお寺の講中を引っかける奴もあってな、能勢の妙見でも引っかかり、おいらが、そ奴を頼まれて実あ内々探しているんだ。おいらの方は、中村多仲という奴だが」

「え、勝」

と、長谷川は
「じゃあどうでも、おいら、金は借りられねえかえ」

今にも泣きそうな顔つきをした。

「今頃なにを阿呆を云っているんだよ。借りるどころか、とんと、埒《らち》もねえわさ」

「そ、そうかあ」

「大勢仲間がある上に、充分、同心なんざあ飼ってある。こっちの出様ではあべこべに、御支配、御老中へ駕訴《かごそ》でもなんでもやりやがるんだ。小高の御家人の一つや二つ、取潰《つぶ》す位に、あ奴ら、手間暇かかるものか」

長谷川も勝田も、うつ向いて終った。殊《こと》に長谷川の、しおれようは、今にも消え入るようでさえあった。

「本所の家人《もの》が、あんな奴らに、手玉に取られるようじゃあ、幕府《だんな》の御威光もお終《しめ》えよ」

小吉は、そういって、立ちかけた。勝田はその裾《すそ》を押えるようにして、

「勝、助けてくれよ。借りられねえは、ともかく、長谷川にとっちゃあ、血の涙の五両だよ、この人あ、知っての通りの弱っ気じゃあねえか」

といった。長谷川も小吉を見た。小吉は暫《しばら》く黙っていた。

「仕様がねえなあ――まあいいやおれが身も、滅法急《せ》わしいが――犬も朋輩《ほうばい》、鷹《たか》も朋輩だ。まあ任せて置いて見な」

「有難え有難え」

二人が双方からすがるようにした。

やがて二人は、肩を並べて、真っ直ぐ東の方へ歩いて行った。小吉一人は、そこか

ら割下水に沿ったまま逆戻りをしていた。

腕を組んで、しかつめらしい顔をして、はっきりと水鏡に映っている自分の裃《かみしも》姿を見ると、小吉は思わず、吹出したくなって来た。

「おいらも、こうしていれあ立派だが、これで、ふところに、一文の銭もねえのだから笑わせる野郎だよ」

ふと、そんな事を思ったからである。

小吉は、間もなく、道具市へ廻って、借りた裃を世話焼きさんへかえすと、その代り今度は、少しばかりのお金を借りて、そのまま浅草の日音院地内へ出かけて行った。

雷門を入ると直ぐ左手、伝法院の裏門と背中合せになっている。

途中、並木で、小吉は、一寸、小肴《こざかな》で飯にしたりしていたので、監物の旅舎へ行った時は、もう日が暮れかけていた。

監物は本所の家人というから、うまい奴が飛び込んで来たとでも思ったのであろう。取次ぎの家来らしい奴にすぐに自分の座敷へ案内させた。

立派な祭壇を飾り、もう蠟燭《ろうそく》を昼のようにともし、自分は、三畳もある大きな羆《ひぐま》の皮を敷いて、黒縮緬《くろちりめん》の羽織に袴をつけて、これに坐っている。傍らの刀架《かけ》には、金《きん》拵《ごしら》えの大小を掛け、座敷の隅《すみ》の方には両掛を置いて、明荷《あけに》を積んで、傲然《ごうぜん》と勿体《もったい》ぶっていた。

小吉は、途端に、おかしさで腹がくすくすした。これをぐっと飲み込んで、改めて、もう一遍名乗ってから、ずばっと、その監物の鼻っ先へ坐り込んだ。

「監物さん、実あ、おいらあお仲間だよ」

といった。

「えっ」

監物は、動悸《どき》っとしたらしかったが、頻《しき》りにそれを対手《あいて》にさとられまいとした。

「あんなに毎日のようにやって来ていた中村多仲が、近頃とんと姿を見せねえが、あ奴が、よくお前の噂《うわさ》をしていたよ。おいらも、一度はお前のところへ近づきに来なくちゃあならねえならねえと思っていたが、とかく忙しいことがつづいて、のびのびになっていた訳さ——だが、お前はかねて多仲から聞いていたよりは、大そう仕掛けが立派だから、さぞ、良い仕事が出来るだろうな」

「いや、さようでしたか」

監物が頭をかきながらはじめて、少し、尻《し》っぽを出した。

「修験《しゅげん》の喜仙院を知ってるかえ」

「ええ、名前だけは知っているが、まだ逢《あ》った事はありません」

「あ奴も、元は、いい仲間だったのだが、近頃は、とんと、いけねえよ」
「そうですかえ」
「ちっとも祈禱《きとう》が利《き》かなくなり、富籤《とみ》も更に当らねえからな。それというのも、みんな、あ奴の身から出た錆《さび》よ」

喜仙院は富籤の祈禱がばたりと当らなくなって終って、まるで祈禱を頼むものがなくなったのは、四つ目通りの田圃《たんぼ》道で、小吉のために肥溜《こえだめ》へ投げ込まれて、その身が穢《けが》れたためだと、真底から恨んでいるのである。頼み手がなくなって、食うことも苦しいとなると、その恨みが、骨の髄に染《し》みてきて、この節は、小吉を殺そうと呪《のろ》ったり、垢離《こり》を取ったりしているとの噂を、小吉も実は知っているがこっちは屁《へ》とも思っていない。

一と頃ずいぶん親しい仲だった。小吉も物好きで、こ奴を面倒を見てやったり、自分も修験の法を教わったりしたが、その肥溜へ投げ込まれたという一件は元々喜仙院の方が、悪いのである。

元来が、根性っ骨の曲った奴だが、ある時、富籤の祈禱を頼みに来た御家人の家のものへ、力ずくで、ひどい悪さをした。その女は口惜《くや》しがって、その夜更《よふ》けに両国橋から飛び込もうとしていたところへ丁度小吉が、その頃、ひどく懐中《ふところ》が苦しくて、はじめて両国の広小路に出来ていた狐《きつね》ばくちの賭場《とば》の用心棒に頼まれて、一夜に五両貰《もら》って、もう、大喜びで、ここを通りかかった。

おっと危ねえ、なんてえ真似《まね》をするのだよ。死ななくてはならないのでございます、どうぞお見のがし下さいまし。なにをいうのだ講釈席の科白《せりふ》じゃあねえが死んで花実が咲くものかだ、まあ落着きなせえよ。

そして、話をきいて、

「太《ふて》え野郎だ。が、いくら困るからと云って天下直参という高い身分の家のものが、祈禱《いのり》で富籤に当りてえなどと、何処《どこ》の馬の骨だかわからねえ行者なんぞの処へ行くのがべら棒なのだ。貧乏だが割下水に、勝小吉のいることを知らねえのかえ、頼むと云われりあ骨が舎利《しゃり》になろうとも後へは退《ひ》かねえ滅法者さ。まあ、後はおいらに任せておくれよ」

小吉は貰ったばかりの五両そっくり女へやって、喜仙院にどうされたの、こうされたのと、決して人に云うんじゃあねえよ、悪い夢にうなされたのだとでも諦《あきら》めて、胸一つに納めて置くのが上分別、いいかえ。

そのいきさつを、黙《だん》まりで、小吉に、ふと出逢ったのを百年目と喜仙院、肥溜へ投

げ込まれて、半死半生の目に逢った。その上、この時、大きな声で
「これから何年何十年、出逢ったところが何処《どこ》であろうと、決してうぬを只じゃあ通さねえぞ。直参に悪さをすれあどんな目を見るか幕府様《だんな》の御威光を見せてやる」

と怒鳴りつけたものである。

この喜仙院も、どうやらひん用師の仲間らしいと、小吉はこの頃になって気がついたので、監物へ、これを話しかけたのだ。

監物は、勿体らしく手を打って、さっき取次ぎに出た奴を呼ぶと、なにか、こそこそと耳打ちをした。

そして、改めたように、小吉の方へ真っ正面に向き直った。

「どうも、御仲間とは存ぜぬもので、誠に、御無礼をいたしました」

監物は両手をついた。小吉は、へらへら笑って
「御無礼もなにもありはしねえよ。だが、長谷川寛次郎のところの銀の吹寄せは、ありあ少々罪が深《ふけ》えぞ」

「え？　あの一件も御承知ですか」

「知っているよ。あれあな、娘の嫁入衣裳《いしよう》を質に入れて拵えた血の出るような五両だ。

どうだえ、おいらとの交際《つきあい》の盃代りに、あの金をけえさねえかえ。お互い、吐出しは忌《い》やなもんだが、天下御番士を痛めちゃあ必ず御威光の罰が当る。本所の家人にはさわらねえが身の為だよ」

最初っから、監物は、小吉に押された。一方は只の悪党、一方はとにもかくにも、天下の御家人、小高《こだか》の貧乏ものだが、腕だけは、しっかりしている小吉である。度胸が違うというのであろう。

「わかりました。あなたのお顔を立てましょう」

「ほほう。そう素直に、承知をされちゃあ実に気の毒だ」

「その代り、なにか一つ、この監物をいい仕事に遣《つか》って下さい」

「いいとも、いいとも――これまで、度々、おれが仕事に遣ってやった多仲がとんと寄りつかねえところだ。いろいろ腕を借りてえ事があるわさ。が、多仲奴、この節は、何処にいるえ」

「下総《しもうさ》の中山にいますよ」

「法華寺で仕事をやる気かな」

「そうでしょう」

さっきの奴が、へこへこしながら酒や肴を運んで来た。

「どうぞお一つ」

監物が、盃をさした。小肴《こざかな》仕立ての粋《いき》な膳《ぜん》である。

「おいら、酒は、とんと、いけねえのだ」

「そうですか。では、お肴へどうぞお箸《はし》を」

「有難う。が、おいら、実あ、そうもしていられねえことが控えているんだ。今夜はこれでけえる故——じゃあ、五両貰おうか」

監物は、金蒔絵《きんまきえ》の手文筥《ぶんこ》を持ち出して、中から五両金を出して小吉へ渡した。

「安心しな、近々に、きっと埋め合せはしてやるよ」

「どうぞ願います」

監物はなおも引留めたが、小吉は、金さえ取戻せば、もう、こっちには用はない。それでも、一度おれがところにも遊びに来な、とそういって、日音院の門を出た。

空は、真っ暗で、星一つなかったが、並木辺りへ来るか来ないに、ぽつりぽつりと雨になった。

小吉は、尻《しり》をからげ、両手を袖《そで》へ突込んで、胸の前へ合わせると、とっとっと馳《か》け出した。

長谷川寛次郎は、もう寝ていたが、小吉が表に立って戸を叩《たた》いた時は、ひどい土砂降りになっていた。

「五両だ。いいかえ。小吉はずぶぬれだ。所詮《しょせん》御番士だ御家人だと、大きな顔はしていても、悪法をかく奴から見りあ餓鬼も同じだ。世の中というものあ底の知れねえものだから、とんと油断はならねえわさ」

そういって、長谷川の手へ金を渡すと

「おやすみ」

雨の中へ飛び戻って行った。待ってくれ、今、傘《かさ》を持って来る――長谷川は、うれし涙の声で、そういったが、小吉は雨の中から

「浅草からぬれて来たんだ。今から傘をさしても仕方がねえよ」

と答えただけで、すぐに姿が闇《やみ》に見えなくなった。

長谷川は、五両をかたく握ったまま、暫《しばら》く、其処《そこ》に、ぼんやりと立っていた。涙が、ぽたりぽたりと流れ落ちた。どっちにしてもたった五両である。武士一人が泣く程の事ではないかも知れない。が、長谷川は、嫁入りの日の迫った娘の衣裳が手にない心の苦しさ悲しさが、胸一ぱいになっていただけに、ああこれで娘の衣裳が戻るのだ、そう思うとただ、涙が出るのである。

「お、おい、勝が、勝小吉が五両取返して来てくれたよ」

長谷川は、そこへ出て来た妻女へ、そういった。妻女も、ぽろぽろと涙を落した。

次の朝、長谷川は、勝田と二人で、まだ霧雨《きりさめ》の中を早速、勝の住居へ行ったが、妻女のお信が、まだなにか勝手で、ことことと洗い物などをしているところであった。

「折角お見えなされましたに、もう半刻程前に、一寸《ちょっと》、下総の中山まで行って来るとて出ましたが」

「そうでしたか。いや、この度は、もう、なんと御礼を申していいやらわからぬ程、勝さんの御世話になりましてな、実は改めてそのお礼を申上げたいと存じて参ったのですが」

「おや、さようでございましたか」

お信はなにも知らない。が、とにかく、小吉が、今度もまたなにか、人からお礼を云われるようないい事をしたのだと、思うと、ただ、それがうれしくてならなかった。これまでもなんにも知らないお信へ、見た事も聞いた事もないような人がやって来て、心からの礼を云われた事は数知れない。が、そうした事が一度ある毎《ごと》に、お信は、自分達の生活《くらし》の苦しさも辛《つら》さも悲しさも、一度に拭《ぬぐ》い去られて、その生活に少しの不平も不安も無くなるのであった。が、小吉は、なにをしたのか、後でお信がきいても、極く簡単に、当然為《な》すべき事を為したという風に話してくれるだけなので、ただ、大づかみに、善い事をしたということだけを知るだけで、後は殆《ほとん》どわからなかった。

長谷川は、なにか紙に包んだものをお信の前に差出した。いくらかの金のようである。お信は、今まで、にこにこしていた顔をきっとして

「あなた様方は、勝を恥《はずか》しめようとなさるのでございますか」

低いがやや烈《はげ》しい声でいった。

「金などを出したのあ、まことに悪かったな」

「だから、おいらが云わねえこっちゃねえんだ。勝は慾得では小ゆるぎもしねえ。頼むと云われりゃあ、睾丸を質に置いてもという男なんだよ」

「まことに悪かったよ。勝に逢ったら、また頭からがみがみやられるなあ」

「云うだろう、御番士なんてものあそんなさもしい気のものかと」

「この長谷川が命にもけえられねえ大恩人だ。どんなことをしても詫《わ》びるよ」

「それより外に手はねえのう」

長谷川、勝田の二人は、しみじみと、こんな事を云いながら帰り道であった。

その頃、浅草新堀の道場では、麟太郎が、島田に代って、ただ一人で門人達へ激し

い稽古をつけていた。昼からは、また島田に代って、赤坂の南部家へ稽古に出なくてはならない。

が、島田は、ただ、じっとして自分の居間に端坐していた。霧雨がふって、春というに、ひどく、うっとうしい。

島田は、前日、麟太郎をつれて、大久保家へ行った時に、一刻《いっとき》近くも待たされて、そのまま稽古を止《よ》して帰ろうとした時のことが、あれ以来、心の中にこびりついてならなかったのである。大石安右衛門の、心やすげな応接に、忽《たちま》ちその機《き》嫌《げん》を直して終《しま》ったし、また自分を待たせた事も腹を立ててはならぬ程の理由があったのではあるし、本来そのまま忘れて終うべき事であるかも知れないのである。しかし問題は、あすこで、自分が一刻待つ事が出来ずに腹を立てたということである。恐らくは、あの時の麟太郎の顔よりも、もっともっと、浅ましい醜いものを見せていた事であろう。その顔を麟太郎にも見られ大石にも見られたのだ。島田は、自分の心を振りかえって見て、不愉快なものを、自分自身に感ずる。悟っていないとか、本当に人間が出来ていないとかいうことではない。ただ、自分という人間は、自ら信じていたよりも、案外、つまらない奴なような気がして、自然に心が重くなるのである。

それにしても、あの時に、大石からきいた高島秋帆《しゅうはん》先生東下《とうげ》のことは、一体、将来の日本国に、どのようなものをもたらすであろうか、先生はいよいよ長崎で自分の養った部下を引連れて江戸へ来て、西洋砲術及び洋式調練を、幕府の眼前に演習するので、当日、一方の警戒方《かた》を烏山藩へ命ずるの使者が、丁度あの時に来たのだ。早くから蘭学に関心をもった島田は何かしら力の足らないものを感じて堪《たま》らなく、じりじりさせられるのである。

道場の竹刀《しない》の響きがぱたりと止んだ。どうしたのだろうと思っていると、やや暫くして麟太郎が汗を拭《ふ》きながらやって来て、

「先生、高島先生の江戸の演習は五月九日と定ったそうでございます。只今《ただいま》、御組屋《おくみや》敷《しき》の本多貢《みつぐ》さんが、わざわざ、わたくしへ知らせに来てくれました」

といった。

小吉が、下総中山の法華寺へやって来て、中村多仲を聞き合せたら、はあ、あの紀州家のお金役をなされるお方でござりますな、あのお方様ならば、浄光寺《じょうこう》にお宿をなされてでござりますと、すぐに居どころが知れて終った。野郎、相変らず出たら放題を云って、そろそろひん用の手を使っていやがるな。小吉は、腹の中で笑って、その浄光寺の方丈《ほうじょう》へ、浅草日音院の斎藤監物の使者に来たものだといって、取次ぎを頼ん

だ。

雨降りの挙句で、からりと空が晴れているし、江戸に比べて、陽気が暖いか、中山は、ちらほらと桜の咲いたところもある。野も畑も青々として、樹々の若葉から、みどりがにじみ出ているようである。

取次ぎの小坊主が、やがて、奥にお通りなされといって来た。

小吉は、丁寧にして、奥へ通って、小坊主が静かに襖《ふすま》を開けるのを見ると、ふん、多仲奴、いい気なもので、立派な莨盆《たばこぼん》を前に、大座蒲団《ざぶとん》へ坐り脇息《きょうそく》へ肱《ひじ》を持たせ、床を前に、からだを斜めにして、悠々《ゆうゆう》と構えている。ほほう、こ奴あ監物のように馬鹿々々しい道具立てをしないが、ぴたりと板についていやがる。小吉はそう思いながら、畳へ頭をすりつけるように平伏した。

多仲は、びっくりした。出て来た奴が、人もあろうに、本所の勝小吉だ。いやな奴が来たものだ。が、なあに多寡《たか》の知れた貧乏御家人、どうでも成るだろうと、いくらかは安く見て、こっちは、依然、そのままでいると、小坊主が去ると共に、小吉は、そっと顔を上げた。

「多仲、おいらを知っているだろうの」

「知っている」

「長《なげ》え短《みじけ》えは云わねえ、能勢の妙見の講金二十両、黙って出しな」

「なに、妙見の講金だと？」

「とぼけるのかえ」

「知らん。わしは、あの講へ三両喜捨についたが、二十両とはなんの事かな」

「おい」

と、小吉が、なにか云おうとしたら、

「こらっ！　紀州家家中をなんと心得る。直参であろうとなんであろうと、許さぬぞ」

多仲、高飛車《たかびしゃ》に呶鳴《どな》りつけた。

「笑わせるな、多仲」

と小吉は、ぐいと、からだを乗り出して

「こ奴あ、案外血の廻《めぐ》りの悪い野郎だな。おう、日音院の斎藤監物の使者だと名乗っただけで、もう、ぴんから切りまで知れているたあ感じねえのか。え、おい、ひん用をやるなら、もちっと纏《まとま》ったところでやれ、信心深《ぶけ》え方々が、僅《わず》かばかりの金を集め、御神鏡を献納しようという奴を、ひん用するたあ少々仕事が小せえじゃあねえか。な、黙って出せ、金せえ出しゃあおいら、そっとけえってやるよ」

案内の小坊主が、早くもこれは只事ではないと、気がついて知らせたのであろう。方丈にいた坊さん達が、いつの間にか、足音を忍んで、襖の外へ集まって来ているのを、悪者だけに、多仲もすぐに感づいた。

「無礼千万な奴だ。いかにその日の生活《くらし》に困る小普請《むやく》の小高《こだか》ものとは云いながら、苟《いや》しくも天下直参が、左様な云いがかりを申し参るとは、許し置けぬ不届きものである。退《さが》れっ、退れっ」

「おや、てめえ、本当《ほんと》の馬鹿か」

「退れっ、退れっ」

「おい、多仲、おいらあな、喧嘩《けんか》に来たんじゃあねえんだよ。ただ、妙見の二十両をけえして貰《もら》いやそれでいいのだ。お寺で喧嘩もみっともねえ。え、おとなしく出したらどうだ」

「いよいよ以《もっ》て許し置けぬ。汝《なんじ》の如《ごと》き無法者は世の毒、人の患《わずら》い、成敗してくれる。さ、表へ出よ」

「へへえ。どうもこ奴あ驚いた。え、小吉あな、剣術遣《つか》いだよ。途方もねえ馬鹿故《ゆえ》に、こんなに貧乏はしているが、剣術だけは一人前、本所深川、数多い剣術遣いの中で、おいらと互角に勝負をつけるは、先《ま》ずおれが甥《おい》っ子の男谷《おたに》精一郎がただ一人だ。お前、ほん気で、おいらとやる気かえ」

「出よ、出よ」

多仲は、もう、刀を引下げて突っ立った。

襖の外の坊さん達は、ここへ割って入って、この争いを留めようともしたが、その中の年かさの云わば老僧ともいう人が、何故《なぜ》か、これをこのままにして置くように言い張って、多仲の立ったをきっかけに、みんな、そこから逃げて終った。

二人は外へ出た。燕《つばめ》が、すいすいと飛んでいた。

小吉は、内ふところ手をして、先に立って、へらへら笑いながら寺の門を出て行く。多仲は、うしろから唇《くちびる》の色を変えて随《つ》いて行く。小吉の腹では坊さん達の見ていないところへ行ったら、多仲は手すりこっぱいの詫びをいって、金を出すのだろうと思っている。

寺を出て、野へ続く。少し行くと法典《ほうでん》ヶ原のかかりになる。それから鎌ヶ谷原へつづくから、もう、その辺まででいいだろうと思っているが、行っても行っても、うしろを歩いている多仲が、なんとも云わない。

「おう」

と小吉は、うしろ向きのまま、

「お前、ほん気でやる気かえ」

「命が惜しいなら助けてやる。さっさとけえれっ」

「ほほう、こ奴あ気が強いな。そこへ行くと同じひん用の仲間でも監物などは先が見える、おいらの面《つら》を見て直ぐに詫びをいってひん用の金を戻し、なにか割のいい仕事に使ってくれと頼んだが、お前は、余っ程馬鹿と見えるの」

暫《しばら》く経《た》つと、小吉が一人で、にこにこしながら、浄光寺の方丈へ戻って来た。そしてそのままつかつかと上がって、多仲のいた座敷へ通ると、床の間に置いてあった手《て》筥《ばこ》を持って、また坊さん達のいる方へやって行った。

「騒がせて済まない事をしたが、あたしゃあね、江戸の本所入江町にいる幕府家人勝麟太郎というものの隠居だ。決して怪しいものじゃあないんだよ。実は、中村多仲というあ奴は、紀州様の家来だなどというのは出たら放題でね。正体はひん用師だ。つまりは、はめ師だよ。も少しこのまま化の皮をひんむかれずにいれあ、この寺だって、何をされたか知れやしないのだ」

と、そう云って

「この手筥は、今、あ奴のいるところまで、持って行くのだが、はめ師にしてもとにかく他人様の手筥だ。あたしが一人で持って行くも妙だから、済まないが、どなたか、あたしと一緒に御苦労をして下さる事あ出来ませんかえ」
坊さん達は、無言で、みんな顔を見合せた。そして、いつまでも黙っていたが、とうとう年嵩《としかさ》らしい人がひとり
「よろしゅうござります。お供を申しましょうが、中村様は、一体、どこにいられますのでございますか」
ときいた。小吉は
「すぐ其処だがね。何分にも、あ奴あ、皆さんの前で、尻《し》っぽを出したくないものだから、ああして強っ気な事をいっているのだと思って、わざと、人っけのない処《ところ》まで連れて行ったが、わからねえ奴で、とうとうあたしの、うしろから抜討ちに斬《き》りつけたのさ。ほん気で斬る気なのですよ。どうにも仕方がないものですから、なあに、そのほんの一寸した事をして、待たせて置いてあるのですよ」
と答えて、やがて、坊さんが二人、小吉と一緒にお寺を出た。
多仲は、原っぱのかかり端《はな》から、少し奥へ入った大きな榎《えのき》の木に、自分の刀の下緒《さげお》でうしろ手に縛りつけられて、如何《いか》にも面目なさそうな顔をしていた。生憎《あいにく》、通り合

せる人もなく、助けて貰うことも出来なかったのであろう。

「さ、持って来たよ」

小吉は、そう云って、手筥を多仲の前へ置くと、縛りをといてやった。坊さん達は、あっけに取られ、まるで、顔色を失っている。

「だいぶ重いじゃあねえか、みんなひん用でとった金か」

その小吉の眼の前で、多仲は、仕方なさそうに、手筥の紫色の紐《ひも》をといて開けた。小吉が覗《のぞ》いた。

「や、石がへえっていやがる」

坊さん達も、思わず、それを見た。多仲はあわてて蓋《ふた》をしめて、横へかくしながら中から取出した二十両。黙って、小吉へ渡した。が、小吉は
「お寺へもいくらか喜捨につけよ」

石も入っていたが、金も三四十両入っていた。多仲は、三両寺へ出した。小吉は、それを見ると
「じゃあこれで、おいら、帰るのだが、もう本所へ来て御家人相手の、ひん用はやめろ。止めなけれあ、今度こそ、おのが五体は、満足じゃあいられねえぞ」

そういって、仕方なさそうにうなずく多仲の哀れな姿を尻目に、坊さん達へ詫びをいって、もう、とっとと、歩き出していた。

行徳《ぎょうとく》から船にするつもりで、田尻へ出てひょいと気がつくと、滅法、腹がへっている。船へのる人や、中山へお詣《まい》りの人達が、みんなこの辺で腹ごしらえをするためか、小さな村だが、そちこちに一ぜん飯屋のようなものがある。

小吉は直ぐに、一つへ飛び込んで、一品二品拵《こしら》えて、さてすっかり腹が出来て、銭を払おうとして、奥を見ると、こっちを見て、にやにや笑っている女があった。その女の横には、どうやら只の仲では無さそうな若い船頭らしい男と、もう一人は、何処から見ても判人《ぜげん》らしい男がいて、やっぱりこっちを見ている。

なあんだ。あの女は、岡野の江雪の薄情妾《めかけ》じゃないか、こんな処にいやがるのか、と、そう思ったが、別に用もない。知らぬ顔で立ち上がった。

女は、船頭らしい男を、そそのかして、頻《しき》りに、なにか云わせようとしているようであった。が、男たちは、さすがに尻込みをしている様子。小吉は、大きな眼で、じろりと睨《にら》んで、わっはっはっはっと、途方もない大声で笑い放して、ここを出た。また売られて行きやがるのだろう。なあにあんな情け知らねえ阿魔《あま》なんざあ、犬にでも喰われて死にゃあいいのだ。ほんとに、そう思っている。

女を見ると、小吉は、今度は急に、岡野の奥様《おまえさま》の事を思い出した。

「岡野の方も早くなんとかしなくちゃあならねえなあ」

その小吉が、江戸へ戻って、家へも寄らず、妙見の禰宜《ねぎ》の長谷川老人へ、二十両渡してやった時の老人の喜びようは、この老人、このまま気でも違って終うのではねえだろうかと小吉が思った程であった。

それを見て、小吉は、疲れも、くしゃくしゃした腹の中も、一度に、すっとして終ったようである。

禰宜は、家へかえる小吉を、ぺこぺこぺこお辞儀をして、幾度も幾度も、涙を拭《ぬぐ》いながら、何処《どこ》までも何処までもついて来る。

「もう、帰れよ。みっともなくて歩けやしねえよ。ほうら、向うから来るなあ切見世の坐り夜鷹《よたか》のお妙じゃあねえかよ。笑っているよ。さ、けえれ、けえれ」

「はい、はい、帰ります。帰ります。こ、これで、この老人の、命も助かりました」

「そうだっけのう。おいらあとっくにお前、死んででもいるかと思ってけえって来たが」

「滅相もござりませぬ。このお金を神主様へ差上げない中は、死んでも死に切れなかったのでござりますよ」

草

桜の噂《うわさ》をしている中に、もう江戸には夏が一ぱいになった。本所の家人が、初鰹《はつがつお》を売る奴に、銭が無いので買えないのだろうというような当こすりをされた口惜《くや》し紛れに腰の物の鍔《つば》を売払って、その半身《かたみ》を買って、そ奴をまたその魚売りの眼の前で、猫に喰わせたなどという馬鹿々々しい話が伝わったりしている。

貧乏の小吉は、あれ以来もう、にっちもさっちも行かなくなって終《しま》っていた。岡野の葬式に費《つか》った借り衣裳《いしよう》の金も大変だし、お客筋の刀を上州屋へ持ち込んだあれを受出すことだって、ずいぶんひどい遣《や》り繰りをして終ったので、三度々々の米代にも方々へ駈《か》け廻らなくてはならないようなことになっている。

それあ悪どい事をする気なら、切見世の上がり銭だって、纏《まと》めて手に入れることも出来ようし、例の狐ばくちの用心棒だって稼《かせ》げるのである。それに道具市の方だって、実はどうにでもなるのだが、そんな事はやりたくない。

仕方がないのでその道具市の世話焼きさんに、また大層心配をしてもらってずっと、神妙に夜見世へ出ている。一つ目の往来の地べたへ古い茶道具だの掛け物だの、侍道具の小物だのを並べてそこへ坐って毎夜まじめに売っているのである。

今夜は、少し風があるせいか、まだひと品も売れない。その前、三日つづけて雨。小吉は弱り切っていた。

世話焼きさんがやって来た。

「どうしましたえ」

「売れねえわさ」

「出足が少のうございますからね」

「そうだよ。が、おいらも、いよいよ首っ吊《つ》りかな」

世話焼きさんは、にこにこ笑ってその前へしゃがんだ。

「ね、先生、余計な話でございますがね、みんな、そう云ってるんでございますよ。仕方がない、岡野の殿様に少しなんとかさせたがいいじゃあないかと」

「馬鹿あ云うな」

小吉は苦笑した。

が、本所の者たちはみんな云っているのである。実は、小吉は、妙見の金を取戻してから直ぐに、岡野の知行所《ちぎょうしょ》大阪の御願塚《ごがんづか》村までやって行って、岡野の家が生きかえるように金の工面をしてやった。その時は、切腹をする狂言までやって六百両という大金を持ち帰って、先《ま》ず岡野の家の千五百石は当分安穏ということにまでこぎつけたので、みんな、先生も今度は少なくとも百両の礼金は貰《もら》ったろうということであった。ところが、真相は世話焼きさんが知っている。百両どころかいくらか金を出そうという孫一郎をこっぴどく叱《しか》りつけて、気が済まねえなら貰ってやると、たった木綿を一反貰っただけなのだ。

岡野家は、曲りなりにも、いい工合になったはいいが、葬《とむら》いの費用までこっちへ背負い込んでいる小吉のために、第一世話焼きさんをはじめ仲間のものがやきやきしているが、本人はこの通りだ。

「先生が云えねえなら、せめて、あの葬式ん時のかかりだけでも、岡野の殿様に出していただくように、わたくしから申上げましょうよ」

「いけねえいけねえ。え、世話焼きさん」

と小吉は、今にも、そんな事を云って、行きそうな世話焼きさんの袖《そで》もつかまんばかりにして

「あれあな、おいらの、死んだ江雪への心づくしだよ。あ奴を、孫一郎に出させちゃ

あ、冥土《めいど》で江雪に逢《あ》わせる面《つら》が無くなるよ」

「でも、どうにも先生も余り——」

「いいんだよ、貧乏は馴《な》れっ子だ。当分、こうして置いてくんなよ、え、それよりも、おいら、近々に、孫一郎へ嫁を世話してやる気でいるんだ。江雪が生きている間は、親父も途方もねえ道楽もんだし、倅《せがれ》もあの通り故《ゆえ》、嫁に来手《きて》もなかったが、孫も、近来はとんとおとなしくしている故、おいら、貰ってやる気だ」

「先生、先生」

と世話焼きさんは、泡《あわ》を喰って、

「まあいい加減になさいましよ。他人の世話も程がありますよ。この上、そんな事でまたなにやかやと」

「そうなんだよ。その時あまた、お前さんのとこで、おいら、世話にならなくちゃあならねえから、頼むよ」

「あなたという方も、ど、どうにも、困ったお人ですねえ」

「すまねえ、すまねえ。が、な、世話焼きさん、おいらのような放図もねえものから出来た倅故、どんな阿呆《あほう》になるかと思ったら、いい塩梅《あんべえ》に麟太郎はな、師匠の虎の眼《め》鑑《がね》に叶《かな》っての、きのう、往来で、虎んところの大野文太というのに逢ってきいたが、虎の代稽古《だいげいこ》で、三味線《しやみせん》堀《ぼり》の烏山侯をはじめ、大名屋敷も一二ヵ所、それに大身の直参が二三屋敷、忙しく廻っているそうだ。え、それに、浅草向柳原の伊勢の藤堂《とうどう》さんにも、神田上小川町の土浦侯へも行くそうだよ。喜んでおくれな」

「へへえ。さようでございますか。それあ豪儀だ、それあ豪儀だ」

「何しろ、島田虎之助と云やあ、先ず、亀沢町の男谷を除いて江戸一だ。ま、倅も、いい師匠に就《つ》いたというものだ。え、おい、こ奴あ、どうやら鳶《とんび》が鷹《たか》を産んだわさ」

その鷹の麟太郎は、今、道場で、島田のこれまで見た事もない鋭い嶮《けわ》しい眼の前に晒《さら》されていた。

「貴様、この俺の、代稽古位を勤めてもう慢心しおったのかっ」

島田は本当に腹を立てたような声であった。

「よし。貴様、その慢心の腕で、俺を撃ってみろ」

そういうと、それまで、師範席に端坐して、麟太郎が門人達へつけている稽古を見ていた島田は、素早く、支度《したく》をして、道場へ下りて来た。

「俺が死ぬまで撃て。俺も貴様が死ぬまで撃ってやる」

麟太郎は、ぴたっと竹刀《しない》をつけながら、面の中に、いつもとは違って、鏡のように光っている師匠の眼を見た。ただ、それだけで、立ちすくむような気がした。

島田は、いきなり、ぴーんと、麟太郎の小手を撃った。

「あっ」

麟太郎は、自分の手首が、そのまま何処《どこ》かへ飛んで行ったのだと思った。勿論《もちろん》、竹刀は、ただ一撃で、そこへ転げて終った。

「参りましたっ」

「いや、貴様はまだ、生きている。竹刀を拾えっ」

「はい」

麟太郎は、竹刀を拾って構える間もなく、島田の竹刀は、真正面から、頭上へ飛んで来た。

ふらふらっとした。そして、次の瞬間には、自分が又もや竹刀を何処かへ払い飛ばされて終っているのに気がついた。

面が剥《は》ぎ飛ばされた。そして、それと同時に、自分の五体が宙に大きくもんどり打ったようであった。

麟太郎は島田が柔術《やわら》の手で、自分を締めつけているのを知った。そして、柔術は自分にも覚えがある。逆に島田に締めかかってやろうとした時は、もう、自分の意識さえ、朦朧《もうろう》として来て終っている。

島田は立ち上がった。

門人は、まるで、怖《おそ》れおののいてでもいるように、遥《はる》かうしろの方へ引下がって、みんな顔色をかえていた。

勝は本当に死んだのではあるまいか、みんな、そう思ったのである。麟太郎は、道場の真ん中に、仰向けに延びて身動きもしなかった。

島田は、立って、その姿を見た。そして再び膝《ひざ》をつくと、麟太郎を抱《かか》えるようにして、えっと活を入れた。

麟太郎は、すぐに気がついた。そして、じっと島田の顔を見ている。次第に意識がはっきりして来ると、もう何事もなかったようににっこり笑った。

「先生っ、わたくしの死状《しにざま》は如何《いかが》でございました」

「うむ？」

「麟太郎の死状は如何でございましたろう」

島田は息を呑《の》んで、いつまでも、麟太郎の顔を見ていた。瞬《まばた》きもしなかった。

「勝、天晴《あっぱ》れだ。天晴れな死状であったぞ」

島田の声は少しうるんだようであった。

そして、麟太郎が、席へ戻るのを待って、
「今日から、勝麟太郎は島田虎之助の皆伝だ。各々《おのおの》も、さよう、心得られたい」
声高く、生色もない門人達へ披露した。

島田は、日頃、各流派の伝書なるものは、子供だましだと軽蔑《けいべつ》してかえり見ようともしなかった。あれは昔の剣客が、学問もなく物も識《し》らず、解《わか》りもしない禅の上の言葉だの、俚言《りげん》などを、綴《つづ》り合せて、真実は自分自身にもわからぬようなものを書いているに過ぎないものだ。その後統《こうとう》の奴らがまたそれを振りかざして、弟子共を誑《たぶら》かし、それを伝えられた弟子は、愚かにもただそれだけで堂に達したと思い込んで、人を侮《あなど》り天を侮るような事になる。所謂《いわゆる》世の伝書こそ百害あって一利無し、剣法の皆伝はその心法の自ら到《いた》れるところを以《もっ》てすべきであるといっていた。

如何《いか》にも今日の麟太郎の遣《つか》いぶりには、これまでに無かったある臭いものが生れていた。島田の云うように、慢心という程のものではない。が如何にも、人に教えるという態度の厭味《いやみ》、知らず識《し》らずの間に思い上がったような心の中の濁り、麟太郎にしても恐らくは自分にも気づかぬものであったろう。

しかし、麟太郎が、自分の死状をきいた一言は、ひどくさすがの島田をも感激させた。

「立派だぞ勝、心の汚《し》みも技の汚みも、あの一言で拭《ぬぐ》い取られた」

奥へ入って座へつくと、改めてこういって、それから、大野に、少しばかりの神酒《みき》と肴《さかな》を整えさせそのお下がりを

「祝だ、一盞《さん》行け」

島田が自ら盃をさした。

が、次の朝、道場へ出て其処《そこ》にいる門人達の顔に、或る種の不平のにおっているのを、島田はすぐに感づいた。いや、その朝それを知るまでもなく、いかに古参の門人とは云いながら、まだ若年の勝、しかもまだ島田の免許皆伝に至らない勝が、諸大名屋敷への出稽古に、反感を持ち、不平を持っている事は、とっくに察していた。

「些《いささ》か話す事がある、御一統、席について貰おう」

島田はこういって、ぴたりと正面の席についた。麟太郎はその横に坐っていた。門人達は、道場の板の間に行儀正しく膝《ひざ》を並べて坐った。若いものも、中年の者も、腕の上下なく入門順に並んだ。

「わたしは予《かね》て諸子に云ってある。剣法の秘とはなんぞやという事について、改めて、ここにまた話したいのである」

島田は、こう云いながら、一人々々の眼を順々に見て行った。

「心に得て手に応ず、剣そのものが人を撃つのではない。即《すなわ》ち心が能《よ》く人を撃つのだという事である。だからわれわれは先ず常に工夫して心法を究《きわ》めなくてはならぬということは諸子は早く承知の筈《はず》である。参禅をすすめ、王子権現《ごんげん》への夜詣《よるもうで》をすすめ、酷寒猛暑の稽古、あれは、からだを練るだけではない。要はひたすら心を練り心を究めるに在る。わたしは、その心の到達したものを昨日勝麟太郎の上に見たのである。立派に死にたい、死を美しくしたい、そして立派に死に得、美しく死に得れば、剣の修行も、いや人間そのものの修行も、すでに到れりである。即ち、島田が、即刻、勝へ皆伝免許したる所以《ゆえん》であります」

島田はその上、若《も》し君たちが、勝と同じような立派な死に方が出来、試合の間に、常にその死に方について心を置くことが出来る自信があるならば、今から、わたしが対手《あいて》になるから、誰でも申出るがよろしい、そして、あの時の勝のあの立派さがあるならば、島田は、どなたにでも喜んで免許皆伝を惜しまないといった。が、別に、自分が島田の前に立とうというものはなく、その日は、そのまま、日常と同じ稽古になった。

麟太郎は、間もなく、島田の供をして、同じ新堀端の三千石の旗本松平内記《ないき》の屋敷へ出稽古に行った。島田が新堀へ道場を出すについていろいろお世話にもなったし、方々へ、島田虎之助の何者であるかを推挙して下さる人でもあるので、島田は、この屋敷と、木挽町《こびきちょう》潮留橋際《ぎわ》の自分の国の殿様である中津藩奥平家の上屋敷へだけは、どんな無理を推しても、必ず、代稽古をやらずに、自分で出て行っていた。

島田は内記の顔を見るとすぐ、喜んでいただきとう存じます、勝麟太郎に、昨日、皆伝いたしましてございますといった。内記は、ほほうーと、まじまじ麟太郎を見ながら、近来、とかくに風儀宜《よろ》しからず、柔弱の噂《うわさ》ある小普請《むやく》の者の間から、島田の皆伝を得るものが出たという事は、幕府様御家に取りても大慶至極である、予も心ばかりの祝儀《しゅうぎ》しようといって手ずから、御袴代《はかまだい》を下さった。

この屋敷を退《さが》ったのは、お昼少し過ぎであった。門を出るとすぐ島田は

「どうだ、御両親がところへ行って来ぬか。ずいぶん久しゅう参らぬで」

といった。

「はい、有難うございます」

「が、泊らずにかえれよ」

「はい」

「虎が宜《よろ》しゅう申したと、お父上へな。はははは」

松平家からの御袴代を、そのまま島田から渡されて、これを懐中に、麟太郎は、そこからはすぐ鼻っ先の道場へも寄らず、そのまま本所へ駈けるように歩いていた。

浅草御門へ出て両国橋を渡るつもり。いやでも広小路の賑《にぎ》わいの渦を抜けて行くのである。曲鞠《きょくまり》だの、枕返《まくらがえ》しだの、籠抜《かごぬ》けの軽業《かるわざ》だの、玉乗り、縄渡り、座頭《ざとう》相撲、力持ちだの、うっかりしていれば、行く事も帰る事も出来なくなるような人混みである。

麟太郎は、ついい、なにやらの女太夫《だゆう》の絵看板に気をひかれて、これを見上げた時である。どーんと、誰やらが、胸元へ突き当った。はっとした、が、と同時に、それが女である事がすぐにわかった。なにかほのぼのとした香の匂《にお》いが、しかもその女が、その辺の町家の人や武家の人でない事も感じられた。

「まあ、姐《ねえ》さんとした事が」

その女の連れらしい別の女の声がした時には、麟太郎も、もう、はっきりとその対手を見定めていた。

二十四五と二三と、一人はずっと若くまだ十五六とも思われる三人づれの、何処《どこ》から見ても芸者である。箱丁《はこや》かしら、若い男が一人うしろについていたが、一番年かさ

の所謂姐さんが、うっかりしていて若い御武家に突き当ったと知るとあわてて飛び出して、一番前へ来て

「誠に御無礼をいたしました。どうぞ御勘弁下さいまし」

からだを二つ折るようにして、お辞儀をした。麟太郎は、どぎまぎした。頬《ほお》が真っ紅《か》になったのが、自分にもわかる程であった。こんな人混みの中で、こんな女たちと、こんな事をしているのが、穴へでも飛び込みたい程に気まりが悪いのである。

「いやあ」

そういうと、その辺にいる人達を、掻《か》き分けて、逃げるようにして駈け出した。年増《としま》の女が、この麟太郎のあわてたのをおかしがっているのであろう。いかにも艶《なま》めかしい笑い声が後を追いかけるように聞えて来た。

麟太郎は足を停めた。そして、振返った。笑声がなんという事なしに振向かせたのである。しかし、その声の主は、もう、今の粗末な風采《ふうさい》の若い武家のことなどは、忘れでもしたように、もう看板絵を指さして話しながら立ち去って行く後ろ姿を見せていた。

が、三人の中の、一番年若い女ただ一人が、じっとこっちを見ていた。どちらかと云えば丸顔で、すらりとした人であった。

その濃い睫毛《まつげ》の中の瞳《ひとみ》が、振返った麟太郎の瞳とぱったり逢った。女は、にっこりして頭を下げたが、それっきりで、すぐに年上の女たちの話の中に交って行って終った。

麟太郎が、入江町の家へ帰った時は、母のお信がただ一人で、ほんの小さな狭い庭に出て、土いじりをしているところであった。垣根に沿って植えてあるあかめもちの葉についた虫をとっていた。真っ紅な美しい新しい葉が、この庭へもの優しさを漂わせていた。

「おかあ様」

麟太郎は、うしろから声をかけた。

「まあお前」

「先生のお許しが出まして、一寸《ちよつと》、帰って参りました。おかあ様お喜び下さい。昨日、先生から免許皆伝をいただきました」

「え？　皆伝」

「はい。その喜びを、お知らせに参りました。それから」

と、麟太郎は、松平家からの頂きものを母へ差出した。

お信は、無言で、そのまま、裏井戸へ行くと、手を洗い、口をすすぎ、そして、はじめて麟太郎から、それを受取って、座敷へ上がると、小さなお仏壇へ、おあかりを上げ、香を焚《た》き、その前に、ぴったりと合掌した。

涙が、幾筋も、幾筋も、頬を伝って、膝へ落ちた。


母はなにも云わない。が、どんなに自分のことを喜んでくれているか麟太郎にはよくわかる。長い間の生活《くらし》の御苦労で、うしろ襟《えり》の辺のいたく衰えなされているのを見ると、麟太郎も、胸がこみ上げて来て、堪《こら》えようとしても、堪えようとしても、自分もやっぱり泣きそうになる。

お信は、暫《しばら》く仏さまを拝んでから、麟太郎の方へ向くと、改めたように
「お目出とうよ」

と、泣きながら、笑顔を見せられた。

「みな、お父上、おかあ様のお蔭《かげ》でございます」

やっとそれだけ云ったきり、麟太郎は、両手をついてうつ向いて終《しま》った。お信は、こんな時はおとう様も、お早くおかえり下さればいいが、と本当にそう思ったが、小吉の事である、今頃は、何処でなにをしていることか。

夕方近くなった。お信は台所へ立って貧しくとも、麟太郎のために、夕餉《ゆうげ》の仕《し》度《たく》を

する庖丁《ほうちょう》の小さな音を立てている。麟太郎は、庭へ下りて、跣足《はだし》で、その辺へ水を打ちながら、道場のことや、同門の人達のことや、出稽古先の人達のことなど、母の喜んでくれそうな話をきかせた。お信は、久しぶりで、ずいぶん嬉《うれ》しい幾刻《とき》かを過していた。

軒下に蚊柱が立っている。しーんとした静かな夕暮だ。

突然、裏の方から、ばたばたと人の馳《か》けて来る草履の音がした。そして、すぐに、そこへ姿を見せたのは、岡野の屋敷のじいやであった。先代からずいぶん長く奉公をした老爺《おやじ》であったが、岡野の家がいけなくなって、奉公人一人残らずに暇を出した時に、じいやも一緒に出された。それがこの度岡野が、小吉のお蔭でまたどうやら持ちこたえがつく事になったので、再びじいやだけは戻って来ている。そのじいやが眼のくり玉を丸くして、息を切っているのである。

「せ、先生は、先生は」

といって、麟太郎を見ると、あわてながらお辞儀をして、すぐにまた先生はといった。

「不在ですが――」

「御新造様《ごしんぞさま》は」

「母は居りますよ」

そのお信は呼ばれるまでもなく、台所から顔を見せた。じいやは、まるで逆上した人間のようにお信の前へ馳け寄ると

「た、た、大変でございます。嫁御が、嫁御が参るのでございます」

「嫁御さんが？　何処の嫁御さんでございますか」

「屋敷へ、屋敷へ、今、嫁御が参るんです」

え？　お信は吃驚《びっくり》した。そして、黙って、じいやの顔を見返した。小吉が孫一郎の身を固めさせようと、麻布市兵衛町の伊藤様とやらへ、嫁の話をすすめているとはきいているが、今日出し抜けにお輿《こし》入れとは、どうにも飛んだことだ。

話をきいて見ると、どうも、その麻布の方ではなさそうだ。嫁さんは今すぐ駕《かご》で来るからと、立派な裃《かみしも》の武士が二人すでに乗り込んで来ているというのである。

主人の孫一郎が、この二人と、なにやら二た言三こと話していたが、ひどく弱った様子でとにかく座敷へ通して、ちょいと隙《すき》を見てそこを脱《はず》して出て来て、内緒で、勝先生を大急ぎで呼んで来てくれと頼んだという。

そこへ、今度は、お気の毒に、おまえ様が、また真っ蒼《さお》になってやって来た。

「何処やらの、悪性《あくしょう》の女の押掛けらしいのでございます。どう致しましたら宜しゅうございましょう」

一ぱい涙をためている。折角、小吉のお蔭で、お上表《かみおもて》もごま化して、千五百石が曲りなりにも立直《たちなお》りそうだという大切な時に、またこんな事件が起きて来た。ただの女の出入りとは違って、嫁入りとなっては只事《ただごと》では済まないことでしょうからと、おまえ様は、とうとう袖《そで》で顔を掩《おお》うて泣いて終《しま》った。

それにしても、こうした場合、小吉がいなくては、どうにもならない。困りましてございますねえ。ほんとうに、どう致したら宜しゅうございましょう。女二人が、それを幾十遍繰返した。それでもお信は思いついてとにかく、先《ま》ず三笠町裏町の切見世を一廻りして見て、それでいなかったら道具市の世話焼きさんのところへ行って見て下され、ひょっとしたら、行先が知れるかも知れませぬと云ったので、じいやは、直ぐに、そっちの方へ飛んで行った。

麟太郎は、そっと母の袖を引いて、家へ入れた。そして低い声で

「如何《いかが》でしょうか、わたくしがお屋敷の方へ行って見ましょうか」

といった。お信は、すぐに

「成りませぬ」

といった。叱《しか》るような調子であった。

「孫一郎様が困っているでしょう。わたくしが知らぬ顔でいては、いかがかと思いますが」

「いいのです」

お信は、いっそう強い声で
「こういう事は、あなたの係《かか》わることではありませぬ。あなたはまだ世の中の人ではない。修行中のおからだですよ」

「は。でも――」

「成りませぬ、世の中は溝川《どぶがわ》も同じもの、汚れたもの、穢《きた》ないものが、渦を巻いて流れています。そんなところへあなたのような若い方が、一度、足を踏み込んだならば、その足は汚れて終うのですよ。一度二度は拭《ぬぐ》えば綺麗《きれい》にもなりましょう、が、それがやがて三度四度と、足を突き入れる因《もと》になるものです」

お信は、暫くじっと麟太郎の顔を見つめていた。

「あなたは、直ぐに道場へおかえりなさるが宜しゅうございましょう。今宵は、おとう様はいられなくとも、この母と二人、ただ二人、貧しくも膳を並べて御飯をいただこうと思っておりました。が、こんな事になりましては、どちらにしても、世の中の醜いものを見なくてはなりませぬ。麟太郎、おかえりなされ」

しかし麟太郎は、今、眼の前の事が、岡野家というよりは、なにかしら、自分の家にふりかぶさって来たことのような気がして、ここへ母一人を置いて、道場へ戻ることは出来難かった。いや、それよりも、こうした場合に、こんなに、はっきりとした云わば毅然《きぜん》とした態度ともいうべき母を、これまでかつて一度も見たことのなかった麟太郎は、不思議なものに打たれたのであろう。

「お帰りなされ」

お信は、もう一度、そういうと、もう、岡野のおまえ様の方へ引返して行った。

丁度そこへ、全く、思いも掛けず、降って湧《わ》きでもしたように、ぶらりと戻って来たのは、相変らずの小吉だった。

今日はひどく愉快そうな顔をして、刀を六七本も大風呂敷へ包んで、こ奴を横抱きに、買い求めて何処かで履《はき》かえたと見えて新しい雪駄《せった》を指先へ突っかけて、やって来た。

「おうい」

と、入口からお信を呼んだが、すぐに

「おや、麟太郎、来ているな」

といった。お信と、麟太郎が、一緒にそっちへ出て行った時は、小吉は、刀の包みを片づけて、立ったまま
「どうしたよ、変りあねえかえ」

にこにこした。しかし、裏にいる岡野のおまえ様が、同時に、小吉の眼に入った。おまえ様が、お可哀そうに、まるで猫の子のように小さくなって、裏口から上がって来た。仕様のねえ屋敷だ、またなにかはじまったな、小吉は直ぐにそう感づいた。おまえ様の話をきくと、今度は、小吉の方が、飛び上がっておどろいちまった。

「そ奴《いつ》あ途方もねえ」

もう、刀を引っつかんで膝《ひざ》を立てた。

「今、麟太郎が参るなどと申しておりましたところでございますが」

お信がそういうと、小吉は、聞き間違いでもしたように、何？　と小首をかしげて、

「麟太郎が？」

「はい」

「馬鹿野郎」

割れるような大声で、怒鳴りつけると、再び雪駄《せった》の裏金《うらがね》が、ちゃりちゃりと、小石

に当る音がして、おまえ様が、後を追った時は、小吉はとっくに、岡野の屋敷の中へ入って行っていた。

お信は、無言のまま、ほうれ見なされ、おとう様もああおっしゃったでしょう、さ、道場へかえりなされと、眼に物を云わせた。

麟太郎が、表へ出ると、真っ正面に、宵の明星が、晴れた夕空にすがすがしく輝やいている。

お嫁さんであろう、岡野の門へ、美しい女乗物が一挺《ちょう》入って行くのを見た。が、その駕の周囲にいる人達は、裃こそ着ているが、誠に得体の知れない顔つきの人間ばかり、二十人余りもいる。

麟太郎は、このまま帰れなくなった。

先乗りの二人は、さすがの小吉にも見たことのない顔だ。二人ともでっぷりとして、軀《からだ》のこなしから見て、いくらかは遣《つか》えそうである。

孫一郎は、たった今まで小さく縮んでがたがた慄《ふる》えていたが、小吉が入って来たのを見ると、やっと人心地がついたようだ。

小吉は、孫一郎の傍《かたわ》らへ黙って腰を下ろすと、左の膝を立て、その膝っ小僧のところへ両手を組んでにやにや相手を見るだけで、ひとっ言も口を利《き》かない。相手の二人も黙って、大きな眼を無理にも開いて、頻《しき》りに小吉を睨《にら》んでいる。

小吉は、ふと、思いついたように、内ふところへ手を入れると、財布を引出して、無造作に、自分の前へ小判や小粒をばらばらとあけた。

「孫さん、今日は滅法いい儲《もう》けがあったよ。なあにね、築地の又兵衛という蔵宿《くらやど》の番頭に頼まれた備前の助包《すけかね》の刀を、松平伯耆守《ほうきのかみ》へ売って、小半刻が間に拾壱両儲けたが、その番頭がまた鰻《うなぎ》代だといって五両礼を出しゃがった。〆《し》めて拾と六両よ。ほうらね、一両、二両、三両、これで四両だ」

小判を一枚々々そこへ並べて
「銭か小粒より外にゃあ滅多にへえらねえおいらの財布故《ゆえ》、今日は財布奴《め》、びっくりしやがったろう」

拾六枚に小粒が少々。小吉はにやにやそ奴を眺《なが》めている。

玄関の方へ嫁の駕がついたのだろう、頻りにがやがやいっているのが聞えるが、小吉は、一向平気で、今度はその小判をまた財布へ一枚々々、ちゃりーん、ちゃりーんとゆっくり、ゆっくり、丁寧に投げ込んで、しっかり懐中へ入れると、また、そこにいる二人をにやにやっと見た。

二人は、もうすでに、すっかり腹を立てていた。一人の奴は眼玉を釣り上げて、それまでに幾度も口をもぐもぐさせていたが、とうとう堪《たま》らなくなったか、破鐘《われがね》のような、大きな声で

「小吉、外へ出ろっ」

と怒鳴って、自分は刀を持ってぱっと立ち上がった。

「おお、びっくりした。途方もねえ大きな声だのう」

小吉は、笑ったまま

「お前らは、何処《どこ》から来たえ」

と、まだ半腰になっているもう一人の奴へ云った。

「出ろっ」

そ奴も、ただそれだけいったが、軀《からだ》に似合わぬ金切り声であった。

「おかしな事をいうじゃあねえかよ。お前ら嫁さんか何んぞを連れて来たのじゃあ無かったのかえ。おいらを引張り出したなら、それで芝居は幕になるよ。いいのかえ」

「出ろ、外へ出ろ」

今度は、二人、一緒に、そう云った。小吉は内心、おかしくて堪らないようであった。こ奴らあ他愛のねえ男だ。

折角の伊賀亮《いがのすけ》役者が、こう早々に尻《けつ》を割って終ったのでは、お芝居にもなにもなりはしない。二人の中の一人は、小吉の左の手首を引っ張って、もう一人はその横に肩をそびやかして、玄関へ出て来て終った。

綿《わた》帽子に白の打掛《うちかけ》、立派な花嫁が、玄関へ乗り込んで来たのだがこうなると、一寸《ちょっと》、出るも入るも出来ないだろう。まごまごしているうしろについて来た裃《かみしも》の人間たちも、厭《いや》でも正体を現わさなくてはならなくなった。

小吉は、ほほうーと、大仰に驚いて見せた。

「無理をしたものだ、これあ肩衣《かたぎぬ》の損料だけでも大抵じゃあねえわさ」

一人はさっきから、しっかりつかんでいた小吉の手首を、ぐいと前へ引いた。小吉を式台へ引下ろすつもりだったのだが、小吉がこくりと拳《こぶし》をねじると、あべこべに、引いた自分の力で、そ奴が前へのめって行った。

一人が、これを見て、小吉が仕掛けたのだとでも思ったのだろう途端に

「野郎」

と呶鳴《どな》ると、小吉の頭をなぐりかかった。

「おっと危ねえ」

小吉は身をかわして、自分の鼻先へ流れて来る腕をつかんで、逆にねじ上げた。

「何処の奴らか知らねえが、この界隈《かいわい》じゃあ見ねえ面《つら》だ。本所《ここ》のものあ貧乏でも、うしろにゃあ幕府《だんな》が附いていなさるんだぞ。けえって終《しま》うが身の為《ため》だよ」

どーんと突き放されて、二人ともとうとう刀をぬいて終った、見掛けは大そう良かったんだが、二人とも遣えるどころか、大へぼだ。

それを見ると、外の奴らも肩衣をはねて刀をぬく奴もあり、正体を見せて向う鉢巻をするものもある。

「肩衣をつけたお侍が、鉢巻たあ雑人《ぞうにん》の態《ざま》じゃあねえか、馬鹿々々しい野郎どもよ」

誰やらが斬《き》り込もうとしているが、やっぱり容易には斬って行けないものらしい。

「ほんに、遣《や》る気か」

小吉もさっと刀をぬいた。こうなったら永年、叩《たた》き込んだ剣術の腕というものは、黙っていても物をいう。にやにやしながら振りかぶった刀だが、忽《たちま》ち相手の胆《きも》を縮ませた。

先の二人が左右から斬ろう斬ろうとして斬れない。小吉は、なんと思ったのか、

「ほらよ」

まるで、剣術の稽古《けいこ》でもしているような調子で、刀を前へ突き出して、その二人が、

びっくりしてのっけ反《ぞ》った隙《すき》に、駕を出たまま、式台の隅《すみ》っこに小さくなって縮んでいる綿帽子の嫁さんの、その綿帽子を、切っ先へ引っかけて、はね飛ばした。あっと、おどろく女の顔、真っ蒼《さお》だが、粋《いき》ないい女だ。小吉は、誰だったっけ、なんだか、見た事のある面だが、と思った。が、思い出せない。

女は、がやがや騒いでいる仲間の間を転がるように門の外の方へ逃げ出して行った。

「先生、先生」

女は、途中で、そう大きな声で門の外へ助けを呼んだ。袢の連中は、案外、物の役には立たず、この人数を見て一とたまりもなく縮み上がって終う筈《はず》の小吉を、碌《ろく》に脅かす事も出来ないのを知ると、女は夢中になってその先生なる人物の方へ逃げて行くらしい。

小吉は、また内心笑いながら刀をふり廻して、鬼ごっこでもするように女を追って行く。

こんな資本のかかった芝居を打っている座方の親分が、どこか、その辺にいるに違いないと思ったからだ。

岡野の門を出ると、すぐ前が入江町の町家《ちょうか》。町家の向うが、横川になるのだが、その門の斜向《はす》いの莨屋《たばこ》と、駕の睦《むつみ》の間の露路に、さっきから隠れて様子を見ている奴が二人いる。女もそれは知っていると見え、真っ直ぐに、そっちへ馳《か》けた。

小吉が、ひょいと見た。なあんだ、一人は剣術遣いの小林隼太《はやた》、一人は侍姿に化けてはいるが、肥溜《こえだめ》一件の修験者の喜仙院だ。

「おう、おのらか」

小吉は、今度は、こっちが、破鐘のような大声で叫んで、もう、女も何もない、真っ直ぐにこっちの二人へ飛び込んで行った。

隼太も喜仙院も、慄え上がった。折角頼んだ奴らは、何をしていやがったのか、小吉にこんなところまで飛び出して来られたのではもういけない。

喜仙院が先《ま》ずきりきり舞いをして逃げ出した。隼太も、逃げようとしたのだが、

「待て、小僧」

ぐいと小吉に襟髪《えりがみ》をつかまれて、ぱっと仰向けに投げつけられた。ほんの瞬間の出来事であった。が、それが、哀れなのは小林隼太、どうしたはずみか、打ちどころでも悪かったと見えて、投げつけられたまま、ぐんと、延びて終って起き上がらない。

岡野の屋敷へ乗り込んで来ていた奴らも、小吉をここまで追っては来たが、この隼太の延びたのを見ると、もう、手も足も出なくなったのか、遠くから、わいわい云って

これを見ているだけであった。

「態《ざま》あねえや」

小吉は、せせら笑って、

「近藤弥之助とも云われる江戸名代の剣術遣いの目録《もくろく》取りが、懲性《こりしょう》もなく喧嘩《けんか》を売って、この態たあ何事だえ」

尤《もっと》も隼太も、今度こそは、いざとなったら、小吉を対手《あいて》に真剣勝負をする位の覚悟で来たのかも知れないが、刀をぬく暇もなく、投げられた途端に、したたか脳天を打ってこんな始末になるなどは、全く恥を晒《さら》すようにに出来ている人間だ。

小林先生が死んだ、小林さんが死んだ――そんなことを、大勢の奴らが、眼を丸くして、こそこそこそこそ話していたが、こうなったら、にわか袢たちは、もう、から意気地がなくなって、一人逃げ、二人逃げ、逃げ足立ったらもう際限がない。人死にの引合いがついては大変だ、誰やら一人は、女の手を引いたが、後は、まるで己《おの》が踵《かかと》で己が頭を打叩くようにして逃げ出した。

仲間が逃げた後で、延びている隼太を遠巻きにして見ているのは町内そちこちの人達だけだった。これはこの頃まで近藤先生のところにいた人だから、これでは先生や同門の人達が黙ってはいないだろう、今にもわっと勝さんのところに押して来るに相違ない、そうなったらまた一騒動だ。いや、そんな事は無いでございましょう、この人は余りひどい不身持ち故とっくにあの先生のところは破門になったということを聞きました、仮令《たとえ》どのような事になっても、お味方はなさらぬでござりましょう。本当にそれはわたくしも知っております、近藤先生の道場からわざわざお達しがありまして、向後一切貸売りなどをしても当方では存ぜぬとのことでございまして——そんなこそこそ話を知らぬ顔で、小吉は、また岡野の門内へ入って行った。

孫一郎と、奥様《おまえさま》は、玄関の戸の蔭から、顔だけを出して、こっちを見ていた。小吉は、孫一郎を見るとすぐ

「あ奴あなんだよ」

といった。孫一郎は面目無さそうに

「下谷車坂の常磐津《ときわず》文字《もじ》二三《ふみ》という女子でございます」

小吉は、一寸、考えたが、思い出した。

「ああ、いつぞやのおのしの父御《てテご》のお葬《とむら》いの時の一件ものか」

「は。そうです」

うまく物にしようと注ぎ込んだ三十両を取返したさ、元より、千五百石の奥様で一

生を送ろうなどという大それた考えもないらしいが、隼太と喜仙院の小吉への鬱憤《うっぷん》晴らしの種に使われて、愚にもつかないことをやった。

「そうか。そう云えば、あの時の女だ。思い出したよ」

にやにや笑いながら
「ところで、どうだ、女というものあ怖《こえ》えものだろう」

「はい」

「これからというからだだ。気をつけなくちゃあ、いけねえわさ。今度、嫁御でも定ったら、いつまで、馬鹿あやっていては、身の行く果ては知れているよ。この小吉がいい見せしめ、いや小吉ばかりじゃあねえ、おのしの父御の江雪がいい見せしめというものだ。よ、この上、母御へ心配《しんぺえ》をかけちゃあいけねえよ、え」

云いながら、ふと気がついた、隼太奴も、今度の事あとんだ物入りだ、己が身に覚えもある、元々三十両、こっちが踏み倒す事故、あ奴へいくらかくれてやろう。

小判を三枚、手に握って、門の外へ出て行くと、まだ大勢の人だかり。その隙間《すきま》から隼太の延びている方をすかして見ると、地べたへしゃがんでその隼太を自分の胸へ立てかけて、両の肩へ手をかけ、活を入れようとしているのは、とっくに新堀へかえったとばかり思っていた麟太郎である。

「こ、こ、こ奴あいけねえ、あの喧嘩、また倅《せがれ》に見せて終ったか」

小吉、自分の頬《ほお》っぺたをぴしゃぴしゃと叩いた。

麟太郎は、うむっと活を入れた。柔術《やわら》も元より教わっているし、荒稽古《あらげいこ》の道場故《ゆえ》、こんな事はいつもいつも慣れている。隼太がうーんといって眼を開いた。

「す、すまん、すまん、助けろ、助けろ」

眼は開いたが、まだ物は見えないか、本人未《いま》だに小吉に痛めつけられている気だと見えて、こんな事をいうと、腰を立てて、逃げ出そうとした。麟太郎は、手を放し、身を退いてこれを見た。余りおかしくなって、ぷっと吹き出したので、隼太奴、はじめて、己《おのれ》にかえった様子。

見ると、助けてくれたは、若い麟太郎、小吉の倅とは知っている。

「な、なあんだ」

と、苦しまぎれの捨科白《すてぜりふ》で、さすがに、もう其処《そこ》にはいたたまれない。

「どけ、どけ」

四辺《あたり》の町家の人達を叱りつけて、土だらけの着物の半分肩がぬげかけたまま、あわてふためいて逃げ出した。町家の人達は、思わず、どっと笑った。笑ってすぐに口をつぐんで、下を向いているのを、いつもなら、睨《にら》み返して因縁でもつける隼太が、振向きもしないのは、余っ程骨身にこたえたのであろう。

駈け出して小半町も行った時に、小吉は、小判を握った手を差出して

「おい、おい隼太、待ちな、待ちな」

と、大きな声で呼んだ。

二三度呼ばれて、隼太も気がついたか、立ち停って振返ったが見ると小吉だ。待つどころか、ふっ飛んで行く。隼太にして見れば、小吉も思ったよりは怖い人間だ。あれだけの人数を屁《へ》とも思わず追っ払ったのはまだしも、あの先乗りの二人というものは、小野派の一刀流の腕前で、故あって水戸を浪人し、それ以来、殆《ほとん》ど全国の名あるやくざ者の親分方に寄宿して、用心棒として喧嘩の度に、数知れぬ人を斬ったという触込みに引っかかって、さんざ酒を飲ませ、御馳走《ごちそう》をして頼み込んだもので、二人がいうには、小吉というものは強いかも知れないが要するに道場剣術である、撓《しない》剣術である、道場の勝負ならどうか知れないが、真剣でやったなら、まるで問題にならないだろう、第一人間の血しぶきというものを浴びたことはあるまい、此方《こっち》はその血しぶきで胆をねり腕を磨いて来たのだ、ちょっとばかり品が違うよと、さんざ法螺《ほら》を吹いたので、こればかりを力にして来て、こ奴らが、小吉に一泡吹かせたら、今度は自分

達が出て行く気でいたところ、この有様だ。もうもう小吉は怖ろしい奴だ、待ちなも糞《くそ》もあるものか、真っ平だ、真っ平だ。

考えて見ると、隼太も気のいい奴である。そのまま逃げる。小吉は小吉で、どうにかしてその三両を渡してやる気で、

「待て隼太、待てこら隼太」

追っかけたが、追っかけたが、これこそ真剣で逃げる隼太の足には叶《かな》わない。入江町の刻《とき》の鐘の鐘堂の前で、追っかけるのを思い切って、引返して来たところで、ばったり麟太郎に逢《あ》った。

小吉は、てれ臭そうに、にやにや笑ったが、急に、真面目《まじめ》な顔をして
「ま、まだいたのか、この辺に」

麟太郎はうなずいた。

「帰《けえ》れ帰《けえ》れ、早く道場へけえるのだ。武家は、本所界隈《かいわい》の溝水《どぶみず》に、面《つら》を覚えられちゃあいけねえ」

「はい」

麟太郎は、にっこりして頭を下げた。もう喧嘩もこれでお終いだ、おとう様も無事

だ。安心したのだろう、静かな足取りで、別れて行った。

この妙なさわぎが、忽《たちま》ちにして、本所の小普請の人たちの間に広まったと見えて、今、小吉がまた岡野の屋敷へ戻ろうとしているところへ、例の長谷川寛次郎と、勝田の二人が飛んで来た。

「どうしたえ、どうしたえ」

勝田が息を切らしながらいうと
「べら棒奴、根を生《は》やして喧嘩をしている奴があるものか、え」

小吉は笑って、長谷川の方へ向くと、

「娘御あ、悪いそうでいけねえのう」

と、眉《まゆ》を寄せた。

嫁に行くばかりになっていた長谷川の娘が俄《にわ》かに病気をして、祝言《しゅうげん》が一と月程も延びている。長谷川夫婦が、まるで眠る目もねずに介抱をしているということを、この間、勝田からきいていた。

「いや、おかげでな。十中が八九までは快《よ》くなったよ。今日明日には床を離れられそうだから、来月は、祝言にするよ」

長谷川はそういってから

「喧嘩《あいて》は誰だえ」

ときいた。小吉は、小林隼太である事や、余り馬鹿々々しい話なことや、でも、のっけからお嫁さんの乗込みには少々ばかり胆をつぶした話やをして

「岡野の殿様も、世話ばかり焼かせやがるよ」

といった。

「全くのう。大阪もとんだ世話だったというじゃあないか、え」

勝田がいうと

「世話も世話も、あれだけはおいらも根限りの骨が折れたわさ」

小吉は、これから、ちょいと岡野へ寄って直ぐに家へけえるから、どうだえ、久しぶりで、おいらが処《ところ》で茶でも飲んで行かねえかえ。でも、もう夕食の刻限で邪魔をしては済まないからと二人がいうのを無理に誘って、家へ連れて来た。小吉は、長谷川の顔を見ると、今日、思いもかけず儲《もう》けた金の中を、一両でも二両でもお裾《すそわ》分けをしたくなったらしい。お信は、妙な刻限の妙な客には馴《な》れている。しかもこの二人は客といっても客という程でもないので、先ず心やすくこれを迎えた。

旅　語

二人が、お茶を一ぱい貰《もら》ったところへ、ひょっこりと、切見世《きりみせ》の若い者三公がやって来た。何か紙へ包んだものを小吉へ渡したのは、多分、いつものように、切見世の上がり銭のかすりを持って来たのだろう。

「どうだ、一寸《ちょっと》、上がれ」

と小吉は、

「今、大阪の話が出ているところだ。え、勝田、こ奴もそん時一緒に行ったのさ、こ奴あお葬《とも》らいには岡野の殿様になったし、大阪行きにはおいらが家来のなんとか三之《さんの》丞《じょう》という奴さ。重宝な奴だ」

三公はとうとう上がらせられて、とばっ口へ窮屈そうに坐った。胡坐《あぐら》にしろ、お前、今そんな事をしてたって、小半刻《こはんとき》と持つものか、どうせしびれを切らしてぺこぺこあやまって胡坐にするよりは、今の中から、して置け、して置け。こう、みんなが言うんだが、とにかく武家が三人も揃《そろ》っている前では三公、なかなか胡坐もかけない。

「あの時は、どうにも岡野が潰《つぶ》れて終《しま》う土壇場まで行ったものだから、おいらも、とうとう大阪へ行く気になった。御支配へ知れれあ、いくら隠居の身の上でも他行留《たぎようとめ》は極《き》まっているが、おいらが事より岡野の千五百石が立ててやりてえばっかりよ。それにも一つは金があるばっかりで、人情というものを知らねえ岡野の本家に面当《つらあて》もあったのだ」

小吉は、自分の胡坐の前に、莨盆《たばこぼん》を出し、お信に煙管《きせる》を出させて、すぱりすぱりと吸いながら、時々、右の手で、鬢《びん》の辺りへ来る蚊を払った。

三公も、ぴしゃぴしゃ頬《ほお》っぺたの蚊を打ったし、長谷川も勝田も、お信から渋団扇《しぶうちわ》をかりて、これを払ったり、自分のふところへ風を入れたりした。夜になって、少し蒸し暑くなって来た。

あの時は、誰がどう考えても、岡野を助けるには、大阪の知行所から金を借り上げるより外に手はなかったが、さて、小吉が、そこへ出かけて行くにしても、第一、小吉がとんだ貧乏なり、岡野も千五百石の奥様《おまえさま》さえおあがりになる米が無いという程の大貧乏、大阪は愚か、六郷の川をさえ越す事は出来ない。それで小吉は先《ま》ず一番に、松山近くにあった武州の知行所の次兵衛という庄屋百姓を呼び出して、どうだこれはおいらが借りにして六月にはけえすから、四十両出せといって、半分おどかしつけて

「まかり間違ったら、どんな事になるかも知れねえし、何しろ大阪だ。侍仲間の同行はいけねえから、おいらが供は、三公を入れて外に三人、みんな坐り夜鷹《よたか》の若いものよ。上下五人、中仙道を急いだが、知行所の次兵衛が熊谷宿《くまがやじゅく》まで金を持って出ていてくれた、そ奴を貰って路銀《ろぎん》にするという訳だ。ところが困ったのはこ奴らよ」

と、小吉は三公を指さして、四五日も旅をしねえ中に大小が重くてもう歩けねえと云い出しやがった。大の男がなんてえことだ、我慢をしろ。いや我慢が出来ません、もう腰が痛んで死にそうだとぬかすのだ。どうにもこうにも仕方がねえ、とうとう四人の奴らの刀は別に人足を頼んでこ奴に背負わせ、着物も荷にして、こ奴ら宿《しゅく》と宿の間は襦袢《じゅばん》一枚で歩きやがるのさ。

承知をさせた。

「先生だって、よく、素っ裸で歩きやしたよ」

三公が笑いながらいった。黙ってろと、小吉も笑った。二人もお信も笑った。

「それでもまあ無事に大阪へ着いたが、岡野が知行所の御願塚という村方《むらかた》は、大阪からは二里半ある。ひでえところだ。代官の山田新右衛門という奴がまた気ののろい奴で、一旦こ奴の屋敷へ五人で泊ったという訳さ」

「忽《たちま》ちお供の四人がぼろを出したろう」

勝田がそういった。ところが四人、いい塩梅《あんばい》に出さない、もう、死ぬような苦しい思いで我慢をして、侍になっているのだ。

早速、村方を呼び出して、金の話をすすめたが、代官が、どうもそれは困ります、何分にも地頭《じとう》五百石のところへ、用立金《ようだてきん》がもう七百両もある、この上御入用は一文も出ませぬというのだ。小吉が江戸で調べた時は五百両あるか無しの用立てになっている。殿様が道楽もので、いつも屋敷を外に放埒《ほうらつ》を働いている間に、誰か、中に立った奴が二百両ちょろまかして終ったのだ。

小吉もとんと当惑したが、なあに、一文も出せぬという事があるものか。そう思って四五日村内をぶらぶらしていたが、どうも何となく村内が豊かだ。貧乏村なら血を絞るようなことは出来ねえがまあこれなら何とかなるわ、そう腹が定った。

「ところで代官に、これまで、江戸から出役《しゅつやく》の奴の様子をきくと、供一人と二人きりで、毎日十八匁《もんめ》ずつかかるので困りましたというから、おいら五人で十匁で結構だよ。いやそんなお粗末は出来ませぬ。いいからそのつもりでおやり。そんな訳でな、五人とも肴《さかな》を出しても食わない、それを代官のお袋へ持たせてやる、こっちは出来るだけ、やかましく倹約をするものだから、代官は大喜びだ。が、そっちはいいが、何分にも困るのは、こ奴らよ、三公も、初前町《はつまえ》切見世の馬鹿安も、三笠町の新吉も、その辛抱が出来ねえ、根っからのやくざ育ちで、おのれで己が身も心も押せえつける事の出来ねえはかねえ奴らだ。先生、酒が飲みてえ、何処《どこ》かへ遊びに行きてえと、面《つら》せえ見ると耳っこすりをしやがる。仕方がねえので、銭を持たせちゃあ時々伊丹《いたみ》の町へ遊びにやった。尤《もっと》も馬鹿安なんぞは、背中に刺青《ほりもの》があるから、村にいては湯へもへえれねえ、そ奴も可哀そうな訳なんだ。その中に、三公がうめえ事を何処からかきいて来やがった——のう、お前、誰にきいたのだあれは」

三公は、にやにや笑って答えない。こ奴の事だ、どうせ何処かの女からででもあろう。金などは一文だって出すものか、あの人達はただ退屈で退屈でいられねえようにして村を追い出す手段をするというのだそうだ。

「よし、それならそれで行こうとおいらも腹を極めた。毎晩々々、代官の家族の者を集めては、夜更《よふ》けるまで、面白くもおかしくもねえ話をするのだ、話すこっちが欠伸《あくび》が出る、それを呑《の》み込み呑み込み、話をするのさ」

しかし、そんな人を喰った芸当は、小吉には出来ても、外の四人は堪《たま》らない。のべつにぶつぶついうものだから、小吉も仕方なく、代官に話して、別に逗留宿《とうりゅう》を取らせて此処《ここ》へ引移った。

さあそうなると、やくざ共は、いよいよ、地金を出して来た。

「馬鹿安が、酒に喰《くら》い酔って、土地の百姓へ、金子の強談《ゆすり》がましい事をいったもんだ。な、安奴《め》は、なんてえ名前の侍だったたっけのう」

小吉が三公へきいた。三公は、さあと、頭をかきながら少し考えて

「そうそう、猪山《いやま》勇八、へえ、勇八っていってやしたよ」

「そうだそうだ、その勇八だ。このために村方がさわぎたてて、方々へ打寄っては評議をしやがって、寺の鐘をついて人寄せをするというさわぎよ。それでとうとう、こっちの旅宿を取巻いて、色々と、雑言《ぞうごん》をぬかして、見ると、竹槍《たけやり》などを持ち出している。安が一番さきに青くなって、今夜夜逃げをして江戸へけえるというんだ。おいらあ怒ってやったよ。べら棒奴、なにを途方もねえことをぬかすのだ、あ奴らが、この旅宿へ一足でもへえって見ろ、首の飛ぶ音ってのあどんなものか、おいらが、お前らに聞かせてやると力んで見せたものだから、やっと安堵《あんど》しやがったが、いやもう世話の焼けたお供だったよ」

「それで、その旅宿を取巻いた人数はどうしたえ」

勝田が、面白がって、膝《ひざ》を乗り出している。

「却々《なかなか》散らねえわさ。その中に、どうも代官が尻《しり》を押してるようなところも見えるものだから、おいらは、御紋服を着てな、この三公を一人つれて、大勢の中へ出かけて行ったよ」

「御紋服？」

「そうだよ。岡野の家で拝領した幕府様《だんな》の御紋服よ。おいらは、どんな芝居をしなくちゃあならねえかも知れねえからと思って、御紋服は、ちゃんと持って行ったさ。岡野もいくら貧乏をして屋敷の中に塵《ちり》一本無くなっても、こ奴だけは質にも置けねえ、第一、先方様が取っちゃあくれねえからの」

「うむ、うむ」

「ところが幕府の御威光はてえしたもの。御紋を見ると、ぱっと蜘蛛《くも》の子のように散っちまいやがった。散ったから引込むと、また直ぐに寄せて来る、寄せて来るからまたこっちが出て行く、そうするとまたぱっと散るんだ。とんと埒《らち》もねえ」

三公は、いい気なもので、あの時は本当に面白かったと、思い出して、へらへら笑う。

「が、どうも、村方の中での智慧者《ちえしゃ》が何処かへ寄ってたかって、悪法《あくほう》をかいているらしいところも見えるので、おいら、今度は考げえての、勇八の馬鹿安を供に、大阪へ出掛けて行った」

　小吉が大阪からかえって来ると、直ぐに代官が旅宿へやって来た。そして、あなたは大阪の誰方《どなた》のところへお行きでしたという。小吉は、なあにさ、町奉行の堀伊賀守は、おいらの剣術の相弟子故《ゆえ》、ここまで来ているに、面も持って行かなくては、後で怨《うら》みを云われても返答に困るから、丁度こっちの話もうまく行かず、いろいろ話しに行って来たのさというと、伊賀守様があなたとお相弟子でございますか。そうだよ、が、あの人は剣術の筋は余り良くねえが、何分にも朋輩《ほうばい》思いのいい人だからきっと出世をするだろう。小吉は平気でしゃべっているが、代官は、少し顔色をかえて早々に引取って行って終った。

　次の日。釣台へ、山のように箱肴《はこざかな》を積んで、大勢の供廻《ともまわ》りで大阪から使者が来た。そして丁寧に伊賀守の口上を述べたのを見て、未《いま》だにわいわい旅宿の近くに集まっていた村方のものが胆《きも》を潰《つぶ》して終った。

「どうも勝様は御奉行《おぶぎょう》と御懇意でいらっしゃる。こんな事をしていては、飛んだ事になるかも知れないというんで、竹槍も取巻きもぱったり止《や》めて終いやがったよ。おかしくって仕方がねえが、我慢をして、その肴を村役の者どもへわけてやり、また代官やその親類の者にまでもわけてやったが、御奉行の御肴だといって、いただいて食ったそうだよ、阿呆奴《あほうめ》らが」

小吉は、大口を開いて笑った。

「なんの御奉行なものか、伊賀守の用人の下山弥右衛門、お前さんら知らねえかえ、よくおいらが世話をしてやった男よ」

「知ってる知ってるともさ。あの弥右が奉行の用人《ようにん》かえ」

長谷川が眼を丸くした。

「そうよ。学問は嫌《きれ》え、剣術は空《から》っ下手《ぺた》だが、何しろ弁口の達者な奴で、いつの間にか用人に出世をしてやがったよ。それにあ奴は内々は岡野の家の事も知っているから、おいらがよくよく内談をして来たのさ。奉行なんぞが、なにを知るものか」

「うめえ所に弥右が居たものさね」

勝田も大声で笑った。

「勝さんはずいぶんあ奴の面倒は見てたようだからね。あ奴もいい恩返しが出来て良かったろう」

長谷川もそういった。

小吉が様子を見ていると、御願塚の村方では勝様がそんな偉い人ならば、なんとかして金を拵《こしら》えなくてはなるまいという気分が村中に動いて来た。が、なんとしても度々の御入用だ、この上の事は出来ないという強いことを云っているものも相当にある。

二日ばかりじっとして様子を見ているが、またやっぱり出さぬ方がいいという人の方が多くなったらしいと、馬鹿安も、三公も何処からかさぐって来た。

小吉は、また大阪へ出かけて行った。次の朝、戻って来て、その次の日、また大阪から、今度は、びっくりするような大きな鯛《たい》やらなにやら、ぴんぴん生きたような魚が沢山届いた。使者は、伊賀守の手紙を持って来たものだから、その晩、また村役のものを招《よ》んで、その魚を振舞った上で、伊賀守の手紙をよんで聞かせた。

「困った事があったらなんでも相談に来てくれということが書いてあるものだから、一同弱っているのを見て、おいらが、どうだろう、岡野のあの金の件はと切り出したよ。大層な事を言う訳ではないのだ、なんとか出来ぬかというと、いや実はお言葉によっていろいろと金策をしておりますが、どうも八方が詰っておりまして出来ないので御座いますというわ。おお、そうか、それじゃあ仕方のない話だ。ところで、それはそれとして、明夜は、わしに心祝いのことがあって村方一同へ酒を振舞いたいのだが、必ず、お前等も来てくれといってな。代官へ金を渡し、酒も肴も充分に買って来いといって献立まで書いてやった」

「大層御馳走《ごちそう》ばかりするじゃあないか」

　勝田が、本気でそういった。

「そうだよ。それから今日は早く入湯をしてえからと湯を沸かさせ、こ奴に」

　と三公を指して
「髪を結わせて、それから、こ奴らみんなを連れて伊丹の牛頭《ごず》大王へ参詣《さんけい》に行くといって、旅宿を出て、伊丹の呉服屋で、麻裃《あさがみしも》と、白無垢《しろむく》を誂《あつら》えて夕方までに届けるようにして戻って来た。座敷も綺麗《きれい》に掃除をさせ、床の間には花を飾ってこっちは湯へへえって待っていると、七つ刻になると、みんなぞろぞろやって来たさ。座敷は一ぱいだ、庭にいる奴もある、こ奴らへ、おいらが改まって、よく来てくれて忝《かたじけ》ない、どうか遠慮なく自分の家と思って飲んでくれ、その上、隠芸のある者はなんでもやってくれろと、こういってな、自分で一人々々へ酒を注いで廻り、安も三笠町の新吉も、お酌をすると、みんな大喜びで飲んだわさ、それあお前、今夜は金の事ではねえと思う故、安心して飲んでいる。それにおいらがまたみんなの中へ入って、江戸のはやり唄なんぞを唄うものだから、阿呆奴ら、すっかりいい気なもので、手拍子をとって、草《くさ》うたいやら、出たら放題をいって、酔っ払って終《しま》った」

いい加減の頃合いを計って、小吉は、最早刻限もなんだから、一同、湯づけにしたがいいといって、酒盛りを終りにした。百姓たちは各々いい機嫌《きげん》で、礼を述べて帰ろうとする。

「まあ待て」

小吉がこう声をかけるのを合図に、三公をはじめ、安も新吉も、家来共総出で手桶《ておけ》へ水を三ばい汲《く》んで庭へ飛び出して来た。

小吉は、褌《ふんどし》一つの素っ裸になった。そして手桶の水を、ざあざあ引っかぶって、すっかりからだを潔《きよ》めると、今度は、座敷へ上がって、褌もちかちか光るような真新しいのをしかえ、白無垢を着てその上へ御紋服を着て、この間に閉め切った隣座敷の真ん中の畳を裏返しに二枚積み重ね、それへ蒲団《ふとん》を重ねて敷かせ、燭台《しょくだい》を左右へ置かせて、其処《そこ》へ入って行って、ぴったりと坐ると、代官をはじめ、村方の者にも改めて申渡す事があるから、こっちの座敷へ参るようにといった。

ところが、みんな、もうひどく酔っている、足腰は丈夫でも、行儀よく坐っていることの出来ないものも多いことだから、代官が、こんな次第故、仰《おおせ》渡しは明日改めて、承りとうございますという。いやそう云う訳には行かない、是非今夜ここで申渡す、わしが云うのではない、云わば地頭の岡野孫一郎の口達《こうたつ》だという。みんな仕方なく一間へ並んだ。

小吉は、三公に云いつけて、間の襖《ふすま》をさっと開けさせた。みんなは、はっといって平伏した。

「段々金談を申渡すが、その方共は、一同内談をいたして、下知《げじ》の趣を聞入れず、銘々、己が身の用心ばかりをして、地頭を軽んずる事甚《はなは》だしい、不届きの至りである。よって当方も存じ寄りがあり、金談は只今限り、きっぱりと相断わるから、さよう心得ろ」

といった。みんなは、いっそう頭を下げた。断わられてこそ仕合せだ。代官は有難く存じますと答えた。

「そこで、おいらが、な」

と小吉は、自分の莨盆《たばこ》を、そのまま勝田の膝の方へ押してやって

「大きな声でいってやったんだ。いいか、わしは天下の直参だぞ。それをその方らの地頭岡野孫一郎の余儀ない頼みで、実は、病気のところを押して、ここまで出て来たのだ。それを、その方らはわしが何分頼むといっているのを、今までの用人同様に心

得て些《いささ》かの赤誠をも示さない、その上、この方へ向って悪口雑言を申したばかりか、竹槍ざんまいにまで及んだ、誠に以《もっ》て不埒千万、なんと心得て左様の扱いに及んだか、しかとその仔細《しさい》を聴こう。こういって、おいらが、眼をむいて睨《にら》みつけて、返答によっては、堀伊賀守に申談じ、きっと糺命《きゅうめい》致すから、挨拶《あいさつ》に及べとやったものだ」

「どうしたえ、そうしたら」

長谷川も、さっきから見ると、ぐんと前へ出て来ている。

「どうもこうもあるものか。忽《たちま》ち、真っ蒼《さお》になって平伏して終いやがった。見ると、もうぼろぼろ涙をこぼしている奴がある、百姓などというものは他愛のねえものだよ。代官までがおろおろ声でな。何分にもわたくし共の心得違いでございました、何卒《なにとぞ》御憐憫《れんびん》をもちまして御許し下さいと頼むのだ」

三公はとうとう坐っていることが出来なくなったか、頻《しき》りに、もじもじやり出している。

小吉は、だから胡坐《あぐら》をしろというのだと叱《しか》りながら、

「よし、お前らが、そういって頼むなら、元々愚昧《ぐまい》の百姓故許してやる。が、わしがだな、勝小吉が別段の頼みがあるが聞き届けてくれぬかといった。村役の奴らは、わ

たくし共の不埒をお許しいただきます上は、あなた様の儀は身分に応じました事は、お受け仕《つかまつ》りますというから、それは忝ない、頼みというのは外でもない。抑々《そもそも》岡野の金子の入用というものは、実は岡野が悪法ものに引っかかり、今、家が潰《つぶ》れるか起《た》つかという瀬戸際《せとぎわ》へ来ているのだ、若《も》しも、僅《わず》かな金の事で岡野の家がつぶれたらば、岡野孫一郎の不面目は元よりだが、代々屋敷の支配を受けこの土地に安んじたその方たちは、恩を知らず、義を知らず、禽獣《きんじゅう》にも劣るものだと、わしは思うといってな。なあに金の事は千両や二千両、堀伊賀守へ頼んだら、すぐにも出来るは知れているこ とだ、だが、地頭が、家名にかかる事で、自分の知行所というものがありながら、他から金を借りてその家を保ったと聞えたら、その方たちは、向後世間へ顔向けがならぬであろう。しかし、なあ、それもいい、それもこれも仕方がない。ただただこのわしが、不徳にして力なく、ただ、呆然《ぼうぜん》として江戸へかえる次第だが、それでは、わしが承知をしても、わしが主人――と、こういって、わしは御紋服の御紋を見せたのだ。え、いいか、ここが千両役者の仕ぐさどころだぞ。わしの主人の御威光を、百姓共に軽んじられたのでは、天下直参の者が承知をしない。大変な事になる、そうなるとその方共の命もあるまい。その大変を見まいと思えばもう、わしは江戸へはかえられぬ。いいか、とこういって、この三公だの、安だの、新吉だのの方を見ると、こ奴らは、かねて手筈《てはず》が出来ているから、みんなうつ向いている。おいらは、あちらの座敷に書置きもあるし、金子もある。あの金子はお前たちが江戸へかえる路用《ろよう》にもし、残ったらいいようにわけるがいいが、書置きは、日本一の剣術遣《つか》い島田虎之助の道場にいる倅《せがれ》の麟太郎に渡し、父は、こうこういう処《ところ》で、こういう場合に立ち至ったといって必ず詳しく話して渡してくれるようにといって、また百姓共みんなへ、わしは今晩、ここで切腹をすると、いったら、一同、顔を上げて、仰天した様子よ。おいらは、内心おかしくって堪《たま》らねえが、そ奴あ我慢をしての、安の勇八へ、今晩はたいぎながらお前介錯《かいしゃく》をしてくれ、この御紋服を血で汚しては如何《いか》にも恐れ多いから、どうか村役の家へ預け粗末の事のないようにせよといって、静かにぬいで、広蓋《ひろぶた》へのせて、床の間へやり、それから、おいらの刀を安へやって、さあこれで介錯せよといったもんだ」

三公が、足をさすりながらも、腹をかかえるように笑い出した。

「あの時の、安さんたらありませんでしたよ。それに、先生がまたいかにも尤《もっと》もらしい顔をしてるもんだから、あっしゃあどうにもおかしくってね。でも、丁度、ここんところで、俄《にわ》か拵《ごしら》えの首桶《くびおけ》をあっしが横から持って来る手筈になっているものですから、笑ってるどころの騒ぎじゃあありません。すぐに首桶を持って来る、そうすると先生が、頼み置いた事はよくよく心得置けよとかなんとかいって、脇差《わきざし》をぬいたんです」

三公は主として、お信の方へいっている。お信も如何《いか》にも自分の夫のやりそうな事だからただにこにこしながらうなずいている。勝田は

「脇差まで抜いたのかえ」

「抜いたさ」

と小吉は、そればかりか、そこでおいらは脇差をきりきりと布で巻きながら、一同許すから顔を上げて勝小吉が切腹をよくよく見て置けといって、脇差を取直すとな、いや、野郎共の驚いたの、あわてたのといって、御免なされ、御免なされと、狂気のように叫ぶと、代官をはじめ、おいらの蒲団の側へしがみつくように寄って来たよ、おいらは、勇八、早く討て、早くというが、勇八の安奴、うしろに平伏していて顔を上げないよ。なあにさ、そういう風にする事になっているのさ、といった。

「わっはっはっ。討たれちゃあ、ほんに堪らねえからね」

勝田も腹を抱《かか》えた。

小吉は

「そこで、おいらが、よし、そんなに気おくれするならば、お前には頼まぬ、三之丞

お前やれと、この三公へ言いつけた。三公も立たない、もじもじしていやがる、仕方なく勇八がうしろへ廻ったよ。そうすると、百姓たちがいやもう、わあわあ泣いて、五六人も安へしがみついて、どうか暫《しばら》くお見合せ下され、一同が一言申上げることがございますといった、尚《なお》も安へしがみつくものだから、安は、早々申上げろというと、先達より申渡しの儀はしかと承りましてございます、われわれ家財を売り払いましてもきっと御受け致しますというわさ。しめたと思ったよ。だが、ここんところでもう一と押し故、いやならん、最早、今になっては聞き入れる訳には参らぬと、おいらがまた眼をむくと、代官が口をぱくぱくしていざり寄って来たよ、腰がぬけていやがるのだ」

「へーえ、腰がぬけたか」

と勝田。小吉は、腰なんぞというものは、他愛もなくぬけるものだなと笑って、その代官が、どうぞ御生害《ごしょうがい》をお止まり下されたい、自分は御代官を勤めながら下々不行届き故このような事に相成りました、この上は、どうぞわたくしの首を切って江戸へ送って下されと言う、ぽろぽろ泣いているし、おいらも、ふと、可哀そうになって来たね。

「そこでおいらが、みんなに向っていってやった。この度の事は、その方共が、只々私慾にのみ走り、自分事ばかりを考えて、地頭の事も、人の道も忘れおるところから出来たことだ。言うまでもなく岡野孫一郎は、その方共の主人だ、その難儀を見ていながら、ああだこうだ算盤《そろばん》をはじいているとは何事だ、主人の為ならば、たとえ身命に替えても奉公をするが昔からの御国の教えだったが、許してくれ心得違いであったというなら許してもやろう。が、確かに当方の申渡しは承知したのだなと、も一度念を押すとな、一同、きっと承知仕りましたというから、そこでおいらも、脇差を鞘《さや》へ納めたよ」

御願塚の百姓も、考えると、偉い使者に来られたものである。こんな芝居にちょろまかされて、次の日の四つ過ぎまでに、とうとう五百五十両お盆へ乗せて持って来た、もう五十両は、小吉が江戸へかえるまでに、金飛脚《ひきやく》で江戸西河岸の島屋まで届けますという約定《やくじょう》。

金を受取ると、小吉は、竹槍さわぎの発頭人たちはそれぞれ咎《とが》め立てをして、みんな水呑《みずの》みに落し、とにかく江戸が困っていられるのだから、お金を工夫して差出しましょうという事をいった者たちは、役付きにして、主立った者に名字《みようじ》を許し、代官へも一年九斗余りの荒地をやって江戸へ引揚げることとなった。

ところが、その晩、宇市、源右衛門という百姓の両名が百五十両の古証文を持って、これを返して貰《もら》いたいといって来た。小吉はびっくりもしたし閉口もした、いやそれよりも、こんな騒ぎでやっと話が纏《まとま》ったというのに、こんな事をいって来やがる、如何にも薄情な仕打ちだ、芝居であれ、なんであれ、六百両の為に人間一人切腹もしようというさわぎのところから百五十両取ろうという心底が、小吉にして見ればいかにも心憎い。両人を、通せといって、一間に待たせて置いた。

二人の名は知っていた。この二人が所謂《いわゆる》村方の強硬派で、うまく蔭《かげ》へ蔭へと廻って、巧みに入用金反対へ策動をしている事も感づいていたから、小吉はいっそう腹が立った。他人の自分さえ、岡野の家をたててやりたいばっかりに、こうして大阪くんだりまで来ているのである。その話がやっとついた時に、金をけえせなんどとは太《ふて》え量見の奴だ。こう思いながら、二人のところへ行くと、どれその証文というのを見せろといって受取った。受取ると共に、燭台《しょくだい》の灯のところへ持って行ってかざして見るふりをしていきなり火をつけて、どうだい、燃えるじゃあないかえと、へらへら笑ったものである。

二人は真っ青になって、かんかん怒鳴り出した。が小吉は、燃やしたのは勝小吉だ、どうとも勝手にするがいいが、お前らは、これまでいろいろ蔭でこの俺に刃向ったのはちゃあんと知っているのだが、何事も丸く納めたい一心で今日まで勘弁していたのに、今時こんな物を持ち込んで来るとは不届きな奴だ、この証文は勝が有難く貰って置く、ふん、お前は飛んだ大べら棒だなと頭から脅《おど》かしつけたものである。

「そ奴あ少々理不尽だなあ」

長谷川がそういった。

「全くだ。が、大きな虫を助けるのだ、小さな虫を殺すなあ仕方がねえわさ。脅しつけて真っ当な証文を踏むなんざあ全く良くねえさ」

小吉は頭をかいた。

「おいらは、そのまま、座敷を立った。二人の奴は、却《かえ》って、恐れ入りましたと毛肌《けはだ》をたててけえりやがったよ」

「それにしても岡野の家は、お前さんを神様にでもしなくちゃあならねえだろう」

「なあに、おいらあ、あすこの奥様が、おいらがけえって来た時に、手を合わせて拝みなすった。もうあれだけで結構よ。え、岡野の奥様はな、知っての通り、八千石のお姫様だぜ、それがああして岡野へ来て、江雪奴がまたおいらのような道楽もの故、ああしてひと頃は、三度の物にさえ事を欠かれるようなお目に会われた。それで不服一つおっしゃらず、じっと御辛抱をなされてる、幾度、お里方からも迎えが見えられたか知れねえが、わたくしの死場所は岡野の家の外にありませぬといって、とうとうおかえりなさらなかった。どうだ、そのおこころにてえしたって、おいら、親身になってやらなくちゃあならねえじゃあねえかよ」

「うむ、ほんに、あの方は感心なお方だあね」

「だからよ、おいらが大阪へ行く時だって、こっちの武州相州の知行所の奴らあ、百両も出来るものかといってたそうだし、親類の奴らの中でも五十両も出来たら、勤めを退《ひ》こうなんぞと大きなことをいった奴があったそうだ。へん、態《ざま》あ見やがれだ」

「とんだ苦労であったねえ」

「それで岡野が立ち直った。まあいい塩梅《あんばい》だと思ったら、今度は、孫一郎の女の尻《しり》が来やがったよ。何分にもあの女から三十両も借りたといっていたから、こ奴あ只《ただ》じゃあ済むめえと思っていたが、小林と喜仙院が尻押したあとんだ茶番だ」

「小林もしつこい野郎だな」

「しかしな、あ奴ああれで面白いところがあるぜ。いつか浅草で喧嘩《けんか》をして間もなくだが、深川で、真っ昼間、おいらの後ろから斬《き》り込んで来たことがあるんだ」

「ほほう」

「おいらが、体をかわして、前へのめるあ奴を、おいらは、わざと、懐中手《ふところ》をしたまで見ていて、おい白昼生《なま》くらなど抜いてどうするのだよといったら、あ奴の云う事が面白いや、え、勝さん、この刀を買ったが切れるか切れぬか見てくれろといった。思わず吹き出したねおいらも。そして、よくその刀を見てから、そうだの、薄皮位は斬れるだろうといったら、そうかなあといって、そのまま鞘へ納めて行って終った。大勢人だかりがして面白かったよ」

「妙な奴だなあ」

「どうだ、いいところがあるじゃあねえか」

話の途中で、小吉は、三公を北中之橋際《ぎわ》の大黒屋へ使いにやった。ちゃちな家だが、いい鰻《うなぎ》の出来るところから、本所の家人《もの》は大そうこの家を贔屓《ひいき》にしていた。おやじというのが、あの小ぐしに用いる竹を、あすこのはいけない、ここの竹は駄目だといって、紀州の熊野近くの、しかもなんとかいう山の竹だけを、わざわざ呼んで使っていて、この竹が、船の便かなんかの関係で、手許《てもと》にきれたりすると、十日でも二十日でも、商売を休んでいるという凝り屋、これが、本所の家人《ひと》たちにはひどく気に入られている。

鰻が来ると、小吉は、みんなに振舞って、三公には、使賃だといって別にいくらか銭をやった。

いい星夜だが、蒸暑く、蚊が多い。

大そうな散財をさせて終ったな。御内儀どうも誠に御馳走になりまして、と、勝田と長谷川は、お礼をいって帰りかけた。小吉は、外へ出たその勝田を、ちょいと呼び止めて、往来だが頻《しき》りに、こそこそ囁《ささや》くと小判を二枚手渡した。これはほんのおらの心ばかりのお見舞だ、お前からなんとか気を悪くしないようにうまくいって長谷川に渡してくれろ。なあにさ、当てにもしないとんだ儲《もう》けがあったから、まあお裾《すそ》わけだあな、と無理にも押しつけて、家へ引返して来た。

お信は、その辺りを片づけていたが

「麟太郎は、なんで来たのだえ」

と、小吉はすぐに声をかけた。

「はい」

と、お信は、夫を振返って、にこにこしながら

「いいお知らせにまいりました」

「いい知らせ。なんだえ」

お信は、ただ、笑顔を見せているだけで、それに答えず、その辺りをすっかり片づけてから、麟太郎が松平内記から貰った袴《はかま》料の奉書包を持って来て、小吉の前へ差出した。

「麟太郎が、島田先生の免許皆伝をいただき、これは、お出入屋敷《でいりやしき》の、御祝でございます」

「何？　皆伝、皆伝？　島田の」

「はい。さようでございます」

「うーむ」

小吉は、暫く黙っていた。そして、その間にいつの間にか、胡坐を、きちんと坐り直して、奉書包をいただいたが、今度は立って、それを、お信の下ろして来た仏壇へ納め、お蠟燭《ろうそく》をあげ、お線香をたて、その前に、坐って、静かに手を合わせて、いつまでも、いつまでもじっとしていた。

お信は、こんな小吉をはじめて見た。そして、見ている自分の眼がいつの間にか、熱いものでくもって行くのを知った。

小吉は、振向いた。そして、大声で、笑い出して

「おい、こりあ、ほんに、いつも云う通り、鳶《とんび》が鷹《たか》を産んだわさあ」

いつもの口癖を、本気で、真剣でそういった。

月　明

麟太郎が、新堀の道場へ帰って来た時は、もう五つ刻を過ぎていた。近くの屋敷で尺八を奏《ふ》いていた。静かないい音色であった。

麟太郎の足音を気づかないと見えて、内弟子の大野文太が、頻《しき》りに論語かなにかを声高に読んでいる声を止めない。

麟太郎は、黙って入って行って、先生の居間の方を見たが、真っ暗だ。おや御不在のようだな、そう思いながら

「大野さん、先生は？」

うしろから、突然《だしぬけ》に声をかけられて、大野は、飛び上がる程びっくりして、しばらく、眼をぱちぱちしているだけで、返事が出来ない。

「なんですねえ」

と、麟太郎は笑って、また先生は、ときいた。

ああびっくりした、大野は、やっと落着いて

「御老中水野越前守様から、お駕《かご》のお迎えが見えましてね、七つ少々前にお出ましになりました」

「御老中《ごろうじゅう》から」

「ええ御使者の御口上では、どうやら、男谷精一郎《おかめさわちょう》先生も御一緒、外に御徒町《おかちまち》の伊庭《いば》先生もお招きを受けたようなお話でした」

「そうですか」

「おお、そうそう、あなたへも――あなたがお出かけになって間もなく、お手紙をもった使いが見えましたよ」

大野は、眼の前に置いてあった封書を差出した。麟太郎は、これを受取ると

「永井先生だ」

青崖《せいがい》永井助吉《すけよし》先生が江戸へかえって来た。国の筑前へ帰る途中で高島秋帆《しゅうはん》が、幕命により江戸で演習をすることに決定したので、引返して是非これを見学するようにとの江戸屋敷重役からの急使を受けたもののようである。尤《もっと》も青崖の筑前行きも、元々、洋式調練のことについて、殿様の下問に応ずる用件であったから――。

青崖は、お約束の蘭学稽古《けいこ》については、いつからでもやって来るようにと親切に書

き添えてあった。

「大野さん、わたしは明日から蘭学の稽古をはじめますよ」

「あなたが——」

「そうですよ。先生は、いつも、江戸の海は、そのまま世界の隅々《すみずみ》までつづいているのだ。云わばすぐ棟《むね》つづきのお隣に、顔も着物も食うものも違った得態《えたい》の知れねえ奴が住んでいるのと同じだ。油断も隙《すき》も出来ないこと故《ゆえ》、先《ま》ず、奴らがどんなものか、それを知るにゃあ奴らの学問をやらなくちゃあいけないとおっしゃっていられる。対手《あいて》を知れ、大野さん、これは剣術だけの事では無いでしょうからねえ」

島田は、夜更《よふ》けて立派な駕で帰って来た。日頃、酒をたしなまぬ人であるが、少しばかり酔っていた。

麟太郎も文太も起きて待っていたが、すまなかったな、直ぐ寝るがいいぞといった。大そう上機嫌《じょうきげん》であった。

麟太郎は、永井先生からの手紙を見せて

「明夜から参りたいと存じます」

といった。島田は、それは目出たい、が勝、とじっと麟太郎の顔を見て、

「遣《や》れ」

「はい」

「命がけだぞ。口先だけではない本当に命がけだぞ。いいか」

「はい」

「世の中はいろいろ変って来る。嫌《いや》でもふわふわしてはおれないのだ。馬鹿ばかりだと思っていた老中の中にも、日本もこれではならんと考え出して来ている人がいるようだ」

島田は、それに続けてなにか話しそうであったが、ぷつりと、そこで口をつぐむと、

「わしは寝る。お前らも寝よ」

と、すぐに着物をぬぎかけた。

島田は、寝る前には、どんな寒中でも、必ず井戸へ出て頭から水を浴びた。二人ともそれを知っているので、手拭《てぬぐい》などの仕度《したく》をして、先に立って裏井戸へ出て行った。長屋を三戸買い潰《つぶ》したので、この井戸は殆《ほとん》ど島田の専用になっている。

「いいいい、わしが一人でやる。お前らは寝よ」

「はい」

こういう時に、いつまでも傍《かたわ》らでなにかしていると、叱《しか》りつけられる恐れがある。

二人とも引取ると、更けた星夜の下で、ざあざあと、幾杯も幾杯も、水をかぶる音が聞えていた。

床へ入ったが、麟太郎は、いつまでも眠れない。いつか見たあの本多貢《みつぐ》の蘭書を読む日が、やがて、自分の上に来ると思えば、ただ、それだけで胸が一ぱいになって来る。夜中に八つの鐘をきいた。

突然、麟太郎は物の怪《け》にでも襲われたように、むっくりと起き上がった。

明日までじっとしていることが出来なかったのだ。麟太郎は外へ出た。星が一ぱいだ。街は何処《どこ》まで行っても、何処まで行っても、淵《ふち》の底のように静まっている。

赤坂溜池《ためいけ》の黒田侯中屋敷へついた時は、夜明けにはまだだいぶ間があった。門番は先程から幾度も前を通る同じ足音に気がついたのであろう、ぎいーっと、重い潜《くぐ》りを開けると、こーんと、其処《そこ》の石畳に樫《かし》の棒をついて、じっとこっちをすかして見た。

麟太郎はすぐにつかつかと近寄って、永井先生のお長屋まで参ったのですが、少し時刻が早いからこの辺りで待っていたいと思う、御小屋内《こやうち》も御迷惑でしょうから暫《しばら》くここへ置いて下さい、浅草の新堀から来たので疲れましたよ。そういうと、対手《あいて》の返事などには頓着《とんじゃく》なく、御門の柱へ背をもたせるようにして、石畳の上へどっかりと胡坐《あぐら》をかいて両腕を組んで眼を閉じて終《しま》った。

門番は、大そう早くやって来たものですねという。そうだよ、少し早かったよ、しかし俺は朝早くからまた浅草に用事のある身故、御開門の時刻になったら知らせておくれよ。眼を閉じたままそういって、お天気でいい塩梅《あんばい》だねえと付け加《た》した。

御門内の小砂利が薄々と見えるようになった。麟太郎が先生のお長屋へ行った時は、やっといつぞやの下男が起き出したばかりのところであった。

麟太郎は、勝手口から、お早うございます、とまるで自分の家の者へでも声をかけるように親しくいった。

まだ五つ刻だいぶ前。川から引揚げられたように、びっしょりの汗で麟太郎は、赤坂から飛び通しで道場へ引返して来た。さすがに少し呼吸がはずんでいる。道場にはもう門人たちが十四五人も来ていたし、後から後から、道具を引っかついだ元気な人達の姿がつづいていた。

島田は、まだ道場へ出なかった。

麟太郎は、すぐ稽古着に着かえると、島田のところへ朝の挨拶《あいさつ》に行った。そして、昨日いただいたお手紙の御礼に行って来ましたといった。島田は

「先生にお目にかかったか」

いいえ、余り時刻が早いものですから、顔馴染《かおなじ》みの下男に、今宵改めて参上いたしますと先生お目ざめの上での取次ぎを頼んでそのまま引返しました、と麟太郎は、落着いていた。

「気違いと思ったろうな」

と島田は大声で笑ってから

「それでいいんだ。気違い結構だ。さ、飯を食え、食ったら直ぐに道場だぞ」

「はっ」

その道場の稽古は今日はお昼まで——。

麟太郎は、島田と一緒に、出稽古に出掛けて行った。麟太郎はいつぞやの三味線堀《しゃみせんぼり》の大久保家へ。島田は、今日は浅草向柳原の藤堂和泉守屋敷へ行く。

島田は、途中で

「御嫡山城守様は近頃だいぶ慢心の気味がある。今にして、思い切って叩《たた》きのめして置かなくては、将来、あのお殿、また只《ただ》の馬鹿殿様になって終《しま》う。いいか、そのつもりでやれ」

といった。麟太郎はいつぞや、その島田が、久しぶりで木挽町汐留橋際《こびきちょうしおどめばしぎわ》の奥平家へ伺候《しこう》して、生国の君公大膳大夫《だいぜんのだいぶ》様を高腰にかけて跳《は》ね飛ばし、気絶させたことを思い出した。しかし、あの時は、さすがに島田もいささか狼狽《ろうばい》したらしく、帰途、大名というものは、今戸焼きよりも弱いものだなといったのを思い出して、一人でくすくす笑って終った。

「先生、今戸焼きは大丈夫でございましょうか」

ぷっ、島田も吹き出した。

「山城守様は、お若いで、まあ大丈夫だろう」

「は。では、そのつもりで」

二人は、丁度、そんな事を話した阿部川町の了源寺の門前へ、微《かす》かな笑いを残して別れて行った。

麟太郎は、その晩、粗末な机を前に、あれ以来の、永井青崖の前に坐っていた。青崖は、暫《しばら》くの道中で、顔が真っかに陽焼《ひや》けして、如何《いか》にも元気そうであった。

「学問というものは本来無上の愉快なものだ、この言葉をいつも念頭に置いて下さい」

青崖はそういって、すぐに静かな手つきで、すらすらと蘭字を書き出した。

次の夜は、夕方から、しょぼしょぼと雨が降った。が、麟太郎は、ゆうべと、一秒違《たが》わず、きっちりとあの机の前に坐った。

黒田家中《かちゅう》の門人十人が、麟太郎と机を並べるようになったのは、それから三晩ばかりの後であった。四十を過ぎた程の人もいたし、大てい麟太郎よりは五つ六つ年上であった。

縁側も窓も悉《ことごと》く開放して、青葉越しの風が時々、灯を暗くした。

四日目の夜。少し講義をやりかけたところへ、夫人《さいじょ》が、誰やらさまが参りましたと告げて来た。青崖は、おおそうか、すぐに参るからといったが、客は、無遠慮に、もうその座敷へ入って来て

「おお、やってるね」

突っ立ったままこういって、門人達の方を見廻した。丈《せ》のすらりと高い痩《や》せた鶴のような感じのする六十余の老人であった。髪は真っ白く、総髪で肩へ垂らしていた。

「まあ、まあ、どうぞ、あちらへ」

青崖は、丁寧にそういったが、老人は

「お手紙をいただいたが、川越の在方《ざいかた》まで行っていたので、実は今日戻って来てやっと拝見したよ。帰る早々もう勉強は恐れ入ったなあ。しかし、若いものは元気でいい

ねえ。わしは、若いもの達がこうして机へ向っているのを見ると、気持が浮々して来るよ」

あちらへ行くどころか、老人は青崖の傍《かたわ》らへ坐って終った。門人達は、多くはこの老人を知っていると見えて、一斉に頭を下げた。

しかし麟太郎は、黙っていた。親しそうではあるが、この老人になんとなく傍若無人なものを感じているのである。

老人も、また直ぐに麟太郎を見た。そして青崖へ新しいのが来たねといった。青崖は、御家人勝麟太郎、甚《はなは》だ蘭学執心の書生故今後宜《よろ》しくというような事をいった。

「江戸人かえ」

と、老人は、そういって、改めたように見つめていたが急に、顔をぐんと突き出して

「おい、お前さん、失礼だが、ここへ来て、お顔をとっくり見せておくれよ」

といった。門人達は、また始まったなというように互いに顔を見合せて、くすくす笑った。青崖も笑って、見せておやんなさい、この方は、人相を見るのが病だからといった。

「俺は馬医者だよ。が、馬の面《つら》ばかり見ていても面白くねえから、近頃は、人の面を

見てるのさ。だが、面の中じゃあ人間の面が一番まずいや」

そう言いながらじっと見た。そして、にっこりすると
「お前さん、若《わけ》えに、出来てるね。剣術は余っ程やったかえ」

「未熟でございます」

「師匠は誰だえ」

島田虎之助先生だと答えると、そうかそうかとうなずいて
「ところでお前さんは不思議だね。お前さんの左の眼は瞳《ひとみ》が重なっている、その上、その光り方が只じゃあねえわさ、え、お前さんこれまでに、誰かになにか云われた事はねえかえ」

麟太郎は、まだ十三四の頃、父の友人で売卜《ばいぼく》を業としていた関川讃岐《さぬき》という人に、それを云われましたといった。

「それでなんと云ったえ」

「別に」

「いや云ったに違えねえ。他日その志を得ば必ず天下を乱さん、然《しか》らずして自ら騒乱の世に逢《あ》わば国家の大事に任ずべしと、よ」

関川も全く同じ事をいった。あの人は売卜で得た金は悉くお酒にかえて、酔えばた

だ子供達の鬼ごっこに交って遊んだり、その顔を一人ずつ眺《なが》めては、終日、陽を浴びて遊んでいたがと——思い出して、にこにこした。

老人は、

「永井さん、大そうなものが弟子入りしたよ。これあ、ただの瓦《かわら》じゃあねえよ」

「そうですかなあ」

青崖は、別に、真面目《まじめ》にきいてもいなかった。そして、勝君、そのつもりで一つ、一生懸命にやんなさいよと笑った。

老人が、

「おい、狸穴《まみあな》にも遊びに来な。狸《たぬき》あいねえが、婆《ばあ》さんが猫をうようよ飼ってやがるわさ」

こんな事をいっている中に、また夫人が迎えに来たので、今度は青崖と一緒に奥へ入って行って終《しま》った。

年上の門人は、あの先生が来た上は今夜はもうこれでお終いだよ、なあに夜通しで酒を飲んで行くんだからというと、他の人達も、ぼつぼつ帰る仕度《したく》をはじめた。とうとう勝さんも、当らぬ人相見につかまりましたね。

「はあ。あの方は、どなた様でございましょうか」

あれはね、元公儀《こうぎ》の御馬役《おうまやく》を勤めていられた方なのだよ、都甲《つこう》市郎左衛門様とおっしゃって、蘭学はこちらの先生よりずっとずっとの先輩でその学問にかけては大そうなものだと、先生がいつも申しておられる、馬脾風《ばひふう》、石淋《せきりん》などという馬の病気は、不治の病とされて、何千両を投じた馬でも一度この病にかかれば、助ける事は出来なかったを、あの都甲先生が、蘭学によって馬医の学を研究し、そんなものは訳もなく癒《なお》して終われるので、ひと頃は公儀御役ばかりではなく、各大藩にも招かれて飛ぶ鳥を落したものですと、その年上の一人が
「それが、同役の小人《しょうじん》どもに嫉妬《しっと》せられて、それらが挙《こぞ》っていろいろ先生の邪魔をする、お役向きにいたずらをするという事になった」

都甲先生は、江戸っ児だ。そんなお役向きのいざこざが忌《い》やんなって終った。

「俺あ罷《や》めるよ」

きっぱりと、その日から、御馬役をやめて、狸穴の小さな家へ引籠《ひきこも》ると、以来ただ、蘭書の飜訳《ほんやく》を楽しんで悠々《ゆうゆう》たる日を送っている。

各藩からも、ずいぶん人が行って招こうとしている。また同学の人達が、よく訪ねて行く、が、誰が行っても、滅多に人には逢わないのである。どういうものか、青崖

ただ一人とだけは、常に親しく往来して、学問の話に夜を明かす事さえあるのであった。恐らくは青崖が質素で、しかも謙虚な態度を忘れないのを気に入っているのであろう。

都甲老人が、またそこへ出て来た。もうだいぶ酔っているようであった。

「おい、お前、腹を立てちゃあいけねえよ、島田にも、それを余っ程仕込まれているらしいが、老人のいう事だ、一生こ奴を腹に据えて、忘れなさんな。え、風が右から来たら左へなびく、左から来たら右へなびく、それでいて根だけは、ぴったりと大地へ据えて動かねえことだ。いいかえ、どんな事でも、ふむふむ、そうか、そうかといっておれるようになれあ人間一人前だ、俺などは直ぐむかっ腹を立てる、これあ阿呆《あほう》だからだよ。え、遊びに来な、狸穴へな」

都甲は、また奥へ戻って行くと、もう、それっきり姿を見せなかった。そして、夫《さい》人《じょ》が出て来て、御迷惑とは存じますが今夜はもう、こんな次第故皆様おかえり下さいませと門人たちへ丁寧に断わりをいった。

武州徳丸ヶ原で、高島秋帆の西洋火術《かじゅつ》演習の行われたのは、それから四日の後であった。

麟太郎は、前夜いつもと変った事なく青崖の講義をきき、夜更《よふ》けて道場へかえって来ると、島田は、身仕度をして、麟太郎を待っていた。

「これからすぐに徳丸ヶ原へ行く、仕度をしろ」

「はい」

麟太郎は、水を一ぱい飲む暇もなかった。かねて用意をしてある草鞋《わらじ》ばきになって、島田と二人分の握飯を背負った。二人とも韮山笠《にらやまがさ》をかぶった。

星が出ている。少し風立っては来ているが、明朝はいいお天気であろう。

青葉の匂《にお》いが、闇《やみ》の中に、胸深く迫って来る。島田たちは、根津から白山の近くまでは、夜番辻番のものの外殆《ほとん》ど誰にも逢わなかった。が、この辺まで来ると、ぽつりぽつりと、自分と同じ方へ向って行く人影を見た。吉祥寺前では、うしろから馬上で来た二人づれの武家が駈《か》けぬけて行った。

「秋帆先生は、門下百余名と共に赤塚村の松月院という寺にいられるそうだ。原からは半里ばかり離れているというが、わしは先生に願って、臼砲筒《モルチールづつ》、砲台用の忽微《ホーカイツスル》筒《づつ》をはじめ、ゲウエール銃、野戦筒《やせんづつ》、馬上砲《ばじょうほう》などを、傍近く拝見させて貰《もら》う気だ。が、公儀では、大そう厳重にして、役向き以外一切近寄らせんようにしているやの噂《うわさ》もあるで、うまく行くかどうか」

徳丸ヶ原は板橋宿の西北、志村から赤塚村にわたる荒川沿岸の広漠とした田野だ。二人が松月院近くへ行った時は、もう、その辺は一ぱいの人であった。多くは武家だが、町人や百姓も相当に交っている。うしろに大きな杉の森があって、松月院の門前には、もう、明々と篝火《かがりび》が焚《た》かれ、警戒の者が、棒をついて、あちこちしている。門には、高島四郎太夫並に門人止宿所の札が掲げられ、門の内はもうその門人達であろう、がやがやなにかの仕度をはじめて、やはり昼のように篝火を焚いている。

少々遅かったな、こうなっては、もう秋帆先生に、特にお目にかかるという事は出来ないだろう、と島田は、そう思った。

「これ、寄るな、寄るな」

番卒は大声ですぐに叫んだ。

「一切門内諸士との面会は禁じられている。何人であろうと、取次ぎは致されぬのだ」

原を囲んだあちこちの雑木林の中や、叢《くさむら》の彼方《かなた》にも、一かたまりずつに集まっている人々の話声などが聞えて、やがて、初夏の夜が、次第々々に暁を迎えて来る。

何処《どこ》か遠くで、鶏が鳴いた。

と同時に、寺の門内で、すこし嗄《しゃが》れた野太い号令の声がしたと思うと、門の扉《とびら》が、ぱっと八文字に開いた。丁度七つ半刻である。

「勝、見ろ」

島田は、指さした。西洋馬具を置いた駒《こま》に跨《また》がって、武士が先頭に出て来た。白い鞭《むち》が光った。島田は、なんということなしに、これがかねて聞き及んでいる秋帆の子息浅五郎であろうと思った。

人々は、どよめき渡った。

門の中からは、堰《せき》を破った奔流のように、黒のたっつけ筒袖に、何《い》れも韮山笠《にらやまがさ》をかぶった軽快な服装の歩兵が、ゲウエール銃を肩に、駈歩《かけあし》で一糸乱れず、後から後からとつづいて来る。百人に近かった。

野戦筒が来る。臼砲筒が来る。人と砲筒とが一体となって、まだ暗い原の彼方に消えて行くのを、島田も麟太郎も、ただ呆然《ぼうぜん》として見据えていた。黒い馬で、白い手旗をもって、隊の真ん中頃に進まれたのは恐らくは秋帆先生であろう。

夜が明けた。

朝風になびく青草原、遠く靄《もや》が漂って、その間を或いは頭だけをはっきりと見せ、或いは脚《あし》の方だけを見せて右往左往する人々が、夢のようにさえ思われる。

公儀諸役は、仮小屋に幔幕《まんまく》を張り、諸侯家《しょこうけ》の見物席と共に、厳然と控え、各家中がそれからそれと連なって、屛風《びょうぶ》をたてたようだ。筒小屋、演習兵の休息所。夜は、その原に一物もなく、ただ青草原とのみ見えたところも、意外の物々しさであった。

雑木林の中で、出役《しゅつやく》の諸役の馬であろう、頻《しき》りに嘶《いなな》いている。

すっかり明け渡るのを待つものの如《ごと》く、ややしばしの間、原の人々は、深閑として——殊《こと》に秋帆達は、人形を作りつけたように、身動き一つ、しわぶき一つしなかった。ただ原のあちこちに、紅や白の小旗がひらめいているだけである。

この、むしろ不気味な位の静かさは、やがて、破れた。筒小屋の前へ出て、誰やらが大きな声で号令をかけた。蘭語であった。歩兵は忽《たちま》ち動き出した。と、同時に、諸役の幕張り、仮小屋内もざわめき立って来た。

秋帆は先《ま》ず自ら第一番に出場、モルチール筒をもって、ボンベン玉仕掛横打ちを演じた。的には当らなかった。公儀諸役の席から、不謹慎にも、殊更に嘲弄《ちょうろう》するような笑声がもれた。第二番の浅五郎も、また当らなかった。筒音は、次第に激しく轟《とどろ》いて原をゆるがした。煙硝の臭いが、鼻をつくように、におって来る。

もう、黄昏《たそがれ》に近かった。

島田は腕を組んだまま、麟太郎と只《ただ》二人、ぞろぞろ江戸へ帰って行く人達から離れて、道のない原や野を歩いていた。胸までも草ののびた湿地へ出たり、広々としたい畑の畝道《あぜみち》へ出たりした。

「勝、なにを感じたか」

出し抜けに、そう云った。

「西洋火術は恐ろしいものだと思いました」

「それだけか」

「は？」

「ただ、火術の恐ろしさを感じただけかというのだ」

麟太郎は、一寸《ちょっと》、答が出なかった。

「火術などは恐ろしくはない」

「は？」

「わしは、火術その物よりも、むしろ秋帆先生の洋式訓練その物の上からしみじみ恐るべきものを感じた」

それから暫《しばら》く無言であった。島田の眼の底には、馬上筒演習の時の事が、今も顕々《ありあり》と見えるようだ。秋帆門人で長崎の地役人を勤める近藤雄蔵が一隊を指揮し、各、短筒三挺《ちょう》に火薬を籠《こ》め、一挺を腰につけ、二挺を袋に入れて鞍《くら》につけて馳《か》け出しながら、一斉に、三方へ打ち放した。すべて蘭語の号令であった。

「あの時一人が筒を取落したな」

「は」

「確か二番騎の仁であった」

「は、馬上筒の時でございました。取落しました。しかし、すぐその次に続いた三番騎の仁が、ひらりと馬を飛び下り、その筒を拾って再び馬へのり乗り馳けて、二番へ相渡したように見えましたが」

「そうだ。勝」

と島田は、歩みを止めた。

「あれだ、わしは、あれを恐ろしいと見たのだ。あの時ばかりではない、随所にいろいろ形をかえてあれと同じい物を見た。な、あの演習に終始一貫しているものは、勝、悉《ことごと》く総体だということだ。一人々々ではないのだ、洋式演習の根本は百人を一人とし、千人万人を只一人とするところにあるのだ。異国人にも偉い奴がいると見え——いや異人共ではないかも知れん。秋帆先生の人格そのものが演習の上に眼に見えないあした恐ろしさを示したのかも知れないが——とにかく、百万挺の筒よりも、わしは、あれが恐ろしいと見たぞ」

「はい」

「み国は、徳川家政道の善悪は別とし、とにもかくにも形の上で泰平相つづき、世の態《さま》も人の心もただただ惰弱《だじゃく》、己あって他あるを知らず、武士は武士、百姓町人は百姓町人、各々《おのおの》その曲輪《くるわ》に立て籠《こも》ってばらばらだ。どうだ、武士の取落した馬上筒を、次につづいた百姓町人が、己を敵の危険に晒《さら》して馬を飛び下り拾い取ってくれる気持があるか」

「おうい」

突然人を呼ぶ声がした。そして直ぐに

「勝、勝さんじゃあねえかえ」

とつづけた。

うっかりしていた。二人は、畑の畝から少しだらだらと上りになったいい道を歩いていたが、それが、ずっと一軒の農家の地内へ、つづいていて、今、その家の前の庭の中を通りぬけようとしているところであった。

裏が小高い丘、右手に深い竹藪《たけやぶ》があって、四辺《あたり》は田と畑、外に一軒の家もなかった。

蚊遣《かや》りだろう、蓬《よもぎ》でも燃やすような匂《にお》いと共に煙がゆるゆるとその縁側から立ち流れている。少し離れて釣瓶《つるべ》井戸があって、二樹三樹、梅の木のようである。

声の主は、その縁側へ胡坐《あぐら》をかいて、小さな茶椀《ちゃわん》を手になにか飲んでいる。

「忘れたかえ、狸穴《まみあな》の馬医者だよ」

意外なところで意外な人に声をかけられた。

びっくりして、麟太郎は、島田へ、それと告げると、縁側近くへ進んで丁寧に会釈《えしゃく》した。

「あの方あ、島田さんだね」

都甲《つこう》は麟太郎のうなずくのを見るまでもなくそれときめて、

「こちらから言葉をかけて御免よ。都甲市郎左衛門という頓狂《とんきょう》ものさ。どうだえ、お腰をお下ろしなさらねえかえ。どうにも大そうな人出で、このおやじ奴、もう少しで潰《つぶ》されるところだったよ」

島田は、すでに麟太郎から都甲のことはきいていた。この人もやっぱり徳丸ヶ原の演習見物に行って来たのだ。にこにこして側《そば》へ行った。

「この家の梅酒《うめしゅ》は天下の珍でね、御府内一にうめえわさ」

都甲は、その茶椀を飲みほして、すぐに

「おうい、ばあさん、江戸の島田先生がお休みだ。梅酒を持って来いよ」

奥の方へ叫んだ。正直ものらしい婆《ばあ》さんがすぐに、新しく梅酒を運んで来た。

「島田さんはいい弟子を持った。こ奴あ」

と麟太郎を見て
「大物《おおもの》だよ、大物だよ」

といった。麟太郎はどうにもてれ臭そうな顔をした。

都甲は、今日も袴《はかま》もなく、着物の裾《すそ》をはねて胡坐をかいている様は、どこのやくざ者の隠居おやじだろうというような風態《ふうてい》であった。髪も、うしろで無造作に束ねている。

島田は、縁へ腰をかけ、梅酒を少し馳走《ちそう》になった。都甲は、公儀の古臭い鉄砲方なんざあどうせあの的へ当らねえ事を押えて悪口雑言するだろうが、秋帆先生の火術は、あれあてえしたものだ。いや火術よりも、あれだけの門下を全く一味のものに仕上げて進退共一体であったという事はさすがに秋帆先生だ。玉が当るとか当らぬとかいう事あ問題じゃあねえ。いくら大筒小筒が当らなくとも、あの百足らずの兵へ、公儀の千万を差向けたとて勝てっこはねえと思うが、島田さん、あんたはどうお思いなさるえ、といった。

島田はたった今も麟太郎へ話したような、自分と全く同じものを感じている老人を、まじまじと見守った。

「御説の通りです」

その島田へ、都甲は、からから笑って、

「あんたにそう云われると鼻が高《たけ》えよ」

といった。

この農家は、都甲とはかねて別して懇意な様子で老夫婦やら若い娘やらが出て来て頻りに、三人をもてなしてくれたが、やがて二人は別れを告げようとした。都甲は、待っておくれよと、自分も一緒に立ち上がって、おい、おれも帰るよ、この先生と同行すれあ、この世に怖《こえ》えものなしだ、と、そのまま、裾を尻からげすると、土間へ廻って、その家の娘に素足へ新しい草鞋《わらじ》をはかせて貰《もら》って、云いつけてあったらしく竹筒ぽへ入った梅酒を下げると、また縁側へ廻って来た。真っ暗な中に、痩《や》せっ骨の空《から》脛《すね》が白く見えた。

老爺が、小田原提灯《ちょうちん》を渡してくれた。こ奴あ有難えな、とんだ与《よ》市兵衛《いちべえ》よ、都甲は、こういって、もう先に立って歩き出した。

一二町も行くと、広い田圃道《たんぼみち》へ出た。

都甲は、麟太郎へ、今日は青崖も黒田家の控席に来ていたが、お前さん逢《あ》わなかったろうということや、今日の演習に感心したものは先ず集まった中の半分、その中でも、本当にわかったものは、さて幾人いるだろうということや、かねて秋帆とは反対の公儀銃砲方《じゅうほうがた》の井上左太夫や田付《たづけ》四郎兵衛奴らは、内心その西洋火術の威力に胆《きも》を冷やしやがったろう、が、きっと自分のお役がふいになるのを恐れて、あの演習を子供の戯《たわむ》れだなどとけなしつけるだろうと云ったり、洋学嫌《ぎら》いというよりは、兄の林大学頭《はやしだいがくのかみ》を守るためにこれまで悉く秋帆をけなしている目附《めつけ》鳥居《とりい》甲斐守《かいのかみ》も、むきになって演習をけなすだろうが、己あって、国あるを知らない、己あって己に優るものを見ない、馬鹿野郎ども、仕方がねえ奴らよねえ島田さん、と、都甲は、農家にいた時とはまた違った元気でしゃべりつづけた。梅酒でも利《き》いて来たのだろう。

そして、その話に一区切りがついたと思うと、突然

「島田さん、あんた余り長生きはしねえよ」

といった。島田は、ただにやにやしたが、麟太郎は一寸びっくりした。

「先ず三十八九かな。四十まではむずかしいよ」

「そ奴あまた早いですね。もう十年そこそこより生きられんですかなあ」

「そうだよ。それまでに遣《や》ることはみっちり遣って終《しま》うんだねえ。なあにそ奴が先にわかっていれあ、四十で死んでも百で死んでも人間大した違えはねえ。ただ死神奴が出し抜けに迎《むけ》えに来やがるものだから吃驚《びっくり》するだけだ。え、が、六十まで生きたところで、この馬医者のような腑《ふ》抜《ぬ》けになるようじゃあ、死んでた方が増しだあね。でも、おれあね、今日の秋帆の演習を見て、ああ、この日本も今度こさあ夜が明ける、そう思うと、これまで真っ暗に扉を閉めていたような自分の心の中がぱっと明るくなった。ぱっととまでは行かなくても、ぼんやりと明るくなった。月の夜よ、月明りよ。え、島田さん」

都甲は、本当に自分の上に、うれしくてうれしくて堪《たま》らないものが来たような声を出した。

「おれあ、六十にして、はじめて、こんないい気持の日を迎えた。が、あんたは、まだその若さで、この日を迎え得たのだものな。ね、おれあ、どう勘定をして見たところでもう十年とは生きられねえさ、そうすれあ、明るみを見てから、この世にいるのはあんたと同じだ。例《たと》え四十が三十で死んでも、あんたの方はいい日を見、いい気持で、死ねる。幸福だよう」

島田は、無言でうなずいた。この飄々乎《ひょうひょうこ》としたような都甲老人の云っていることが飄々どころか、心の中に火のように燃えているものを感じさせたのである。

都甲は、また急に調子をかえた。

「馬医者の人相見。はっはっ。当にはならねえがね島田さん」

「いや当にします、十年の間になにもかもやるように勉強しましょう」

「そうだねえ。一生懸命やらなくちゃあならねえね」

三人の歩む青草道の足元を照らす提灯の淡い明り。江戸の空は少し明るく、あちこちに、ちらちらと見えつ隠れつ、農家のあかりが見えている。

江戸へ入って別れ際《ぎわ》に、都甲は

「狸穴へもお出でよ」

この間、青崖のところで麟太郎へいったのと同じ調子で二人へそういった。

道場へかえるとすぐ、島田は、井戸へ出て、いつものように、水を浴びてから、麟太郎をよんで、時々、あの都甲を訪ねることだ。わしも邪魔させて貰うが、といった。

それから――。麟太郎には、自分で自分が一体何処《どこ》にいるのか、わからない程の多忙で、そして激しい刻が経過していた。

早朝からの道場の稽古《けいこ》、それから出稽古、そして、そのままその足で夕刻からは、赤坂溜池《ためいけ》まで馳《か》けつけて蘭学を教わった。まして、かつて友人本多貢の蘭書を見た時の刺激よりも、あの徳丸ヶ原の演習を見て以来、一刻も早く蘭学に熟達したい熱望は、師の青崖をさえ驚かした。そしてその進み方も同門の人達を忽《たちま》ちの中に遠く引離して行った。

島田は、その頃から度々、駕《かご》の迎えを受けて老中水野越前守の屋敷へ行った。別に、剣術の指南をするのではないらしく、男谷精一郎先生と一座する事もあり、心形刀《しんぎょうとう》流《りゅう》の伊庭軍兵衛と、一座する事もあり、その伊庭は元々二百石の御家人ではあるが改めて大御番組に召し出されたことなど、断片的に島田の口からもらされたが、そんな事に麟太郎は、大して気にも留めずただただ自分の修業に夢中であった。

大野文太が、ある時、勝さんよくそんなにからだがつづきますねと感心した。勝は一日一刻の余も寝るのだもの続きますよと笑った。本当に、一日二時間もぐっすりねれば、それで充分だと勝は信じている。

送りまぜ

お盆が過ぎて、空は高々と澄んだ日がつづく。

麟太郎は、思えば、父母を省みざること久しい。尤《もっと》も、小吉が一度道場へ来てくれた。生憎《あいにく》その日は、麟太郎も居ず、先生もお留守であった。小吉は、大野へ、そうかえ、元気かえ、そういったきりで帰って行ったということであった。

近々に、わしは荘内《しょうない》へ布教に出かけるかも知れない、お前は、いよいよ多忙になるから、一度、本所へ行って来たがよかろうと、島田に云われて、麟太郎は、その本所の父母をたずねて来た。

母はもう秋が近いので洗いざらした父の着物を仕立て直していられた。そして、麟太郎の着ている黒の絣《かすり》の単衣《ひとえ》を見ると、少しびっくりして、先生から頂いたのですねといった。いいえ違います。先生からも別な着物をいただきましたが、これは、蘭学の青崖先生の引合せで黒田侯にお目通りをいたしました節、殿様から下されたものでございます。それを青崖先生の夫人《おくさま》が直ぐに仕立てて下さいました。麟太郎のそういうのを、お信はしげしげと見て、お前はそうして皆様に心にかけていただいてほんに幸福ものです。これから先も、自儘《じまま》らしい事を申して、敵を求めてはなりませぬよ。男と申すものは、一生の中に、きっと一度は命を投げ出して、働く時が来るものと、覚悟をしていなくてはなりませぬ。その為にこそ男はこの世に生れて参りましたもの故《ゆえ》、それまではただただその身を大切に致し事ある際に備えなくてはなりませぬ。それを日頃そちこちの嫌《きら》われものなどになり、身の置きどころさえ狭うしているようでは、所詮《しょせん》立派な事は出来ませぬ、よくよく心して下され、と静かな声でいった。

麟太郎はうなずいた。そして、島田先生も、いつもおかあ様と同じい事を仰《おお》せられます。先生もあれ程におなりなさる間に、刀を抜かれたはただ一度、乱暴人をおこらしめなされた、その外は、危うきは避け、正しゅうないものには近寄らず、只々《ただただ》その身をいとうたと申しておられます。

お信はうなずいた。

それでこそ本当の剣客と申されるもの、少しばかりの腕で無闇《むやみ》に刀をぬくようでは大人物にはなれませぬといった。

小吉は、朝から道具市へ行っているというので、待っていても、果して家へかえって来るかどうか当にならない。麟太郎は、一寸其処《ちょつとそこ》へも寄って見る気で、家を辞した。

母もその後はひどく元気で生き生きしていられるので麟太郎は安心した。

晴れ渡っていたのだが、外へ出たら西の空に真っ黒い雲が出ている。いけない、これあ降るかも知れないな、そう思いながら少し急ぎ足で市へ行くと、父は、麴町《こうじまち》のある旗本屋敷に用事が出来て、そっちへ行ったとのことである。これじゃあ、今日は逢《あ》えない、麟太郎は、そこから竪川《たてかわ》に沿って両国橋へ出るつもり。

一つ目橋へ来ると、ばらばらと大きな雨が降り出して来た。こ奴あほんにいけねえよ、麟太郎はひとり言をいって駈《か》け出したが、雨はいよいよ激しく、元町を斜めに突切ろうとしたが、秋の空とは云いながらいやもうとんだ大雨だ。

おまけに、よく知っている路な筈《はず》だが、突切ろうとしたところが、行詰りで、炭屋の小さな庫だ。仕方がない、切端《せっぱ》詰って、その庫へ飛び込んで終った。

見ると、四十五六の、人の好さそうなおやじどのが、十四五の小僧を対手《あいて》に、炭団《たどん》を拵《こしら》えている。それが、そっちから声をかけて、どうも悪い雨でございますねといった。麟太郎は、暫《しばら》く雨宿をさせていただきたいと、挨拶《あいさつ》をしたが、もう肩の辺りが、だいぶぬれている。おやじどのは、御武家さまどうぞ店の方へお出で下さいまし、むさいところでございますが、そのお肩の辺りを少し拭《ふ》きませんではと、そういって、炭の手をふくと、先に立った。

　店も狭く小さいが、きちんと片づいている。おやじどのは、大きな声で、おいおいと奥をよんだ。乾いた布など持って来いよ、それにお茶を入れな、お客様だよといった。はい、少し年とった女の声と、若い声とが一緒にきこえた。

　そしてやがて、そこへ一人は布《きれ》を持ち、一人は茶をもって姿を見せたのは、その声の二人である。麟太郎は若い女を見た。一寸おどろいた。女は、いっそうびっくりした様子で、まあと、思わず声を出したようであった。一人はお袋さん、お前、知っているお方かえというように娘を見て、今度はこっちへ大そうおぬれなされましてと、愛嬌《あいきよう》のいい言葉をかけた。麟太郎はなにか云おうとしたが、黙っていた。娘は
「いつぞやはとんだ粗相《そそう》をいたしまして」

　そこへ両手をついた。真に、いつぞやは島田の免許皆伝の喜びを知らせに本所へ戻る途中、両国広小路の見世物小屋の前で、自分の胸元へ突き当った芸者の三人づれの中の一番若いあの一人である。

　麟太郎も、あの時に、この女一人だけが、振返って、改めたように頭を下げ、腰をかがめた印象は、忘れずにいた。忘れないというよりは、も少し深いものが残っていたと云った方がいいであろう。

娘の挨拶をきいて、おやじどのも、お袋さんもいっそう丁寧に頭を下げて、これも一寸急ぎの用事がございまして、お座敷の隙《すき》を見てたった今しがた家へ入ったばかりのところでございました。すぐにも深川へ戻ろうというところへこの雨で、家でまた御武家様にお目にかかるなどは不思議なことでございますといった。麟太郎は、ただ、にこにこ笑っているだけであった。深川というからには、いや云わなくても、こちらは武骨者だが本所もんだ、姿かたちの拵えで、女が矢倉下《やぐらした》のものだ位はわかる。一口に粋《いき》な深川というが、この女は、その粋というよりは、何処《どこ》となくすがすがしい、気持のしっかりとした人ずれのしないものを感じさせた。

店先へ腰をかけて、雨を拭《ぬぐ》い、茶を振舞われている中に、馬の背を割るような初秋の雨が、嘘《うそ》をついたようにばったり止《や》んで、真正面《まとも》に、陽がさし込んで来るまでには、そんなに刻《とき》も経《た》たなかった。

「御厄介をかけました。お蔭《かげ》で晴れたようですから」

麟太郎が、店を辞して、ほんの三四間も行った頃に、すぐうしろで、今の娘らしい足音をきいた。

気がつくと、町角の隅《すみ》っこに、駕《かご》が一挺《ちょう》置いてある。恐らくは女が乗って来て、御近所へ遠慮してあすこで下りて、家へかえっていたのであろう。

女の足音が、ひどく忙がしく小刻みになった。多分馳《か》けているのだろう。が、すぐに、また静かになった。

町角を橋の方へ折れて、その折れ際《ぎわ》に、一寸振返ったら、女は駕の脇《わき》へ立ってまだこっちを見ている。互いに、軽く会釈《えしやく》した。

が、そのまま両国の橋へかかった麟太郎は、なにか心残りに似たものがある。ぼつりぼつりと、なにを考えるという事もなしに物を考えて、橋の半ば。

「麟太郎、何処へ行くえ」

思いもかけず、今日は逢えまいと思った父の小吉が、珍しく袴《はかま》をつけて、だが、両手は内ふところで、すぐ鼻っ先へ来ている。ちょいと吃驚《びつくり》した。いや、それよりも胆《きも》を潰《つぶ》したのは、そのすぐうしろに、いつもの喧嘩《けんか》相手小林隼太が、へらへら笑い顔で随《つ》いていることである。

「御機嫌《ごきげん》を伺いに来たのです。お母様にお目にかかり、今、戻るところでございます」

「そうかえ。ずいぶん面を見せなかったからお袋も喜んだろう。蘭学はやっているかえ」

「は。一生懸命やっております」

「そうか。近頃、とんと虎の風評《うわさ》が良くねえが、ほんとかえ御老中《ごろうじゆう》の水野越前のところへ行っちゃあおべっかをしているてえのは」

「おべっか？　飛んでもない。時々、御老中からのお招きで参られますが、永井先生のお話では、鉄砲方の大反対を押し切って、高島秋帆先生が却《かえ》って大公儀のおほめをいただき、かつ韮山《にらやま》御代官《ごだいかん》江川太郎左衛門様へ火術御直伝の事になったのは、固《もと》より当の江川様のお力もあるが島田先生が御老中へ御力説なされたお力も大きいものだとのことでございました。一挙手一投足、馬鹿馬鹿しい事をなさる方かどうか、お父上、御存じと思いますが」

「うむ、おいらも、風評は、ほんにはしねえが」

そんな話の間には、麟太郎がちらちら見る眼に、小林はひどくてれている。小吉もそれに気がついて、

「小林あ、とうとうおいらに降参しやがった。今じゃあ家の者も同然故、後々、むごくはしなさんなよ」

そういうのにつれて、小林奴、ぺこぺこ頭を下げて、考えて見ると、大した恨みもつらみもねえに、これまで度々勝さんへ喧嘩を売ったりしたのはとんだ話、家来のつ

もりにして下さいよと、柄にもなく優しい事をいって、

「腕も智慧《ちえ》も、勝さんは、本所のもんじゃあ第一さ」

面構《つらがま》えは相当だが全く気のいい男である。喧嘩の度に痛めつけられ、それに文字二《もじふ》三輿《みこし》入れの一件では大枚の資本《もと》を下ろしてこれまた大失敗、にっちもさっちも行かなくなって、とうとう江戸を夜逃げをしようという瀬戸際《せとぎわ》で、這《は》いずるようにして、小吉の処《ところ》へ泣き込んだものだ。小林も気のいい奴だがうむそうか、それじゃあ勘弁してやるよと、うんうん承知をした小吉も至っていいものだ。

麟太郎は、真っ直ぐに赤坂へ廻って、夜更《よふ》けて道場へ戻って来た。島田はまだ起きていた。そして、まるで他人事《ひとごと》でも話すように、気軽く

「勝、烏山侯の稽古《けいこ》あもう行かなくともいいよ」

といった。麟太郎は、すぐにぴーんと来たものがあった。

「藤堂家も、お前を寄越してはいかんという。勝、これで二た屋敷だな」

島田は、いつもと少しも変らず、静かな平気な眼であった。

「誠に申し訳ありませぬ」

「この分だと、まだ一と屋敷や二た屋敷は断わりが来るだろう」

麟太郎は、うつ向いた。

「が、こんな事でお前、気を落しちゃあならんぞ。これからだ、すべてはこれからだ」

「はい」

「都甲先生の言葉ではないが、日本はまだ夜が明けていない。月の明るさ位のところだからなあ」

島田は、あの徳丸ヶ原の演習の時に、鳥居甲斐守や井上左太夫が、あれを童子戦《どうしせん》だの不益の義だのといったのはまだしも、秋帆が蘭語で指揮をしたのが怪《け》しからんといって非難した。それを江川太郎左衛門が駁《ばく》して、それではわれわれの日常使っている唐土《から》の文字も異国言語だ。われわれの言語には天竺琉球《てんじくりゅうきゅう》朝鮮南蛮蝦夷《えぞ》も交っている、これらをすべて取除いて日本本来の言語ばかりにしては通用しないことが沢山あるだろう、唐音でも蘭語でも便利を主《おも》として宜《よろ》しきに随《したが》うのが一番だ、一々これを和語に飜訳して見ても却《かえ》って不便だったら無益なことだといったので、秋帆先生に対する公儀のお気持が定まった程度のものだからな。

「世の中だ、いろんな奴がある。忌《い》やだというものへ強《し》いることはないよ」

と、それでもこの時さすがに少し忌やな顔をしたようであった。

麟太郎の蘭学がいよいよ本物になるにつれて、誰からとなく、これが出入り屋敷の人々の耳に伝えられた。と同時に、もう二た屋敷が、その出稽古を断わって来たのである。

烏山侯世子山城守様は、非常に元気な、気性の猛々《たけだけ》しい人、攘夷論《じょういろん》のぱりぱりだ。麟太郎の蘭学熱心の事を知ると共に、もう四五回も不快と称して道場へは出られなかった。藤堂侯もそれと同じだ。異国語などをやるものに、剣を教わっては、日本の武士が汚れる、神国の士道を冒瀆《ぼうとく》するものだ。そういって、この日はけんもほろろの使者が、島田の道場へ立ったのである。

「わからぬ奴が、本当に多い」

島田は、本当に、ひとり言にそういって、一寸、眼を閉じた。

が、この二屋敷には、それ程驚かなかった麟太郎も、それからものの一と月と経たぬ中に、自分の出入り屋敷殆《ほとん》ど悉《ことごと》くが、

「異国の臭気を屋敷へ持ち込んで来て貰《もら》っては困る」

といって、断わられて終ったには、さすがにびっくりせざるを得なかった。

自分はどうなってもいい、こうしたことは、最初、烏山侯に断わられた時から、い

くらかは感じていた、が、これによって、先生の出稽古先がこんなにも減って終《しま》われては、なんとしても先生に申し訳がないので、麟太郎は、この世に生れて来て、はじめての、不愉快な日が、幾日も幾日もつづいていた。

断わり先は、何《いず》れもまるで打合せでもしたように、それが叶《かな》いませんでしたら、先生直々のお稽古をいただければこの上の喜びはございませんが、もし、それが叶いませんでしたら、勝様でなく、どなたかお代りの方をといって来たが、島田は、勝はこのわたくしの眼鑑《めがね》に叶って差《さし》遣《つかわ》したもの、これがお気に入らぬは、島田虎之助をお気に入らぬも同じ事故《ゆえ》、御辞退を申しますといって、てんで話を受けつけようともしなかった。そして、その度毎《ごと》に、こうと知ったら勝、あの今戸焼きを、もっといじめつけてやるのだったにのうと、その麟太郎へ勇気をつけるようにして下さった。

秋が深くなった。

道場の板が冷やりとして来た。

日々の弟子達が、なんとなく冷たい眼で麟太郎を見ている。そして時々は、聞えよがしに、蘭学だの切支丹《キリシタン》だのというような事を話している。殊《こと》に、麟太郎の免許皆伝の時の不平組は、時こそ来つれというような顔をしていた。

秋雨のしとしとと降る日だ。

島田は、また何処《どこ》かに招かれて留守で、道場には、麟太郎ただ一人が出ていた。が、もうお昼も近いというのに、朝からただの一人も、御稽古を願いますと、前へ来るものがなかった。

門人達は門人達同士、それを不平組がうまく操《あやつ》って、自分達だけで、いつまでもいつまでもやっている。

麟太郎は、さ、安島さん、一本御相手を致しましょう、こう自分の方から静かにいって、その安島という年輩の人の前へ出て行った。

「いやあ」

と安島は、すぐに、尻《しり》ごみをして

「今日はもう結構です。また先生がお戻りなさいましてから」

と、いささか、嘲弄《ちょうろう》の笑顔で、立とうともしなかった。

そうですか、それでは大木さん、あなたどうです、麟太郎は別な人へそういったが、これもまた立とうともしなかった。

誰も彼も、逃げた。そして、誰か隅っこで、蘭学をやると眼の色が変って来るというがほんとかえ、そんな事をいったものがあった。

麟太郎は、ふらふらとするようなものを感じた。そしてぐっと唇《くちびる》をかんで、いつも

の自分の席へ戻った時、何処で見ていたか、同じ内弟子の大野文太が
「勝さん、お願い申します」

こう横から声をかけて、もう道具をつけて、飛び出して来た。いつも、稽古の大嫌《だいきら》いな大野である。

大野さん有難う、麟太郎は心の中でそういって、すぐに竹刀《しない》をとって立った。ほんとうに、この冷たい場面を救われた。

が、麟太郎は、大野と稽古をしながら、こんな事じゃあいけない、こんな事位でへこたれてどうなるんだえ、これ位は、最初《はな》っから覚悟をしていたことじゃあないか、と思った。おれは何も世の中の人に、ちやほやされようとして蘭学をやっているんじゃあない、島田先生のお言葉通り、隣に住んでいる得態《えたい》の知れねえ奴を知るためだ、何年後、何十年後、いざという時に、御役に立つための勉強だ、今の中、うんとこのおれを苦しめよ、が、今に見ろ、きっと勝さん頼むと、おれあ云わせて見せる。

次の日は道場の稽古は休みだ。

これまで、こんな日は出稽古に当ててあったのだが、今となってはその日はとんと暇になる。

朝から雨が降っていた。まるで霙《みぞれ》にでもなろうかとさえ思う程に寒かった。庭の榎《えのき》もすっかり縮んで、道場を出て曲った阿部川町の四つ角にある大きな銀杏《いちよう》の葉が、真っ黄色となっている。お天気の日、これに夕陽が当るといつまでもいつまでもその日が暮れないようにさえ明るかった。その葉も、今朝は雨に打たれて、はらはらと落ちている。

島田は、早朝から出かけて行った。近頃は道場に落着いていられる日は割に少なく、よくお出かけになる。門人の誰やらが、何処できいて来るのか、そんな日は大抵西《にし》御丸下《まるした》の老中水野越前守の屋敷へ出向いているのだと噂《うわさ》した。

その頃、水野の烈《はげ》しい御政道御改革が、すでに火蓋《ひぶた》を切って、江戸には毎日のように御布令が出た。武家のことも、町人百姓のことも。その武家改革、武芸者の取締りなどについて、島田がいろいろ参画し、また蘭学の事などについても、世上水野の懐刀《ふところがたな》と云われる鳥居甲斐守の説をさえ駁して、正論を主張するのでひどく甲斐守に憎まれているという噂で、それは時々麟太郎にもうなずけるものがあった。

麟太郎は、ふと、夕方、青崖先生のところへ参るまで、はじめてだが狸穴《まみあな》の都甲先生をたずねて見ようと思いついて、お昼前に道場を出た。刀の鐺《こじり》の雨にぬれるを厭《いと》って、大小を、左の袖の内に抱くようにし、破れた傘《かさ》をさして出て行った。

都甲の家は、小さいが、しゃれた家だ。秋草がうら枯れて、すすき、萩《はぎ》が一ぱいに植えてある。これももう枯れている。離れ座敷のぬれ縁の前に苔《こけ》むした大きな石があって、それに雨が当っている。そこが都甲の書斎らしい。

勝ときいて、直ぐ通れという。所謂《いわゆる》都甲先生の「家の婆《ばあ》さん」といわれる老夫人は、如何《いか》にも黒い猫を抱いて、勝をそっちへ案内してくれた。

都甲は、座敷の入口へ足を向け、蒲団《ふとん》を深くかぶってねていた。そして、麟太郎が入って行っても、知らぬ顔をしている。

麟太郎は、その足元の方へ坐った。老夫人は、そのまま行って終ったが、猫だけが、麟太郎の膝《ひざ》の前に残った。猫は嫌《きら》いだ。気に喰わないが仕方がない。

都甲が、今、起きるか、或いは起きないまでもなにか言葉をかけるだろうと、麟太郎は、じっと膝へ手をおいて待っているが、いつまで経っても、ぷつりとも云わない。眠っているのではないということは、自分を通したことでわかるが、一体どうしたことだろう。

都甲は、夜具の襟《えり》へ指をかけて、からだを延びあがるようにして、ひょいと、こっちを見た。が、そのまま、またなんにも云わず、顔をかくして終った。それから、半刻の間、幾度も幾度も、そんな真似《まね》はするが、言葉はかけない。猫だけが、こっちを見ている。

雨の音がして、老夫人は、引込んだまま、茶一つくれない。

さすがに麟太郎も、馬鹿々々しくなった。この老学者へ喧嘩《けんか》を吹っかけることさえいやになる程、余りにも馬鹿々々しくなって来た。遊びに来い遊びに来いと、何度もいってくれるから来たのである。それが気に入らぬなら、ここへ通さなければいいのである。とうとう、すいと立ち上がった。そして、このまま座敷を出ようとした。

途端に

「おい」

都甲がはじめて声をかけた。

「怒ったのかえ」

麟太郎は、黙っていた。都甲もまた

「おい、怒ったな」

と、むくむくと床へ起き上がって、今度は、障子を開けっ放して、つかつかとぬれ縁へ出ると、そのまま庭へ、さるーっと、小便をした。飛んだおやじである。しかも

悠々《ゆうゆう》と、雨の下の晩秋の庭を見ていたが
「白隠和尚《はくいんおしょう》の話を知ってるかえ」

と振返った。麟太郎は、まだ黙っていた。

「なかなかああは成れぬものよ」

都甲はひとり言を云いながらこっちへ戻ると、また床へ胡坐《あぐら》をかいて、禅師のお寺の門前の豆腐屋の娘が妊娠した、娘は両親に問い詰められて苦し紛れに和尚の子だと嘘《うそ》をついた。よくも娘を毀物《きずもの》にしおったな、この生臭坊主奴、子供が成長するまで米一俵宛《ずつ》を貢《みつ》げと両親は大そう怒った。和尚は、はあそうか、といった切りで、それから三年の間、欠かさず米をつづけた。その頃になって娘もさすがに良心に攻められ遂《つい》に両親に実は子の親は和尚様ではないという。両親はびっくりしてお寺へ駈《か》け付けて大そう詫《わ》びをするが、和尚はまた、はあそうかと一言云ったばかりであったという有名な話をして、

「春風面《おもて》を払って去るのこころ、これ無くして将来天下の大事には当れんよ。え、――べら棒が、多寡《たか》が老いぼれの馬医者対手《あいて》に、腹を立ててどうなる、え、帰んな、今日は」

「腹を立ててはおりません」

あしゃあと小便をした。

「じゃあどうして立ったのだえ」

「小便をするためです」

麟太郎は、そう云うと、都甲と同じように障子を開け、縁へ出て、雨の中へ、しゃあしゃあと小便をした。

あの日以来、都甲老人の麟太郎に対する態度は、がらりと変ったようであった。いや、都甲の態度というよりは、麟太郎は、自分自身さえはじめて、なにかしら、あの牛島の弘福寺に参禅した時のすべての物が、今、はじめて、胸の中で、くわっと大きく眼を開いたような気持がして来た。あの時、都甲は、春風面を払うといったが、麟太郎は、ほんとうに、それはただ言葉だけではなく、そうしたところにまで、人間の気持というものは、確かに行けるものである事を悟った。

都甲は、その頃、多くの学者が殆《ほとん》ど門外不出としている自分の蘭学の蔵書は、片っぱしから麟太郎へ貸して読ませもし、講釈もした。そして、青崖先生に逢《あ》う度には

「お前さんは、只の蘭学者、その蘭学では日本一にも成ろうが、お前さんの門下からは偉い奴が出る、勝麟太郎という日本を背負って立つ奴が出るよ」

と、いった。そして、この上とも、いっそう、黒田侯に推挙し、お前さんも、彼に

眼をかくべきだと力説した。言われるまでもなく青崖も、そのつもりでいる。が、困ったことは、島田先生の道場はこの頃はぼつぼつ道場へ通う門弟さえもが減るのである。新堀へ道場を開いてこの方、毎日々々、ただふえる一方であった道場が一人でも二人でも減るというさえ、不思議なのに、この頃は、それがひどく目に立つ。

本当に霙《みぞれ》のふる凍るような夜であった。

麟太郎は、いつものように赤坂から戻って来た。傘が破れていたので、半身、ずぶぬれで、手も腫《は》れたように真っかになっていた。

更《ふ》けているのに、先生のお居間にお客がある。そして、何処《どこ》かを叩《たた》き起して買って来たらしい酒徳利を下げた大野文太と、水をのみに行った台所でばったり出逢った。先生が、お酒などと珍しい事だ。その不審を、大野は、すぐにお国からお兄様がお出《い》でなされたのですよといった。お国にお兄様が三人いられる事はかねて麟太郎も知っている。長兄金十郎が島田家をつぎ、次兄伊十郎、三人目が鷲郎《わしろう》。虎之助は末弟である。突然のお出でであるがお三人の中の誰方《どなた》様であろう。

「勝、戻ったか、こっちへ来いよ」

こう先生の声がした。勝は直ぐに、そこへ入って行った。今、お前の話が出ていたところだ、これはわしの兄、鷲郎どのだ、これからはずっと江戸にいられる、見知っておいていただきなさいと、島田は自分も兄の方へ頭を下げた。島田はこの頃はもうどちらかと言えばその剣術のように何処となく丸味があって、円熟の味のある風貌《ふうぼう》になっていたが、鷲郎は痩《や》せた丈《たけ》の高い、肩がこう左右に大きく張った人であった。殊《こと》に、眼は切れ長で大きく三白眼《さんぱくがん》である。頬骨《ほおぼね》はぐんと出て、大きな口をへの字にしていた。

麟太郎は、挨拶《あいさつ》を述べようと、両手をついた。と同時に、鷲郎は、ぎろりとその大きな眼でこっちを見て

「如何《いか》にも紅夷《こうい》の臭がするの」

といった。低い枯れたような声であった。

鷲郎は、しばらく、黙って酒をのんでいたが、また突然に、

「俺あ紅夷どもあ大嫌いだ。まして、その紅夷の学問なんぞをする阿呆奴も大嫌えだよ」

こういって、もう、それっきり、麟太郎の方を見向きもしなかった。島田は苦笑した。そして、何か取做《とりな》すように一と言二た言いっていたが、鷲郎は、それにさえ返事をしない。島田は、あっちへ行ってもいいというように麟太郎に眼くばせをした。

次の朝、鷲郎は、大野の炊事の支度《したく》の手助けをしている麟太郎へ、いきなり
「稽古をつけてやる、来い」

と怒鳴るように呼びかけた。麟太郎は拒む訳にも行かない。はい、有難うございますといって、すぐに道場へ出ようとしたが、島田がそれを知ると、

「いや、兄さま、それはご辞退させますよ。勝にはまだ他流試合を禁じてある」

「俺なら良かろう」

「いけません。こんな事は兄さまといえども軽んじなされては困る」

麟太郎は、鷲郎が、ではお前とやろうと先生に言うだろうと思ったが、ふんと、鼻で笑うようにして、そのまま奥へ行ってしまった。

「頑固《がんこ》な人だ。どんな事を言われてもさからってはならんぞ」

島田は、労《いた》わるように、麟太郎へいって、兄のうしろに従った。

鷲郎は、小野派一刀流として、九州では屈指の人である。こんど家の先生の御推挙によって、館山一万石稲葉家の師範に成られることになったので、予定より早く突然お一人で江戸へ来られた様子ですよ。すぐ何処ぞへ道場でもお持ちなさるのでしょうと、大野がささやいた。麟太郎は、ゆうべからの、鷲郎の自分への態度を、気にかけまい気にかけまいとしたが、やっぱり、心がどうにも暗くなってならない。

朝の食事の時にも、頻《しき》りに、叱《しか》りつけるように、島田へ、何かいっているのが聞える。給仕には、わざと大野を出したが、台所の隅《すみ》に小さくなっている麟太郎の方にさえ時々聞えて来る程だ。異人の学問などに志す奴を、道場へ置くという法はないだろう、剣術は神々の御加護のある人間の本道を進むのだ、それを申さば邪悪の輩を道づれにするとは何事だという。島田は、それに時々手痛い反駁《はんばく》を加えるが、鷲郎は、それをほんの少しさえ受入れようとはしない様子であった。

そして、遂には議論にまけると、そんな事をいうお前の推挙で俺は奉公するさえ忌《い》やになった、もうこのままた国へかえるなどと云い出している。

島田は頻りに、兄の機嫌《きげん》を取り、そこそこにして、二人連れ立って外出した。兄をなだめるために、江戸のあちこちを見物でもさせる気であろう。

今日は霙上がりの青空であった。

武者窓から、陽が斜めにさし込んではいるが、道場の内は、しんかんとして冷たく薄暗い。麟太郎は、ただ一人、その真ん中に坐っていた。さっきからじっと眼を閉じてはいるが、その瞼《まぶた》の中は、泥水のように濁って、求むれども、求むれども、その心に神をも仏をも見ることは出来ない。

麟太郎の恐る恐る開いた眼は、まるで無意識の中に、また右の窓の上に掛け並べられた門人たちの名札《なふだ》の上へ行った。はっとした。ここへ坐ってから、幾度幾十度、見まい、見まいと、自分の心はそういっているのに、この眼はどうしてこの名札へ行くのであろう。麟太郎は、いつの間にか胸が一ぱいになって、目がしらが熱している。そして、頰《ほお》を走るものがあった。

名札は――ぎっしりと処せまく並べられていた名札は、まるで歯がぬけ落ちたように、いや、落ちたという感じよりも、あっちに二枚、こっちに三枚というようにほんとうに処々に疎《まば》らに生《は》えてでもいるように、淋しく痛ましく残っているだけである。一枚々々と数えてもすぐに数え終《おお》せてしまう程の、僅《わず》かな数であった。新堀の島田道場――。それあ大きな道場は外にいくらでもある。が、こんなまるで焰《ほのお》の燃え立った時のように盛んな道場は外にはなかった。それがどうだ、火が消えたようだとは、恐らくこの道場の、この今に、当てはめた字であるかも知れない。

寂々寥々《りょうりょう》たるこの名札を、先生はどんなお気持でごらんになっていられるであろう。さっきも、鷲郎さまが、声をおかけなさる前に、この道場へ出て来たようであった。この名札を見られたであろう。そして、どんなに、自分に対する憎しみがお心の中で波立たれたであろう。

麟太郎は、恐れない、恐れてはならぬ、自分の心に、そう呼びかけて、心もまた恐れてはいない、恐れることはない、こうはっきりと答えるのだが、涙が出る、泣けて来る。

「先生」

思わず叫んで、うつ伏して終った。

その夜である。

麟太郎は、悄然《しょうぜん》として、入江町の家へ戻って来た。一二枚の着物と、島田から貰《もら》った新しい稽古道具とを背負って入って来た。

小吉は、この寒む夜だが、いつものところに道具の夜見世を張っていて、留守であった。母は、わが子の様子ですぐに、事の成行きを感じた。そして、何か云おうとしたが、俄《にわ》かに

「さあ、早う、火に当るがいい」

火鉢の火をほじるようにして、いつもの笑顔で迎えてくれた。

「先生は、今、男谷先生《かめさわちょうのせんせい》のところへお出でなされました。そこから直ぐに、ここへお越しなさいますが」

「おや、では、お父上がいられなくては」

「は、一寸、お父上へ、その事を申しに行って参りましょうか」

「そうかい、それじゃあそうしておくれ」

と母はまじまじと麟太郎を見て
「お父上も、この母も、信じていますよお前のことは」

といった。声が少し慄《ふる》えた。

春の花

すっかり冬だ。

寒いのに、小吉は、毎夜休みなく夜見世へ出たし、道具市にも欠かさず顔を見せ、その上、三笠町から入江町の切見世《きりみせ》にも出て行ってやった。先生も近頃は、とんと変ったじゃあねえか、本所《ところ》の人達はそんな噂《うわさ》をした。

風が少しあって、ずいぶん寒い晩であった。小さな荷物を引っかついで、小吉は、いつもより少し早目に、家へ引揚げて来た。

「麟太郎は、まだかえ」

入口に立ってそういった。お信はあわてて出て来て、荷物を受取りながら
「はい、もう、追っつけ戻る刻限でございますが」

「そうか、あ奴も、ほんに楽じゃあねえな」

お信は、黙ってうなずいて、小吉についてすぐに火鉢の方へ戻って行った。そして改めて、御苦労様でございますと、頭を下げた。

「おいらは、直ぐ近くに出て行く事故《ゆえ》、なんでもねえが、あ奴は、昼前に麻布の狸穴《まみあな》、夕方からは赤坂溜池《ためいけ》、その間休みもなしに勉強だ、そしてけえって来ると、また夜中まで本を読む、いや大そうな事だよ」

「でも、あれは、まだまだからだは続くのですがと申しておりますよ」

「べら棒奴、人間生身《なまみ》が、そんなに保《も》つものか」

おいらも奴にまけてなるものか、口ではそういうが、本当は小吉は近頃少し参っているのである。しかし、正月を前にして、自分や、女房はとにかくとして先《ま》ず先生方のところへ出て行く麟太郎の着物を買ってもやりたかったし、あ奴も、きっと欲しい本も山程あるに違えねえ、出来ることならそ奴も買ってやりてえ。そんな一心で、これまでの小吉にしてはずいぶん、無理をしている。

戸が開いた。おや、麟太郎がかえって来た。その顔を見るとすぐ、寒いじゃあねえ

か、と小吉の方で声をかけて出し抜けに、

「どうだ麟太郎、おいらにも蘭学を教えねえかえ」

と云った。

「え？」

「世の中の奴あ、途方もなく蘭学を嫌《きら》いやがるが、おいらあ、やっぱりこれからは蘭学でなくちゃあいけねえと思うんだ。え、蘭学は偉えもんだ、蘭学程偉えものあねえんだ。な、おい」

と、お信を見て
「お前も、麟太郎から蘭学を教わんな」

お信も麟太郎も、くすくす笑った。

「何がおかしなものか。おいら、蘭学をやるよ、それに小林隼太の奴も引張って来るし、方々の剣術遣《つか》いの奴らも引っぱって来る、切見世の奴らも、道具市の奴らも引っぱって来る。麟太郎から習わせるんだ」

「でも蘭学は命がけでございますよ。お父上」

麟太郎は小吉の言葉を本気にはせず、少しからかい気味にいった。

「そうともな。それあ命がけよ。徳丸ヶ原の演習であれ程名高くなり、公儀でも一旦は御褒《おほ》めになるやら御加増やらの高島秋帆先生が、今度あべこべに獄舎へ繋《つな》がれるという世の中だ。笑わしやがるわさ」

やれと云ってもやれるものでもなく、また本気でやる気もないだろう、が、そう云っている小吉の顔を、ちらりと見ると、ふと、お信も、麟太郎も、胸が一ぱいになって来るような気持がした。

実は、蘭学執心故に、島田の道場にもいられなくなった麟太郎へ、今度は、小普請《こぶしん》支配から、禁足を申付けられるだろうなどという噂が、耳へ入っていた。一番先に聞き込んで来たのが小林隼太だから、最初《はな》の中《うち》は、余り信用もされなかったが、どうやら、それは本当になるらしい。

べら棒奴、べら棒奴、おいらがところの麟太郎をそんな訳のわからねえ話があるものか。小吉は、歯ぎしりをするが、役向きの事だけは、さすがの小吉にも、とんと手が出ない。

御支配の差紙《さしがみ》の来るのが、今日か明日かとはらはらしているが、当の麟太郎は案外平気で、少しの気兼ねもなく、狸穴へ行き、溜池へ行っているのである。

「が、いよいよ、禁足となれあ困るじゃあねえか」

小吉が、そういうと
「困りませぬ、闇夜《やみよ》といういいものがありますから」

と麟太郎は笑いながら答えた。ふーむ、小吉は首をふって感心した。叶《かな》わねえ、御支配もお前にはよ、とそういって、お信の方を見ながらからから笑った。

如何《いか》にも噂の通り、それから三日目、麟太郎は、禁足の申付けを受けた。本所の仲間が大勢、まるで、おくやみのようにしてやって来たが小吉も笑っていたし、麟太郎も笑っていた。

その夜、小吉は、道具市で仲間の人達に
「なあに、黙って見てなよ。おいらがところの麟太郎は、あれあ、只《ただ》の奴じゃあねえんだよ」

といった。

麟太郎は、昼の間の外出だけはやめた。夜になると、依然として、その姿は、溜池へ現われ、時々は、真夜中になって、狸穴へ現われた。都甲は
「おい、ばあさんや、そろそろ小狸《こだぬき》奴の出る刻限だ、茶を熱くしておいてくんなよ」

そんな事をいって待っていてくれた。

苦しみの中に、冬去り、春来たり、また冬来たり、春は来た。

弘化二年、麟太郎は、すでに二十三歳。

小吉は、誰やら、名ある者の彫刻した桜の木の小さな煙草盆《たばこぼん》を手に入れて、これを、狭い縁側へ持ち出して、頻《しき》りに、布帛《ふきん》でふいている。余っ程、気に入ったと見えて、ためつ、すかしつしては、にこにこしている。

うららかな春日和《はるびより》。

遠くへ出かけるまでもなく、近くの直参滝川さんのところの桜が今が盛りで、さっきも、ぶらりと見物に行って来たばかりである。

裏の井戸で、お信が洗濯《せんたく》をしている。小吉は、ふと気がついたように、おいおいとお信を呼んで

「近頃、麟太郎に変ったところあねえかえ」

といった。お信は、小吉のきく意味がよくわからなかったが、何《いず》れにしても別に変ったところはないので、小さく首をふった。

「そうかなあ、ほんに変りはねえかねえ」

女のお前がそういうのじゃあ、やっぱり変りはねえのだろう、小吉もひとり言を云いながら頭をふった。

柳島の普門院《ふもんいん》と光明寺の裏つづきは、ずっと梅林だ。しかも紅梅ばかり。それも今は花一輪ないが麟太郎は、ここをお寺の方から東へ突切りながら、すこしてれ臭そうな顔つきであった。

梅林の東の隅《すみ》に、小さな藁《わら》ぶきの百姓家があった。南へ向いた縁の外からは、畑がつづいて、それから先が梅林になる。庭の辺りから、紫色の煙が立って、風のない穏やかな春の空へ一筋の糸を引いたように見えている。

鶏が餌《えさ》をあさっているし、井戸も見える。

麟太郎は、しばらく大きな梅の木の下に立って、じっと、縁側を見つめていた。若い女が一人、こっちに人の忍んでいるなどとは知らぬのだろう、南の陽をふくよかな頬《ほお》に斜めに受けて、からから、から、からから、静かに糸車を廻している。すぐ横に機織《はたおり》の道具も見え、煤《すす》ぼけた障子が一枚開いて、その奥には、炉でもある様子。自在鍵《じざいかぎ》が見える。

麟太郎は、幾度も、そこへ行こうとして、どうやらためらっているようである。女はほんとうに、その糸車を廻すことが、楽しそうだ。

家の中で、皺枯《しわが》れた老婆《ろうば》の声がした。それに答えて、縁の女はなにか云って、ほほほほと、いつまでも笑った。笑声が、からから、からから、糸車の音に交って消えて行く。

暫《しばら》くして、また老婆の声がした。

「勝様は、二日程お見えなされんが、どうなさいましたやらの」

今度は、はっきりと、そう聞えた。女は、また笑いながら、

「ほんに、どうなされましたやら」

そういったが、でも、お忙しいお方様故、毎日お越しをいただくこともなりませぬでござんしょう、女は一寸《ちょっと》眼を伏せて、今度はその眼を、何気なく、ずっと畑の方へ走らせた。

「あっ！　勝様」

すぐに、遥《はる》かにはなれている麟太郎を発見して声をかけた。本所元町の炭屋の娘、辰巳《たつみ》芸者の君江。江戸一おきゃんであり、粋《いき》であり、張りが強く、伊達《だて》を引いて、時にはどの妓《こ》も、どの妓も天馬空《てんばくう》を行く面影《おもかげ》をさえ見せると云われる矢倉下のお羽織さんとしたことが、こんなところで糸車を廻しているとは何事か。

麟太郎は、にこにこした。そして、そっちの梅の枝にさわり、こっちの枝の青い葉をちぎったりしながら、近づいて行った。

「いいお天気ですね」

そういうのを、君江は受けて

「噂をすれば影と申しますが、たった今伯母《おば》さまと、あなた様のおことをお話し申したところでございました」

「道理で、ひどく嚔《くさめ》が出た。それに耳も燃えるように、ほてりましたよ。どのように悪口を云ったものか」

「まあ」

伯母の老婆が、障子の向うから顔を見せた。

「いいお天気ですねえ」

麟太郎は、また、そういって丁寧に頭を下げた。

陽の当る百姓家の縁へ、糸車を真ん中にして二人は向い合って坐って、時々、顔を見合せては、にこにこっと笑った。こうしていると、話が山程あるようで、それでいてなんにもない。君江は、子供がおもちゃをいじるように、からからと、車を廻したり、麟太郎も、こっちから、それをいたずらして、君江に笑いながらの優しい眼で睨《にら》まれたりした。

それにしても、つい一と月半ばかり前、はじめて、ここで、君江と出逢《であ》った時のことを思い出すと、二人とも妙に不思議な気持がしてならない。ほんとうに、縁というものは、こんなものであろうか。麟太郎は、たった一人で、ぶらぶらと、梅見にやって来た、ほんの、ぽつりぽつりと咲き出した頃で、まだ寒かった。

外には、人もなく、暫く、この辺を歩いていたが、ふと、気がつくと、百姓家から聞えて来るかたことと機を織る音が、しーんとした梅林の、一輪二輪あちこちに咲く閑寂さの中へ溶けて行く趣を感じて、麟太郎の足は、なんという事なしに、その音のする方へ引かれて行った。そして、その煤ぼけた障子の内に、君江を見たのである。

両国広小路の雑沓《ざっとう》の中の行きずりのふとした縁。そしてまた雨が降るある日の縁。それに今度、こうした思いも及ばないところでの二人。二人とも、やっぱり縁の糸に引かれているのだと、そう思った。

麟太郎は、あの時、お羽織さんが妙なところで、と吃驚《びっくり》しながらも笑いかけた。君江は、深川を構《かま》われたのでございますと、笑って返した。ほほう、それはそれはというのへ、ここが実の伯母の家で、余り気がくさくさするものでございますから、ずっとこっちへ来ていますがと、この時は、ざっとそんな話で、お茶をよばれて別れ際《ぎわ》に、明日は、伯母が手打ちのおいしいお蕎麦《そば》を拵《こしら》えるそうでございます、それに、今日は伯父《おじ》が鯉《こい》を獲《と》りにまいりました、それも御馳走《ごちそう》を致します故、どうぞまたお遊びにお出かけ下さいまし、ね、ほんとうにお約束下さいますか、君江は、こういってから梅は咲き初めがいつも見事。この二三日が程が趣なのでございますもの、どうぞきっと、と、もう、来る事に一人定《ぎ》めをして終《しま》った。麟太郎も、口先では、なんとかかとかいっても、実はその気であった。

次の日、やって行った。本当にお蕎麦だの、鯉こくだの、御馳走が出て、君江は

「あたいはもう深川へは戻らぬ覚悟、芸者勤めは止《や》める気でいるのでございます」

元町の両親もその気になってくれました、ほんに、あのような勤めは、ふつふついやでござりますといった。

次の日は、小雨が降った。が、麟太郎は、前の日の別れ際の約束で、またやって行った。雨の中の、梅の花は、また風情《ふぜい》の深いものであった。君江は、元々、両親も好きなり自分も好きで習った唄三味線《うたじゃみせん》が、とうとうお羽織さんにまで自分達を引込んだのですけれども、実は、最初の中は、粋なお客にこっちが機嫌《きげん》を取られるも知らず臭《くさ》いもの身知らずで、考えて見ると、何様にでもなったつもりでそれあいい気でおりましたが、お公儀様の御改革で、何はならぬかにはならぬとすっかり素裸《すはだか》にされて見ますと、はじめて、自分というものにも気がつきました、もうもう芸者などはいやなものでございますといった。

唄三味線が上手、器量が美しいとてなんになりましょう、自分の廻りをふりかえって見ると、手足の爪を磨き立て、足の爪にさえ紅をさして、寒中も足袋《たび》をはかず、素足を見せて、自ら梅にも桜にも例《たと》える思い上がり、それでいて綻《ほころ》び一つ縫えないを恥じるどころか自慢にしたその日までが、ふつふつ恥ずかしく、と、君江は三日目には、そんな事をいった。

「あたいは、暫く、ここで、女子《おなご》らしい道を修業する気でおります」

「それあ偉い。水野越前守様の御改革は、いろいろに云われるが、お前さんという女子一人を、そうした本当の姿にかえらせただけでも、値打ちでんしょう」

四日目にはそんな事を云い、五日目には、麟太郎は、最初の日に、深川を構われたといった君江の言葉が気になって冗談だろうが、あれは、ほんに、なにかありましたのかえときいた。

君江は、ほほほほ、ほほほほ、いつまでも笑って

「でも、そのような事を申したら、あなた様は、そんなお俠《きゃん》は忌《い》やだとおっしゃるかも知れませんもの」

「本所もんは、そのお俠が好きなんですよ。ことに勝麟太郎はねえ」

「まあ」

君江は、ことしのお正月、役座《やくざ》敷《しき》で、深川の火消のもの達を対手《あいて》に少しばかりいざこざの話をした。深川の一番組は木場《きば》から茂森町辺りへかけて二十一カ町に定《じょう》人足二十五人、二番組は黒江町から宮川町辺りへかけて十カ町定人足百九人。この人数が七草に、相変らずの顔繋《かおつな》ぎという訳で三座敷に分れて辰巳芸者を総揚げして、夜っぴて騒ぎぬくのだが、総揚げとはいうものの、別して玉祝儀《ぎょくしゅうぎ》が出る訳ではなく、申さばお交際《つきあい》の無代《ただ》座敷、妓《おんな》たちは役座敷といっていたが、年々これが正月中の妓たちの困りもの。兄哥《あにい》連やいい顔の人達は、それあ物もわかり穏やかだが、下っ端《ぱ》には、たまには飛んでもない奴がいる、頭《かしら》手合が堅く云いつけてあるに拘《かかわ》らず酒に喰《くら》い酔って何をやり出すかわからない。妓たちはまるで腫《はれ》ものにでもさわるようにして勤めるのだが、これが済んで、みんな、はじめてほっとするという始末。

ことしは、それが、見るに見かねる事が丁度君江の出た座敷にあった。三ん下の鳶《とび》人足が悪ふざけも度を超して、盃洗へ酒をついで、若いやさしい妓《こ》にこれを飲めという。妓がなんと詫《わ》びても許さない。とうとう口を割って注ぎ込もうとしたので君江が、いきなり、その三ん下の頬っぺたを擲《なぐ》りつけ、盃洗を引ったくって、その酒を奴の頭から、ざーっと引っかぶせてその妓の手を引くとものをも云わずに、引揚げて終った。

大変なさわぎになった。頭手合は、こっちが悪いんだ。そ奴の怒るなあ当り前じゃねえかというが、若い奴らが承知をしない。あ奴が悪いにしたところで、初春早々手を通した組の半纏《しるしもの》へ酒をぶっかぶされたんじゃあ承知が出来ねえというのである。

すったもんだで、一時は、どんなさわぎになるかと思ったが、結局は強いものには叶《かな》わない、処の顔役が中へ入って、一番組の半纏を汚した申し訳には、君江を一カ年箱止めにする、その代り、来年からの役座敷は火消の方でも決してそんな事はしねえということでまとまった。

君江は一旦元町の家へかえった。が、酒をかぶせられた三ん下が、忌やな野郎でどうもまださっぱりしない。これからという身を兄手合の前で恥をかかされたんだから、どうしても、あの妓の髪を切ってやると、嘘《うそ》かほんとかそんな噂《うわさ》が耳に入った。

それじゃあ頭手合の顔を踏みつぶすも同じこと、まさかそんな事はしまいと思うけれども、そんな手合は、またほんとになにをするか知れやしない。

忌々《いまいま》しいがとにかく、こっちへ身をかくした。

さて、こうして糸車を廻していると、君江は、今度は、本当に、今までの自分が恥ずかしくなって来たというのである。

鱗太郎は、これをきくと、改めたように、君江のふくよかな頬を見た。

「お前さんは怖いんだねえ。そんな人足へ酒をぶっかけるなんて」

「ごらんなさいまし。矢っ張り、そのような事をおっしゃいましょう」

「ところが、本所もんは、そんなのが好きでねえ。ましてや」

「ほほほほ。勝鱗太郎はでございましょう」

「当った。お前さん、八卦《はっけ》も見るかえ」

他愛もなく、今日も、もう八つ半。

君江は、用事があって、伯母が元町の両親のところへ参るから、もう人足たちのほとぼりもさめたろうし、久しぶりで、あたいも連れて行っていただくつもり。その序《ついで》に、入江町の勝様のお屋敷も拝見して参りましょうという。飛んでもねえと鱗太郎は、四十俵の小普請の住んでいる家だよ、ましてや本所名代の貧乏勝、拝見もなにもあるものか、お前さん一度で、ぞうーっとして終《しま》うよ。いいえ、深川のものはその貧乏が何より好き、まして、あたいは、と君江のいうのを、鱗太郎、手を上げて押えて
「叶わねえお前さんには」

と、頭を下げた。

伯母と君江と一緒に鱗太郎もそこを出た。亀戸の天神様から、柳島の百姓地を通っ

て、佐竹侯お下屋敷裏から斜めに旅所橋《たびしょ》へ出て、竪川《たてかわ》沿いにやって行く。川にうつった陽がきらきらと反射してまぶしいようだ。

四つ目通りを過ぎると、田中の稲荷《いなり》様がある。裏がずっと広い畑で、その先に僅《わず》かばかり御徒《おかち》の組屋敷があるが、この稲荷様の裏の三本ある大きな桜が真っ盛りだ。すぐ右手に見える庄内の酒井様お下屋敷の桜も満開だし、それに、夕ぐれ近い陽の当っているのがいっそうの眺《なが》め。一寸《ちょっと》眺めて参りましょうか、いいねえ。

三人、直ぐ桜の方へ行った。一ぱいの人だ。畑の中にいろいろな見世が出て、酒も、だんごも売っている。

人の間をぬいながら、ちらちらと散る花びらが、君江の髷《まげ》へ落ちたのを、伯母が除いてやろうとした時であった。

こっちは、ちっとも気づかなかったが、すぐ鼻先へ、何処《どこ》から飛んで来たか、がえんらしい酔っぱらいの鳶のものが、五人。君江がひょいと見ると、例の奴だ。

「おい、用心棒」

と、そ奴が先《ま》ず麟太郎をにらみつけて

「じたばたすると為《ため》にならねえぞ」

といった。脅《おど》すつもりだろう。麟太郎は、君江を見た。そして、すぐにそれと知った。江戸ッ児の鳶《とび》のものがまさかと思ったら、やっぱり噂が本当だったらしい。無言のまま、老婆と君江をうしろにかこって、じいっと五人の顔を見すえた。

「正月この方、胸につけえているんだ。女、明日からは庵寺住《あんでらずめ》えだぜ」

真っ先にいた小鼻の忌やにふくらんだ奴が、つつと出ると、君江の腕をつかもうとした。が、途端にあべこべに自分の腕がぴたりと麟太郎につかまれた。

忽《たちま》ち大そうな人だかりになった。丸に重ね鱗《うろこ》の半纏《しるしもの》は誰でも知ってる深川南一番組。その奴ら五人を対手に、女づれの若い武士だ。家へかえって一寸、話になる。ぱっと土煙が立った。小鼻が毱《まり》のように投げられていた。

「なんだ、なんだ、なんだ、なんだ」

人をかきわけ、かきわけて、向うの畑の方から、そこへ出て来たのは、何処でとぐろを巻いていたのか、小林隼太《はやた》と、尻《しり》へくっついたのが、かっての切見世の若いもの三太。御改革で、一昨年切見世が取潰《とりつぶ》されてから、すっかりこの辺の地廻りになっている。気のいい、とんと弱い地廻りだ。

隼太がひょいと見ると、麟太郎だ。もう二人投げつけて、三人目の奴の腕を押え、今にもこ奴を叩《たた》きつけよう身のかまえ

「ふーむ。こ奴あいい図だ。おう、三公、勝さんのところへ行って来い、いいものをお見せしてえから、直ぐにここへ来て下さいとな」

三公、心が残るが、仕方がない。合点《がってん》だというとどんどん飛んで行く。

丁度、家にいた小吉が、三公に引っぱられて来たのはそれから間もなくである。なにを見せるってんだ、隼太が事ではどうせ碌《ろく》なことじゃあるめえ、え、おう、なにを、そんなに泡を喰うのだ。こういう小吉を、早くですよ先生、遅れちゃあ、もう一度という訳にゃあ行かねえ代物《しろもの》なんですよ、三公、力任せに引っぱるが、知らぬ対手は忌やに落着いている。

やっと北辻橋を渡ってすぐ小大名の下屋敷が二軒。その先が太田摂津守の下屋敷と向い合って四つ辻だ。

ここで、ばったり、君江をつれた平気な顔の麟太郎と逢った。三公、見ると、麟太郎は鬢《びん》の毛一筋乱れてもいず、胸前一寸はだかっている訳ではなく、悠々《ゆうゆう》として来る。こ奴あひょっとしたら、さっきのは人違いかな、そう思った程だ。

麟太郎も、小吉を前に、びっくりしたようだが、丁寧に、頭を下げて

「どちらへお出かけなさいますか」

といった。小吉は、一寸《ちょっと》、面喰《めんくら》って

「な、何、こ奴が、なにか、面白い喧嘩《けんか》があるてえもんだからな」

「そうですか。それじゃあまあお早く行って御覧なさいまし」

こ、こ、こ奴あ驚いた、三公、まばたきもせずに、麟太郎を見た。呼吸も出来なかった。

「あの若侍なんてものあ只《ただ》の若侍じゃあないんだぞ。浅草新堀の島田虎之助先生の免許皆伝、柔術《やわら》はその島田先生さえ三番に二番はとられるという偉物《えらぶつ》だ。鳶人足の十人や二十人、束になってかかったところで、蠅《はえ》が飛んで来た程にも思わんのだ。どうだ、見ろ、この態《ざま》あ」

小林隼太は、大ぜいの人だかりの真ん中に突っ立って、まるで蟇《がま》の油でも売るように、能書《のうがき》を並べて、そこに倒れている鳶のものを指さした。五人が五人、これ見よがしに打ちのめされて、それへ見物人が輪をかいているのだ。

「江戸っ子を売物の粋《いき》なこ奴らが、この態じゃあ、もう江戸もいけねえな。情けねえにも程がある」

やっと、ここへ来た小吉が、花見の人の頭ごしにひょいと見るとこの態だ。隼太奴、なにをしゃべっていやがるんだと思うと、また浅草新堀島田虎之助先生の免許皆伝を繰返しやがった。えっと、さすがの小吉もびっくりした。そして傍《かたわ》らにまごまごして

いる三公をぐいと押えると、

「おいらがところの麟太郎か」

といった。三公、へえ、さよですが、鳶の方から売った喧嘩、麟さんが、ただこ奴をあんな風にして行っちまったただけなんでござんしょうよ、といった。

「そうか。が、じっとしてろ、おいらが此処《ここ》へ来たと知ったら、隼太の阿呆奴《あほうめ》、またなにを云い出すか知れねえからの」

如何《いか》にも隼太、小吉はまだ来ねえか、来ねえか、いやに遅《おせ》えじゃあねえか、三公奴、なにをしていやがるんだというような顔をして、時々あちこち見廻しながら、余計なことをしゃべっていた。

小吉は、麟太の鷹奴《たかめ》、やっぱり鳶の真似《まね》もしやがるわさと、ひとり言をいって、怒っているのか、感心しているのか、にやにや笑って、それから、三公へ、おいら、家にいなかったと隼太へ云いな、そういうと、そのまま、人ごみをぬって、帰って終った。

小吉が、家へかえると、一と足おくれに、麟太郎もかえって来た。もう、赤坂へ出かけなくてはならぬ。母は、白い布巾《ふきん》をかけて、お膳を出してくれてあった。

麟太郎は直ぐお膳へ向った。如何にも落着き払って、いつもと少しも変らない。小

吉は、こっちの方に片膝《かたひざ》を立てて莨《たばこ》を吸いながら
「田中稲荷んところの喧嘩あ、お前だそうだな」

「はい、わたくしです」

ふーむ、小吉は唸《うな》った。

「喧嘩あ面白えかえ」

「それは、お父上が御承知でしょう」

うーむ、小吉はまた唸った。

「連れの女あなんだ、え」

「元深川矢倉下のもんです」

「お前懇意なのか、え」

「そうです。いい女だと思いますが、お父上は如何に思われますか」

小吉は、今度は、本当に大きく唸って終った。

麟太郎が出て行くと間もなく小林隼太が三公と二人でやって来た。そして、今日の喧嘩の様子から、君江のこの正月の鳶のものとの一件も、見物人の中に知っているものがあって、麟さんが云わば、その妓をあすこで助けたという事になるんだが、どう

も二人の様子が只じゃあなさそうだなどと自分の想像も交えて、ぺらぺらと話をした。

小吉は、お信へ

「お前も女の癖にとんとぼんやりしてるじゃねえか。だから、おいらが、変ったところはねえかねえかと云ったんだ。近頃、あ奴のうきうきした眼の玉の色で、おいらには、ちゃあーんとそれが知れたわさ」

と、別に叱《しか》るでもなく、そんな事をいったが、お信は、あなたはそのように申されましても、本当の事は麟太郎にきいて見なくてはわかりませぬ、あれ程、学問執心の子が、今から女子などに深入りのことは、頼まれても致すまいと存じますというが、

小吉は、なあにあ奴も二十三だ、それにああしたいい男ぶりだから、女の子の方が黙っちゃあ置かねえよ、なあ、小林、そうじゃあねえか。

「そうですともさ」

隼太ばかりか、三公までも、小吉に相槌《あいづち》を打つので、お信は、ほとほとあきれたというような顔をして、黙って終った。

麟太郎が、溜池から、夜更《よふ》けての戻り道を両国橋で、十人余りの人足どもに取巻かれたのは、それから十日ものちであった。春らしいそよ風が吹いて、月が出ていた。春にはめずらしく鏡のような明るい月で、大川がきらきらと光っている。大《だい》っ嫌《きら》いな

犬が、うしろからくっついて来ていたが、橋の欄干から、人足たちがぽいと飛び出して来たのに驚いて、ふっ飛んで行って終った。

麟太郎は、はあーんと直ぐにわかった。あ奴らだな、そう思ったが、わざと、

「おい、物奪《と》りか、え」

といった。対手《あいて》は、正にお面へ一本打込まれたような気がしたのだろう、ひどくあわてて

「べら棒奴、物奪りたあぬかしたな。うぬが身にきいて見ろ、田中稲荷の礼だ」

と吃《ども》りながら叫んだ。あの小鼻の大きな奴の声だ。麟太郎がなにか云おうとしたが、対手は、こっちの腕も知っているし、小林の脅し文句も、あれからのちに耳にした、愚図々々してちゃあまたあの時の二の舞だとも思うし、対手の奴は余程の無法者と見えて、月の光にきらりと光った匕首《あいくち》が、三つ四つ。麟太郎もぎくっとしたらしいが、途端に、つつっと附け入るともう、この静かな春の夜に、おっそろしい大きな水音、一人の奴が、大川へもんどり打って投げ込まれて終っていた。

野郎とか、畜生とか、罵詈《ばり》雑言《ぞうごん》は聞えたが、もう一人の奴が匕首を叩《たた》き落された時には、もう外の奴は、逃げ出している。逃げ足立ったら堪《たま》らない、橋を逆に浅草の方へ行く奴、本所《ところ》の方へ走る奴。

が、麟太郎は、あの小鼻の奴を、どんどん何処までも追って行く。小鼻は夢中で走る。時々ちらりと振返るが、やっぱり麟太郎はついて来ている。何処までも追い詰めて巣を見つけ、今夜はきっぱり埒《らち》を明かせるつもりのようだ。

小名木川の高橋へかかった時は、追われる小鼻もたった一人、ひどく心細くなったようだ。霊巌寺前を斜めに突切って亀久橋へ来ると、日頃威勢のいい筈《はず》の鳶の者が、もう、ひょろひょろになっている。麟太郎は平気だ。

「た、た、助けてくれ、勘弁してくれ」

とうとう音をあげた。が、麟太郎は、聞えたのか聞えないのか、とっとっとっと、同じ足並で追って来る。

助けてくれ、助けてくれ、幾度そんな事をいって、うしろを向いて手を合わせても、対手には通じない。べそをかいて、走って走って永居橋を渡ると、三十三間堂裏の二戸長屋。腰高の油障子のある家の前へ、つんのめるようにすると

「た、助けてくれ、助けてくれ」

泣き声で、戸を叩いた。

元より、家の中はしーんとして真っ暗である。が、すぐに、誰だっ、若い男の声が

して、瞬《まばた》きする間に、障子が開いた。

「た、助けてくんねえ、兄い」

途切れ途切れの声を、月の明りにすかして見て
「なんだ、丑《うし》じゃあねえか」

「へ、へえ、丑ですよ、助けて、助けて」

麟太郎は、もう、すぐその前に立っていた。一番組の纏持《まといもち》、岩次郎は、麟太郎の方をちらりと見たが、へえれッと、馬鹿野郎の丑松を、障子の内へ引込んでおいて、さて、真正面にこっちを向いて
「この真夜中に、一体まあどうしたというんで御座んしょう」

「それは、そ奴にきくが、早えだろう」

「へえ。こ奴あまあ元来が間抜けでござんす。碌《ろく》な事を仕出来《しでか》したんじゃあござんすめえが、お武家さん、如何《いかが》でござんしょう、とにかくまあこのあばら家へお入んなすって下さいやせんか。こんな夜中に、近所さんにも見っともねえというもんで」

麟太郎は、黙って、内へ入って行った。

火打の音がしていたが、行燈《あんどん》がついた。見ると、五十がらみのお袋さんだ。母子ただ二人の生活のようだ。刺子《さしこ》頭巾から、足拵《あしごしら》えの道具まで、片隅《かたすみ》の小さな箪笥《たんす》の上に、

きちんと用意が出来ていて、じゃんと鳴ったら、すぐにも飛び出せる気がまえが、家の中に溢《あふ》れている。

小鼻のでっかい丑松は、こうなると、もう猫の前の鼠だ。嘘《うそ》もなにも云われない。ことしの役座敷の一件から、稲荷の喧嘩――尤《もっと》もあの妓の事なんざあああん時きりで忘れてたんで別に喧嘩などをする気はなかったんだが、つい酔っ払ってたもんですから――と云い訳をして、そこで、この人にやっつけられて大恥をかき、今度はそれが本当の恨みになって、調べて見ると、この人の、有ようも知れたので、仲間の奴らを語らって、今夜橋へ出張って待っていたんでござんすがね、と、小鼻奴、手を合わせた。

岩次郎も、お袋さんも、麟太郎も、ぷっと、一度に吹き出した。

吹き出す位だ、麟太郎、別にこ奴をどうするという気もなくなっている。ただ、こんな蠅《はえ》みたような奴に度々なにかとうるさい事をされては困る。それだけ念を押せばいいのである。

役付の岩次郎が、二度とこ奴が妙な事をしたら、今度はあっし共が許しちゃあ置きません、またこのあっしも、坊主になってお詫《わ》びを致しやす、所詮《しょせん》、愚にもつかねえ奴なのでどうぞまあ、面白い茶番狂言でも御覧なすったと思《おぼ》し召して、さらりと水に流しておくんなせえまし、と、畳へ手をついて詫びた。小鼻より年はぐんと若そうだが、何処となく信じていい人間だ。麟太郎は一も二もなく承知した。

「貧乏家人だが、暇の時は遊びに来ておくれ」

「へえ、有難うござんす。是非、寄せていただきやす」

酒一ぱい無い仲直りだが、麟太郎も、これでさっぱりした。君江に知らせたら喜ぶだろう。それに第一は、この岩次郎という男が、ひどく気に入った。丑松の話で、どうやら、今の深川南一番組の組頭門前町の与市の跡目はこの人に定っているし、御定法《ごじょう》のようだが、その娘がまたこの人の女房にでもなるような話。

「が、丑、お前、ここんちへ逃げて来たが幸福よ。頭んところへなど飛び込もうものなら、五体満足じゃあいられねえぜ」

「へっへっ。そこを知りあこそ、兄いんところへ来たんですよ。これで案外、寸法は利《き》きやしょう」

ざざっと降りあ、後はからりと青空だ。鳶人足なんざあいい気っぷのものだと、麟太郎、思いながら、ここを出たのは、もう八つ半頃だ。しーんとした中を、潮の匂《にお》いがする。

入江町の家へかえったのはもう、夜の明けるには間のない頃。尤も真夜中にかえって来る事などは別に珍しくもないことだし、麟太郎にしても、悪いことをして来たのでもないから、割に気軽い気持で、いつものように裏口から入りかけると、それと気づいたのか、母の起き出して来るのを知った。

「遅かったねえ」

お信は、低くそういって、しげしげと顔を見た。麟太郎、気がつくと、母は起き出して来たのではない。寝ずに待っていられたようである。

「はあ」

僅《わず》かにそれだけ云ったが、いつもの事だけれども、ほんとうに済まない気がした。お信にして見れば、女の事で小吉に云われたばかりのこと、余り戻りが遅いので、どうしても寝る気にはなれなかった。ひょっとしてとんだ間違いでもしているのではあるまいか、学問の中途で、女などに迷い出しては大変だ、若い時分の小吉の身持ちが身持ちだっただけに、はらはらさせられるのである。

小吉も恐らくは、知ってるだろう。が、黙って眠った風をしているようであった。

朝になって、小吉は、刀の包みをかかえて、何処かの屋敷へ出掛けて行った。母と二人になると、麟太郎は、にこにこしながら、

「お母上、わたくしの身状《みじよう》について、御心配なされていられるのでございましょう」

といった。

犬蓼《あかのまんま》

祈禱師《きとうし》の喜仙院が、すっぽんの手料理をしようとしてこれに咬《か》みつかれ、どうした訳かそれが元で大そう悪い病が吹き出して、水戸街道の何処《どこ》やらで乞食のようにしているのを見て来たという噂《うわさ》を、小吉も小林も耳にした。

それよりも哀れはひん用師の中村多仲《たちゆう》、水野越前守の大改革の総狩に引っかかって、とうとう八丈の島送り、それから先は死んだか生きたかわからない。勝のところの裏庭の犬蓼《あかのまんま》の花が紅《あか》くなって、秋が直ぐそこへ来ているが、まだまだ残暑が凌《しの》ぎ難い。

小吉は、道具市の、品の遣《や》り繰りに少し手違いが出来て、今宵は、夜見世も張らず、というよりは、丁度夕方から小林と三公が遊びに来たので、往来へ縁台を持ち出して涼んでいる。御改革御趣意この方、夜鷹《よたか》の切見世は取払われたので、そっちへ廻ってやる事もなく、近頃は、とんと暇なからだ。

三公が、面白いちょぼくれを覚えて来たという。小吉は、とっくに知っているが、小林は面白い面白いといって、頻《しき》りにそれをやらせている。三公、いい気なもんだ。が、さすがに少しおっかなびっくりである。

「やれやれちょぼくれちょんがれ、私欲如来《にょらい》め、水野のたくみの魂胆、いわれ因縁きいてもくんねえ、する事為《な》す事忠臣めかして、御時節柄だの、何のかのとて、天下の政治を己《おの》が気ままに、ひっかき廻して、なんぞというとは、寛政なんぞと、倹約するにも方図《ほうず》が有ろうに、どんな目出たい旦那の祝儀《しゅうぎ》も、諸家の献上の鯛《たい》さえ御金で納ろ、余り卑《いや》しい汚《きた》ない根性、御威光がなくなる、汐風《しおかぜ》くらってねじけた浜松、広い世界を小さい心で、せじ弁ばかりじゃ仲々いけねえ――」

小吉が、莨盆《たばこぼん》を取りに行って、団扇《うちわ》を持って戻って来たが、三公まだやっている。

「義太夫《ぎだゆう》娘を手錠で預けて、親父やおふくろ日干《ひぼし》殺して、面白そうなる顔付きするのは、どんな魔王の生れ代りか」

「ほら、岡っ引だぞ」

出し抜けに小吉に脅《おど》かされて、ぱっと飛び上がった三公、青くなったが、きょろきょろ四辺《あたり》を見廻して、誰もいないとわかると、すぐに
「一体生れの違っているのに、心もつかねえ身の程知らずめ――へっへっへっへっ――あのまま置いたら花のお江戸はこもっかぶりの宿なしばかりで、居所があるめえ、

今のけしきで三年置いたら、素敵にたまげた騒動が起ろう」

とやった。

「が、ほんに、水野も引退以来、追々いけねえそうだの」

と小吉が、誰にいうとなくそういった。

「あたり前だ。御趣意も程によるわさ」

小林はむきになって
「物の高低《たかひく》の源を深くもさぐらず、布令《ふれ》せえ出せあ安くなると思ってるような半端な老中に、碌《ろく》なことがあるものか。値引をさせりあ商人は仕入を控《ひけ》える、仕入を控えりあ荷主が荷を出さねえ、そこで品が不足になる、入用な品が不足となりあ、いくら布令を出したって、却《かえ》って高くなるに定っている、見ねえな、質の利息までが百文につき二文と定めても、それじゃあ決して貸しはしねえ。え、元は四文がとまりであったにこの節は内々は八文から十二三文、べら棒に高えじゃあねえか」

水野越前守の改革も少々行過ぎたのかも知れない。一度罷《や》めて、二度目に出たが、ことしの二月にまた止《や》めて終《しま》った。街ではいろいろな噂《うわさ》をしている。切腹ものだなどという風評さえあった。

それと共に、その頃は、内々でやっていたちょぼくれなども、大っぴらに拡《ひろ》まって、その他、まるで死屍《しし》に鞭打《むちう》つような落首《らくしゅ》なども数を知らなかった。西丸下の屋敷へ、狼藉者《ろうぜき》が押かけて石を投《ほう》ったり、時には大勢が、勢いを得て辻番所をこわしたりして、辞職の当夜などは、町奉行まで出役《しゅつやく》する騒ぎを演じた。

が、本所のものなんぞにとっては、そんなことはどうでもよかったのだろう。小吉は、切見世の収入が無くなったが、その代り、夜見世や道具市へ精を出すから同じことだ。

「止めな、止めな」

小林を制して、

「時に麟太郎は、やっぱり、あの女のところへ行くかえ」

と三公へ声を低くした。行きますともさ、と、三公はひどく勝の家の方へ気を配っている。云いたい事がありそうで、さて、云っていいか悪いかと、気迷っている図だ。

「あっしゃあ、ひょんな事にでもならねえ中に、お嫁さんにするがいいと思うんですがねえ先生」

といった途端だ。小吉の平手が稲妻《いなずま》のようにぱっと頬《ほお》っぺたへ飛んで行った。

「馬鹿野郎っ」

三公は、縁台から、地べたへ転がり落ちていた。へ、へえ、すんません、すんません。

「べら棒奴、鱗太郎は只《ただ》の鱗太郎じゃあねえんだぞ、芸者なんぞを女房に出来るか」

へ、へえ、すんません。三公、あの時以来、それとなく、女の方へ気をつけるように云いつけられているのだ。が、とんだ事をしゃべって、いや酷《ひど》い目に逢《あ》った。

それから間もなくだ。

家の中から、お信の呼ぶ声がしたので、小吉が行って見ると、赤坂へ行ってる筈《はず》の鱗太郎が、そこにいるし、見た事のない実直そうな夫婦が坐っている。岡野家の方の門から入って、裏から来たものだろう。

小吉は、一寸《ちよつと》、吃驚《びつくり》して、なんだえ、と入口へ立ったなりきいた。お願いがございますので、一寸こっちへ上がってくれというのである。小吉が上がって座へつくと、お信はすぐ

「鱗太郎へ嫁を貰《もら》ってやりたいと存じまして」

「え？」

ずいぶん出し抜けだ。本来なら藪《やぶ》から棒になにをぬかしやがるんだと、怒鳴りつけるところだが、直ぐに様子を読んだのだろう。にやにや笑って、

「嫁かえ」

といったきり、黙りこくった。

暫《しばら》く沈黙がつづいているが、来ている夫婦は、すっかりお信と打合せがついている

と見えて、ただ静かに、うつ向いている。とうとう小吉は、

「お前さん方はその嫁になるてえ女の親御さんかえ」

と、夫婦の方へ声をかけた。父親がちらりとお信を見た。すぐにお信が、もうこっ

ちのものだからどんどんしゃべりなさいというような眼つきをした。

「はい、さようでございます。元町の炭屋砥目《とのめ》茂兵衛と申します」

「娘さんは芸者だね」

茂兵衛が、またお信を見た。お信が笑ってうなずいて見せた。茂兵衛は直ぐ

「はい、さようでございます」

「どっちが、ほんに好きなのだえ」

茂兵衛はまたお信を見た。そしてお信の合図で

「どちらも、好いておるようでございます」

小吉は、麟太郎を見た。

「おい、お前、ほんに好いてるのかえ」

「はい、好いています」

　小吉は、一寸、眼をくりくりした。が、急に、大声で笑い出して、

「いけねえや、お前ら、すっかり馴《な》れ合いで、おいらへ掛合いをつけに来たんだ。軍師がおいらの婆《ばあ》さんじゃあ、とんとこっちが堪《たま》らねえわさ。が、おい、ねえ、麟太郎はまだ二十三、少々早え気がするが」

　お信は、さようでございましょうか、でも、わたくしが、あなた様のところへ参ったのは、あなた様が二十二の時でござりましたが、と、にやにやしながらいった。

「そ、そうか、二十二だったか。じゃあ二十三は早かあねえなあ」

　なあに、今度の事は、小吉の云うように、お信がすっかり得心《とくしん》である。麟太郎に女が出来たと知ると、柳島の梅屋敷へ行って、とっくに君江にも逢ったし、元町の砥目へ行ってその両親とも逢った。みんな正直でいい人ばかりだ。殊《こと》には君江は、自分で糸車を廻したり機《はた》を織ったりする程の女らしい心がけ、悧《り》巧《こう》を素直な色にかくしている様子が、二三度逢っている中に、すっかりお信の気に入った。

「麟太郎、お前、本気だね」

「はい」

「じゃあ、お母さんが貰って上げる。でも、お前、これから先、学問も剣術もおろそかにしてはなりませんよ」

「大丈夫です」

話が出来て、砥目の両親にもお父上は変りもの故《ゆえ》、これこれの順でこういう風に話すこと、すっかり打合せを拵《こしら》えて、今夜、加減を見計ってやって来た。小吉はすっかり寝首をかかれたかたちで、否《いや》も応もなかった。たった今、芸者を女房にゃあ出来ねえと、三公を張り飛ばしたところだが、こうなってはもういけない。

「貧乏だが、いいかえ」

「貧乏は、わたくし共も同じでございます」

「おいらが処《ところ》は、三度が三度、飯を喰えるたあ限らねえよ」

「わたくし共も、さようでございます」

「嘘《うそ》を云っちゃあいけねえ、お前さんのところは分限《ぶげん》だろう」

「飛んでもございませぬ」

「本当に分限じゃあねえな」

「はい」

「よし、それなら貰った。おいらあ、世の中で一番嫌《きれ》えは、金持よ。金持あ金ばかりを尊《とうと》がる、おのが馬鹿も知らねえで、金があるから偉いんだと思ってけつかる。おいらあそれが大嫌《でえきれ》えでの」

「御心配はご無用でござります」

茂兵衛夫婦が頭を下げた時である。じゃん、じゃん、じゃん、半鐘が聞えた。そんなに近くはないが、外にいた三公が
「先生、小梅代地の辺りらしゅうござんすよ」

と声をかけた。小吉はもう飛び出していた。うむ如何《いか》にもあの方角だ。松倉町には義理のある家がある、さ、隼太も三公も来な、刀を鷲《わし》づかみ、嫁も縁談もさらりと忘れて、尻《しり》を端折《はしょ》って馳け出して行って終った。

少し火事で騒いだが、さて落着くと、どうやら、うまく参りましたと、ほっと安心したお信へ、有難うございましたと、砥目の両親も、麟太郎も礼をいった。

それから先は、半鐘を聞きながら、ことしは妙に火事の多い事や、正月の火事も赤羽橋に御救《おすくい》小屋が建つ程の大火、三月二十七日の火事はああして伝馬町の牢《ろう》屋敷が危なくなって、囚人一人残らず切りほどきになったが、あの時は、囚人がそちこちに立ち廻るかも知れぬとて、町家のものはみんな大そう怖がりましたが、と茂兵衛はそん

な話をして、それにしても、あの時に、切りほどきになった囚人の中の、高野長英とやら申される蘭学者が、そのまま立ちかえられず、この頃はまたひどく厳《きび》しい詮議《せんぎ》でございますそうで宅の近くに居ります岡っ引の弥蔵というが、もう夢中でそれを尋ねておりますと、これは、麟太郎へ話している。

君江は、本名がおたみだ。いよいよ嫁入りとなったのが、九月の半ば。その少し前、小吉がたった一人でぶらりと炭屋へやって行った。

「多寡《たか》が四十俵の貧乏家人の嫁入りだ。なにか持って来られちゃあこっちが大そう迷惑するわさ。いいかえ、こ奴あおいらが固く断わって置くが荷物は風呂敷包が一つの事だ。おいらが友だちも、倅《せがれ》への嫁入りと知れあなんだかんだとうるせえ故、おいらあ誰にも知らせねえ、そっとやれあいい事だ。おいらがとんだ道楽もんで、家の中には何一つねえ事故、そっちも空手《からて》でやって来て、これから麟太郎と二人、力を併《あわ》せて十年後、二十年後、勝という家を立派なものにするが、ほんの事なのだ。他人《ひと》の為《ため》に、女房を持ち、また亭主を持つのでねえのだから、披露もへったくれもありゃしねえわ」

そんな事をいっている中に、ふと気がついて

「そうだ、おいらの家には、嫁のねる蒲団《ふとん》がねえ、生憎《あいにく》、こっちは銭もねえ故、古い

のでも破れたのでも、余分があったら嫁の分だけ蒲団を一つ持って来てくれれあいい都合だ」

　そんな事をいって帰って行った。

　その嫁入りの日は、固く世間への口留めをされた三公一人が朝からやって来て、あちこちと掃除をするし、お信は、破れ障子の切張りをしている。そこへひょっこり道具市の世話焼きさんがやって来た。

　今夜はまた大切ないい市がたつ故、是非先生に来て貰《もら》わなくちゃあなりませんというのだが、小吉は、莨《たばこ》をぷかりぷかりふかしていながら、どうにも腹痛で動けねえ、すまねえが勘弁しろと、実にしゃあしゃあして断わった。世話焼きさんは不思議そうな顔をして、家の中をじろじろ見廻していたが、所詮は変りものの先生だ、気が向かぬとなったら梃子《てこ》でも動く事じゃあないのを知っているから、それじゃあ事があったら飛んで来やすからといって、首をふりながらかえって行った。

　静かないい晩だ。秋の半ばとは思えないように穏やかである。

　両親につれられて、何処《どこ》から見ても、貧乏家人の女房らしく、花嫁とも見えない地味な拵《こしら》えのおたみは、自分で小さな包みを一つ提《さ》げ、そのうしろから、これは夜具の包みらしい大風呂敷を背負って若いちゃきちゃき音のしそうな男が一人ついて来る。一行四人だ。

小吉もお信も麟太郎も、小吉がひどい工面をしたらしく紋付を着てこれを迎えた。

「お父上。お母上」

と麟太郎は、大風呂敷の男を指さして

「これは、わたくしと弟分の約束をした奴です。深川南一番組の纏持《まといもち》岩次郎、今夜は、いわば新しい姉の荷物だというので、自分で背負って来ると云い張ったのだと思います。言葉をかけてやって下さい」

といった。小吉は、そうかえ、そ奴あ面白えな、おいらあ、本来こういう生活《くらし》の男あ大好きよといってから

「お前、とんだ兄貴を持ったじゃあねえかえ」

と声をかけた。心の中では、麟太郎奴、やっぱり鳶《とんび》の子でいやがると、そう思った。

お信は、心ばかりの酒も求めてあり、肴《さかな》もあった。そしてお互いの膝《ひざ》が突当るような狭い座敷で、形ばかりの盃事《さかずきごと》をした。

この祝言《しゅうげん》が、本所の仲間へ知れ渡ったのは、それから二日経《た》ってからであった。先生んところに、若え綺麗《きれい》な人がいるという噂《うわさ》と共に、例の番勤めをしている長谷川寛

次郎が、麟太郎さんが嫁を貰ったのだという事を知って大さわぎをはじめて終《しま》ったのである。

痩《や》せても枯れても幕府様《だんな》の直参。ただ炭屋の娘おたみでは、公然とお上表の届が通らない。全く馬鹿々々しい話だが、おたみを武家の養女にして、其処《そこ》から改めて、勝の嫁にという手続きをとるために、その前の日、岡野孫一郎のところの娘にした。千五百石の養女になって、四十俵の家人のところへ来た訳になるが、丁度お上で、この手続きにぶつかったのが長谷川さん、騒ぎになるのも当り前だ。

その日から、押しかけて来るわ、押しかけて来るわ、本所の仲間は元より、剣術遣《つか》い、ばくち打ちから、旧切見世の奴ら、道具屋、祈禱師《きとうし》から願人《がんにん》坊主、果ては、ひん用師仲間の奴らまでがやって来る。就中《なかんずく》小吉は余り薄情だとすっかり腹をたてたのは道具市の世話焼きさんと、小林隼太。

世話焼きさんがぽろぽろ涙をこぼしたり、小林隼太は、口惜《くや》しがって、おいおい声をあげて泣く。さすがの小吉もすっかり閉口して、いやもう汗だくで詫《わ》びをした。そして、その代りには、今度おいらが死んだ時には、きっとお前さん方のところへ第一番にお知らせして、葬《とむら》いの奉行をしていただくからといったら、途端に二人とも機嫌《きげん》を直して、妙な言草《いいぐさ》でどうやら納得してくれた。

岡野孫一郎のところにも、前年、小吉の世話で、麻布市兵衛町の旗本伊藤権之助から嫁が来ている。百両の持参金に高相当の仕度《したく》をしてくれたので、あたし共のようなところへよくまあ来て下さいましたと岡野のおまえ様が手を合わせて、嫁さんと、小吉を拝んだ。このお嫁さんがいるし、おたみも来たし、岡野の地内は、近頃になく、ぱっと花が咲いたようで、大そう明るい中に、その年が明けて行った。

結婚のことは、永井先生は勿論《もちろん》、島田先生にもお知らせ申さなくてはなるまい。麟太郎も、そう思うのだが、小吉は、そんなべら棒があるか、自分のからだに大きな瘤《こぶ》が出来たと同じもんだ、当人や一家のものにとっては大そうな事だが、他人様《ひとさま》には、なんのかかわりもないことだ、自然に知れるまで、黙って置けあいいんだ、そういって反対した。

尤《もっと》も、島田は、その頃、ずっと出羽から奥州を出稽古《でげいこ》に廻っていて江戸にはいなかったし、永井先生は、「万国輿地方図《ばんこくよちほうず》」の著作にかかっていて、まるで寝食をさえ忘れていられる時だ、ほんとうに、わたくしごとを先生のお耳に入れて、なにかとお心を動かしては済まぬと思った。

春になって永井先生の仕事はいよいよ忙がしい。この頃は、麟太郎は、先生から教わるというよりは、お仕事の手伝いをする大切な助手になって終っていた。

「どうだ、赤坂へ来ぬか」

永井先生が、ある時、そう云われた。全く、本所から、降っても照っても、赤坂まで通って来る事は、考えて見ると、ずいぶん無駄な時間がかかる。それに、近頃、二度も三度も犬に追いかけられて、麟太郎は寿命を縮めているのである。犬という奴はどうしてこう夜になると、往来に一ぱいになる程出て来るのだろう、と、そう思っていた時の先生のお話なので、入江町へかえると、すぐに、母へそれを話した。

「先生のお近くへ参れば、勉強もたんと出来ますねえ」

「それに、家も先生が見つけて下さるとおっしゃるし」

「でも、お父上がなんとおっしゃいますかねえ」

しかし、今となっては、小吉にしても、本所には、そんなにたんと用もない。切見世も無くなっているのだし、用心に頼まれるばくち場も、水野の改革で、一先《ま》ず火が消えて終っている。ただ道具市の方と、夜見世の事だが、自分がぼつぼつそっちから出かけて来るのは苦労でも、そのために、麟太郎が、たんと学問が出来るとなれば、小吉は、きっとうんと云ってくれるであろう。

お信からその話を聞くとすぐ、小吉は

「お前はとんと馬鹿だねえ、倅はもう一人前よ、あの通り女房もいるし、二人で赤坂へ行くがいいわさ。いつまでべらべらと親がくっついて歩く気だえ」

といった。そう云われると、ほんにそうだ。お信が手を打つと小吉は、お前は邪魔というを知らねえ阿呆《あほう》さ、と、へへら笑った。


春早々のいいお天気の日だ。

なんにもないが、剣術道具と、本箱と机と夜具と、行李《こうり》が一つ、小さな火鉢を、荷車へ積んで、これを引くのが、深川南一番組の小鼻の丑松《うしまつ》、当人本気であの時のお詫びのつもりだが、そのうしろから、岩次郎が、麟太郎と二人、笑いながら面白がってついて来る。お信は嫁のおたみを労《いたわ》りながら、両国辺りから、もうずっと遅れて終った。

赤坂田町のほんの小さな狭っくるしい家だ。が、本所の家に比べれば、道具などはなんにもないから却《かえ》って、さっぱり、がらんとしている。

「丑、すっかり、まわりの掃除をしろよ」

と、岩次郎。へえ、承知しやした、丑松はくるくるよく動いてすっかりと掃除をして、お蕎麦《そば》屋へ行って来て、ぷうーっと、大息をついたら、もうかすかすの日の暮れであった。

麟太郎はそれから間もなく、取敢《とりあ》えず、永井先生のところへ挨拶《あいさつ》に行ったら、

「佐久間象山《ぞうざん》先生が、蘭学はもう遅れているといって、洋学をはじめられたそうだよ」

と、いつものように静かな声で、お前さんは、象山先生に逢《あ》ったとかいったね、といった。はあ、神田お玉ヶ池にお出《い》での頃に一度お目にかかりました。と答えると、直ぐにどんな印象を受けましたかときかれる。

「偉いお方でしょうが、わたくしは余り尊敬出来ません」

「どうして」

「衒《てら》っているというようなものを感じました。蘭学のものが参れば漢学で、漢学のものが参れば、蘭学やら、和学やらで、のっけから脅《おど》してかかるというところが見えます」

「ふふーむ」

永井先生は、よく見抜いたねえというような顔をして
「それで、今度は洋学をはじめられますかな。それにしても偉いものだ。この永井などは蘭学だけでも持て余しているのだからね。え、しかし、勝、どっちにしても、一

刻も早く万国輿地方図を世に出す必要がある」

「そうです」

「田原藩の鈴木春山先生が三兵活法《さんぺいかっぽう》の訳を完了されたというし、はっはっ、ぼんやりしておれんねえ」

「は。やりましょう、先生、すぐにお仕事を――」

春とは云えども、膚寒《はださむ》い。

おたみは、引越して来たばかりの、がらんとしたあばら屋に、小さな火鉢を抱くようにして、待てども待てども、麟太郎はかえって来ない。

お信は、一先ず帰って行った。丑松は云いつけられて、それを送ってこれも帰った。岩次郎は五つ半頃までそこにいたが、とにかく今夜はこれで帰ります、お淋《さび》しいだろうがといって、外へ出たが、今夜の引越しで、今夜亭主がいねえじゃあ、なんぼなんでも、おたみさんが可哀《かわい》そうだ。それに、どうやらもう只《ただ》のからだじゃあねえ様子も見えるし、なにか飛んでもねえ事がありでもしたら、あんなに手を合わせ、涙をこぼして頼まれた元町の砥目《とのめ》さんの御両親に申し訳がねえ、そう思いつくと、そのまま深川へは帰られない。

まるで火の番でもするように夜中、家の周囲をぐるぐる廻って、とうとう夜が明けて終った。

頃合いを見て岩次郎は今朝改めて深川からやって来たような顔をして、勝の家へ入って行った。おたみは、麟太郎が戻って来たのだとでも思ったらしかったが、お早うございますという岩次郎の声をきくと、少しはがっかりもし、また少しはほっとしたような気持もした。眠らなかったと見えて、眼がはれぼったい。

しかし、麟太郎の戻らなかったことなどは、おくびにも出さず、岩次郎もまた知っているだけになんにも云わずにすぐに箒《ほうき》を持って、その辺を綺麗に掃除をしていると、永井先生の夫人《おくさま》が、突然やって来て下さった。固《もと》よりみんな初対面だ。

が、いいお人である。おたみの顔を見るとすぐ自分の娘にでも逢ったように喜んで

「勝さんは、宅の主人と一緒に、ゆうべから書斎へ籠《こも》って二人ともお茶一つ上がらずになにか勉強をしていました。今朝になって御飯を差上げましたら、勝さんは、はじめて、家には家内がたった一人よりいませんからと申されたので、ほんに吃驚《びっくり》いたしました。それではあなたは、御家内をお迎えなさいましたのか、お可哀そうにゆうべは、お若い方がはじめてのお家へお一人でおすごしなされたのでございますね。いやもう本当に吃驚いたしまして、取敢えず、とんで参ったところでございますよ、まあ、

ほんに驚きました。勝さんは、まあ、わたくし共に、今日まであなた様をお迎えなされた事を、これったけも申されないのでございますよ。ですから、主人もわたくしも、ただ、御両親様が御一緒であろうから少しお落着きなされたなら、こちらから御挨拶に参りましょうなどと申合っておりましたことで——存ぜぬこととて、とんだお淋しい思いをおさせ申しました」

存じませねば、わたくしでもお対手《あいて》に参りましたものを、と夫人は、全く自分の至らぬところだと、おたみや岩次郎が却って、閉口して終う程に、詫びをいってから、いっそう云い憎《にく》そうに

「今日もまたこのまま勉強をつづける、もう少しで出来上がるところ故、ひょっとしたら、また遅くなるかも知れないと、お伝え下さいなどと申しておられました。戻りまして、わたくしが、もう一度よく申しますが、何分にも主人ともども、女子どもの申す事など聞くお方ではありませんからねえ。でも心配はございませぬよ。及ばずながら、わたくしが、どのような事も致しますから」

夫人がかえると、岩次郎は、麟さんもとんだ人だよと、つぶやいて、勉強の大切は知れているが、なにも引越したその夜から家を空ける程の事もあるめえ、ね、姉さん、なんなら、岩次郎が、ちょいと、それとなく迎えに行って来やしょうかね、といった。

おたみは、ほほほほと小さく笑って、

「いいんですよう。所詮《しょせん》は、女房の傍にぐずぐずしているようなお人じゃあないんですから、岩さんあたいは――」

といって、はっと気がついて、あたくしはね、と云い直した。おたみは言葉のはしばしにさえ、一刻も早く深川の元の水からぬけ切ろうとしている。

「荷物をなにも持って来ませぬ代りには、夫のためとあれば、五年が十年でも、一人ぼっちで留守をしている位の覚悟は、しっかりとお肚《なか》に納めて嫁入ったのでございますよ」

岩次郎は、唸《うな》った。え、え、偉いおたみさん。

五年や十年ではなかったが、麟太郎は、それから三日かえらなかった。しかし、その間に、永井の夫人《おくさま》が一日に二度ずつも見舞ってくれたし、本所の母上《おつかさま》も来てくれたし、道具市の世話焼きさんも岩次郎も丑松も小林隼太も三公も来た。そして、三日目に、小吉が、ぶらりとやって来た町角の出合い頭に、麟太郎がかえって来た。

お信から、様子をきいていたのであろう。小吉は、すぐに
「阿呆奴が」

といったが、

「仕事あ出来たのか」

「はい。やっと完了です。先生の大きなお仕事が間もなく世の中へ出ます」

「どんなものだえ」

「さあ、万国の地方図ですが、いろいろ申上げても、お父上には、おわかりにならないでしょう」

「はっはっ、馬鹿にしやがる」

小吉は、少し腹の立つような、それでいてうれしいような笑い顔をして、肩を並べて、家へ入った。今日も、岩次郎が来ていてくれた。

小吉は、おたみの挨拶する間もなく、麟太郎を見ながら
「こ奴あ、とんと馬鹿だ。お前、とんだものを好いたわさ」

といってから
「時々、面でも引っかいてやるがいいよ」

と、はじめて、そこへ胡坐《あぐら》をかいて、今度は岩次郎を見て
「ここんところ、ちょいと火事あ途切れているな」

といった。へえ、いい塩梅《あんばい》でござんす、何分にもお正月十五日の大火では二百九十

余町《よまち》も焼け、大そうな死人怪我人《けが》、その御救小屋がやっとこの頃御取除《おとりの》けになったばかりでござんすからね、御大小名方お屋敷、お寺お社、火事もああなっちゃあ手がつけられません、夕の八つすぎに小石川の片町から出て次の日の昼九つ刻まで燃えつづき、やっと京橋の竹河岸《たけがし》で止ったんですからべら棒な話、天保この方、やかましい御改革で、江戸のものも倹約だ節約だと騒いでもこれじゃあほんになんにもならねえ、気をつけなくちゃあいけねえこってござんすよ。

「全くだ。世の中が追々と騒がしいに、火事なんざあ全く大べら棒だわ」

その間、麟太郎は、隅《すみ》の方で、おたみと頻《しき》りに、こそこそ話していたが、すぐに、一寸《ちよつと》出て来ます、お父上、ごゆっくりなされと云って、そのまままた何処《どこ》かへ出ようとした。

「待ちな、こら」

と、さすがの小吉もあわてて、何処へ行くんだえ、と叱《しか》るようにいった。

「麻布の狸穴《まみあな》まで行って来ます」

「いけねえわさ。明日にしろ」

「いや、実は今日最後の仕事をしましたが、その中に、永井先生にも、どうしても解《わか》らぬ処が一カ所あったのでございます。重要な事でもないのでそれは研究を後日に譲りそのままにしましたが、わたくしは、どうしても、一刻もそのままでは置けないのです。一刻も——都甲《つこう》先生にお尋ねに上がり疑問を解いて置かなくてはなりません。疑問を疑問のままに置く事は学問の道ではないと思いますが、如何《いかが》でしょう、お父上」

「そ、それあ、そうだろうが、お前、ここへ来てまだ一日も落ちつかねえじゃあねえか、そ、そ奴あ明日でもいいわさ」

都甲は、今日もまた臥《ね》たままで、麟太郎を迎えた。いつもと違って、ひどく顔色が青かった。何処かしら、物の落ちたような衰えを感じて、麟太郎は、お悪いのでございますか、といったが、都甲は、いやあと相変らずの調子で、いいも悪いも、もうこの年だ、俺も近々に死ぬだろうよといった。

麟太郎は、ゆうべからの胸にわだかまっている自分の疑問を訊《ただ》した。都甲は、お前が蘭学もどうやらそこまで行ったかえ、それでやっと、道に踏み込んだというもんだ、これからがいよいよ本当の蘭学だぞ、といってから、一々、丁寧に説明した。蘭語を自在に使って、いろいろな例を引きながら、お前達は、これをこういう風に考え、こんな事ではあるまいかと思ったろうなあと、大きな声で笑ったりした。が、その声は、元気がなく、ほんとうに、病気が悪いのかも知れない。

「お医者にかかっていられますか」

ときいた。都甲は、医者なんざあ駄目さ、俺あ馬医者でありながら馬の病の、ほんの、とばっ口より知りやしねえ、ましてや人間の病なんど医者風情《ふぜい》にわかりっこあるものか、人間の命なんてえものあ、黙っていても神仏がいいようにして下さるもんだ、じたばたする事あねえよ、という。それではどうも余り先生のお考えが旧式のように思われる、とにかく餅《もち》は餅屋と申しますから、お医者にお診《み》せなされては如何でございましょう。

「餅は餅屋か。ふっふっ、勝、うめえ事をいうなあ」

と、都甲は、こんな有りふれた言葉をなにがそんなに気に入ったのか、これはひどく元気のいい声で笑った。笑ったら咳《せき》が出た。

床の裾《すそ》の方から、黒い猫が、一匹々々、つづいてもう一匹、のっそりと出て、そのまま、茶の間の方へ出て行った。咳した時に、蹴《け》りでもしたのだろう。

夕方、田町へかえって行ったら、小吉も岩次郎もまだ居てくれた。

「仕様がねえじゃあねえか、姉さんが、何とも妙な様子だよ」

岩次郎が少しあわて顔にそういうと、小吉はへらへら笑って

「岩さんは、独身者《ひとりもの》だからわからねえが、なあに心配はいらねえものだ。麟太郎、おのが女房はつわりらしいや、子供あ、天からの授かりもんだ、大切にしなくちゃあいけねえぜ、身籠《みごも》り女を粗末にすれあ、死んで地獄の血の池へさかさに打込まれるという話だ」

「は、はい」

見るとおたみは、奥の方に、もう床を敷いてねている。いやだいやだと云うんだが、お父上と二人でおいらが無理にねせちまったんだと岩次郎は、まだ心配顔である。小吉は

「おのがお母さんは、おのが妹たちを、あの喰うや喰わずの貧乏の中に、ああしてやすやす産んだんだ、昔から案ずるより産むが易《やす》しだ、しっかり元気をつけて、気丈にやるんだぞ——はっはっ、おいらもいよいよおじいちゃんか」

と、例によって、軽ろく自分の頬を叩《たた》きながらにやにや笑った。

ひどい貧乏をしている。さらでだに貧しい勝家が、こう二つかまどになったのだから、その貧乏は当然の事で、本所の方だけで、小吉の働きは一ぱいだし、麟太郎の方は先《ま》ず一文の収入もない。

が、麟太郎は、そんな貧乏などは更に平気だ。年と共に、遣《や》り口が、父親の小吉に似て来たが、日々、勝手気儘《きまま》をおたみへいって、自分はただただ学問に一生懸命であった。

それでも、永井先生の夫人が色々と心にかけて下さるし、岩次郎も、時々、やって来ては、そっとおたみへ手渡して行くものがある。自分の気持もあるし、それとなく砥目《とのめ》の両親から可愛《かわい》い娘へ内証の届け物のこともあった。

一度、少しばかり纏《まとま》ったお金が砥目の両親から届いたのを知ると、麟太郎は、お前、貧乏生活は出来ねえのか、とそういったきり、三日の間、おたみへ一口もきかなかったし、岩次郎へも、貧乏は一生、おいらの友達なんだ、お節介をするなと、それ以来、ひどく不機嫌《ふきげん》になったので、岩さんも、懲々《こりごり》で、それから、砥目の方からの貢《みつぎ》は止めさせた。苦しみの中から、何処までも何処までも、すくすくと立ち上がって行こう、それが麟さんの本心なのですよ、本人、その気持なのに、おたみさんが別の気持で、里方の助けでやって行ったんじゃあ、本当に、二人一体という訳にゃ行かねえかも知れやせん、二人一緒に苦しみ苦しんで、それで大きくなって行くところに、あの人達の偉えとこがあるし、また先のある人の生活《くらし》の味というものもあるんでござんしょう、とこうまあ、あっしが云うようですが、実は、これあね、御両親、おたみさんのお言葉なんですよ。どうですえ、偉えもんじゃありませんか、え、本当に、おたみさんは偉えもんだ、と、岩次郎が、砥目の両親を前に、しみじみといった。両親は、思わず眼をしばたたいて、おたみがまあそんな立派な事をいうようになりましたか、有難い事です、それもこれも、麟さんがその心がまえを教えてやって下すったのでしょう。二人とも一ぱいの涙であった。

その貧乏の中に、可愛い女の子の産れたのは、九月の半ば、もう秋の末であった。丁度、この朝に、永井先生の夫人が、見事な菊の花を持って来て下さったので、おたみはその子へ、菊と名をつけて貰《もら》おうかと心の中で思っていたが、麟太郎は、お七夜に、お夢とつけた。

馳《か》けつけて来て、赤ん坊を抱いて、玉のようだ、これこそ本当の玉のようだと喜んだ小吉が、何、お夢だと、麟太郎妙な名じゃあねえか、と云った。が、勝はそうでしょうかね、といったきりであった。小吉は、しばらくしてから、学問で夢中の間に生れたからお夢か、そ奴も妙だの、といって、それからまた暫《しばら》くして、それとも恋女房を貰ったうれしさで夢中の間に生れたからお夢か、と、これはおたみの方へいって

「そ奴も妙だ」

と、如何《いか》にも愉快そうにくすくす笑った。

はじめて、亜米利加《アメリカ》船が、浦賀へやって来たのもこの夏。徳丸ヶ原この方日本国中を風靡《ふうび》したあれ程の高島秋帆先生が、その後江戸町奉行になっていた鳥居甲斐守や、元家来同様であった長崎人本庄茂平次等の佞奸《ねいかん》に災いされ、未決囚として揚屋入《あがりやいり》となり、居る事四年、やっと罪が追放と定って、武州岡部二万石の安部家へ永預《えいあずけ》となったのもこの夏であった。

同　胞

島田虎之助の次兄伊十郎が、つい前の日、国の中津から江戸へやって来た。もう年の暮が、直ぐ眼の前へ来ている。筑波颪《おろし》がぴゅうぴゅう吹いて、ばらばらと飛んでくる枯葉の軒を打つ音が、身にしみてぞくぞくする。

きょうは島田は、両国のももんじ屋から、猪《やまくじら》を買わせ、それを煮ながら、兄のために酒を出している。築地の館山侯上屋敷に住んでいる鷲郎《わしろう》も来ている。島田は殆《ほとん》ど飲まないが、二人の兄はよく飲む。

「どうだ虎、一ぱいやれ」

伊十郎は、盃をさしたが、島田は、手をふって、相変らず駄目ですという。

「いいから、まあ一ぺえ飲め、俺は国へけえると、素町人になるんだ、もう、お前《めえ》らと、侍交際《つきあい》はしないんだよ。な、これが最後かも知れねえ、飲めよ、え、飲んでくれよ」

伊十郎は、黒羽二重の紋付の着流しで、ただ一人胡坐《あぐら》をかき横の壁のところへ、鉄鍔《てつつば》のひどく延びた長い赤鞘《あかざや》の刀を立てかけている。顔は、鷲郎よりは島田に似ている。国では、赤鞘の伊十郎で売った男だ。中津のやくざ共はすっかり手なずけて、云わば処《ところ》の親分も同様、暴れもするが、誠にいい人間である。

去年の暮は、どういうものか、中津はひどく炭の値が安かった。これではとても、在方《ざいかた》の炭焼き達はやって行けない。妻子をかかえて餓死しなければならないというので、その中のあるものが、どうにかならぬものでしょうか、と、伊十郎へ頼みに行った、伊十郎がだんだんきいて見ると、どうも問屋筋が臭い、なにか問屋同士がたくらんで、少々出来すぎている炭を叩《たた》こうとしているらしい事がわかったので、よし、それじゃ引受けた、そういうと、次の日から、自分は例の赤鞘で白い馬に乗り、うしろへぞろぞろ炭をつけた駄馬や荷車を引かせて、町をねりながら問屋の前へ行くと、さて大声で

「炭を買え、炭をよっ」

そう馬の上から怒鳴りつけた。問屋は慄《ふる》え上がって、一も二もなく買入れたという、その伊十郎である。

それが、今度は、中津の新町というところの橋普請《ぶしん》を思い立った。この辺は、ひどく道が悪い上に、橋も古くぼろぼろで、道行く人の難儀も、然《さ》る事だが、藩主御一族《とのさま》のどなたかが、この橋のために落馬なされて、ひどいお怪我《けが》であった。でも、武家の落馬だけに、御上《おかみ》にさえ内々になされていられるときいて、伊十郎は、矢も楯《たて》も堪《たま》らなくなったのである。

「俺は、二百両で士分の株を売る事にしてから、国を出て来たんだ。俺のような奴が士分でいたんでは、兄じゃが困る、あの人のいい穏やかな兄じゃが、俺のためにいつも、びくびく、おどおどしていられるのを見ると、俺は堪らんのでな。町人になればそれっきりよ、もう、俺が何をしたとて、兄じゃの迷惑にはならぬのだからの。え、俺は、お前らにも、士分としての別れをしにやって来たのだよ」

酔っていると見えて、さっきから、幾度もこれは繰返した。

実は、伊十郎は、弟たちが江戸で立派になっている。ひょっとしたら、その道やら橋やら普請の金二百両を、借りても来たい腹もあって江戸へ出たが、どうも逢って見たら、国で想像していたように、二人とも、金を蓄えているという生活ではなかった。鷲郎は、まるで金銭という事などを考えずに、よく飲んでいるようだし、虎之助も、いかに腕は江戸一とか二とか云われても、町道場の主人ではたかが知れている。やっぱり、最初に考えた通り、士分の株を売る事に腹を定めた。が、弟たち二人へ云っている兄金十郎の身の上に自分という持って生れた暴れものの存在がいろいろと邪魔になる。つまりは島田の家のためにも、いっそ町人になった方がいいという気持も事実であろう。

「町人になって、焼麩《やきふ》蒟蒻屋《こんにゃくや》をはじめるよ」

伊十郎は出した盃を、いよいよ島田へ強《し》いて、さ飲め、一ぺえ飲め、兄の町人様への首途《かどで》じゃねえか首途じゃねえかという。

国ではこの兄故《ゆえ》に、金十郎兄が困り、親類がいつもぐずぐず云っているのも知っているし、本当に、町人になって心も身も軽く、好きなような世渡りをするのが却《かえ》ってこの兄にしても幸福だろう。それに、麩も蒟蒻も、かつて父の市郎右衛門がやったのを知っているのだから、これもうまく行くに相違ない。そう思って、島田は、兄の盃を受け、時に、どうです鷲郎兄、伊十郎兄へ、あのお話をお聞かせしては、といった。

株を売るというような話は、この辺でもう止《や》めて終《しま》いたかったのだろう。

「うむ、護持院ヶ原の一件か」

「そうですよ。ね、伊十郎兄、人間の廻り合せなどというものは面白いもので、虎之助が江戸へ出て来て、真っ先に天狗《てんぐ》の鼻をへし折られた直心影《じきしんかげ》近世の名人伝兵衛玄斎井上先生を、暗殺した本庄茂平次という悪党が、先生の甥《おいご》御熊倉伝十郎という人のために仇《あだ》を討たれた、その護持院ヶ原の現場へ、思いがけなくも鷲郎兄が通り合せて、はじめから、終りまで、見られたというのですから妙でしょう」

「ふむ、敵討《かたきう》ちを見たか」

「しかもその本庄というは実に稀代《きたい》のしれ者で、かつて先生の門人、先生に高利貸をすすめて満座の中で罵倒《ばとう》されたを恨んでの兇行《きょうこう》ばかりか、鳥居甲斐守と共に高島秋帆先生を陥れた張本人はむしろこ奴で、この世に悪人は多いと申してもこれ程の脂《あぶら》っこい奴は無いと思う」

島田は本当に唾棄《だき》もしそうな顔をした。

あれは――。残暑の燃えるような日だ。神田護持院二番ヶ原は青々とした草さえ喘《あえ》いでいるようだった。鷲郎は一ツ橋へ所用で出て、それから三河町へ廻る気で三番原からこの原っぱを突切って行こうとした。丁度、八つ頃、西陽の暑い最中で、そよとの風もない。深編笠で陽をよけているが、如何にも堪らない。思わず、原の小径に立ち止って、笠をとり、汗を拭《ぬぐ》おうとして、ひょいと見ると、直ぐ間近くの草叢《くさむら》に、武家が二人しゃがんでいる。一人はすでに袴《はかま》の股立《ももだち》を取り、たすきをかけ、白木綿の鉢《はち》巻《まき》をして、足固めも厳重。一人は、襷《たすき》をかけ、まだ鉢巻をしていない。

対手《あいて》を待っているのだな、一人の方はどうやら相当な腕のものらしいが――。鷲郎は、そう思って、すぐに立っている小径から深い草原の方へ身を退いた。二人の中、その剣客《けんかく》らしいと見える方がすっと立ち上がって、じろりと鷲郎を見て、なにか云おうとしたのを、感じて、こっちは早く

「後学の為《ため》拝見させていただきたい。わしは稲葉兵部少輔《いなばひょうぶしょうゆう》家中島田鷲郎と申すが」

と声をかけた。対手は赭《あか》ら顔の四十六七、にやりと笑って、小さくうなずくと、そのまま静かにしゃがんで終った。あの人は助太刀だな、鷲郎は、なんとなく、そう感じた。

深い叢《くさむら》にしゃがんでいると、土の匂《にお》いと、草の葉が陽にやける匂いとが、むんむん頬《ほお》を撫《な》でつけて、如何にも息が詰るようだ。

半刻《はんとき》もした。なんの事もない。その間、町人が二人と、荷車をひいたものが通った

だけで、原っぱは、実に深閑としている。

鶩郎は、そっと立って見た。丁度、この時、さっきの人も、立ち上がった。遅いですな、こう思う鶩郎の気持が先方へ映ったか対手もまたにやにやした切りでちらりと四辺《あたり》を見渡すとしゃがんで終った。

だんだん陽がかすれて来る。すぐ近くでよしきりが、ひどくやかましく鳴いている。と、申《さる》の下刻頃だ。なにやら、常磐橋《ときわばし》御門の方角で人声らしいものが聞えた。鶩郎は、首だけを叢の上に持ち上げて、見ていると、やがて、四ツ手駕《かご》がこっちへ向って飛んで来る。遠くの方には、もう、夕靄《ゆうもや》らしいものがかかっている。と、二人の方を見ると、二人とも、ただ、じっとして身動きもしないが、さっきの人がいつの間にか鉢巻をしている。

駕が、すぐ前へ来た。はっと思う間もなく、二人は、まるで跳ね返ったもののように、駕の前へ飛び出していた。駕かきは、すぐに、ものの小半町も横へ逃げている。

「なんだなんだ」

駕の人間が、少し皺枯《しわが》れた声を出して、こう上半身を延び上がったのを、鶩郎も見た。黒絽《くろろ》の五つ紋の同じく絽の袴、月代《さかやき》も青々と剃《そ》り、髭《ひげ》も当り、髪もきちんと結ってはいるが、顔は真っ蒼《さお》で、おまけに一たいの瘡疾《そうしつ》で、醜い顔だ。四十五六でもあろうか、その疾のためにしかと年さえわからぬ程である。
牢《ろう》から出て来た奴だ、ここへ来るようでは常磐橋御門内の評定所から出た奴だろうが、こんな態《ざま》じゃあ勝負などは出来ねえな。思う途端に、若い方のが、俺は熊倉伝十郎だ、貴様の毒手に斃《たお》れた伯父《おじ》井上伝兵衛、実父伝之丞の仇を討つために、すでに御上の免状もいただいてある。さ、尋常に勝負しろと叫ぶ。年上の一人は、本庄久しぶりだな、俺は井上先生門下の筆頭として、貴様を斬《き》るぞといった。
「訳はないさ」
と、鷲郎は、伊十郎からの盃を受けて、すぐぐいと飲んで、またこれをさしながら
「本庄の奴は駕から転び出たが、もう土のような顔色でがたがた慄《ふる》えて一と言も口も利《き》けない、立ち上がったが、腰が浮いてひょろひょろしているんだ」
伊十郎はさした鷲郎の盃へまた注いでやった。鷲郎は
「二た太刀でやられて終ったよ。他愛のないものだ。その時はじめて原っぱの向うの板倉伊予守様の辻番所の者が、気がついて馳《か》けつけたが、熊倉が、仇討ちの免状を出して、御召しがあればそれぞれの御役所へ参り申すといってね、それから、一人は、わしの方を見て、またにやにや笑って、そのまま、悠々《ゆうゆう》と立ち去って終ったよ。その

夜、これが、瓦版《かわらばん》に出てね、助太刀は小松典膳、虎之助は知っているそうだ」

そういいながら、一寸《ちよつと》、舌なめずりをした。

本庄が、評定所で、中追放になって牢を出される事を、熊倉方ではちゃんと知っていたことや、それと気づかぬ本庄が、常磐橋御門外で、出張っている床屋に、月代や髭を剃らせて、一先《ま》ず四谷の知人のところへ落着くつもりで、原へさしかかった事やを、後々の噂《うわさ》できいたと話している中に、伊十郎は

「おう、虎」

といって、いくら牢から出て来たところだからと云って、そんなに、たやすく斬られっちまう素人《しろうと》の本庄なんて奴に、近世の名人とか、藤川弥司《やし》郎右衛門の三羽烏《がらす》とか、車坂の大先生とか云われ、しかも年が五十を一寸越えて、正に剣術は奥へ入ったというべき井上伝兵衛が、闇《やみう》討ちにかかるたあなんてえことだ、お前、剣術を大そう喧《やかま》しく云うがこれじゃあ凡《およ》そ知れたものだ、剣術は、碌々《ろくろく》おのれが身の守りにもならねえものかよ。その井上に敗《ま》けたお前から、また教わりに来る弟子があるたあ、さて世の中は面白く出来てやがるな。と、大声で笑い飛ばした。島田も苦笑した。まじめになって、兄へ議論をしかけて見たところで仕方もなし、またむずかしい剣理を説いて見たところで、兄は、こんな場合、黙って聴いてくれるようなお人でもない。

「虎、これあ、一本、参ったようだな」

　鷲郎も笑って
「でも、伊十郎兄、虎は、剣術は勝負ではない、心だ、心を教わるものだと云うんだから」

「敗けた時の逃げ口上よ。な、虎」

　伊十郎は、しかし、実は、なにもかもわかっているのかも知れない。

「ところで、俺あもういい気持に酔っ払ったよ。これから、ぶらぶら、冷てえ風に吹かれながら、一人で何処《どこ》かへ遊びに行って来るよ」

　もうひょろひょろと立ち上がった。いや、それはいけません、東も西も知らぬ江戸を、酔って一人で歩いているなんぞは危ない、わたくしがお供致しますと、島田もすぐに立ち上がった。

「お前、昔っからのかたぞうだ、俺の行くところへ来られめえ」

　伊十郎は、赤鞘を、落しざしにして出た。島田も鷲郎もすぐにうしろから随《つ》いて出た。弟たち二人は、国での道普請の事も、橋を拵《こしら》える事もなんにも知らない。ただ兄は、長兄への心やりと、自分の気ままをするために、国へかえると、もう武家を棄てるのだ、思い切り江戸で遊ばせてやろう、なんにも云わないが、そう思っている。

「ぷう、ひでえ冷てえ風だ」
伊十郎の鬢《びん》が、ばらばらと吹き散った。これまで、国を一歩も出なかった伊十郎にとって、まことに、江戸の風は冷たい。

一寸、用事もあったのだが、余り冷え込むものだから、小吉も、今夜は、外出《そとで》をやめて、刀を一口《ぽん》、行燈《あんどん》の前で引きぬいて、打ち粉をしたり、油をひいたり、頻《しき》りに手入れをしている。道具市の出物で、ひどくやつれたものだが、手入れをして見たら、或いはなんとかなりはしまいかと思って、宵の中から、これにかかっていたが、やっぱり、いけない。飛んだがらくただ。

時々、ぴゅうぴゅう嵐が吹く。お信は、それでも、何処ぞで工面して来て、赤ん坊の晴衣らしいものを縫っている。家はずいぶん苦しいようだがせめて、はじめての孫のお正月に、新しいものを祝ってやりたい一心であった。

小吉が、ふと、聴耳《ききみみ》をたてた。そんな事が二度あって、三度目に、おう、表へ誰か来てるんじゃあねえかえ、といった。お信もそれは気がついたと見えて、すぐに立って行った。

入口には、誰も姿はない。そのまま引返そうとしたが、虫が知らすというものか、

下駄を突っかけて、戸を開けた。途端に錐《きり》をさすような冷たい風が吹き込んで来る、横手を見ておやっと、一寸、びっくりして

「なんです、小林さんじゃあありませんか」

隼太奴、どうしたというのか、今夜に限って、戸の外の、隅《すみ》っこの方に小さくなっている。この冷えるのに、そんな処に立っていて、お上がりなさいましよ、そういうお信の声をきくと、小吉は

「なにをしてるんだ。へえれ、へえれ」

「はあ」

「はあも屁《へ》もあるもんか、とっととへえるがいいじゃあねえか、え」

隼太が、お信のうしろについて入って来た。

「どうしたんだ、いやにしょんぼりしてるな」

小林隼太、全く、どうかしている。尤《もっと》も、ここんところ隼太も、小吉はとにかく、お信の前はちょいと敷居が高いかも知れない。さらでだに貧乏な小吉へ、一歩だ二歩だと、ずいぶん度々義理の悪い借りっ放しがつづいているのである。

「金かえ」

と小吉は、隼太の顔を見上げながら

「今夜じゃあどうにもならねえが、幾何《いくら》だえ」

「はあ」

「はあじゃあわからねえ、いくら要《い》るんだ、え」

隼太は、暫《しばら》く黙っていたが
「実は、今夜は金ではないんだ。津軽屋敷の大部屋へ、少々忌味《いやみ》な強請《ゆすり》をかけようと思うんだよ、そ奴を、まあ勘弁しといて貰《もら》いたいと、それでお願いに来た訳なのだよ」

「強請だと、え、ばくち場荒しだな」

「まあ、そうだ。是非にも纏《まとま》った金が欲しいのさ」

小吉は、持っていた刀を脇《わき》へ置くと、いつもの長い煙管《きせる》へ莨《たばこ》を詰めながら
「隼太、お前、本気のことか」

といった。

隼太は、涙でうるんだ眼を伏せて、力なくうなずいた。余っ程切《せ》っぱ詰っている様子だ。

「止《よ》せっ」

小吉は、低いが、強い声でそういって、

「こんな事をする程なら、お互い、貧乏をしている事あねえ筈《はず》だわさ」

「だ、だが――」

「まあ、聞け」

と小吉は、瞬《まばた》きもせずに隼太を見詰めて、

「おいら、本所《ところ》第一の道楽もの、長くもねえ一生を、幕府様《だんな》は元より、女房や子にせえ顔向けの出来ねえような事ばかりをして来たものだ。が、四十を四つ五つも過ぎて昨今になってやっと少々考げえて来ているんだ。おいらが仲間の凡そは、つまらぬ喧《けん》嘩《か》にとんだ怪我をして、生れもつかぬ片輪になったり、名もねえ奴に打ち殺された奴もたんとある。おいらは、こうして傷一つ、人に受けたるためしもなく、呑気《のんき》に生活《くらし》て来てはいるが、これでいいわさでは、天道様に済まねえのだ。お互いに、賭場《とば》荒しだの、喧嘩強請、そんな真似《まね》はとっくに止している筈じゃあねえか、本所の小吉が、夜見世で道具を前へ並べ、空っ風に吹きさらされての商いを、お前、どう見ているんだえ」

「わかっているんだ。わたしも麟さんなんぞの若い人が、ああして身を粉にして、学問をしていられるのを見て、自分の愚かさにはあきれ果て昔の人の云い草ではないが、旦《あした》に道を知って夕《ゆうべ》に死ぬるもいいつもり、悪い事は小指の爪《つめ》程もしない覚悟でいるんだが――」

「その奴がどうして、仲間部屋のばくち場などを荒す料簡《りょうけん》になったのだ」

「どうしてもこうしてもない。只《ただ》纏った金が欲しいばかりだよ」

「お前、金をそんなに何んにするのだ」

隼太は、いつまでもいつまでも、それを云わなかった。が、結局は云わなくてはならない。

元来、隼太は、野州《やしゅう》藤岡の人間だ。赤麻《あかま》沼《ぬま》べりの水呑百姓《みずのみびゃくしょう》の倅《せがれ》だが、なぐさみに習った剣術の筋がいいというのが、却って身の仇《あだ》になって、村を飛び出して、江戸で剣術遣《つか》いの道場を喰《くいつ》詰めるようなことになって終った。

その間に、女房を持った。男の子が一人出来たら、その女房が長い間わずらって死んだ。隼太は、乳呑子《ちのみご》をかかえその女房へ本当に涙の出るような親切をしてやった。女房は、手を合わせて、拝んで死んだ。が、その介抱の間に、強請《ゆすり》もしたし、ごろつきもしたし、ひん用師まがいのこともしたりしたものだ。

その子がいては、どうにもならない。乳が無くて、泣きわめく子に、自分も一緒に泣きながら、これをふところにして、藤岡へかえって水呑百姓の老両親へこれを預けて、今度は立派な剣術遣いに出世をしてと、近藤弥之助の道場へ入ったが、長い間の悪い月日が、もう骨の髄まで入っていたか、とうとう、ここも破門されて――。

隼太は、秋風の蕭々《しょうしょう》と吹く中を子をふところに、餓《う》えて疲れて、うらぶれた姿で、湖べりの村へかえったところを話しながら、声を上げて泣いて終《しま》った。

お信もいつの間にか貰い泣きをしていた。今日までずいぶん長い交際だが、隼太の、こんな、しんみりとした身の上話をきくは、今夜が初《はつ》だ。

「親父が、悪い眼病で、もう、失明も同様、それに子供が、また悪い流行病《はやりやめえ》にかかって、今日明日も知れぬ命。古河《こが》の御城下から来てくれた医者の話では、ここに五両の金があれば、いい薬が手に入り、二人ともなんとか取留められそうだとの事に、親切な知人《ひと》がわざわざ江戸までやって来てくれたのが三日前、俺も死物狂いで金策をしたが、もうどうにも成らない。いよいよその人が明日はかえるので、思い切った事を決心したのだよ」

隼太の頰《ほお》に、ぽたりぽたりと涙がつたわっている。これまでのこちらで借りた不義理な金も、自分は一日も飲まず喰わずですごした日もあったが一文残らずみんな、藤岡へ送ったもの。所詮《しょせん》は芽の出そうもない小林の一生、せめて、親父の眼だけでも、死ぬまで明るくして置いてやりてえのさ、と、隼太の言葉はとぎれとぎれであった。

「止しな」

と、小吉は、も一度いって

「その金はおいらが、なんとかしようじゃあねえか」

「で、でも」

「任せろ」

と小吉、もう立ちかけて、羽織をくれろ、そうお信へ云って自分は、袴《はかま》を身につけた。

外へ出た。が、小吉は、ほんとうは、しっかりした的《あて》はないのだ。実は改革以来、引つづいてまるで収入《みいり》は無いも同様。それに、それもこれも当人、別に気にもせず、同じ風なつもりで生活《くらし》ていたが、気がつかなくても、詰って来るものは詰って来る、あっちで借りこっちで借り、それもとうとう土壇場で、道具市の方も少なからぬものを借りているし、五両の金の出どころなぞ、ありようは飛んでもない話なのだ。しかし、今、ここで、小林が切端《せっぱ》詰って、賭場荒しなどという悪党の上前《うわまえ》を行くような仕事をやっては、折角、自分たちの日常《くらし》が、いくらかでも善い方へ、良い方へと行っている時に、また、ぐんと逆戻りする、小吉は、別に自分では善い道を歩こうとしているのだと、そんな事は考えてはいなかったが、気持が許さないのである。風に吹かれながら真っ暗な町をあっちへこっちへ、いくらかでも脈のありそうなところは片ッぱしから廻っては見たが、やっぱり駄目だった。

浅草橋御門へかかっていた。

「ああそうだ」

と小吉は、出し抜けに手を打って、まだあったよ、日音院にいたひん用師の斎藤監《けん》物《もつ》奴が、浅草の並木で、易占をやりながら烏金《からすがね》を貸している、一つあ奴へ掛合って見よう。そういうと、俄《にわ》かに元気づいて、馳《か》けるように歩き出した。

小吉も、隼太も、骨まで凍るように冷たくなっている。何分にも、年の瀬の、空っ風の夜中だ。

監物は、綺《き》麗《れい》な小女を雇って、家の中外《うちそと》をこぎれいにして、もう、眠っていた。が、小吉ときいて、あわてて起き出した。

「急な入用があるんだ、五両貸してくれろ」

土間へ立ったまま、直ぐにそういった。

「え！　五両」

「お前、金を貸しているそうじゃあねえか」

飛んでもござんせん。と監物はぺこぺこお辞儀をして、金は貸すには貸していますが、一歩《ぶ》までのこと、先生、監物も水野の改革ですっかり痛めつけられ、今では資本《もとで》が五両よりねえはかねえ有様でございますよ、この季節の儲《もう》け時に、先生に資本を根こそぎ持って行かれちゃあ可哀《かわい》そうではありませんか。という。

いけねえ、こ奴もいけねえか、さすがの小吉もがっかりして、負惜しみの苦笑をしながら、舌を出して思わず例の額を叩《たた》いた。

もういいよ、本当にもういいんですよ、矢張り小林隼太は浮ばれねえ男なんだ、諦《あきら》めた諦めた。途中で、隼太は、幾度も幾度もそんな事をいったが、小吉は、馬鹿をいうな、もう少し歩け、もう少々歩け。そう云って、引廻している中に、とうとう、東の空が白んで来た。二人とも、寒さで真っ蒼《さお》になっていた。

両国橋へかかっている。小吉は、仕方がねえ、とつぶやいて、小林、お前、一歩先《あし》においらがところへけえっていろ、半刻《はんとき》が中にはおいら必ず金を持って、けえるから。

そういったが、隼太にすれば、小吉だけを苦しませてどうして先になど帰られるものか。邪魔な時は何処《どこ》にでも姿をかくして待っている故《ゆえ》、どうか一緒に連れておくんなせえよ、でも、もういいんだ、え、先生、もう諦めました。

気らしい。

「馬鹿あぬかすな」

小吉は、竪川に沿って、ぐんぐん歩く。いい塩梅《あんばい》に、風は止《や》んでいるし、いいお天気らしい。

二つ目へ来ると、左へ曲った。おや、道具市の方だな。隼太がそう思っていると、その市場の裏手にある親切ものの世話焼きさんの表へ立った。まだ寝ている。

小吉は、隼太をふり返って、にやりと笑って、とんとんと戸を叩いた。夜っぴて歩いている間に、小吉は、幾度も世話焼きさんの事を口に出し、おいらも、あすこへだきあ行けねえ、余り不義理がかさんで終《しま》っていやがるんでな。そういった人のところへとうとう来て終ったのである。

小吉と知って、世話焼きさんは直ぐに起きて来た。別に、いやな顔も、悪い顔もしない。こんなにお早く、それにこの寒いのにまあ先生、どうなさったので御座んすよ、おやおやお顔にまるで血の気がござんせんよ。という。隼太は、外へ立っていた。歩くのをやめると、がたがたがたがた慄《ふる》えてならない。

小吉は、如何《いか》にも云い難《にく》そうに
「実あね、買って貰いてえものがあって来たのさ」

「え？ なんです、それあまた」

世話焼きさんにしても、まるで藪《やぶ》から棒のことばに度胆《どぎも》をぬかれた。

「家《うち》だよ、尤《もっと》もぼろ家だが」

「家ですって？」

「おいらの家だ。あ奴を六両で買って貰いたいのだよ」

「え？　せ、せ、先生のお家？」

「六両ほしいんだ、今、直ぐ、欲しいんだよ」

「へえ、へえ」

家を売る程に困るなら、まだまだこの人が頼みに行けば五両や十両の金を出してくれる処はある筈だ、第一、御親類方にして見たところでなんだし、そ奴は先生が日頃ひどく嫌《きら》って罵倒《ばとう》していられるから別としても、おい五両貸せと、顔を出されては、忌やとは云えない義理合いのところが沢山ある、元夜鷹《よたか》の切見世をやっていた人達だってそうだし、ばくち打ちの親分にだってあるし、歴とした本所の旗本衆にだって二家や三家はある筈だ。それを、あたしの処《ところ》へ、こうしてまだすっかり夜も明けないという中にお出でなさる、余っ程の事だねと、世話焼きさんは、そう思った。

それに、今までの僅《わず》かばかりの借銭を気にして、家を買ってくれなどと云っていらっしゃる。いや、家なんか要《い》りません、都合がつくまで六両差出しましょうといっても、それじゃあ頼むという人ではないし、と世話焼きさんは、しみじみ、いい人だなあ先生は、と思いながら
「よござんすとも」

引込むとすぐ、奥から金を持って来た。

「有難う。助かるよ」

ぺこりと頭を下げて、金を受取る小吉の手は本当に死人の手のようであった。それじゃあ、今日といってもなんだから明日が日にもおいらあの家を空けるからな。というのを、それはまあ、後でゆっくり御相談申しましょうと、世話焼きさんの言葉を待って、御恩は忘れねえよ。そう言うと、急いで外へ出て行った。

隼太も、内の様子は聞えている。涙を一ぱいためている手へ、さ、直ぐに、在所《ぜえしょ》へけえるんだ。おやじへの孝行、子供も喜ばせてやるこったぞ。云いながら、しっかりと小判を六枚握らせて、

「隼太、今度江戸へけえって来たら、おいらが居所《いどこ》は、麟太郎がところできけよ」

といった。隼太は、ただ涙が出るだけで、口が利《き》けない。ああして幾度も幾度も、喧嘩《けんか》をして、楯《たて》を突いて、時々は、命さえ奪って終おうとさえしたこの俺を、ほんの

同胞も及ばない気持でいてくれる、そう思うと、どうしたらいいか、口を利くは元より、声を立てて泣く事も、拝む事も出来ないようであった。

「さ、此処《ここ》で別れる。お前、これから直ぐに発足《ほっそく》しろよ」

とにかく、お家までという隼太を、遂《つい》には叱《しか》り飛ばして、別れると、小吉は、急ぎ足になった。

三つ目の橋のところで振返ったら、隼太が、往来へ突っ立って、こっちの方へ向いて手を合わせていた。馬鹿が、なにをしていやがるんだ、さっさと行かねえかえ。小吉は、呟《つぶや》いたが、自分でも、近頃にない程、心うれしくて堪《たま》らない。

家へかえって来た。戸を開けた。どういう訳か、なにかしら、くらくらと目まいのようなものを感じた。

「おう」

と、お信を呼んで

「湯をくれろ、熱い湯を」

といっても、お信は、今やっと起きたばかり、湯どころか、台所で、火を燃やしつけているところであった。

小吉は、火鉢へかじりつくようにして、火をほじったがある筈《はず》もない。寒いじゃあねえか、火はどうしたんだ、火はよ。はい、はい、只今直ぐ燃やしつけますよ。と、お信は、そういったが、小吉の顔色の余り青いのに、少しおどろいたか、ゆうべは、何処でございました、小林さんと御一緒でございましたか、と、いつも聞いた事のないことを聞いた。

「一緒よ、金も出来たよ」

そりあまあよろしゅう御座いましたと、お信も本当に喜んで、やがて薪《まき》の燃やし火を火鉢へ移し、湯をわかして、熱い湯を、小吉は大きな湯呑《ゆのみ》で一ぱい飲んで

「ああ、うめえ、湯もうめえものだ」

といって、如何《いか》にもほっとしたらしい様子であった。その途端にどうしたんだろう、胡坐《あぐら》のまま、うーんと小さく唸《うな》ったと思うと、そのままそこへ、くたくたと崩《くず》れるように倒れて行った。

日頃行儀の悪い小吉だ、その辺へごろごろ寝ころぶ事など珍しくもないのだが、今日は顔色の余り蒼《あお》いに気になっていたところだ。もし、あなた、お気持でもお悪うございますか、と、お信が、肩をゆするようにした。

麟太郎は、ゆうべも、とうとう徹夜をして終った。このところ三日も徹夜がつづい

ている。ぼろの丹前《どてら》にくるまって、火の気のない部屋で、少しこわれかけた机にかじりついて、「和蘭事彙《ズーフハルマ》」の書写しにまるで気の違った人のようでさえあった。

蘭学の勉強には、どうしても入用な辞書だ。が、何分にも、それから十幾年後になって、幕府の御典医《ごてんい》桂川周甫《かつらがわしゅうほ》が、無理に幕府役人を説きつけて出版するまでは、その頃のたった一つの長崎版の日蘭対訳の辞書でもあり、窃《ひそ》かに蘭学をやる人間は多くなっているとは云うものの、これを持っている人は、ほんの僅かで、早い話が、都甲老人の手にさえ無かったのである。

尤も、本があっても、六十両という値では、貧乏勝にどう出来るものか、それでもどう気がむいたものか、都甲が、病気のところを押し歩いて、とうとう牛込の蘭医赤《あか》城筑甫《ぎつくほ》が、秘蔵しているのを、例の喧嘩《けんか》面《づら》で談じ込んで、一カ年十両の損料で借り出して来た。いいか、おいら、赤城へ、お前なんかいかに勉強したところで、ただの医者だ。が、勝は、百年目に一人、五百年目に一人より出来ねえ代物《しろもの》よ、天下のためだ。貸せ、貸せ。そういって借りて来たのだ。おい、勝麟、おいらに死恥かかせるな——。と笑ってはいるが、燃ゆるような真剣な眼つきで、こっそりと一荷物になる程に大部な事彙《じい》を渡したのである。去年の秋お夢が生れてから間もない頃であった。都甲はいよいよ衰えいよいよ顔は灰色にさえ見えた。

が、これを写したところで損料の十両が何処から出る、十両どころか、書写しの紙《かみ》代《しろ》さえない勝だ。

　麟太郎は、徹夜の眼を見張るようにして、今、書き終えたらしい一枚を、も一度、事彙へ照り合せて見てから、机の横に積索《つみかさ》ねてあった前の分と、丁寧に重ねて、かんじん綟《より》で、しっかりととじて、さて、また横に同じようにとじ込んである五冊の上へかさねて、これを、軽くばたばたと叩きながら、ふふふっ、ふふふふっと、ひとりで笑った。

　煤《すす》ぼけた障子窓へ、明るく陽が当っている。家の中は、しーんとしている。おたみはお夢をおんぶして、なにか、用達にでも出ているようだ。

　突然、ひどく手荒く戸が開いた。

「麟さん麟さん――え、若先生っ」

　麟太郎は、丁度、丹前を引っかぶって、そこへごろりと横になったばかりのところだ。

「お留守ですかえ――こ、こ、こ奴あ困った」

　幾度か呼んだが、お終いには堪らなくなったと見えて、仕様がねえなあ、大溜息《おおためいき》をついて、みんないねえたあ、これあまあどうした事だと、大声でいう。

暫くした。ええ困った困った。また、そういうのが聞えたのか
「なんだえ」

麟太郎がはじめて声を出した。こっちは、ええっと、飛び上がる程にびっくりして、いきなり、この声の方へ馳け上がって来ると
「ど、どうしたのですよ麟さん」

元の切見世の三公だ。麟太郎は丹前から、そっと眼の辺りまでを出し
「どうもしやしねえ」

「た、た、大変なんですよ」

「なにが大変だ」

「せ、先生がね、本所の先生が、急病で倒れたんですよ」

法恩寺橋の国富さんの診断《みたて》では、どうやら中風が出たらしいとのこと、あっしが此方《こっち》へ参ります時にはまだお口も利けず、ただすやすやと眠っていらっしゃるようでございましたという三公は、余っ程驚いていると見えて、まだどもりながらの口上だ。

麟太郎は、話の半分どころから、すでに袴《はかま》をつけ、刀を持って、すぐにも出かける仕度《したく》。丁度いい塩梅《あんばい》に、おたみが赤ん坊を背負って、小さな風呂敷包をぶら下げて戻

って来た。包みの中から納豆のつとの端が見えている。

「お父上《とうさま》が急病だ。おいらあ直ぐに馳けて行くから、お前は、お夢を、その三公に背負わせて、後から来いよ。中風だというから急ぐがいい」

「では、わたくしも御一緒に」

「馬鹿め、おいらあ鍛えたからだだ。お前、何処まで一緒に来れるものかよ」

と麟太郎は、もう、入口の方へ出て、三公おいらが赤ん坊を、大切に背負って来いよ。そういったと思うと、もう姿は戸の外であった。

如何にも、小吉は、全く意識がない。国富さんの藪医者《やぶいしゃ》は知れている。さっき岡野の殿様の指図で、もっといいお医者を迎えに行きましたと、枕元の道具市の世話焼きさんが、麟太郎の顔を見ると直ぐにそう云った。その殿様は其処《そこ》にはいなかったが、奥様がもう瞼《まぶた》をうるませて坐っていたし、長谷川寛次郎さんも非番だったと見えて来ていてくれた。

夕方、八丁堀の桂田玄道という蘭医が来て診《み》ているところへ、やっと三公とおたみがやって来た。医者は、そんなに御心配の事は無いだろう、もうすぐに、どうやら意識も回復するだろうし、中風には相違ないが、その方は案外に軽そうだ。ただ、からだが如何にも疲れているけれども、いい塩梅に全身まるきり利かなくなる程では無いかも知れないということで戻って行った。若い人だがなかなかはっきりしていた。

如何にも、医者の云った通り、それから一刻もしたら、小吉は、やっと薄く眼を開いた。唇《くちびる》を少し慄《ふる》わせて、なにか云おうとしたらしかったが、ただ、それだけである。

「なかなか死なねえものじゃねえか。え、おう、おいらまだ当分生きるなら田町の麟がところへ連れて行けよ」

小吉が、やっと、そう云ったのは、それから四日ばかり後であった。その麟太郎は、小吉の枕元に、ぼろ机を運んで、そこで、今日もまた和蘭事彙《ズーフハルマ》の筆写をやっている。あれから一度引返して行って田町の家から持ち込んで来たのだ。

「まだ少しも動いてはいけないそうです。それに、みんな、こっちへ来ていますから、田町へいらっしゃる事はないでしょう」

麟太郎は、筆写をつづけながら答えた。

「なにを云っていやがるんだ。この家あもう他人様のもんだ」

「え？」

「六両でとっくに、市の世話焼きさんに買って貰《もら》ったんだ」

「そうですか」

麟太郎は、はじめて、小吉を振返って、ははあ、そうですか、とまた云った。

「この家あお前のものだ。その奴を黙って売ったのあ、おいらが悪い。が、勘弁しろ」

小吉は、もう、からだの方は大丈夫なようだ。

世話焼きさんが見舞に来ると、小吉は、蒲団《ふとん》の中へもぐるようにして、すまねえすまねえと詫《わ》びをいう。なにが済まないもんですか、先生、あたしは先生のお家を買った覚えはありませんよ、なにか間違っていらっしゃるんですよという。

「隼太奴、無事に在所へけえりやがったかなあ。江戸へもどって来て、おいらの、よいよいになっているのを見たら、驚きやがるだろうなあ」

小吉は、そう云ってから、あ奴も可哀そうよと、ひとり言のように云った。

お信も麟太郎も、小吉がこんな事を云う事情をとっくに、世話焼きさんからきかせて貰った。暁方《あけがた》に、あなたのところへ行くようでは、あの晩は夜っぴて金策に歩き廻っていたのでございますね、それもあの小林さんの為に。お信は思わず声をうるませた。そんな事で無理をなさるものですから、こんな御病気などになられたのでございますよ。世話焼きさんも、その時矢っ張り声をうるませて話してくれた。

お正月が来て終った。

病と、お信をはじめ麟太郎夫婦まで時々はお米に事を欠くような貧乏の中に、年を一つとった。しかし、小吉の手当は、かゆいところへ手が届いた。市の世話焼きさんは毎日来てくれたし、長谷川も同じ小普請の勝田さんも、三公も、元の切見世の人たちも、それから浅草の監物《むやく》まで、誰かからか聞いたといって、よく見舞って来た。ましして、深川の岩次郎は、世話焼きさんと、まるで競争でもするように、暮から正月へかけての書入れの忙しい中から、毎日きっと一度はやって来た。薬代やら、お医者の手当やらは、小吉の家へ心配もかけず、この人達でやってくれた。

しかし、そんな人達が来てくれている時でも、麟太郎は、事彙《じい》の筆写に一生懸命で、ろくに礼も云わなければ、時には挨拶《あいさつ》をさえしないことがある。おたみは、ああして六冊みんな筆写が出来たとおっしゃいましたに、まだお書きなされておいでては、お書きなさりながらの御勉強で御座いますか、とある時、そっと麟太郎へ聞いた。

麟太郎は、べら棒奴、なにがこのさわぎに書きながらの勉強なものか、おいら約定の秋までにはもう一部書き上げて、そ奴を売って、借料や、紙代を出すのだ、と云う。

ああ、さようでございますか、それもお宜《よろ》しいことでござりますが、皆様があぁしてお見え下さいますに、あなたが、余り無愛想ではなにか工合が悪うございましてねえ。

麟太郎は、尤《もっと》もだというような顔をしたが、口先では、なあに、そんな心配をする事あねえよ、と云った。

それにしても、小吉も全く変っている。

少しからだの工合がいいと
「麟太郎、おいら、何処へでもいい、一日も早く引越してえのだ。ここの家を空けなくちゃあ、世話焼きさんにすまねえのだ」

と、そればっかりを口にした。と、いったところで、それは出来ない相談だ。

世話焼きさんは、世話焼きさんで、先生、家を売ったの買ったのと、当人のあたしが知りませんというのにさ幾度も幾度もなにをおっしゃいますんですよという。が、しかし麟太郎だけは、考えてる。

菊　花

麟太郎の、「和蘭事彙《ズーフハルマ》」の二部綴目《つづりめ》全六冊が、田町の家で出来上がったのは、もう、秋であった。

右から左、すぐにそれが三十両に売れた。赤城さんへの借料と、紙代を支払っても、まだ二十両近い金が手許《てもと》に残った。

おたみも、少しほっとした。しかし、この一年の間の米屋味噌屋の借金も相当以上にたまっているから、それを綺麗《きれい》にしたら、恐らくは、もう、そんなに沢山は残るまい。

麟太郎が、その金の中の十両をおたみから受取って、いそいそと出て行ったのは、次の朝であった。

日本橋と江戸橋の間に、小さな書物屋がある。本を並べて、その奥の方に、眼鏡《めがね》をかけたきかぬ気らしいいい年配の男が、楽しそうに本をよんでいる。主人の嘉七だ。お天気のいい暖かい夜などは近くのご縁日へ晒店《さらしみせ》を出す事もある。

「とっさん」

と表から声をかけて

「金がへえったよ。一件を今日にもたのみてえのさ」

嘉七は、顔を上げて、眼鏡をはずしながら

「おお、勝さんか――出来たのかえ」

出来たともさと、麟太郎は、嘉七の前へすぐに十両、小判を出した。嘉七はしばらくこっちの顔を見ていたが、うーむと、ほとほと感心したというように唸《うな》って

「偉えなああんたは」

そういうとすぐ、奥の方へ、ばあさんや、おいら勝さんと下谷まで行って来るから、お前、見世へ出てろえ、と声をかけて
「さ、行きやしょう、勝さん」

「すまねえね」

「ふん、あんた、それでも、やっぱりそんな科白《せりふ》を知っているんだねえ」

嘉七は、年の割に、身軽く元気に先に立った。

下谷金杉の大きな米屋の寮。寮といっても、ほんの三間位の小さな粗末な家で、それが鶯谷《うぐいすだに》にある。むかし上野東叡山の御門主《ごもんしゅ》が、京の鶯を多く放されて、この辺りに住みつき、その啼《な》き声に心を奪われて日の暮れるをさえ忘れるという、どっちを見ても青々とした景色のいい佳《い》いところだ。

寮の前を川が流れて、裏はずっと梅林。これが都合で手放すのを、嘉七がきいたというのは、所謂《いわゆる》ばあさんがその米屋さんと少々縁つなぎになっているからであろう。

その嘉七へ、去年、父の発病以来、写し終えたら入るお金を的にして、何処か七八両で買える小さな家をと、麟太郎の頼んで置いた話がとっくに纏《まとま》っていた。ただ、お金をさえ持って行けばいい。其処《そこ》まで来ていたのである。

「いい家だなあ」

麟太郎は、その家の南へ向いた縁へ立って大きな声でそういって、しみじみとうれしそうな顔をした。これなら、父も母も、きっと気に入ってくれるだろう——。

麟太郎は直ぐに本所へ廻った。もう、日が暮れかけて、秋の空は高く澄んで、宵の明星がきらきらしている。お父上が、あんなに云いつづけた引越しだ、これで世話焼きさんの御親切にも顔が立つというものだと、ひょいと見ると、いい塩梅《あんばい》にその世話焼きさんが来ている。

小吉はもう床の上へ起きて、物をいうのは、よく気をつけないと並みの人と違わない位になっている。ただ、左の手脚《てあし》が少々危ないし、本当は言葉も時々もつれるのである。

「あたしゃあ腹を立てますよ、麟さん」

世話焼きさんは、麟太郎の話をきくと、本当に不平で堪《たま》らないというような、忌《い》やあな顔をした。

「あたしゃあ、先生にゃあ永年の間お世話んなっているんです。あたしばかりじゃあありません、本所《ここ》の者あ、ずいぶんたんと先生に面倒を見ていただいているんですよ。どうしたって、先生を離す事あ出来ないんです。第一、先生が御元気の時なら別として、こうして御病気をなすったというに、今先生に外《ほか》に行かれちゃあ、本所《ところ》のもんの顔が立ちません。そりあ、あなたのお父上《とうさま》だ、あなたの勝手だと、おっしゃるかも知れませんが、この先生は、あなたのお父上だが、あなただけのお人じゃあないんです。本所のものみんなが、親とも兄とも慕っている。え、麟さん、あなたの勝手にばかりには行きませんよ」

しゃべっている中に、だんだん腹が立って来たか、世話焼きさんが、涙を一ぱいためて終《しま》った。

「え、第一ね、あたしは先生へ五両だ六両だと貸した覚えなんかないんですよ。先生がなにか夢を見なすった、それを、ほんの事にされて、家を渡すの引越すのと、麟さん、あなたは、この先生のお子さんには似合わない、とんだ馬鹿なお方ですね」

「いや、そうおっしゃっていただくのは、まことに勝麟太郎、手を合わせて拝みもしたい気持ですが、ただただお言葉に甘えていては」

「いいや、あなたは、わからない。そんな事をおっしゃるなら、あたしは、仲間のものをみんな呼んで参ります。ええ、呼んで参って、みんなに聞いて貰《もら》いますよ」

どうにも驚いたことだ。世話焼きさんは、大慌《おおあわ》てに、外へ飛び出して行って終った。

残った親子が顔を見合せた。小吉は、にやにやしたが、しかし、やっぱり、この家に、いつまでべんべんとしているのは心苦しい様子だ。

岡野孫一郎の一家は固《もと》より、長谷川、勝田など本所の直参、それから小さな道場の剣術遣《つか》い、さては、市の人達、ばくち打ち、遊び人、三公の下々に至るまで、押しかけた押しかけた、どうにも仕方がない。小吉は、ふふふ、笑って、そっと、麟太郎や、こ奴あ余り出し抜けだからいけねえのだ。気はすすまねえがもう一と月二た月ここにいて、それからにしようじゃあねえかえ、といった。それもそうかも知れないが、本心は、やっぱり本所に未練があるようだ。

麟太郎が、三十三間堂裏の岩次郎を、訪ねて行ったのは、その次の日であった。岩次郎は、こ奴をきくと、にこにこして

「ねえ、おっかさん」

と、傍《かたわ》らで茶を入れるお袋さんを見ながら

「麟さんに思案につかねえことさ。おいらに案文《あんもん》の樹《た》つ筈《はず》あねえが、おっかさんなら年の功って事がある」

「おやおや、そのおっかさんが、一向に駄目でねえ」

三人、改めたように、どっと笑った。

しかし結着は、やっぱり、今日明日の引越しというはよくないだろう。この話は一

先《ま》ず伏せて置いて、春にでもなったら、あっちに一日、こっちに一日というように、行ったり来たりしていたいとかなんとかいって、遂々《とうとう》、ずるずるにして終うがいではあるまいか——。まあそ奴だね、何分あの病後で本所で今までのような事をやっていたんじゃあ本当にからだにいけねえからな。

年が明けて、やがて、少しぽかぽかして来ると、本所の人達は、やっぱり小吉を病人にして置いてはくれない。毎日々々、いろんな手合《てあい》がやって来て、いろいろな事をしゃべっては、小吉をやきやきさせたり、腹を立てさせたり、その代りにはまた手を打って飛び上がる程に喜ばせたり涙をこぼさせたりした。

これでは自然おからだにいけないに定《きま》っている。今度は幸いに助かったが、ひょっとしてぶり返しでもしたことには、それこそ大変な事になる、それに少々脚気《かっけ》もあるお人だから、なんとかして、鶯谷の方へ移るようにしたいと、お信もそう思っているが、当の小吉も、近頃は、本気でそんな気になって来ていた。

一度こんな病が出たからには、おいらも、そんなに長くはねえだろう、こう、ほんとうに静かなところで、眠るように死んで行きてえ、まるで勝小吉のからだの中にも、こんな気持の芽があったのだろうかと思われるような、しみじみとした気持を、ふと感じて、自分でも吃驚《びっくり》したりしていた。

麟太郎は、今日、通りがかりに江戸橋の嘉七のところへ寄っていた。鶯谷の家も、あれっきりになって、遂《つい》ぞ一度も行って見たこともないので、よろしく頼むよ位のことをいって置くつもりで寄ったのだが、嘉七は顔を見ると、まるで待ちかねた人をでも迎えたように

「勝さん、これ見ましたか、え」

と云いながら、ずっと奥の方へ大切に蔵《しま》ってあった本を二冊持ち出して来て

「これもお見せしたかったし、それに用事もあってね、今日にも、あんたのところへ参ろうかと思っていたんだよ」

ふーむ、麟太郎の眼は、もう、自分がここへ来た用事をさえ忘れて、ただ、嘉七の持っている本の方へ注いでいた。藤井三郎の英文範と、箕作阮甫《みづくりげんぽ》の和蘭《オランダ》文典後篇であった。

麟太郎は、文典は、ちらりと見ただけで、直ぐ傍らへ置いたが、英文範は、まるで噛《か》みつくような勢いで、一頁《ページ》々々へ眼を注いだ。無言であった。しかも、不思議な苦悶《くもん》が、まるで夏雲のように、その額に湧《わ》いて来るのが、嘉七にはよくわかった。勝のこうした表情を、嘉七は、ずいぶん長い年月の間、幾十遍幾百遍となく見たからで

あろう。

麟太郎は、店先へ胡坐《あぐら》をかくと、その一頁々々をいつまでも睨《にら》みつけながら、もう、身動きもしない。

「ね。勝さん」

と、嘉七は声をかけて

「その本は三日の間は、お宅へ持ちけえって見てたっていいんだよ」

麟太郎は、にこにこして顔を上げた。そうか、いいのか——。いいともさ、どうせ、こっちへ置けああんたあ、夜も昼もなくやって来てそうして読んでいるんだろうから売物にもなにもなりはしないんだ。三日でも四日でも持ちかえんなさいよ——。が、ね、勝さん、今日は、わたしが是非あんたにお引合せをしたい人があるんだよ。

「誰だえ」

「誰といって、あんたは名を知らねえよ。が、この店で、三度ばかり逢《あ》っている」

麟太郎はひと頃は、殆《ほとん》ど毎日々々を、この書物屋でくらした事がある。本はほしいが、金はない。一日中、店へ突っ立って、嘉七が晒店を出した時は、その前へしゃがんで、ここの本という本は、殆ど片っぱしから、只《ただ》で読んで終ったのである。

お終《しま》いには、嘉七もあきれたし、殊《こと》に、嘉七のおかみさんは、お茶をくれたり、御飯を出したりしてくれて、二人とも、あの人が来ないとなんだか淋《さび》しいねえなどと話合うようになって終った。

尤《もっと》も、その頃は、麟太郎は、その店にある書物をよむばかりでなく、おい、何々の本が読みてえな、とよく云った。あした仕入れて置いたげるよ、嘉七はこういって、買いもしない人のために、その本を仕入れて来ては読ませてくれた。

読み終る間は、幾日でも、麟太郎は店へ詰めている。そして、客があって、その求める本が何処《どこ》にあるか嘉七にわからないことがあると、それを小耳にはさんで、おう、其処《そこ》の隅《すみ》だよ、そんな事をいって指さして、主へ教えた。自然ここで逢った人も山程ある。老人も若いものも、中には一つ二つの口喧嘩《くちげんか》をした奴もたんとある。

「そ奴へ引合せてどうするんだえ」

「なあにさ、その人も、無類に本がお好きでね。あたしのところからばかりでも年に六百両も本をお買いなさる。その人に、いつか、あんたの話をしたら、ああ、それじゃあいつか、本をよんでいたあの若いお武家さんか、あの方なら是非逢わせてくれというのだよ」

「本と違って人間の面《つら》を見たって、悧巧者《りこうもの》にゃあならねえよ」

「まあいいからさ。永代《えいたい》んところの旅宿《はたご》にいらっしゃるのだ。ね、一緒に行きやしょうよ」

麟太郎は、一緒に行くのかと思ったら、やがて、そっぽを向いて、勝手にどんどん帰って行って終った。仕様がねえねと、嘉七がかみさんと顔を見合せているところへ、また、ひょっこりと戻って来て、おやじを鶯谷へ移したい移したいと思っているんだが、何分にも本所《ところ》の奴らが放さない、しかし、近々には是非引越させるから、それまでのところ、なにやかや頼むよ。そう云うと、また、今度こそもう振向きもしないで行って終った。

が、四日目には、またあの本を返しにやって来る、その時に、うまく引っつかめえてやるよ。嘉七は、こういって、その日の中に、その逢いたいという人へ、四日目の朝に、見世までお出かけ下さいましと云って行った。

商用で出府《しゅつぷ》していた蝦夷《えぞ》箱館《はこだて》弁天町の渋田利右衛門が、麟太郎と逢ったのは、本当に四日目の朝であった。利右衛門は、大きな海産問屋で、傍ら材木問屋もやっていたが、細《ほ》っそりとした小柄な色の白い女のような優しい顔つきの人であった。麟太郎より五つ六つの年上だ。幼名を和吉、幼年より学問を修めて号を如泉《じょせん》、大変な蔵書家で蘭学もやった。この頃すでに「開物瑣言《かいぶつさげん》」という著書があり、自宅に書物受払簿を備えて志ある者には蔵書を貸出し、全くの自費で小さな図書館のようなこともやっていた。外に松栄講というのを起して自らも心学道話を講説したが、感極《かんきわ》まって顔を掩《おお》うて泣く事しばしばであった。

麟太郎は、にやにやしながら、その顔を見ていた。利右衛門も、やっぱり黙っていた。暫《しばら》くした。利右衛門は、出し抜けに

「世の中というものは、余り感服する人物がいないものでございますね。まして大先生などとおっしゃるお方には」

「馬鹿ばかりさ。おいらも、お前も、その馬鹿よ」

麟太郎は、笑いながら、そういった。

人間の好き嫌《きら》いなどというものは妙なものだ。最初《はな》はなんだか喧嘩《けんか》でもしそうに見えた二人がすっかりいい仲になって、麟太郎が、利右衛門の旅宿へ行ったり、それから今度は利右衛門が、田町の麟太郎がところへやって来た。

相変らずの貧乏だ。それに、おたみが、二度目の赤ん坊がお腹へ出来たらしく、こんどは、つわりが激しいというのかどうも臥《ね》ている日が多いし、お夢ももう歩けるから、そこら中、いやもう大変だ。

ぼろぼろの古家で、おまけに、去年の冬からかけて、天井は、ところどころ板を引っぱがして燃やして終《しま》った。畳も碌《ろく》に敷いてはないし、お負けに、四五日前の大風で、どうにも、家がみしみし云って、危なくて仕方がないものだから、麟太郎とおたみで、入口の外からと、座敷の内側から、大きな丸太ん棒のつっかい柱を引っつけてある。ひどい家だ。

利右衛門は、六百両も本を買う人間だが、こ奴を別におどろいた様子もなく、平気な顔で、真っ黒なひどい畳へ坐った。そしてすぐに本の話になった。この頃はじめて宇田川榕庵《ようあん》の植物学啓《けい》を見たことやら、やっと高野長英の夢物語を手に入れた事や、渡辺登の慎機論《しんきろん》も見られそうだし、医学の事で自分にはわからないが大阪の緒方洪庵《おがたこうあん》の扶氏経験遺訓《ふしけいけんいくん》も一寸《ちょっと》見たいと思っているなどといった。鈴木春山の三兵活法もすでに見ているようだし、箕作省吾《みづくりしょうご》の坤輿図識《こんよずしき》も持っているようだ。

麟太郎は、永井先生の万国輿地方図はどうだえ、といった。利右衛門はにこにこしながら、あなたの先生と承りますが、あれは、何処《どこ》となく解らぬところは、解らぬまで逃げて行ったというようなものを感じますねといった。麟太郎は

「痛いね、これあ」

といってから、だが、もう蘭学も来るところまで来ているようだ、これからは英学

さ、この頃仏蘭西《フランス》を読んだものもあるというが、ほんにうっかりしてはいられねえよ、と頭をかいた。

昼になった。前晩、永代の旅宿でずいぶんいろいろ御馳走《ごちそう》になった。が、こっちは貧乏だ。おたみがやっとの事で砂場《すなば》の蕎麦《そば》を誂《あつら》えて来た。利右衛門は、それを如何《いか》にも甘《うま》そうにたべて、一日ゆっくりとして、やがて、そろそろ日が暮れようという刻限。

ふところから、静かに金を取出して紙へ包んで

「これは、僅《わず》かばかりで、御無礼とも存じますが、どうか、あなたの本をお求めなさる料《だい》にでもして下さいまし」

と差出した。小判二百両だ。麟太郎は、生れながらの極の貧乏、大きな口は利《き》いていても、少しびっくりした。

「いやあ、飛んでもない事だ」

「御辞退をなされては、あたくしが困ります。あなたに差上げなくても、所詮は、愚にもつかぬ事に使って終います。あなたが珍しい本をお買いになって、お読みなすった後を、あたくしへお送り下されば、それが何より結構なのでございますから」

という。いやあ、麟太郎は、ただ頭をかいて

「おいら、そんな大金ははじめてよ。そんな事をされちゃあ、重荷を背負わされて困

るよ」

が、利右衛門は、とうとうその金を置いてかえって行った。

二百両だ。麟太郎奴、暫く、そ奴を見ていた。

二三日後であった。

麟太郎は、久しぶりで本所へ行って、それから元町の砥目《とのめ》の両親《ふたおや》へおたみのことづけがあって、そっちへ廻る気で、丁度お昼頃、両国橋へかかった。

何気なしにひょいと見ると、こっちへ向いて、誰やらに、ひどく丁寧に頭を下げているのは、新堀の先生だ。島田虎之助とも云われる人がこんなに丁寧にしているのは、どなた様かと思ったら、どうも、そのうしろ姿が、渋田利右衛門さんのようである。おかしなことだ。そう思っている中に、島田は、こっちを見つけ、挨拶《あいさつ》を打切ってやって来た。渋田さんらしい人はそのまま行って終った。

麟太郎は、お久しぶりでございます、御無沙汰《ごぶさた》を申しておりましてというのを、島田は、それはお互いの事だ、が、学問はやっているだろうな、といってから、わしのところも国から次兄が出て来ていて、なにかと多忙であったが、やっと帰国されたので、一度、お前のところも訪ねて見る気でいた、それに鷲郎兄も余りわしが道場へは来ないから、お前も時々、やって来るがいいぞ。はい、近々に、一度お邪魔させていただきます、そういって、そこで別れた。

麟太郎は、渋田が気になっている。どんどん走って追っかけたが、広小路の人ごみの中へ入って却々《なかなか》知れない。が、尾上町の竪川《たてかわ》べりの小さな筆屋の見世先に立って、通りすがりに目について入ったと見えて、真書筆《しんかきふで》を求めているのを見つけた。やっぱり利右衛門だった。

やあどうも。麟太郎から声をかけた。利右衛門もびっくりしたが、虫が知らすというものか、今日はどうも朝からひょっこりあなたにお目にかかれるような気がしていましたよといった。

時に、橋の上でお前さんが、わたしの先生と話をしていられたが、知っているのかえ。はあ、そうそうあなたは島田先生のお弟子さんでございましたね、知っているどころか、実は、去年の冬、やっぱりわたくしが出府《しゅっぷ》しておりました時に、あの先生の兄さんの伊十郎様とおっしゃるお方に吉原の大門口で喧嘩を吹きかけられ、いやもう飛んだ難儀をするところ、あの先生が、傍《かたわ》らから、大そうお詫《わ》びをして下さいましてね、それで命を拾いました、いやもうその伊十郎様がひどく酔っていられて、赤鞘《あかざや》とやらなんとやら、こちらは生きた心地もしませんでしたが、次の日、あの先生が、わざわざあたくしの旅宿までお見えなされて、畳へ両手をついてのお詫び、こちらが痛み入りましたが、学問にせよ剣術にせよ、ああした立派なお方は違ったもの、江戸一と噂《うわさ》の高い島田先生のあの御丁寧には、全くこちらが頭を下げずにはいられませんでしたよ。そんな事で、あの先生をお知り申しておるのでございますよ。渋田はそんなことを話した。

伊十郎という方は却々変ったお方だという事だからね。ほんにそのようでございますね、ところで、勝さんはこれからどちらへ。女房に頼まれてね、使い走りさ、とんと埒《らち》あござんせんよ。

この女房おたみが二番目の女の子を産んだのは、その年の冬であった。お前男の子は産めねえのかえ、麟太郎は、赤ん坊を抱いて、それでもうれしそうにそんな事をいった。

小吉が、やっと本所《ところ》から鶯谷へ移ったのはその赤ん坊の生れる三日前。それというのも、もう、あれから二度もふらふらとぶっ倒れたことがあったので、次第にからだは不自由になったし、昨今はとても歩くという訳にはいかない。本所の人達も、やっぱりこっちで、いろんな事を耳に入れるがいけねえのだ、暫くの間は、何処《どこ》か静かな処で、ゆっくりとおさせ申すがいいだろうと、やっとの事で気がついて、大騒ぎで、あの鶯谷の家へ移った。

米も味噌も、一緒に山程ついて来た。世話焼きさんはもとより、岡野の孫一郎もお忍びで、例によって岩次郎も丑松《うしまつ》も、それに砥目さんの御両親までも送って来てくれた。川を渡るまでは、本所の人達がまるで、なにかの行列のようであった。

冬だが、縁へ当った陽が、ぽかぽかと暖かく、小吉は、そこへねかされると直ぐ、おうと、岡野孫一郎を呼んで

「おいらあね、ここまで来る間に、いい歌を考げえたよ、お前《めえ》さんに上げようが、慄《ふる》えて字は書けねえから、お前さん、書いておくれよ」

孫一郎は、誰からか矢立《やたて》を借り、懐紙を出した。

「いいかえ――な。気はながく、心はひろく、色うすく、勤めはかたく、身をば持つべし」

とそういってから

「お前さん、色が濃いからいけねえよ、御新造の外に女なんざあもう側《そば》へも寄せつけちゃあならねえわさ、え、それに、今は小普請《むやく》でも何分にもお家柄だ、いつ御番入《ごばんいり》にならねえものでもねえ。そうなったら勤めは固く固くとしなくちゃあならねえよ。え、

それから、も一つだ。いいか。学べただゆうべに習う道のべの、露の命の明日消ゆるとも、ってんだ。いいかえ、学問はしなくちゃあならねえよ」

みんな顔を見合せた。これまでの小吉にしてはちょいと縁の遠い科白《せりふ》だが、近頃は、とんと変ったものだ。全く変ったものだ。

いつもならこれからは、定《きま》って、おいらがところの麟太郎はなとなるのだが、今日はさすがに、本所からここまで駕《かご》にゆられて疲れたか、そ奴をやめて、眼をつぶった。衰えたなあ、いかに、気ばかりは元気でも、病には勝てない。

それから三日目に、二番目の孫の誕生を、麟太郎が知らせにやって来たのを見ると、小吉は

「おい、今度あ、おいらが名をつける。お前、本当はお夢なんざあ余りよくねえぜ」

といった。そうでしょうか。うむ、お前、今に年をとるとその名がいやんなるだろうよ。そういって、暫く考えていたが

「孝は百行の基《もと》とかなんとかいうじゃあねえか。え、麟太郎、孝と書いて、たかと読ませる。え、孝《たか》とつけろ、それにたかは鷹にも通ずるわさ。鳶《とんび》が鷹を産むは、代々おいらが家の法よ」

麟太郎は、病父の言葉に、ほんとうに心から逆らわなかった。女でもいい、次々と

鳶から鷹が出来て貰《もら》わなくては困る程に、ぐんぐん進んで行く世の中だ。もう鳶の子が鳶では間に合わない。それを、御典医方は外科の外、蘭法をやってはならねえとか、無断で、洋書を飜訳してはならねえとか、幕府が役人はどうしてこうも馬鹿なのだろう。そんな事を考えながら

「近々に、江戸橋の嘉七が、面白い著述本をなにかと届けてくれるそうです。お父上も、そうしてねていられてはお退屈でしょうから」

といった。そうか、そ奴あ有難え、著述本は下手の学問よりあ、遥《はる》かに増しだからなあ、小吉はもううれしそうにそう云った。

暖かい日だ。

朝っから裏の藪《やぶ》へ来て笹鳴《ささな》きをしていた鶯《うぐいす》が、まだその辺りにいる。竹藪の中の、椿《つばき》が真っ紅《か》に咲いて、縁側には今日も冬とは思えぬ程のまぶしい日が当っている。

小吉は、おい、おいと、さっきから、台所にいるお信を、二度も呼ぶが、その度に、只今《ただいま》、只今とはいうけれども、なかなか来てはくれない。どうしやがったんだ、ぶつぶついっている。三度目に、やっとお信がやって来た。

「昨夜の続きをしゃべる故《ゆえ》、書いてくれろ」

はいとはいったがお信は、当惑の顔をした。そして、わたくしは、字も存じませんし、まことに困ります、どうぞ麟太郎が参りましたならば、お書かせなさるようになすって下さいまし、この一二日急がしいと見え、姿を見せませぬが、明日にもまた参りましょうから、という。

いや字なんざあ嘘《うそ》であろうと、下手であろうといいんだ、おいらの子や孫へ、云わばおいらの遺言だ、そ奴をお前が書《け》えてくれてこそ、ほんの物よ。え、それに、おいらあ若え時分から道を踏み迷った大の道楽もの、文字はとんと薄い事あお前も知っている通り。今に後悔して見たところで追っつかねえわさ、よ、そのおいらよりあ、お前の方がずんと増しだ、すまねえ、書いてくれろ。小吉にこう云われると、お信は、涙がこぼれそうになって、黙って、ぼろ机と、紙と硯《すずり》を持って、その枕元《まくらもと》へ坐った。

小吉は、ゆうべは、何処《どこ》まで書いたっけの、一寸よんでくれろという。お信は「おれが此《この》一両年始めて外出を止められたが、昔より、皆々、名大将勇猛の諸士に至るまで、事々に天理を知らず、諸士を扱う事、又は世を治めるの術、乱世治世によらずして、或いは強勇にし或いは法悪く或いははおごり、女色におぼれし人々。一時は功をたてるといえ共、久しからずして、天下国家をうしない又は知勇の士も、聖人の大法にそむく輩《やから》は、始終の功を立てずして、其身《そのみ》の亡びし例あげてかぞえがたし、和漢とも皆々天理にてらして君臣の礼もなく父兄の愛もなくして、鈍慾驕奢《きょうしゃ》故に、全き身命を亡し、家国を失う事みなみな天の罪を受ける故と初めてさとり――」と、すらすらと読んだ。おう、そうだそうだ、が、一番最初に、「鶯谷庵独言《おうこくあんどくげん》」と書いてくれたな。はい、書いてございます。よし、それでいいのだ。それから先だ――と、小吉は、一寸、舌なめずりをして

「天の照覧を恐れかしこみて、なかなか人の中へも顔出しがはずかしくて出来ずと思う。去りながら昔年《せきねん》暴悪の中よりして」

と、やっと、ここまで、書いた時である。ご免下さいましよと、案内も無く庭へ廻って、声をかけたのは、四五日前、来てくれたばかりの市の世話焼きさん。

「如何《いかが》で御座いますね、お加減は」

「おう、いつもいつも見舞ってくれて有難えなあ」

「なあにね、今朝、いい初鰤《はつぶり》が手に入ったものでございますから、是非先生に一と口でも差上げてえと思いましてねえ」

小吉は、黙って、こっくりこっくりをした。なんだか涙が出て来る。

「おう、そうそう」

と世話焼きさんは、藁《わら》つとにした小鰤を自分で台所へ持って行きながら、先生、浅草の斎藤監物《けんもつ》が、押込みに殺されたそうでございますが、お聞きでございますか、といった。えっ、と小吉は、がくんとする程に吃驚《びっくり》して

「あ、あ奴が。何時《いつ》の事だえ」

「あたくしがこの前お伺い申した次の日でございましたから、もう四日程になりましょうか」

「そ奴あ大変だ。可哀相に。で下手人《げしゅにん》はつかまったのかえ」

「まだだそうで、ございます。いや、もう大そうな悪党で、牢《ろう》破りをして、大暴れに暴れて奥州路へ逃げた、その行きがけの駄賃に、監物が殺されて、二百両余り奪《と》られたのだそうでございます」

「二百両」

「へえ、ひどいむごい烏金《からすがね》の悪銭故、だが、みんなこれは泣かされた人達の恨みの罰だなどと噂をしておりますよ」

あの夜中に、おいらが隼太と二人で行った時は、五両の金もないといって断わった。そ奴が二百両、太え野郎だ。小吉はそう思って、一寸、むかっとしたが、すぐにまた可哀相になって来た。

下手人は、馬屋小者《こもの》の渡り者で、江戸と上方《かみがた》とを胯《また》にかけて稼《かせ》いでいやがった。先《ま》ず江戸で盗みためると、こ奴を何処かへ隠して置いては、上方へ飛んで行き、上方でまた盗んだ金を隠して、一年も経《た》って、江戸へかえって来て、先に隠した金を費《つか》い、それが尽きた頃にはまた盗みためてかくして置いて上方へ行く、今度は上方で先に隠して置いた奴を費う。表向きは極くしみったれていて、ちょっとの銭もねえような風で、せっせと馬屋で働いていたそうでどうにも太え野郎で、お役人衆も舌を巻いたという噂でございます。と世話焼きさんは

「どんなにうめえ事をしたとて、天の罰というものがありますからね。とうとう捕まった。が、いざ八丁堀衆《ぼりしゅう》のお調べとなると、平気なもんで一々答弁をするんだそうでございます。そ奴が余りはっきりしているものでございますから、多分こ奴は間違いだろう、許してやろうという事になったら、奴め、からから笑って、おい、旦那方いいものを見せてやろうってんで、素っ裸になって、大そうもない物凄《ものすご》い刺青《ほりもの》を出し、今のあ皆んな出鱈放題《でたらほうだい》だ、あんな事で誤魔化されるような有様で、よくまあ天下のお役が勤まるものだな、俺あお前っちのいう通りの押込み盗《ぬす》っ人《と》だ、さあ縛んなといいましてね、それからすらすらと白状をした、それをきいてお役人衆が真っ蒼《さお》になったというんですよ、それが牢へ入ったら、今度は、真っ昼間、牢破りをしやがって、御

仕置着のまま、刀を盗んで、そ奴を振廻して逃げ、とうとう姿をかくして終った。その晩に監物が殺《や》られたのでございます」

「そ奴あ途方もねえ」

「途方もあるにもねえにも、それから、奥州路へ行ったらしいが、手もつけられねえのだという噂で」

小吉は、ふんと笑った。なあに長《なげ》え事あるもんか、黙っていても、天がそ奴をふんじばって下さる。

あの時の監物や、小綺麗な小女の様子が、一寸、小吉の眼の中にちらついた。

麟太郎は、久しぶりで、狸穴《まみあな》の都甲《つこう》市郎左衛門のところへ来ていた。都甲はやっぱり寝たきりらしい。が、麟太郎が行った時は、座敷の縁側へ立って、庭へ向って、しゃあしゃあと小便をしていたが、そのまま直ぐに蒲団《ふとん》の中へもぐり込んで

「昨日、青崖《せいがい》が来ていたよ」

「さようで御座いますか」

といったが、麟太郎の眼は、この座敷のすみずみを不思議そうに眺《なが》めている。どうしたのだろう、なんにもない。がらんとして空家も同然である。

「青崖もそう云っていたっけが、お前《めえ》、蘭学の塾でもはじめるがいいわさ」

「え？」

が、都甲は今の言葉など、もう忘れでもしたような顔をして、突然
「おいらあな、近々に、江戸をおさらばだよ」

と云った。麟太郎はびっくりして
「ど、どちらへお出《い》でなさるのですか」

「駿府《すんぷ》の在方《ざいかた》へ引込むんだよ」

「どうしてで御座いますか」

「用がねえからよ、江戸にはもうおいらのような古ぼっけた蘭学者なんざあ居る事あねえよ」

「でも」

「ばあさんは、とっくに行っちまった。おいら一人だぜ。この家も売ったし、荷物も売るものは売り、運ぶものは運んだよ。おいらからだでもよくなったら百姓になる気よ。といったところで鍬《くわ》一つ持ってねえがな」

「で、いつ御出発なさいますのですか」

「そ奴あわからねえ。おいらの軀《からだ》工合のいい時で、お天気で、暖かで――そんな日あ

先ず、来年の春の中頃だろうかな。もう一度、江戸の桜を見て行くか」

「さようでございますか」

「押入れの中に、本が四五冊打込《ぶちこ》んである。そ奴は、お前へ形見だ。かねて青崖がほしがったが、あ奴には、黒田侯という金方《きんかた》がついている、いくらでも、また何処からでも手にへえるわさ。が、お前はとんと貧乏だからな。帰りに持って行きなよ」

「有難うございます」

都甲は、駿府の在方というだけで、何処やらもはっきり云わないし、どうしてまたそんな隠遁《いんとん》生活に入るのか、その理由も云わない。いや云わないのではない、話す程の隠遁の理由などというものは無いのかも知れない。

それにしても、ひどく顔色が悪い。尤《もっと》もこの顔色はずっと引つづいて、まるで、明日をも知れぬ大病人のようでもあるが、本人、依然として元気はいいし、薬も飲みもしないようだ。

「おう、台所に米がある。おいら、昨日から食べねえのだ。お前、ちょいと、お粥《かゆ》を拵《こしら》えておくれよ」

麟太郎が、台所へ行って、火をおこしたり、お粥を煮たりしている間、都甲は、臥《ね》たままで、頻《しき》りに、なにかうたっている。君見ずや管鮑貧時《かんぽうひんじ》の交、などという文句がきこえたから、杜甫《とほ》の詩、貧交行《ひんこうこう》を吟じているのかも知れない。が、その節調は詩吟でもない。唄でもない。

ふと、それが途ぎれたと思ったら、おい、粥はゆるいがいいぜ、といった。

青崖先生も、そう云って下さる。塾を開いたら、黒田の家中《かちゅう》以外の門人はすべてそちらへやるし、なにかと出来るだけの助力はする、教えるということは、同時にまた勉強にもなる事だし、第一もう、勝麟太郎という名は、一かどの蘭学者として、学問にいそしむ者の間には知られている事だからと。

麟太郎も、そのつもりになった。おんぼろのひどい家だが、当分はまああの家の一間で教授をする事にしようと、決心して、それを鶯谷の小吉がところへ知らせに来て、戻って行ったその晩である。

小吉は、麟太郎もいよいよ物になりやがったか、これからはなんといっても当分は異国の学問の天下だ、やっぱり、おいらが眼《まなこ》に狂いはねえ、あ奴は鷹《たか》も大鷹だったわさと、幾度も幾度も、嫌《いや》んなる程お信に話して、思い出しては、にやにやしている。

お信は、相変らず、行燈《あんどん》の下で、繕いものをしている。小吉は、それへ

「滅法《めっぽう》寒くなって来た。お前《めえ》、もう寝たがいいじゃあねえか」

「はい。でも、まだやっと五つ刻《どき》、今からやすみましては罰が当ります」

「と、云ったところで、風邪でも引いちゃあ仕方がねえぜ。お前、鱗太郎が出世も見ねえで死んじゃあつまるめえ。おいら、とてもそ奴あ駄目だから、せめてお前だけでも、生きててやらにゃあ、鱗も、張合いがねえというものじゃあねえか」

お信は、笑っただけで黙っていた。ここで、ちょいと相槌《あいづち》でも打とうものなら、また、おいらが鱗太郎はな、の、お定《さだ》まりのお浚《さら》いがはじまるからである。

「え、鱗太郎がさあ」

小吉が重ねていったが、ただにこにこ笑っただけだ。小吉は少しやきやきしたが、
おいらが死んだら、ああしてお前の書いてくれたおいらが遺言、鶯谷庵独言を忘れずに出してやるんだぜ、あれは、鱗太郎ばかりじゃあねえ、おいらが子孫の者が、みんなあれを読んで、心の鏡にするんだからな。そういったが、お信は、これも幾十遍も聞かされている。うなずいただけで黙っていた。

小吉も、仕方なく、黙った。が、またふと思い出したか
「小林はどうしやがったろうな」

「ほんに、どうなされましたでしょう」

お信がはじめて言葉を合わせた。

世話焼きさんだの外の人達は、小林は人非人だ恩知らずだ、ああして在所《ぜえしょ》へけえったきり、熟《う》んだ柿がつぶれたとも云って来ねえは、犬畜生にも劣る奴だと悪口をつくが、おいらはどうもそんな気はしない、あ奴あそんな奴じゃあねえような気がしている、と。これも幾度も繰返したが、な、おい、お前どう思うえ、ときいた。

その時だ。

「勝さん」

表で声がした。あっ！　小林じゃあねえか、隼太《はやた》が声に違えねえ、小吉は、ぐっと頭を持ち上げた。噂《うわさ》をすれば影というが、正にあれ以来、死んだとも生きたとも、たよりのない小林隼太の声だ。

お信は小吉が心を知っている。ひたすらに小林を信じ、その身の末を案じつづけていた小吉が心を――。

戸を開けた。

尻切《しりき》りのどんぶく綿入れに、継ぎの当った千草《ちぐさ》の股引《ももひき》、草鞋《わらじ》をはいて、なにやら大きな荷を背負って、頰《ほお》かぶりの手拭《てぬぐい》をとったらしく、これをつかんで、腰をかがめた。

これが、まああの、本所をあばれ歩いていた剣術遣《つか》いのごろつき、隼太とは、まるで狐にばかされているようだ。

どうなされました、やっと声が出た。小林は腰を折るようにして飛んだ御無沙汰を致しまして誠に申し訳次第もありません、おろおろ声だ。とにかくまあお上がりなさいまし。へえ、台所で足を洗わせていただきまして、と小林は、そっちへ廻った。お信は、小吉へ告げる言葉もなく、全く、度胆《どぎも》をぬかれて、少しぼんやりしている。全くこりあ驚くが本当だ。

隼太は、荷を台所へ下ろした。芋やら、ごぼうやら、それに山鳥だの雉《きじ》だの、鳥もあって、如何《いか》にも在所のものらしい土産《みやげ》だ。

小吉も自分の前へ坐るこの姿を見て、頻りに、眼をぱちぱちしながら、お前、ほんに小林隼太かと云いたそうな顔をした。本所の馬鹿が中でも、どっちかと云えばおしゃれの方だった隼太が、髭《ひげ》も不精をし、髪も白っちゃけて、油気一《うち》つない上に、陽焼けの顔が、土と埃《ほこり》に真っ黒である。隼太は、なんにも云わない中に、もう、涙をうるませていた。そして、わたしは、今日までただあなたが腹を立てていられるだろうと、それればかりが気になっていましてね、といった。

「そんな事あねえ。が、お前、百姓になったのか、え」

「え、百姓になりました。赤麻《あかま》沼べりの水呑《みずのみ》百姓になりました」

うむ、そうか。それにしても、此家《ここ》がよく知れたなあ、赤坂の麟太郎がところで聞いて来たのか。いいえ、と隼太は、市《いち》の世話焼きさんのところできいて来ました、病気ときかされて、ほんに吃驚《びっくり》した、それと知ったら、在所の方なんざあどうなったって、一日も早く出て来たに、と、如何にも残念そうにいって、あたしが為《ため》に、夜っぴて歩いて下さったばっかりにそんな事になったのでしょう、この隼太が、あなたを病にしたも同然だと、大の男がとうとう声をあげて泣き出した。

なにをいうのだよ、と、小吉は笑って、中風はおいらが家にあるんだ、おいらの実父の雲松院《うんしょういん》は中風で死んだわさ。知ってるか、男谷平蔵よ。

隼太はうなずいたが、そんな事で気も心も軽くなりはしない。やっぱり、あの時に、あんなにして、この人に心配をかけたがいけなかったのだと、本当にどうしていいか解《わか》らなかった。

小吉もお信も、隼太が前の姿を知っているだけに、どうにもいじらしくてならない。お信は、世話焼きさんからいただいた鰤の塩へ漬《つ》けてあったのを焼き、本所の人などが来た時にお振舞いなさいましと、これも世話焼きさんの持って来て置いてくれた酒を少し出して、無理にもすすめながら

「あなたは、あれから、まあどうなされていられました」

お信がきいた。

小林隼太も、可愛《かわい》いものだ。お信が余りすすめてくれるので、一旦盃はいただいたが、そのまま唇《くちびる》もつけずに前へ置いて、頂戴《ちょうだい》したお金をふところに、もうれしさで一ぱいで、あれから直ぐに村のお方と共に飲まず喰わずで在所へ戻りました、子供は虫の息だったが、すぐに古河《こが》から医者も来てくれ、お金の威光で手を尽す、おやじどのもその通り。

「が、それから三日目に、子供はとうとう死んで終いました」

「え、死んだのかえ」

「小林如《ごと》き馬鹿ものの、子と生れたがあれの不運、ろくろく乳房の味も知らず母親には早く死なれ、また父親に抱かれて寝た夜も幾夜もなく、貧しい水呑百姓のじじばばに、これとてもその日に苦しむ故《ゆえ》、ほんに可愛がられることもならず、ああして患《わずら》って死にました。それでも」

隼太は、ぼろぼろ落ちて来る涙を手の甲でこすって
「死ぬる時に、わたしに抱いてくれ抱いてくれと云いましてね。しっかりと抱かれたままに息を引取った。でもねえ、御新造《ごしん》さん、わたしは先生のおかげで、遅れ馳《ば》せだ

が出来るだけの事はしてやれました。草葉の蔭《かげ》で女房も、きっと先生へ手を合わせている事だろうと思います」

と、そこへ両手をつかえて、お辞儀をした。

「うむ死んだのか、死んだのか」

小吉も涙が出た。おやじさんの眼はどうだえ。はあ、悪い時は悪いもので、駄目でございました、ぶっつりつぶれて終《しま》いました。

そうか、おやじさんもいけねえのか。はあ、隼太は、その日から百姓になり、年をとった母と二人、毎日々々、野へ出たり、山へ出たり、一日うっかりしていては、水も呑めない事になるような日がつづいて、気になって気になって、心はいつも江戸の空へ来てましたが、どうにも出来なかったのです。

「が――」

と隼太は、やっぱりわたしは百姓の子ですよ、鍬鋤《くわすき》を持って、ああして土にまみれて見ると、ほんに久しぶりに、自分というものに立ち返ったような気持がして、安心してその日その日が送れました。江戸へ出て剣術を遣い歩いて人には先生とかなんとか云われ、酒を飲み、時には大名も及ばぬような贅沢《ぜいたく》をし、御武家様だの、なんのと怖がられながら、一刻も、ほんに気がらくでいた事はなかったのだ、それを、村へかえって、はっきりと知る事が出来ました、愁《なま》じ、剣などをひねり廻すは、隼太のほんの物ではない、やっぱり野や畑で、鍬鋤をふるうが、ほんの物でした。ね、先生、こんな貧しい身装《なり》をして、これでももう隼太は満足をしている、隼太はやっぱり百姓に生れついた男でございましたよ。

ふむ、ふむ、小吉は、うなずきながらそういって

「偉いな隼太、それが本当だ。おいらなんぞも、お前にそう云われ、恥ずかしくなって来る。が、おいらはもういいよいよ。これからじゃあどうにも仕方がねえ。お前はまた村へけえったら、両親に孝行し、子供の墓めえりも欠かすなよ」

「はあ。一生を在所で送ります。ついては江戸で淋《さび》しく死んだ不幸な女房の墓の土も少々在所へ持って行き、子供と一緒に埋めてやって、朝夕拝んでやるつもりです」

その夜は、夜っぴて語り明かした。

お信や隼太はからだにさわってはと、話を止めようとしたけれども、小吉は、いっかな止めはしない。麟太郎もいよいよ蘭学の塾をはじめる事や、もう二人も子が出来て、女房のおたみというも、誠によく出来た人間で、麟太郎も貰《もら》い当てたというものだ。大人《おとな》しくて悧巧《りこう》で、それでがっちりと肚《はら》が出来ている。おいらがお信などはとん

といけねえわさ。そういって、からから笑う。上機嫌《じょうきげん》であった。

「おお、お信、隼太が手を見ろ。大そうな手になった」

如何にも、隼太が手は、あの頃の倍もあるほどに厚ぼったく、指もあの頃とは二層倍も太く、節立って、がさがさしている。

「百姓ですよ。こんな事じゃあまだまだ一人前ではありませんよ」

そう云いながら、しかし、隼太も少し淋しそうな顔で手を開いて見た。小吉も、自分の手を見て

「剣術遣いなどは駄目だなあ。こんな手をしてたんじゃあ、人間まだまだ精一ぱいじゃあねえのだわさ」

といった。手がひどく慄《ふる》えていた。自分でもびっくりして、はッはッ隼太、勝小吉も、この態《ざま》よ。

その隼太は、それから二日、ここで泊めて貰った。お信が、何処からか借りて来た一枚蒲団を柏《かしわ》にねて、その二日の間も、小吉と殆《ほとん》ど語りつづけて、また在所へかえって行った。本所の場末の寺にある女房の墓の土を小袋に入れて、これをしっかりと肌《はだ》に抱いて、涙をこぼして別れを惜しみながらかえった。本当に、あの頃には、夢にも思えなかった優しいいい小林隼太であった。

その頃、麟太郎の、あの、物すごいぼろ家へもう十人余りの蘭学書生が集まっていた。机やらいろいろな道具は、これもまた世話焼きさんと丑松で運んでくれたし、三公もやって来て、そっちこっちへ板っきれなどをぶっつけて、とにかく書生たちが出入りの出来るような家に、でっち上げてくれる。

岩次郎は岩次郎で、麟太郎と、おたみのふだん着を工面して来た。大勢人が来るというに二人とも余りひどくなっていたから——。

「お前、組頭《くみがしら》の娘と祝言《しゅうげん》するってえのあどうなったえ」

麟太郎は、なにか虫でも知らせたのか、出しぬけに大きな声できいた。

「今夜がその祝言だよう」

「え？　な、な、なんだ今夜だと、なんでおいらに知らせねえ」

「いや、これから知らせるところさ、でも、蚤《のみ》の祝言だ。実あ祝言面《づら》あねえんだがねえ」

「馬鹿野郎。南一番の纏持《まといもち》がなんで蚤だ。こっちなんざあどうでもいい。さ、行こう行こう」

「来てくれやすか。が、お前さん一人じゃあいけねえ。おたみさんも一緒に来ておくんねえな」

「元よりだ。おい、支度《したく》をしねえよ」

「まあ、こりあ驚いた」

おたみの驚くが当り前。でも、おたみは心構えをしてあった。日頃はぼろを着ていても、岩次郎のこの日のためには、ちゃんと支度がしてあった。麟太郎も知らない。雨もりのする押入れから柳行李《やなぎごうり》を引出して、大きな五つ紋のある黒羽二重の羽織、袴《はかま》。それに質素だが、自分の晴着もある。

「おい、お前、とんだ魔法を使うわ」

魔法でもなんでもない。箱館の渋田利右衛門から貰った二百両。麟太郎がいきなり百両がところ本を買って終ったので、後の百両は、おたみがしっかりと蔵《しま》い込んで、それで、ちゃんと用意をしてあった。

岩さんが、門前町与市頭の娘お柳ちゃんと一緒になる事は、三年も前から定《きま》っていたが、お柳ちゃんのお袋さんが、悪い風邪にやられて亡《な》くなったので、お柳ちゃんにしてもその悲しみもあり、いくらなんでも祝い事は、世間態もあるので、一年延ばそうというのが、とうとう三年延びて終ったが遅かれ速かれその日が来る。来た時に、とにもかくにも幕府《だんな》の御家人勝麟太郎が余りみっともない姿でも出られないと、お金が入った第一におたみは支度をしたのだろう。

麟太郎は、にこにこ笑った。そして、お前、この間、嘉七がところから塾の方で使うからと和蘭文典《グラマチカ》を二冊持って来たに、お金はとっくに、ありませんといったが、そんなからくりをしてはお金も無くなるわさ。とんだ事をする女子《おなご》だね、といった。おたみは、にやにや笑ってなんにも云わなかった。

この岩次郎は、その夜の祝言につづいて、間もなく、年の若いに南一番組の頭になった。一番組には頭取が与市、八重吉の二人。その下に頭が四人あったが、八重吉頭取が、隠居したについて、頭の一人が上へのぼり、その穴へ岩次郎が入った。が、今年中には、今度は与市頭取が隠居して、そこへまた婿《むこ》の岩次郎が上って行く。頭取手合の一番若手、年に少々不足はあるが、組中の人望もあり、かねて婿舅《むこしゅうと》という事で、順を越してもまず大体はいざこざ無しに納るだろう。

麟太郎の塾は、まだ桜になる前に、もう十五人ばかりの人になって終った。座敷も狭っ苦しいし、いろいろと面倒だ。それに、みんなの来ている間、隅っこの一と間に小さくなっているおたみはとにかくとして、二人の子供が、如何にも、可哀そうなような気がして来た。

「おいらあ、もう面倒だわさ」

鱗太郎が、そう云い出したのは、裏隣の家へ来る樽《たる》拾いの小僧がその台所口で二丁目の成満寺《じょうまんじ》の桜が、ゆうべの雨で、ぱっと満開になりましたよと、声高《こわだか》に話しているのをきいた日であった。そりゃあ青崖先生も云っていられた、勝は直ぐに面倒になるだろうが、そんな時には学問というものは、自分の為ばかりのものではありませぬ、世の為、人の為にするものでござります。自分の腹の中に貯《たくわ》えて置いてもどうなるものでございましょうと云ってやりなさいと——。が、こんな時に、妙にそんな事でも云おうものなら、あべこべに我を張ってなにもかも解っていながら、無理を通す、決して、他人のいう事などをきくお人ではない。おたみはそれを知っているから黙っていた。

「箕作阮甫がおいらを撥付《はねつ》けた、尤《もっと》もだよ」

その晩は、ひどく不機嫌で、頻《しき》りにぷんぷんおたみへ当り散らしていたが、なんといっても黙っているので、お終いにはくすくす笑い出して、稽古着《けいこぎ》一枚に袴をつけると、いきなり、裏へ飛び出して、凄《すご》い気合で、木刀の素ぶりをつづけた。

近所の人達が、不思議そうに、あちこちから覗《のぞ》いたり、わざと、うるさそうに咳払《せきばら》いをしたりなどしたが、鱗太郎は平気だ。

離合

麟太郎は、今日もまた実にいやいやな顔をしながら、書生達を教えている。蘭文法《グラマチカ》をやりながら、自分はなにか英学らしい本を片手に、そっちを見ている。

外は桜が咲いている。

「みんな蘭学は面白いかえ」

突然そんな事をいった。塾生たちは、大抵、まだ若々しい人達ばかりであった。みんな無言でうなずいた。

「面白いかねえ」

麟太郎は、そういってから、面白いならせっせとやるがいいよと、そのままた眼は手にした本へ行った。

御免々々、さっきから、入口へ人が来てよんでいるが、誰も立たない。麟太郎も面倒臭いか立たない。が、一番年若らしい書生がとうとう立って行った。戻って来た。

蘭学勉強のものだが、お目にかかりたいと申しております。おお、そうかえ、通しておくれ。

ひどく短い袴《はかま》をはいた地方ものらしい頑固《がんこ》そうな二十二三の侍と、もう一人は少し年上の何処《どこ》かの家中らしい二人づれであった。一同へ黙礼すると、つかつかと麟太郎の机の前へ来て、丁寧に頭を下げた。も一人は、にやにやしていたが、一人は

「長崎の下等人《かとうにん》杉純道《すぎじゅんどう》と云います。これは深川冬木町のわたしの二階借りをしている家の主、立花昌輔《しょうすけ》です」

と少し早口にいった。麟太郎の眼が一瞬じろりと光った。島田先生がところで、みっちりと剣術で鍛えた眼だ。一寸凄《ちょっとすご》かった。

「おい、お前さん、ほんに下等人かえ」

杉は、一寸、まごついたが、そうです、といった。

「ほんに下等人かえ」

また、そうですと答えた。

「人間かえ」

杉は、むっとした眼を見せた。そして、勿論《もちろん》です、と答えた。

「人間の下等人というはなんだえ」

「身分も地位も無いものだということです」

「身分も地位も無いが、下等人かえ」

「そうだ」

麟太郎は、突然拳《こぶし》を振上げると、力一ぱい、ぱっと机を打擲《なぐ》った。

「阿呆奴《あほうめ》ッ、けえれッ、若《わけ》えに、まだ、おのがような阿呆がいるかッ」

杉も、立花も、少し胆《きも》をぬかれたかも知れない。いや、この二人ばかりではない。塾生たちさえ、みんな顔色をかえる程の大きな声で、ぴんぴん腸《はらわた》へ突き刺さるような烈《はげ》しい権幕であった。

杉も怒った。なんでえ、捨科白《すてぜりふ》で、お、立花かえろう、勝麟太郎は逆上《のぼ》せているよ、少々位の蘭学で天下様にでも成った気でいる。荒々しく連れ立って帰って行った。

麟太郎は、もう、けろりとして
「みんな急いで蘭学をやるんだ。こんなものにいつまで引っかかっていてはならない。この先があるぞ、もっと先がある」

次の早朝、あの怒ってかえった杉純道がまたやって来た。まだ塾生は来ていない。戸の外で頻《しき》りに呼んでいるのを、麟太郎は、わかっていながら、知らぬ顔をしていた。杉は、とうとう堪《たま》らなくなったか、御免というと戸を開けて入って来て終《しま》った。そして、そこへ突っ立ったまま、勝さん、きのうはわたしが悪かった。お詫《わ》びに来たんですよ。

麟太郎は、持っていた本を机へ置くと、さっき雨が降ったようだが、もう上がったかえ、ときいた。杉は、眼をぱちぱちした。如何《いか》にも、何処かで雨に当ったと見えて、そう云えば肩の辺りが少しぬれている。

杉は、そのまま、麟太郎の前へ出た。そして、実は、あなたに怒鳴られて、こっちも、かんかんに腹を立てて、勝奴どうしてやろうかと思いながら、ここを出たが、さて、冬木町の二階へかえって、ゆうべ一晩、実はまんじりともせず考えさせられましたよ。

「馬鹿は、いくら考えたって馬鹿よ」

麟太郎は、にやにや笑いながら、じっと、杉を見ている。杉も、にやにや笑った。いや、そんな事はありませんよ、馬鹿が、馬鹿だと考えついた時あ、もう悧巧《りこう》の方へ少しばかり近くなっている。わたしは自分で、下等人だなどと、実は、本気で、この身が下等人とも思ってやしないのに、長い事うだつの上がらぬ自棄《やけ》っ糞《くそ》やら、不平やら、皮肉やらで、心にもない当てつけがましいことをいった、人間の上下はなんの地位や身分なものですか、自分を自分で下等人だなどという奴こそ本当に下等なんだと気がつくと、如何にも己が浅ましい、可哀《かわい》そうなものだと、はっきりと眼が見えた。見えてくると、あなたが怒鳴った意味もわかりました、いや、わかるどころではない、あなたこそわたしのような人間の本当の味方なり同志なりだと気がつくと、恥ずかしいやら今更自分の馬鹿が口惜《くや》しいやらで、とうとう寝起きに冬木町を出かけて来たんです。勝さん、湯づけを一杯食わせて下さい。

麟太郎は、おい、と奥の方のおたみへ声をかけて

「朝っぱらから、飛んだ奴が来たわさ。飯が食いてえとよ」

といってから、じろりと杉を見て

「お前、蘭学は誰に教わったたえ」

「独学ですよ。長崎で宇田川榛斎《はんさい》の医範提綱《いはんていこう》を読んで感心しましてね、それから字引を力にやったんです」

ふむ、こ奴、馬鹿じゃあねえようだ、と、大声でいって、からから笑って、きのうの連れも、蘭学をやるのかえ。あれも少しはやりますが、秋元侯下屋敷の江戸勤めで、御用多で碌《ろく》に、勉強も出来ません、尤《もっと》も、本人やる気なら出来ないこともないが、余り執心でもないから。あ奴医者の真似《まね》も少しやります。実にへぼな医者で。

おたみが膳《ぜん》を持って来てくれた。粥《かゆ》に沢庵《たくあん》に納豆がついている。杉は、おたみに対

して、まるで別人のように、恐縮して、丁寧にお辞儀をした。

「が、お前、蘭学なら長崎にいる方がいいじゃあねえか」

「ところが」

と杉は、実は長崎で喧嘩《けんか》で人に大怪我《おおけが》をさせましてね。

「お前、喧嘩をするか」

いや元来喧嘩なんぞは嫌《きら》いですがね、その時は、ふとした事で、そんな始末になったんですよ。長崎にまごまごしていれあこっちの身が危ない、牢屋《ろうや》なんぞに打込《ぶちこ》まれちゃあもうお終《しま》いだと思ったもんですから、一文無しで江戸へ飛び出して来た、道中はまるで乞食《こじき》でしたよ。その江戸へ来たというものは、首の無くなるような悪事ではない限り、上野の御山へ飛び込んで坊主になれば、それでもう万事お構い無しだときいてたから、先《ま》ず坊主になって、それでゆっくり蘭学をやる気でした。

「どうして坊主にならねえかえ」

麟太郎が、そういって笑うと、杉もただにやにや笑っただけで、なんにも云わない。

その中に、塾生たちが、ぽつりぽつりとやって来た。麟太郎は、例の忌《い》や忌やの調子で、蘭文法《グラマチカ》を教え出したが、杉は、それをいつまでも黙って見ていて、それでは、またお邪魔させて貰《もら》いますよ、といってお昼近くに帰って行った。

一日、間をおいて、次の日、またやって来た。そして、今度は、直ぐに、台所へ行って、おたみへ頼んで、その台所でまた飯を喰わせて貰った。

今日は、麟太郎は、ひどく不機嫌《ふきげん》だ。なあに大した事はないんだが、青崖先生が突然御上《おかみ》の事で当分お国表へお出《い》でなさる、都合では、一年か一年半、あちらにいられるような事になるかも知れないので、黒田の家中の門人たちを、その間中、麟太郎の塾へ頼んで明日からでも教えて貰いたいという事をいって来られた。我儘《わがまま》の云えない対手《あいて》だし、それに、黒田侯からも、わざわざ苦労ながら頼むという口上の使者が来た。えっ面倒くせえ、また書生どもが殖えやがるのか。当りどころが無いので先ずおたみへ当ったが、おたみは対手にはしなかった。しかしこの上塾生が多くなったら、一体まあどんな事になるでしょう。自分達が居るところも無くなって終う。おたみも、実はうれしくもあるが、いくらかは当惑の気持もある。

杉は、麟太郎を見ると、勝さんは、ずいぶん人を教えるが面倒のようですね、といった。麟太郎はおいら塾などと飛んだものをはじめて終ったよ、と苦虫をかみつぶしたような顔をした。

じゃあ止《や》めたらどうですか。杉が簡単にそういうと、麟太郎はちらりとこれを見たが、これにはさすがにちょいと閉口した様子。

「時にどうでしょう。極く確かな人物で蘭学を教えたいというものがいますが、あなた余り面倒なようなら、それをお雇いになっては如何《いかが》ですか」

「何。教えたい奴がいる」

「そうです。蘭文法などは最も得意ですよ」

「そうか。そ奴あいい。何処にいる、え、何処にいる」

麟太郎は、もう硯箱《すずりばこ》の蓋《ふた》を開け、筆をとっている。その人間の、住所や名をすぐ書留めようというのであろう。

杉は、実はわたしですよ、といった。えっ、お前かえ、麟太郎も、少し面くらった。

そして、もう一度、お前かえといってから
「よかろう。早速、今日からやっておくれよ」

たった三度逢っただけの杉だ。考えて見ると、何処の奴やらもわからないのだが、
麟太郎は
「おいらがところは貧乏だ、月二方《ほう》よりあやれねえよ」

といった。

「結構」

一方は一歩《ぶ》だから、月二歩。杉は直ぐに、麟太郎の横の方を片づけて、そこへ自分が坐ることにした。

いい塩梅《あんばい》だ。これで麟太郎の機嫌もすっかり癒《なお》って、立って奥の方へ行くと、黙って、お孝《たか》をおたみからとると、両手を高く差上げて

「花を観《み》に行って来よう」

そのまま、裏から出て行って終った。

杉が来てから、勝の塾は、いよいよ盛んになった。畳も襖《ふすま》もぼろぼろで、家は内からも外からも、つっかえ棒をしてある始末だが、塾生は、そんな事に頓着《とんじゃく》なく、みんな元気で一生懸命やった。それというのも、杉純道は、思ったよりも学問が深くその上、第一人間がしっかりしている。

浪人、書生は元より、各藩のものが、噂《うわさ》をきいて、ぽつりぽつりと入って来る。荘《しょう》内藩《ない》の佐藤与之助などは、荘内まで教えに行った島田虎之助のすすめで、勝の塾へ来たが、その荘内弁を大きな声でふりまいて、いつも塾を明るくし、笑いに包んだ。ぼろ塾に似合わない立派な身分の江戸人もいる、上方人もいる、奥州人もいる。

その頃、江戸には、外科の外は表向きは禁じられているのだが、もう大小八十に余

る蘭医がいたし、塾を開いているものも三十に及んだ。が、みんな偉がっている、先生直々に逢うまでには二三日もかかるし、身分とか地位とかも、ひどくやかましい。そこへ行くとそんな事には少しの頓着もなく、誰も彼も同じに取扱って、人間の尊いと卑《いや》しいはその地位や身分にあるのではなくて、その心にある、その気構えにある。そんな気持が、自然に塾生たちの胸に伝わって、他では見る事の出来ないなんとなく、新しい明るい世界が其処《そこ》にあって、勝のぼろ塾は、ひどく評判が高くなって行った。

それは、勝が考え、杉が思っている以上に、高い評判であった。

いくらか落着いて気持にゆとりが出来ると、麟太郎は、ふと、狸穴《まみあな》の先生を思い出した。

二三日前ちょっと風はあったのだが狸穴へ来ると、都甲《つこう》の門の、低い屋根へ、一ぱいに桜が散りかかっている。何処かの屋敷から飛び散って来たものだろう。いや、屋根ばかりではない。門の辺りにも、柴折戸《しおりど》の内の狭い庭にも、そこから見える都甲の書斎のぬれ縁にも花が散っている。

なんとなく淋《さび》しい、しーんとしたものが漂っている。

もう駿府へ行って終われたのだろうか、それにしても、青崖先生にも、自分の方にも黙ってお発《た》ちなさるという事は無さそうなものだが――。麟太郎が頻《しき》りに、門の内を覗《のぞ》いていると、紺の半天股引《ももひき》の、畳職人が二人、道具を引っかついで、もう一人商家の番頭ででもあろうかと思うような男がついてそこへ来て、実にうさん臭そうな顔をして、こっちを見ている。

男は、門を開けると、さあさあと、職人達を引入れた。麟太郎は、がっかりした。そして、都甲先生は、何時《いつ》お発ちなされたのかときいた。男は、はじめて、安心したか、へえ、都甲さんは、もう三日程前にお発ちなさいましたよ、だいぶおからだもお悪いようで、お駕《かご》ではございましたが、大丈夫でございましょうかと、手前の主人などもお案じ申しておりました。が、どうにもおっしゃり出されたら、後へはお退《ひ》きなされぬお方様でございますからね、あなた様は、お門人衆ででもございますか。そんな事をいっている中に、麟太郎は、勝手に、庭へ入って行った。しゃれた庭だ。萩《はぎ》やら薄《すすき》の芽が紅や緑にふくらんで、あの大きな巌石《いわいし》にはやっぱり桜が散っている。

麟太郎は、暫《しばら》くそこへ立っていた。なにか、丁字《ちょうじ》に似た花の匂《にお》いがしている。病みぼうけた都甲が、まるで江戸を逃げるようにして出て行った姿が、まざまざと眼の底へ浮んで来る。一度、駿府《すんぷ》在へお訪ねしよう、このままのお別れでは、なんとなく気が済まない。去って行った都甲はなんでも無いかも知れない。が麟太郎は、かつて味わった事のない不思議な淋しいものを感じた。

青崖先生も、都甲が江戸を出た事は知らなかった。お国へかえられる忙しさで、麟太郎とは落着いて話もしていられないようであったが、駿府在の住居が知れたら、国へ知らせてくれ、再び出府の砌《みぎり》にはお寄りして来たいからといった。

四五日の間、麟太郎は大きな失いものをしたような気がしていた。が、すでに西洋兵式の研究から、英学へ入って来ていた気持の多忙さは、やがて、辛《かろ》うじて、その寂寥《せきりょう》を忘れさせたし、深川の岩次郎が、予定より少し早く、お盆前には、組頭になるという知らせを持って来てくれた喜ばしさなどで日が経《た》った。

丑松が、三公と連れだって、なにか砥目《とのめ》の家から、おたみがところへ、持って来て、序《ついで》に、表から裏を掃除していた。遠くはなれていて、突然、丑《うし》が、おい三さんやと呼んだ。あいよと三公。丑は

「よかったね」

といった。なにがよ。

「ヘッヘッ。よかったね」

なにがよかったんだよと三公は、箒《ほうき》の手を止めて立ち上がった。丑はすっかりいい気持らしく、なんでえ、本所のものらしくもねえ、お前知らねえのか。三公は、頬《ほお》っ

ぺたをふくらまして、だからなにがよかったんだよ。

丑松は、へんと、顎《あご》をしゃくって、お前、流行《はやり》を知らねえか、今なあ、呼んで、向うが返事をしたら、こっちが直ぐに、塩梅《あんばい》よろしというんだ。もう一つが、今の、よかったねえ、よ。お前、こ奴を知らねえじゃあ、江戸っ児交際《つきあい》は出来ねえぜ。

なあんだと三公。それよりお前牛込横寺町の猫娘を見たかえ。なんだそれあ。いいやなあにね、おいらもまだ見ねえが、あすこの長五郎店《だな》にいる十一になる女の子が、食物も日頃の振舞いも猫そっくりだとて大そうな評判だが、是非見てえと思っているのだ。そうか、そ奴あ豪儀だ、ここのけえりに行って見ようや。が、それより凄《すご》かったはあの両国の鱗《うろ》っ児よな。七つだってじゃあねえか、奥州二本松の生れで総身に鱗《うろこ》がへえてやがったんだから凄《すげ》えわ。

無駄口を叩《たた》いている中に、折角そこらを掃いたに、風が出て来て台なしだ。

秋になった。

丁度、この日と同じように、丑と三公がやって来て、そこらを掃いて無駄っ話をしている中に風になった。妙に寒い底冷えのする風だ。

夕方には、塾の人達もみんなかえったし、おたみと、二人の娘と、麟太郎は、貧しいがゆっくりとした晩の膳へ坐っていた。貧乏人には、寒くなるが、いっちいけねえよ。そんな事をいって笑った。

それから半刻《はんとき》も経ったか経たないか、寒い風に吹き込まれるように訪ねて来た人がある。かねて知合いの横谷宗与というものが、近々に行くからどうぞ頼むといっていた。麟太郎は、直ぐに、その人だなと思った。

つかつかと出て行くと、まだ土間にいるその人へ、沢先生ですねといった。対手は、丁寧にうなずいた。丈《たけ》の高い肥《ふと》り加減の眉《まゆ》の薄い面長の角張った顔であった。

「青山百人町の蘭医沢三伯でございます」

「さあ、どうぞお上がり下さい。大そうむさいところでお恥ずかしいが」

「どう致して」

やがて、三伯は、日頃塾生たちの教室に宛《あ》ててある一室で麟太郎と相対した。麟太郎は二十八歳、三伯はもう四十七、五十位には老《ふ》けて見える。顔の火傷《やけど》の痕《あと》が痛々しかった。高野長英だ。

弘化二年、牢屋の火事で脱獄して以来、六年の間夢の間も心やすまる暇のない苦しさは、その顔にも姿にも実に、悲痛なものを匂わせている。

長英は、ちらりと四辺《あたり》を見廻してから、だいぶ御門人衆も大ぜいの御様子で、邦家の為に慶賀に堪《た》えませんと、低い声でいった。

いや、蘭学などと愚にもつかぬものをやっていて誠にお恥ずかしい次第です。それさえ何分にも師匠のわたくしが浅学で、思うように参らんのですからと、麟太郎もそういってから、時に先生、自分で教えていながら、蘭学は愚だと、わたくしはそう思っている。いや蘭学ではない和蘭《オランダ》という国がもう後《おく》れているから、その国の学問をしてもつまらぬと思ってますのですが、間違っていましょうかと云った。

「そうです」

と三伯は、にこにこして、蘭学では最早や今日では欧洲文明の蘊奥《うんおう》を極《きわ》むるに足りませぬ、英学、仏蘭西《フランス》の学、独逸《ドイツ》国の学、もうそれを研究しなくてはなりませぬ、蘭学も無駄という事はありますまいが先《ま》ずこれらをやる踏台にすぎぬとでも申しましょうか、といった。

きっぱりとした少し激しい語気は、その静かな丁寧な物腰とは別人のようであった。

沢三伯といってはいるが、長英は自分の長英であることを、匿《かく》してもいなかったし、麟太郎もそのつもりで悠々《ゆうゆう》として話している。

ただ、時々、風が烈《はげ》しくなって、このあばらやの戸や襖をがさがさとさせる度に、長英の眼の不思議に鋭くなるのを感じて、麟太郎は、ひどく痛ましい気持に打たれた。

長英は、主として洋式兵学を語った。自分の訳した「三兵《さんぺい》タクチーキ」の話や、前年伊予の宇和島で藩の子弟に講じた「砲家必読」の話や、苦心をして去年やっと飜訳《ほんやく》を完了した「兵制全書」の話やをした。麟太郎は、いつの間にか、きちんと端坐して、自分の師匠の前にいるような態度でこの話をきいている。

夜が更《ふ》けて来た。風がさっきよりだいぶ強くなっている。

長英は、ふと、気がついて、これは大そうお邪魔をして終《しま》いました。といって、暫く黙っていたが、佐久間象山先生が洋式の野戦砲を造られたという噂《うわさ》をきいたが、まだまだ日本はなにもかもこれからです、あなたのようなお若い御熱心な方が、ほんきで、命がけでやっていただかなくては、日本は遠からず、異国人の喰物《くいもの》にされて終います。十年前の支那《しな》と英国との戦《いく》さが何よりもいい手本、彼等はどんどん他国を喰って行きます。これからの真の愛国者は、とにかく世界を見、その世界の恐ろしい手を如何《いか》にして払いのけるかということを第一にしなくてはなりません。こんな事はあなたにはきっとひどく平凡な言葉に聞えましょうが、実に、平凡どころでは無いのです。

そういう長英の言葉を、麟太郎は、決して、平凡には聞いていなかった。

長英は、また、お邪魔をして終いました。といって、立ちそうにして、しかし、そ

のまじっとしている。麟太郎のなにか云い出すのを待っているようであるが、麟太郎も黙っている。長英はとうとう
「横谷さんからなにか」
と低くいった。麟太郎は、はじめて、はあといって、先生、先生のようなお方が、お苦しみなされていられるのは、横谷ばかりではない、わたくし如《ごと》きさえ実に見るに忍びません、お姿に接しただけで胸が一ぱいでございます。しかし先生、残念ながら、勝は、幕府の家人《けにん》でございます。いやしくも公儀の御咎《おとが》めを受け、しかも脱牢《だつろう》の罪人を、どうしておかくまい申す事が成りましょう、自分一個の気持としては仮令《たとえ》自分がどんな災害に罹《かか》るも、なんとか致して差上げたいのですが、幕府の家人としてそれは成りません。先生、どうぞ、お見え下さいました時の沢三伯先生として、そのままお帰りをいただきとう存じます。
長英は、じっときいていた。そして、わたくしは、申さいでもいい事を申して終いました。あなたをお苦しませ申した事を、お詫《わ》びいたします。沢三伯は、あなたにお目にかかれた事をこの先永からぬ一生の楽しい思い出と致しましょう。そういってから
「あなたに形見に貰《もら》っていただきたいと思いまして持参しましたが」

長英は懐中へ手を入れた。

「徂徠《そらい》の軍法不審です。わたくしが自撰《じせん》の序を書いてあります」

麟太郎は、有難うございます。と、両手にこれを受けて、丁寧にお辞儀をした。そして、長英が、今度こそ本当に立とうとした時に

「先生、都甲先生とお逢《あ》いなされましたか」

といった。都甲は長いこと長英についてというよりは共々に蘭学をやった事を聞いていたからである。長英は、とんと逢いません、どうしておりますか。麟太郎は、いつの間にか駿府の在へ引込んで終われた事や、都甲が自分へ残して行ってくれた「ウイフ、ヤエンデ」の中に、あなたの御手ずからの註釈が書き込まれてあることなどを話した。長英は、そうですかと、如何にもうれしそうにして、都甲はまだ斧《おの》太郎といっていた昔から変った男でしたから、まあしたいようにさせて置くがいいでしょう、あれも近年までは大そうな不平家で皮肉屋で、自分を世の中が認めない、盲目共ばかりだといってはよく大酒をしていましたが、それかといって幕府で御馬方からなにやらに取立てようとしても出もしない、貯《たくわ》えもあり、ひどく気ままで、あれなどは自分で自分の学問を宝の持ち腐れにして終った人間です。と、笑いながら、土間へ降りた。

またお邪魔したい。と、申上げたいところだが、さて二度とお目にかかれるかどうか心許《こころもと》ない身の上、どうぞお身を御大切にお国のためにおはたらき下さい。長英は、あなたこそ、という麟太郎の言葉に軽く会釈《えしやく》して、風の吹く真っ暗な戸外へ出て行った。おたみも送って出ていった。

麟太郎は、自分も履物《はきもの》を突っかけて外へ出た。淋《さび》しい長英のうしろ姿がすぐに見えなくなって、木の葉が、斜めに、自分の顔へ打っつかるように落ちて来た。

床へ入ったが眠れない。

高野長英とも云われるこの日本国の先覚者が、身の置きどころもなく、ぼろ塾の勝がところまで、心頼りにされて見えられたかと思うと、堪《たま》らなくなるのである。あの闇《やみ》に吸い込まれて行ったうしろ姿の痛々しさ、麟太郎は、眠れぬままに、幾度か寝返りを打っている中に、とうとう、風の中に、暁の鐘をきいて終った。

朝飯が済むか済まないに、本所の三公がやって来た。こんなに早くなんで来たと云いそうな麟太郎の眼を、三公は、おたみの方へ持って行った。おたみは、わたくしは今日、鶯谷へ参りたいと思いまして、三さんに来ていただいたのでございますよ、といった。ふーむなにか用か。はい別に用と申す程ではございませぬが、と、おたみはにこにこ笑いながら、お母上《かあさま》へ少々お小遣《こづか》いを差上げたいと存じまして。なんだとえ、小遣いだと。はい、ほんの僅《わず》かばかりずつ蓄えましたものが一両程になりました故《ゆえ》。なに、一両？　と麟太郎は、少しびっくりしたが、ああ行くがいいやと云った。教えるをいやがっても、書生たちは、みんな月々の謝礼を持って来る。貧乏には違いないが、おたみは近頃どうやら細々ながら息がつけるようになっていた。

塾生たちはみんな帰ったが、杉だけが残っていた。残っていたというよりは残されたのだ。おたみがいないと麟太郎も淋しいと見える。

「天文方の杉田梅里が、公儀の命で、沿岸警備略説というを飜訳したとの噂《うわさ》だが一度見たいものですね」

と杉がいう。うむ、あ奴は蘭文法《グラマチカ》が大そう詳しいというが、お前さんとどうだえ、と麟太郎が冷やかした。さあどんなものか、対手《あいて》は杉田玄白が孫、家柄だから実よりは名が高いと思いますね。つまりはお前のいう上等人だね。と、麟太郎がまた冷やかしかけたので、杉は、手をふって、御免々々、上等下等は懲々《こりごり》ですよ。

その杉が、例の立花昌輔からの又ぎきだといって、一度国の松代《まつしろ》へかえったが二度の出府で、今度は呉服町へ塾を開いた佐久間象山《ぞうざん》の噂をし出した。いやもう大そうなもので和漢西洋兵学砲術指南という大看板で、この世に人無き如しだそうですよ。

「なあに奴あ法螺《ほらふ》吹きよ。漢学は相当深そうだが、蘭学なんぞは、おいらより浅えよ」

「そうらしい事をいう人もあるが、何しろ長州の吉田松陰を虎の皮の敷物で脅かしたという人物ですからね」

松陰が象山をたずねた。象山は虎皮の敷物を出して、これをお敷き下さい、といった。が、松陰はその時初対面でもあり、天性謙譲な人故、遠慮をなされたか敷かずにいると、それは死んだ虎で、喰いつくような事はないから大丈夫ですよ、といくらか脅《おど》しにかかって大笑したということをいった。麟太郎は、あ奴あ田舎者《いなかもの》よ、第一、顔つきから変っているじゃあねえか、おいらが逢った時だって、緞子《どんす》の羽織に古代錦《にしき》の袴《はかま》をはいて、白い眼を出して坐っていたよ。そして、はじめから終りまで、むずかしい文句を使ってとんと訳のわからぬ事をいう。ふッふッ。だが、お前、今の世の中はひょっとするとあんなのが吹き当てるかも知れねえわさ。腹をかかえるようにした。

「先生も、大いに吹き当てる事ですね」

「こ、こ、こ奴が」

と、二人、大笑いをしているところへ、表の戸を、がたん、ぴしゃんと、ぶち壊《こわ》れる様に開けたてして、三公、いきなり飛び込んで来た。草履が片方、何処かへ吹きとんで行った。

「なんだなんだ」

杉が中腰になったが、三公、早くも、大変だ大変だ。

「またはじまったな、なにが大変なのだ、馬鹿野郎」

じろりと見る麟太郎へ
「先生がいけやせんよ先生が」

「え」

「鶯谷の先生がいけやせんよ」

落着いて話せッと、麟太郎は怒鳴りつけた。例の腹の中へ拳《こぶし》を突込むような凄《すご》い声だ。三公、あッと、眼をぱちぱちして、やっと、いくらか落着いた。

小吉は、久しぶりで来た二人の孫に、すっかり喜んで、床の上へ起きて、お孝《たか》を抱いていた。それにおたみの持って来てくれた一両のお金、それあ金銭の問題ではない麟がところも、たとえ一文でも金が残るようになったかと思うと、涙の出る程うれしくて、近頃になくひどくはしゃいでいる中に、俄《にわ》かに、う、う、う、う――っといったと思ったら、お孝を抱いたまま打倒れた。

小吉も、中風が出てから、打倒れたのは、これが四度目だ。これまでは幸いにいつも軽かったが、一度が二度と、重くなるが中風。今度こそはもういけないのだろう。一と言も口も利《き》けないようだし、眼も開かない。

夜になって、八丁堀の蘭医桂田玄道が駕《かご》で来てくれたが、気の毒だが、もうなんとも手の施しようもない、これまでの御寿命でしたねと、はっきりいった。

そうでしょう、お信も麟太郎夫婦も、互いにそんな事を思って、小さくうなずいた。小吉の病気が病気故、みんなも、とっくにその覚悟はしていたが、やっぱり、涙が湧《わ》いて来る。

三公は、赤坂からその足で直ぐ本所の人達へ知らせて廻った。

しーんとした夜だ。小吉はただすやすやと眠っている。次の間に二人の子たちをねせて麟太郎夫婦は、お信とじっと病人を見守っていたが、突然、お信が

「ねえ麟太郎」

とささやくようにいった。母の顔を見た麟太郎には、今、お信の云おうとしていることが直ぐにわかった。

「娘たちの事ですがねえ」

は、と麟太郎は、少し首をかしげた。

「明朝、とにかく云ってやりましょう」

「そうしておくれ。なんぼなんでも、もう、これが、お父上《とうさま》とのお別れですから」

麟太郎は、うなずいて、ただ、眼をじっと小吉の顔へ注いでいる。額の辺りにうすく脂汗《あぶらあせ》がにじんでいるように見える。

暫《しばら》くして、お母上《かあさま》、御病気になってこの方お父上はこれまでに、妹たちに逢いたいとか、呼んでくれろとかは、おっしゃいませんでしたか、と低い声できいた。お信はいいえと、かぶりをふって、あたしが、その事を云い出して、ひどうお叱《しか》りを受けたことは度々ありましたが、お父上は御病気の後にも先にも、ただの一度も、おっしゃったことは無いのですよ、女の子は、みんな死んだものと諦《あきら》めていられるようでしたからねえ。

そうですか、と麟太郎はまたうなずいて、お父上も、お不仕合せな方でしたねえ。お信はいいえと首をふった。お父上は決して御自分で不仕合せだなんぞとは思っていらっしゃらなかったんですよ、ずいぶん貧しい中にも、もう御自分のなさりたいとお思いの事はなさり放題なされたし、お友達方や、人様の頼まれごとは喜んで出来るだけの事はなされた故、御病気になられてからも、もう死ぬ事などは少しも恐れてもいられず、悲しんでもいられませんでした。

いいえお母上、わたしの云うのは、妹たちのことについてなのですよ。お父上は、この麟太郎などは、少しもおかまいなさらず、ほったらかして置かれるようで、お心の中では本当に慈《いつく》しんで、本当に考えていて下さるのが、よっくわかっておりました。御自分の子でありながら、殆《ほとん》ど御自分の傍《そば》へお置きなさることもならなかった妹たちを、どんなにいとしくお思いになっていたか、そ、そ、それア、お母上も同じことでございましょう、それを麟太郎は、御不仕合せなお方だったと申すのです。

お信は、わっと声を上げて泣いた。

麟太郎には三人の妹がある。が、その三人が三人とも、殆ど、本所の家で両親や兄と一緒に暮す事は出来なかった。生れると直ぐ三人が三人、ひったくるようにして、小吉の本家、深川油堀の男谷家へ連れて行かれて終ったのだ。

小吉は勝の家への養子だ。実の兄彦四郎が本家をついだ。学問もあり、趣味も豊かな人だが、ひどくきちょう面な、厳格な、見方によっては、氷のように冷たいところのある人で、その上、年をとられた御母堂がまたそれに輪をかけている。小吉がようなまるで気でも違っているような途方もない道楽もののところに生れたおなごの子は、どのような憂目《うきめ》を見せられて終うかも知れない、それに小吉一人は生涯のあぶれもの、どうなろうも仕方はないが、血筋のものが、この上世に恥をさらすようなことにでもなっては、延《ひ》いては、男谷家末代の汚《けが》れでもあり、恥でもある。子供は一人残らず、男谷家へ引取って、こちらで男谷家の人として人がましいものに、育て上げよう。それが本家として当り前の事だし、分家やら他家へ出たものなど文句をいうべき筋ではないというのだ。否《いや》も応もなかった。

が、麟太郎だけは、そう勝手には行かない。飽くまで勝家をたてなくてはならない。なんと云われても、これは本家へは渡せない。小吉も、刀にかけてもやるまいと、一時は、実の兄弟が刀へ手をかける程に、議論をしたこともあり、お信も、こればかりは、どうしてもきかないので、やっと麟太郎は、こっちへ残った。

娘たちもやるまいとした事はした。が、小吉が道楽の果てに本家へかけた迷惑は、五千両にもなっていた。娘たちを渡さぬなら、すぐにも金をかえせ、返せぬなら公儀へ願って出て、勝の家を潰《つぶ》すぞという。それでは養家へ済まないのは、ともかくとして、一体は麟太郎の末がどうなる。

「べら棒奴、おなごなんざあ要《い》らねえや勝手にしやがれ」

娘を取られたばかりか、ばったりと男谷家は勘当された。麟太郎が、男谷精一郎が道場から島田がところへやられたも、彦四郎が跡をついだ精一郎故、なにかその辺の深いいきさつがあったのだろう。

娘たちも来ない。いや、来られないのだ。こっちも行かない。そして十幾年、小吉は、お信を叱って、これまで、長い、長い間、娘たちの事を口にもさせなかった。が、互いに、みんな、互いに、思っていたのだろう。

今度倒れる二三日前に、小吉は

「本家がような金持なんぞに、人の情けがわかって堪《たま》るものかえ。金が何より一番大切なのだよ。へん、冷てえものだわさ」

突然、そんな事をいったので、お信が、え、といって、その後へなにか話しかけようとしたが、もう、小吉は、それっきりで、なんにも云わないことがあった。この人も、病気になって、とんと気弱になられた故娘たちにお逢いなされたいのだと、お信はそう思って、その時も、勝手へ行って、そっと袂《たもと》で涙を拭《ぬぐ》った。

だが、今度は、いくら厳格な男谷家でも、一眼《ひとめ》位は、父と娘を逢わせてくれるだろう。

真夜中に、本所の世話焼きさんが息を切ってやって来た。

夜明け近く岩次郎が来て、夜が明けて間もなく、丑松と岩さんの上《かみ》さんお柳さんが来た。もう青々と眉《まゆ》を剃《そ》って可愛《かわい》い顔をしていた。岡野の奥様《おまえさま》も殿様も、みんな来た。

鶯谷の小さな家は、一ぱいの人になって終った。みんな、親身のもののように悲しんで、おろおろしているが、朝になって桂田玄道が、もう一度来て、やっぱり駄目です、わたしはもう参りませんから、といってかえって終った。

麟太郎は、おいといって、岩次郎を、戸外へ連れ出した。まぶしい陽が当って、まだ夏らしいものが何処やらには残っているが、野も丘も、やっぱり秋が囁《ささや》いている。すぐ小川のふちへ出る。綺麗な流れへ、枯葉が二つ三つ、笹舟《ささぶね》のように流れて来た。

「済まねえが、油堀まで行っちゃあくれねえか」

「行ってくれねえかはねえだろう。用はなんだえ」

「鬼がところへ子を取りに行くんだ」

「え？」

「おいらが妹を迎《むけ》えに行くのよ」

「そうか」

お前さんは、これまで、ぷつりとも云っちゃあくれなかったが、その事あおいらも薄々おたみさんからきいて知っている。おいらから、幾度もお前さんに云おう云おうと思ってたんだが、何しろ、お前さんという人あ、こっちが白いと云えば、いや黒だという、少々変っているからねえ。そういう岩次郎の瞼《まぶた》に涙らしいものが、ちらりと光った。

岩次郎は、一度、家へ入ったが、すぐに、飛び出して行って終った。麟太郎は、流れのふちへ立って、いつまでも、空を見ていた。澄みきった空高く、蛇腹雲《じゃばらぐも》が見えて、それがまるで描いたように、じっとしている。渡り鳥だろう、群をなして飛んで行く。

岩次郎が、男谷家の、まるで大名屋敷のような立派な玄関へ行って、来意を告げたのは、五つ頃だ。この家の主、小吉の実の兄彦四郎は、すでに他界していない。跡をついだ精一郎も亀沢町の道場にいるのでここにはいない。が、老祖母堂と彦四郎の未亡人泰恭院が大勢の召使に取囲まれて、彦四郎在世の頃よりもいっそう厳《いかめ》しい家風の中に生活している。

取次ぎは若い人であったが、来意をきくと、それに代ってもう四十年配のでっぷりとした用人らしい人物が出て来た。そして、いきなり、ぶっきら棒に

「先代様の御遺言がございます。お断わりいたします」

と立ったままでいった。

岩次郎は、むかむかっとして来た。この態度に腹が立ったのではない。奥の様子がすべてわかるような気がしたからである。

「ふむ、そうか」

といってから
「いかにも、これゃ鬼がところだ」

と吐きつけるようにして
「おい、間違わねえように、も一度云うが、血肉《ちにく》をわけたおとっさんが、死ぬというんだぜ。格式だ家門だなんぞとそんな事ばかりいって実の娘に死目にも逢わせねえのか」

といった。が、対手《あいて》は黙っている。それから、いくら何をいっても、まるで唖《おし》のように黙っている。

「止《よ》しゃあがれ」

岩次郎が大きな声で怒鳴りつけた。用人はまたやっと、先代様御遺言故仕方ありませんと、気の毒そうな顔もせずに棒をちぎったようにいうと、さっさと奥へ入りかけた。こ奴をふんづらまいて、嘔吐《へど》を出す程に擲《なぐ》りでもしたら、いくらか腹の虫が納るかも知れないが、対手が対手だけにそれもならない。

「勝小吉さんが、死ぬんだ。死際《しにぎわ》にたった一目でもいいから娘たちに逢いてえといってるんだ。そ奴を、どうでも逢わせねえたあ、男谷が家は、鬼か。え、それともこれ程の身代が、小吉さんが迷惑かけた五千か八千の目くされ金に、娘を抵当にでもとった気でいるのか」

岩次郎は、尻《しり》をまくって、玄関へ、河内山《こうちやま》をやろうともしたが、用人は、もう其処《そこ》にいない。暴れる事も出来ないし、対手のいない玄関で、いつまで、怒鳴っているも妙だ。仕方なく、外へ出た。腹が立って腹が立って、どうにもこうにもならないが、本当にどうにもならない。

鶯谷へかえって来て、麟さん餓鬼の使《つけ》えで面目ねえが実あこういう訳だ、お前さんが本家でなけれあ只《ただ》あ置くんじゃあねえんだが、というと、麟太郎は、くすくす笑って、多寡《たか》が鳶人足《とびにんそく》と、江戸にばかりも地所が十七カ所、水戸家への用達金《ようだてきん》だけが七十万両という男谷検校《けんぎょう》の末とじゃあ貫禄《かんろく》が違うわさ、といった。

これも並みの人なら、人を使いにやって御苦労様ともいう事か、そんな科白《せりふ》というがあるものか、馬鹿にするねえ、腹をたてて当然喧嘩《けんか》になるところだが、岩次郎には、麟太郎という人間がよく呑《の》み込めている。ひでえ事になりやがるよと、苦笑した。が、お信も、おたみもお柳さんも、その外の人達も、思わず顔を見合せて、うつ向いて終った。ひどい家だ。彦四郎どのが死んでからは一そういけない様子だ。

夜になったが、小吉は、相変らずだ。いや、ときどきなにか云いたそうに、唇を動かすような気もするが、ただ、それだけである。

お信と、麟太郎は、代る代る手頸《てくび》をにぎって、じっと小吉の顔を見ているが、それが次第々に、この世の人にはとても見れない安らかなものになって行くのを感じた。

小吉はいい顔であった。どんなに喧嘩をしている時でも、その何処やらには、春の風が流れているようなものを感じさせる顔であったが、今のように、こんなに、静かな、穏やかな、安らかな顔をしている事は、はじめてであった。口先ばかりではなく、本当に心からの覚悟が出来ていて、そして人からはなんと見られようとも、自分の一生に対して少しの悔ゆるところもなく死んで行けるのであろう。

小吉が四十九年の永からぬ息を引取ったのは、その五つ半刻であった。嘉永三庚《かのえ》戌《いぬ》九月四日。

何処かで、いつまでもいつまでも、犬が遠吠えをしていた。

が、しかし、小吉のたましいは何処をさ迷うこともなかったであろう。いるべき人はみんないる、みんなその枕元《まくらもと》にいる。

が、ひょっとしたら、かねて死んだものだと諦めてこの世では逢う事の出来ない娘に逢いたさに、油堀へでも行くのではないだろうか。

散花賦

もう四つ半に近い。小吉が息をひいて、暫《しばら》くの間は、みんな、じっとその辺りに坐っていたが、いつまで、そうしてもいられない。お信は、亡《な》い主人へ丁寧にお辞儀をして、その枕辺を離れた。それを合図のように、世話焼きさんだの、三公だの丑松《うしまつ》だのが、その辺りを片づけ出した。

麟太郎は、裏へ出て行った。こうして、父に死なれて見ると、父の生前に、もっともっと為《な》さなければならなかったことが、沢山あったような気がして、さすがに眼の前が昏《くら》くなる。空は一ぱいの星だった。

立小便をしていた。ひょいと見ると、この家へ来る畑の中の一本道を、どうも、女らしい人が、こっちへ駆けて来る。こんな夜更《よふ》けにしかも女がただ一人で来るような道ではない。はっとした。そして今度は自分も、そっちへ向って駆け出した。

「お順、お順だろう」

麟太郎が、声をかけた。女は、あ、兄さんと叫んだ。一人で来たか。あい。二人はそのまま、裏口から。

「お母上《かあさま》」

と麟太郎が大きな声で呼んで、お順が来ましたよ、と告げた。え？　お信の驚く声がして飛び出して来た。

「ま、まあ、お前、お前」

「お、お父上は、お父上は」

「遅かった。な、な、亡くなりました一つ刻前に」

母と娘が抱き合って泣きながら、小吉の枕辺へ行った。一番末娘のお順である。姿かたちは少しませて見えるが、今は十五であった。麟太郎によく似た顔形だ。気丈で、強情で、男まさりに、しっかりしていることは、お信も麟太郎も、風のたよりにきいている。たよりばかりではない、油堀へつれて行かれてからこのお順だけは、一年に一度位は、きっと本家を飛び出しては、入江町の家へかえって来て、また、いろいろな人が来てはつれて行かれた。その時の地団駄をふむ口惜《くや》しがり方を、小吉は、いつも、にやにやしながら、それでいて、一ぱい涙をためて見ていたものだ。

人一倍大人《おとな》しく、本家のいうままに何事にも不服一つ云わず従順にしているという二人の妹は来なくても、あのお順だけは、父の事が耳に入ったら、どんな事をしてでも必ずやって来るだろう、と、麟太郎は、さっきから、それを心待ちにしていたのだ。だからこそ、暗闇《くらやみ》の中に、女の姿を見ると、すぐにそれを感じたろう。

お順は、如何《いか》にも、男のようにさえ、はきはきしていた。母とも兄とも、十五年の生涯に、数える程しか逢《あ》ってはいない。ましてやおたみや子供たちにははじめてであるが一々、立派な挨拶《あいさつ》をして、そこにいた人達へも、わたくしが油堀の本家に押込められております小吉が三女でございます、どうぞお見知り置き下さいまして、といった。岡野の奥様《おまえさま》や、世話焼きさんなんかは、まだ赤ん坊の頃に一二度見ただけであったし、他の人達の多くは全くの初対面。中にはこんな娘のいた事さえ知らなかった人もあったので、まるで天から降ったものでも見るように、まばたきもせずに、お順を見ている。

「姉さん達は、え」

と、しばらくして、母がきいた。

二人の姉の中、一人は本家のものがついて水戸へ行っている。お嫁とはまだ定《きま》っていないが、行々《ゆくゆく》は、そういうことになるかも知れない。一人は、上総《かずさ》の貝淵《かいぶち》へ行っている。これも、貝淵の一万石の陣屋にいる林播磨守《はりまのかみ》の家中へ今のところ行儀見習という事では行っているが、やがてその子息の嫁になるらしいという。あたし一人が本家にいて、丁度、玄関で、どなたやら大そうな声で怒鳴っているのを廊下を通り合せてききました。それから隙《すき》をうかがっていましたが、みんなきつう、あたしにだけ眼をつけているので、なかなか出られませず、とうとう夜になってから裏庭から逃げ出したのでございますが、こちらへ引移ったは知りませぬものですから本所へ行って、それから、たずねたずねて、とうとう、こんなに夜更けになって終《しま》いました。はじめから、此処《ここ》と存じておりましたなら、お父上の死目にもお目にかかれましたに、口惜しゅうございます、とはいったが、お順は、涙一つこぼしてはいなかった。大そうな女になりやがったよ、と、さすがの麟太郎も少しあっけに取られたかたちのようだ。

小吉のお葬《とむら》いの出た日は、朝の中、少し雨が降って冷たかったが、間もなくからりと晴れて、いい日和《ひより》になった。

たった四十俵の小普請《こぶしん》の御家人の隠居のお葬いだなどとは思われぬ立派な賑《にぎ》やかな葬式で、剣術遣《つか》いの仲間から、本所《ところ》のもの達は元より、杉をはじめ田町の塾生から、深川の南一番の火消さん、小吉が棺の駕《かご》まわりには、世話焼きさんやら岩次郎は元より、長谷川さんに勝田さん。麟太郎は霊牌《いはい》を持ったが、岡野の殿様は一盛飯《ひともりめし》を持ち、編笠に素足に草鞋《わらじ》で、鶯谷から牛込赤城下の清隆寺まで、静々とやって行った。お構いの小吉とは云いながら本家からは誰一人姿も見せなかった。余っ程かたくなな人達だ。

世話焼きさんは、ひどく、がっかりしている。本当にいい人でしたがねえ。あたしゃあこの仏の顔を見ただけでも、いつも胸がすうーっとしたもんですがもう二度と逢えねえかと思えや、なんだかこう本所にいるがいやになって来ますよと歩きながら度々、岩次郎へいっては涙を拭《ぬぐ》った。

知らぬ顔をしていてなんでも知っていて、後へは、自分の一生の事を書いて、おれがような真似《まね》はするなと、家のものへ遺言して行ったってえが、大したお人でしたよ、岩次郎もぽつりぽつりといって、麟さんがさっきも云ってやしたが、おやじは、おいらが子供の時に青雲を踏みはずしたといってそればかりを、口惜しがり、せめて人並みの出世をするを楽しみにしていたが、とうとうその日も見せずに行かれたよといっていたが、今に、きっと大物になるあの人の姿を見せねえで、まだ五十にも成らねえ中に行かれたのあ、麟さんばかりじゃあねえ、あたしだって口惜しいよ、全くだ、全くだこれからというところだったんだよ。

そのお葬いがすんで、二日三日は夢のようにすぎた。世話焼きさんと、岩次郎が一番しんがりで、かえって行って、今日はもう鶯谷には、家のものばかりになっていた。

「お順、お前《めえ》は、え」

麟太郎が、そうきいた。お順は、眼をくるくるとさせて、意外な事をきくものだというように、

「あたしって？」

「油堀へけえるのかときくのだよ」

とんでもないと、お順は、にこにこ笑った。二度とあすこへは戻らぬ決心で出て来たのでございます。殺されても戻りませぬ。もう、何処《どこ》へもやらずに、兄さんのところへ置いて下さい、と云っている中に、この男まさりが瞼《まぶた》へ一ぱい涙をたたえた。どっちにしても、このままお順一人でかえることは出来ない。帰るとしたら麟太郎が詫《わ》びるとかなんとか、とんだ、面倒臭いことになる。

「そうするがいいや」

と、麟太郎も、おいらが妹が、おいらの家へ来るが、ほんとだ、本家だろうがなんだろうが、愚図々々いうことあねえわさ。ね、お母上。

「そうです。お父上の亡い後はお前の考え通りになさるがいいよ」

それじゃあ、お前《めえ》、当分、この鶯谷にお母上と一緒にいるんだ。田町もいいけれど、

何分にも子供たちが落着いて寝ているところせえねえのだからな。

「ね、油堀からなにか云って来たらどうしようねえ」

お信が眉《まゆ》を寄せた。なあに、こちらはなにも知らない、主人は麟太郎故《ゆえ》、あちらへ掛け合えと、突っぱねて下さい、わたしの方へ来たら、なんとでも致しますから。本家の人達も、あのぼろ塾に、わたしより年の十も十五も多い塾生がうようよしている事を見たら、あきれて引込む事でしょう。

一日々々と、秋が濃くなって来る。

小吉が死んで、なんとなく歯のぬけたような侘《わび》しい気持が、本所《ところ》の人達にも、いとどこの秋を感じさせたし、お信や麟太郎がところはもとよりだ。それでも、お信のところは、はじめての、本当の母と娘のただ二人の生活に、時には、ふと、この淋《さび》しさを忘れさせるような、うれしい日もある。

昨夜はひどい風であった。それに今日は雨。田町の麟太郎がところは塾生たちが、勉強をしている机の上へ、ぽたりぽたり雨滴《あまだれ》がした。杉が笑いながら、いろいろその雨滴を防ぐ工夫をしていた。塾生たちがかえると、ね、先生と勝へ、月謝をもちっと取ったらどんなものでしょうな、といった。伊東玄朴《げんぼく》がところなぞは、はじめて入塾の時に、大先生へのお目見得いくら、若先生という養子の貫斎《かんさい》さんへいくら、塾長いくら、となんだかんだと、七両余りもかかるそうですよ、一財産注ぎ込まなくちゃあ入門出来ねえ、七両なんぞもべら棒だが、こっちのように持って来た奴は貰《もら》う、持って来ない奴はかまわんも、ちと、べら棒だと思いますよ、え、先生。と杉はそんなことをいったが、麟太郎は、知らぬ顔であった。

「奥さんの帯だって、もう、ずいぶんひどいですからね」

杉がそういうと、麟太郎ははじめて、ちらりとおたみの方を見て、ほんとにそうだというような顔をしたが、やっぱり、なんとも云わなかった。

「来月からでも申渡しましょう」

「へん、杉、おいらが所は月謝が安いからみんな来るんだ。並みのものを払うなら、なんで、おいらやお前から、怪しげな蘭学を教わるものかよ」

「いや、そんな事あない。実は、わたしは一二度蘭学先生の塾を素見《ひやかし》に行った事があるが、みんな、から駄目なものでしたよ。あなたなぞは、実に上乗《じょうじょう》だ」

杉は万事なかなか抜け目なくやってくれる。おかげで、おたみのふところへ収入がだんだん殖えて来た。麟太郎が、これをきいて、杉の云う通り如何《いか》にもひどいおたみの帯を、買ったらどうだえ、といったのはもう十月の晦日《みそか》であった。風が吹いて、街路にはところどころに木の葉が吹きたまっていたが、おたみは、ほんとうにほっとした気持で、日蔭町へ出かけて行った。ずいぶん久しぶりで自分のものを買うという女らしいうれしさだけではない、内も外もただ一筋きりのこの帯は如何にも余りひどくなっている、自分はどうでもいいが、これでは、家へ来る人達に、麟太郎が、どんなに肩身が狭いことだろうと、或いは自分だけかも知れないが、そう思い出してからも、ずいぶん長くなるのである。

日暮れになっておたみが戻って来た。麟太郎は、二人の子を対手《あいて》に、大きな紙へ、鬼のお面を書いてやっていた。麟太郎は、子供の時から鬼を描くが得意だ。

「一両二歩でございました」

おたみは、風呂敷をといて、菊の花の模様のある帯を其処《そこ》へ出した。麟太郎は、うなずいて笑いながら、ほうら、お母さまがいいものをお買いなされた、と、子供たちへ云いながら、鬼の面を描き終えて、どうだえこの鬼あ、と今度は、おたみへそれを見せた。

「おいら、さっき砂場《そば》をそういって来たが遅いな」

催促に行って参りましょうかしら。いいや、それにゃ及ばねえよ、そうそう蕎麦《そば》で思い出した、箱館の渋田さんが近々に出府のたよりがあったよ。いつまで経《た》ってもおいらあとんと進まねえ、心わるいことだ、麟太郎は後の方をひとり言のように云った。

その次の日だ。

珍しいことに、いつも真っ先に出て来る杉が遅い。みんな頻《しき》りに待っているが、お昼近くなって、少しあわてたようにして入ってきて、すぐ自分の机へ坐った。そして
「三兵答古知機《さんぺいタクチーキ》の高野長英が捕まって自刃《じじん》したそうだよ。いや驚いた」

そう大声にいったが、さて自分は平気で、早速つづきの講釈に取りかかった。塾生たちは、互いに顔を見合せて、少しざわめいたが、もうその気持の動きは、さすがの杉の講釈を上《うわ》の空できいている。

麟太郎は、暫《しばら》く黙っていたが、ずいぶん色々なものが、胸の中を馳《は》せ廻っているようである。が、それからまた長い間、傍《かたわ》らから杉の講釈をきいていた。塾生はやっぱりいけない。佐藤与之助が、とうとう、杉先生、一寸《ちょっと》お待ち下さい、どうも、先程の高野先生のことが気になりまして、といった。みんな、そうだそうだというように、顔を一斉《いっせい》に、杉へ注いだ。

「いつ捕まったえ」

麟太郎が、そうきいた。

「昨夜《ゆうべ》なそうですよ。実あ今朝ここへ来がけに、路上《みち》で、立花のところへ出入りして

いるお寺社方《じしゃかた》の捕吏に逢ったら、そっとそれを耳打ちしやがったので、ちょっと吃驚《びっくり》しましてね、その奴を朝っぱらだが近所の小料理屋へつれ込んで話をきいたって訳なんですよ」

杉も、本を伏せて話出した。

長英は、この日、外へ出ることがあって、日の暮れに百人町へ戻って来た。家へ入ろうとして、ひょいと見ると、往来の片隅《かたすみ》に笠を深くかぶって、顔をかくすようにして、踞《しゃが》んでいる奴がいる。動悸《どき》っとしたが、知らぬ顔で入りかけると、出し抜けに、やっぱり高野先生だと声をかけて、笠を取って、あっしですよ元一でござんす、おなつかしゅう存じますと、丁寧な挨拶をはじめた。長英が牢《ろう》に入っている時に、同じだった上州無宿の奴である。牢を出てからまた悪い事をした、今、追われて身の置きどころもなくこの辺をまごまごしていると、どうもお姿が先生らしいので、ほんとうに助かったと思いましたという。

長英は、早く上方へでも逃げる事だといって、金を与えようとしたが、ふところに持ち合せが少ない。そのまま家へ入って、金を与え、じゃあ丈夫でくらせと戸をしめて自分の居間へ落着いて間もなくである。どうも人の迫る気配を感じて立ち上がろうとした時に、七人の捕方《とりかた》が、雨戸を打破ってわっと飛び込んで来た。床下にも潜んでいたし、庭の方にもまわっていた。

身丈《みのたけ》六尺豊か、気性剛毅《ごうき》な長英だ。うしろから抱きついた一人を短刀で刺殺し、前の一人の額を斬《き》った。そして捕方がひるむ隙《すき》に、自分の喉《のど》を突いたんだそうだ。それに万一の場合には自殺の覚悟らしくかねて、左手に指環《ゆびわ》のように紙を巻いてこれに毒薬が入っていたそうだが、こ奴を飲む隙はなかったんだろう。

麟太郎は、あの風の夜の長英を思い出していた。そう云えば、あの時に、左手に指環のような形のものが、眼についたがあれであったな。

杉は、麟太郎の、眼がひどく引締っているに気がついたのだろう。先生は、長英先生とお逢《あ》いなさった事がありますか、ときいた。麟太郎は、いいや、おいら、知らねえよといった。

「そうですか。それでその死骸《しがい》をだね、まあ生きてるものとして戸板で奉行所へ運んだのが、真夜中だったという事さ。奉行所へついたら死んだとばかり思っていたのが、水をくれといったそうだ、吃驚して水をやると其処《そこ》で本当に絶命したらしいともいうが、わしがきいた奴は、そこのところは知らなかったよ」

「その上州無宿って奴も諜者《いぬ》だったんですか」

佐藤がきいた。まあそんなものだ、なんでも長英の隠れ家を突止めたら許してやるといって牢から引出して置いたものらしいな、だからそ奴あ夢中で長英を嗅《か》ぎ廻ったという訳だろうと、そういってから、しかし先生、と麟太郎へ

「長英は隠れ家の庭には枯葉を一ぱいに敷きつめて人の忍び寄るを警戒し、家の中の廊下もただ一人よりは通れぬように拵《こしら》えてあったというが、惜しい事をしたものですね」

といった。麟太郎は

「だが、高野先生も、脱牢この方、六年だ、いつかは来る日よ。他人事だが、おいら、なんだか、ほっとしたような気がするよ。長英先生も死ぬ時あほんに重荷を下ろしたような気がしたかも知れねえよ」

一寸眼を閉じた。でも、これはわたしの家主立花の話だが、大体長英の罪は馬鹿気ていると、公儀の当路者も気がついて、近頃に一切帳消しになるなんて噂《うわさ》もあったてえじゃありませんか、と杉がいうと、麟太郎は、その眼をかっと見開いて、まじまじと見つめたが、すぐに

「嘘《うそ》よ、今の役向きにそんなのあいねえわさ」

といった。

次の日、杉はまた長英の話を持って来た。まだ長英が自首をして牢へ入る前のことである。十三年も前のはなしだ。市ヶ谷の虚無僧《こむそう》寺鈴法寺へ三十五六の僧形《そうぎょう》のものがやって来て、不調法者ではありますが御宗旨を信仰いたし堅く相守りたいと申入れた。役僧愛璿《あいせん》は、先《ま》ずあなたは如何なる御身分の方だときくと、麴町《こうじまち》に住む医者ですがこの度ふと家業取続きかねる仔細《しさい》があるので、御承引下さるならば些細《ささい》申上げますというと、愛璿は、武士なれば如何様のお囲いも申上げるが町医では宗門の御趣旨に欠けるので気の毒ながらと断わった。僧は、顔色を変え涙をさえ落さんばかりにして、是非もない次第ですと、身を慄《ふる》わせていたが、とうとう卒倒して終った。卒倒？と麟太郎はつぶやいたが、すぐ

「おい杉、お前が上野で坊主になろうとしたと同じだわさ」

と笑った。全く、と杉も笑って、それでいろいろ薬の手当をしてやっと息を戻したので、小座敷に休ませて置くと、突然、町人態《てい》の男が訪ねて来て、これこれの僧が来ている筈《はず》だから逢わせてくれという。愛璿は忽《たちま》ち悟ってさようなものはいないという。その問答を僧がきいて、裏口から逃げようとしたのを、日の暮れるまでは安心してここにいるがいいと押しとどめて夜を待ち、その僧が悄然《しょうぜん》として立去って間もなく騎馬

の者さえ交って、四五十もの捕方が手に手に十手《じゅって》をかざして、この寺を取囲んだという。が愛璿は知らぬ知らぬの一点張り、その上、虚無僧寺をなんと思うといって、ひどい権幕で叱《しか》りつけた。僧というは勿論《もちろん》長英だが、捕方に向った寺社奉行の松平伊賀守手代のものも、この愛璿には手も出ず、とうとう長英を逃がして終った。

「え、この愛璿というのはですね」

と杉は面白がって

「例の仙石騒動の神谷転《うたた》をかくまって、これを捕えた町奉行へ支配違いだといって逆《さか》捩《ねじ》を喰わせ、寺社方へ訴えて、遂《つい》に悪人を取押えさせたという豪僧だって事でね。その頃は下総《しもうさ》小金の一月寺にいられたのだそうだ」

塾生達は、面白がって、誰やらが拍手をした。多分愛嬌《あいきょう》ものの佐藤だろう。

麟太郎は、とにかくじっときいていたが、おたみはもうその話の聞える自分の火鉢《ひばち》の前に坐っていることさえ出来なかった。一介の御家人たる主人をさえたよって来たあの夜の長英、そんな日が、十二三年も長英の上に続いていたのかと思うと、涙がこみ上げて来てならないのであった。台所へ立って行った。袂《たもと》を顔へ当てて、声を忍ばせてあの夜の長英のうしろ姿に泣いてやった。

暫くして、ややその興奮が納って、佐藤が、先生と麟太郎へ向った。

「高野先生の三兵《さんぺい》答古知機《タクチーキ》は、鈴木春山先生の三兵活法と同じでしょうか」

「原書は同じよ。が、違っているよ。和解者の知識の違いだけ違っているさ。元来あ奴あ孛漏生国《プロシャこく》のホンブランドーって奴が書いたものだ。それを和蘭のハンミルケンって奴が蘭語にしてな、それをこっちが読むんだが、第一タクチーキたあなんだか、ほんの和解はわからねえよ。鈴木の活法だって少々変だ。おいら、整兵術とか戦闘術とかいうのがいいような気がしているよ。高野先生は偉いから、なまじ和解をせず、原語のままに置いたのよ」

近くの榎《えのき》の木の上だろう。頻りに烏《からす》が啼《な》いていた。塾の人達がみんな帰った後でおたみが、今日は鳥が鳴きます故《ゆえ》、誰方《どなた》か珍しい方がお見えなさるかも知れませんね、といったが、麟太郎は、なにか本を見ていて、こっちを向きもせず、雀がさえずったらなにが来るえ、といった。おたみは笑っただけで答えなかった。

が、おたみが当った。そんな事をいって間もなく珍しい人も珍しい人、新堀の島田虎之助先生が、ずいぶん久しぶりで、ひょっこりとやって来て下さった。

「どうだ元気か」

「は、おかげ様で」

「もう剣術など馬鹿々々しくなったろう」

「飛んでもありません。こんな日常の為《ため》に、稽古《けいこ》も出来ないので身体にも、心にも、すっかり垢《あか》が染《し》みたような気がしてなりません」

「そうか」

島田は、幾度も幾度もうなずいて、

「わしはまた、幾年もの間、どうしてあんな馬鹿なものをやったかとお前さん後悔しているだろうと思ったが」

「後悔すべきでしょうか」

麟太郎の案外にもむきになって来そうな様子を、島田はいや、まあいいと制しながら
「実は、お前さんに、恨みを云いに来たのだ」

「は？」

お父上の亡《な》くなられたを、わしに知らせぬとはどういう訳だ、実は、わしは、この夏から秋にかけて、伊勢の藤堂家へ出張稽古に行っていた。知らせて下さっても、お葬《とむら》いにも参られん事ではあったろうが、帰って来ても、今日までそれを知らずにいたのだ。ふと、今日門弟どもの話をきいて、驚いて、早速来た訳だが――。

麟太郎は、御迷惑をおかけ申す以外には能のない自分の父が逝《ゆ》きましたとてお知らせ致すもおこがましいとも存じましたし、それに、亀沢町《おたにまち》の先生にもお知らせしなかった程、ほんとに生前、苦楽を共にしたという人々だけで、ささやかに葬いましたものですから、と云った。

島田は、先《ま》ず御仏前へ焼香させて貰《もら》おう、と、そういったが、麟太郎がところには、お仏壇はない。鶯谷の方だ。そうか。それでは明日にもお墓へ詣《まい》ろうと、島田はそのまま坐って、おたみの出す茶を手にしながら、勝、実は、わしは、近々に新堀の道場を閉めようかと思っているよ、といった。

どうしてで御座いますか。どうしてということもないが、わしは、近々ある藩に抱《かか》えられんではならぬような破目になってな、千石なら参りましょうと、冗談のつもりで云ったのがいけなかったのだ。困っているよ。

麟太郎には、その藩が何処《どこ》であるか、おたずねしなくても直ぐにわかった。まだ自分が道場にいる頃から、窃《ひそ》かに懇望していられた藩である。ただ時の老中水野越前守の手前、表向きこれを抱える事は遠慮していたが、その気持に対して先生は千石ならとほんとうに冗談にいわれたのも知っている。とうとうあの話が本物になったのだろう。それにしても、島田はあの頃から見ると、めっきり痩《や》せていた。頬《ほお》もこけたし、眼も深く窪《くぼ》んで、顔色もひどく青い。

「奉公をする以上、江戸に道場があっても仕方ないからな」

島田先生は、鷲郎《わしろう》兄の出張所《でばり》にしようかとも思うたが、兄も近頃はとんと気持が変って、時々剣術などはもう忌《い》やになった、といってなにもかも止《や》めて終おうかなどといったりしている有様故、仕方がない。知っての通り、頑固《がんこ》なだけ生一本な人で、実は、次兄の伊十郎が、武家株を売って、焼麸《やきふ》屋になったのは、その金で、橋を修繕したり道普請《ぶしん》をしたりして、窃《ひそ》かに諸人の難儀を救ったのだと後で知って、自分も郷里へかえって、なにか兄の仕事を助けたいような気にさえなっている。その中にはまたその興奮もさめるかも知れないが、それに相変らず異国嫌《ぎら》い、新学問嫌いでな、あんな風では道場をやっても誰一人来なくなるからなと、苦笑した。

その苦笑がまた如何にも淋しそうで頬骨が今にもがくりと落ちて来るようにさえ感じられる。

麟太郎は、先生お加減がお悪いのでございますかときいた。うむ、どうも少し稽古をすると便へ血などの交ることがある、しかし別に何処が痛むということもないのでそのままにしてあるが、どうも良くないようだな。

「お医者にお診《み》せでございますか」

いいや、わしのような剣術遣《つか》いの身《からだ》などは別だ、別なからだを並みのからだの修行をした医者が見てわかる筈はない、医薬は用いなくても癒《なお》るものならば癒るだろうし、癒らぬものならば、またそれでよろしいのだ。

島田先生のそういう顔を、麟太郎は、しげしげと見て黙っていた。いつか都甲《つこう》老人が言葉は違うが、やっぱりこんなようなことを云った。別に捻《ひね》くれているのでも、衒《てら》っているのでもなく、こんな偉い人にも本気でこんな気持でいる人があるのだなと思って、黙ってそれに逆らわなかった。

「ひょっとしたら膈《かく》かも知れない。二度程血を吐いたよ」

「膈？」

膈のやまいは今の胃《い》癌《がん》だ。

「山へでも入って少し坐禅《すわ》りでもすればすぐ癒るだろうが、何分にも、島田如《ごと》きさえ、そんな事をしていては相済まんような昨今の世の中だからな」

「しかし」

「知っての通り、去年は和蘭船が浦賀へ来た、今年は仏蘭西船が来た、和蘭からまた欧洲の様子を知らせて来たそうだ、公儀では神島の外に佐渡の相川に砲台を築いたが、どうも泥縄でな。一介の浪人もじりじりして安穏に療養などはしておれんよ」

「全くでございますね」

「お前さん達、若い蘭学者がもう少しやかましい議論を立てたらどうだ」

先生、といって麟太郎は、ぴしゃぴしゃと首を叩《たた》きながら、うっかり口を開いたら、こ奴が飛びますからね。

ではやっぱり、わしのような命のいらぬ病人が喧《やかま》しく云うが一番いいかな。島田は、そんな事をいって帰って行った。

麟太郎の云う通り、幕府が、妄《みだ》りに海防を唱えるを禁じたは翌年早々。相州警備は彦根だが、どうも万々旧式だ。浦賀奉行浅野中務少輔《なかつかさしょうゆう》が遂《つい》に見るに見兼ねて西洋式砲台を増築したのもこの年である。

佐久間象山《ぞうざん》が奥平大膳大夫《だいぜんのだいぶ》から頼まれて鋳造した大砲二門を、上総《かずさ》市原郡鶴牧《つるまき》原で試放するという噂《うわさ》が、江戸の蘭学者たちの間に広まったのは、その年の冬であった。鶴牧原は、水野壱岐守《いきのかみ》一万五千石の陣屋につづいたところだ。

麟太郎が塾では、何処からきき出して来たものか、杉純道が、頻《しき》りに象山をこき下ろしている。

「高島流ではない、おれが編出した砲術一流だ砲術一流だと法螺《ほら》を吹いてはいるが、なあにあれは元長崎の通詞《つうじ》でな吉雄作之丞というものが和蘭から直輸した砲術書を、象山が窃かに大金を出して譲り受けてな、こ奴を和解研究しただけのものなんだ、これこそ西洋真伝だなどと大げさな事をいうが、それが象山の十八番《おはこ》だ。が、しかし如何に種本があるにしてもよく和解研究してそこまで纏《まと》め上げたところあ、やっぱり凡人には出来ないよ、蘭学図編ってなあそれだが、モルチール砲を天砲、カノン砲を人砲、ホーウイツル砲が地砲などは、だいぶいかさま臭いが、これもまあいいさ。要は、今度の試放で、うまく行くかどうかだ。どうだ、誰か見に行くか」

「参ります」

佐藤与之助がすぐにいった。

「外にはねえか、おれも行くよ」

杉がそういうと、外に五人。一行七人が翌日江戸を出発した。麟太郎は、なんにもいわなかった。そして、杉のいない間、まるで自分が、杉の代稽古でもあるように、相変らず面倒臭そうな顔をして、残っている塾生たちへ教えていた。

幾日かすぎて、杉を真っ先に、塾生たちが、高い調子で笑いながら、疲れた風もなく、どやどやと塾へかえって来た。

「大味噌々々」

と、杉は、玄関から、すぐにそこに見える麟太郎へ

「ホーウイツル二門、海へ向けて、どかーんとやったが、一門は、弾丸《たま》が飛ばずに、砲が破裂、傍の奴がふっ飛びましたよ。大味噌さ」

如何《いか》にも馬鹿々々しいというような顔をした。しかし麟太郎は

「一門は成功かえ」

そういった。杉がうなずくと、そうか、そうかと云いながら、ひどく真面目《まじめ》な顔でうなずいた。佐藤は、先生、帰り道に、もうこんな落首がたっていました。どうそうを、下からよめば、そうどうよ、十二ホントどんた大筒というのです。銅惣《どうそう》というのは大砲の鋳工だそうです、といった。が、麟太郎は、なにを云っていやがるんだというような顔をして、黙って、そっぽを向いた。

「え、おい」

と、やがて傍へ来た杉へ

「十年前の徳丸ヶ原の高島秋帆先生の大筒は、異国から買ったものだ。こ奴が今度は日本で出来たのだ。え、杉、象山だって、法螺を吹いて白眼《しろめ》ばかり出している訳じゃあねえんだよ」

翌年二月十七日、おたみは第三番目の子を産んだ。この朝、杉が何処からか、花の一ぱいついた紅梅を手折《たお》って来て台所の手桶《ておけ》へさしてくれた。

「え、男じゃあねえか。お前、男の子も産めるじゃあねえかよ」

麟太郎は三十歳。

壬子《じんし》図

鶯谷の辺《ほと》りは、あちらにも、こちらにも、梅が咲いている。白梅も紅梅も、一ぱいだ。それに鶯もいい声で鳴いている。

お信とお順は、南の陽を受けた縁に坐って、冬の頃にお順が裏の竹藪《たけやぶ》で、まるで男の児のようにもち竿《ざお》でつかまえた鶯へ餌《え》をやっていた。

一と頃はお順も、いつ、油堀からなにをいって来るか知れないので、気の強いことはいっていても、内心はびくびくしてくらしていたが、あれは油堀が思いきって、知らぬ顔をしていることに定ったということが、亀沢町《おたに》の先生から門人衆を使いにわざわざ麟太郎のところまでことづけがあったので、今では、もうすっかり安心して、貧しい中にも、お順も一日々々、美しくなって行く。

「あら、兄様でございますよ」

お順が、垣根のあちらに見える畑の道を指さした。お信も延び上がった。如何《いか》にも、ここのところ暫《しばら》く姿を見せなかった麟太郎、手を引いたお夢に、なにやら黄色い草花を摘んだのを持たせて、こっちへやって来る。お夢も七つ、可愛《かわい》い盛りだ。

ほんとに、何処《どこ》かで鶯が、よく鳴いている。

お信はお夢を抱き寄せながらおたみに変りはないかいときいた。麟太郎は、にやにや笑って、いやありましたよ、といった。え？　おどろくお信へ、お母上、今度あ男の子を産みましたよ、なあに、あ奴、男の子だって産めるんですよ。

「なにをいってるの、お前」

と、お信は云いながら、静かに立つと、御仏壇へおあかりやお水やらを供えて、手を合わせ瞑目《めいもく》した。男の子ときいて、小吉が喜んでいるあの顔が、お信には、まざまざと見えるような気持がした。麟太郎も、お信のうしろへ坐った。そして、手を合わせて、じっとしていると、お信と同じに、何処からか、父が、おい、お前、と、今にも話しかけて来るような気がされた。

「兄様、なんというお名になされました」

お順が、火鉢《ひばち》の方で茶の支度《したく》をしながら、そうきいた。が、麟太郎は黙っている。

「ねえ、赤ちゃんのお名でございますよ」

麟太郎は、眼を閉じたままやっぱり答えない。お順は、つんとして、意地悪でございますねと、ほん気に、少し腹を立てたような声を出した。

麟太郎はなお、眼を閉じ、合掌のまま
「小鹿《ころく》といたしました」

と小さく口の中でつぶやいて、はじめて、眼を開くと今度はお信へ、小鹿とつけましたよお母上といった。

「小鹿でございますか」

と、お順がそれを引取って、どんな文字を書きますのでございますか。小さい鹿よと、麟太郎は、もう仏前を離れて、真ん中に馬を入れれば小馬鹿になるよと、笑った。

まあと、お順は口を掩《おお》いながら、少しおかしい名前ではございませぬか兄様。

「なにがおかしなものか。赤ん坊は鹿よりあ小せえから小鹿よ」

「まあ――」

いや実あおいら、尼子《あまこ》の忠臣山中鹿之助というが滅法好きなのだ、七難八苦をわれに与え給《たま》えかしと、天に祈ったあの鹿之助よ。倅奴《せがれめ》、それにほんのちょっぴりでもあやかるようにと、小鹿とつけたが親心だわさ。

お順は赤ちゃんを見たいだけのことかも知れないが、お信はその外に、黙ってはいるが麟太郎が、こうして、先《ま》ず死んだおとう様や自分へ、勝家の後嗣《あとつぎ》の赤ちゃんの名のことを知らせて来てくれたうれしさも、加わって、もう一刻《いっとき》も、じっとはしていられなかったようだ。

すぐに、戸をしめて、また何処やらに鶯の鳴くをききながら今度は、お夢を真ん中にして、四人づれ。うららかな春の陽を浴びて、青々とした畑の道を引返して来る。菜の花も咲いている。

もう七つ下がり。筋違《すじかい》御門へ出るつもりで御成《おなり》小路を通っている。途中は、なんといってもお夢が大そうな荷になって、時々麟太郎がおんぶをしたり、お順がおんぶをしたりして来た。

突然、直ぐうしろから、誰やら一人、駈《か》けて来る足音がした。すぐに、この人達を追い抜いたと思うと、若侍風のものが、ぴたりとそこへ立ち停って、丁寧にお辞儀をしてから、勝先生、あの一寸《ちょっと》お待ちを、といって、うしろを振向いてくれというような様子をした。麟太郎は丁度、お夢をおんぶしていた。そのまま振向くと、門生を三人つれた佐久間象山が、にこにこしながらこっちへやって来る。相変らず、ぴかぴかする袴《はかま》をはいて、今日は黒縮緬《くろちりめん》の羽織、古代紫《こだいむらさき》の太々とした紐《ひも》だ。

麟太郎は、簡単に頭を下げたが黙っていた。象山は、珍しく、これはこれはと、自分から言葉をかけて

「いよいよ御進みの事でありましょうな」

といった。麟太郎は、

「なあに、本読みになるは、とんと埒《らち》のない事、本を読んで能書《のうがき》を云っている位は、どんな阿呆《あほう》も出来るから、わたしも先ず其処《そこ》までは行けましょう。佐久間先生、世の中に、本をよんで、おのれも他人もわからぬようなことを云っているが、いっちらくな商売でンしょうねえ」

と、へらへら笑った。

象山は、全くその通り。勝さん、その中に一度ゆっくり談じようじゃあないか。

「拝聴しやんしょうかな」

麟太郎は、早々に別れようとした。が、象山は、御家族ですね、と、みんなを見廻した。左様《さよう》、わたしが母に妹、この背にいるが長女ですよ。

お信もお順もお夢もお辞儀をした。

象山は、大変失礼ですが、約束の時刻がありまして只今《ただいま》から、直ぐそこの堀丹波守様まで参りますので、御免下さいといって、改めて、も一度、みんなへお辞儀をして、本当に広小路の堀家上屋敷の方へ、門生たちと一緒に行くようであった。丹波守は越後村松三万石の殿様だが、近頃、蘭学執心の噂《うわさ》があるから、象山を講義にでも招《よ》んだのかも知れない。

別れると直ぐお順は、兄様、立派なお方でございますね、といった。そうかねえ、立派かねえ、麟太郎はちらりと妹の顔を見た。

なあんだあ奴あと、口の悪い同じ洋学者仲間から、別人扱いをされている象山がひょっこりと田町のぼろ塾へたずねて来たのは、それから三日経《た》った暖かい夜であった。お信もお順も、とっくに鶯谷へ帰っていなかった。

麟太郎が、冷たい渋茶を出して、ようこそといったが、心の中では、別にそう思ってもいなかった。

象山は次から次といろいろな話をつづけた。自分は今、佐賀侯の依嘱で二十拇《ポンド》砲架と海岸砲架の雛型《ひながた》を拵《こしら》えていることや、この夏までには、武州大森に公儀の大筒丁打場が出来て、新規御取立及び陪臣共御目見得以上のものが稽古《けいこ》勝手になるような噂をきいたが御承知かというようなことから、はじめは医学に発した日本の蘭学洋学も今日となっては、もう、医学、兵学、理学、化学とはっきりと別れて来た、どれをやっているものも、日本国のために互いに敗《ま》ける事は出来ない、いやどれが敗けてもならぬのだ。最近の医学の発達などというものは実に尊敬に値する、兵学についてはわたしは大いにあなたに期待しているなどといった。

麟太郎は、くすくす笑って、御期待は恐縮ですよ。わたしは学問を自分のからだの肥料《こやし》にする気で喰っている、肥料にならずそのまま便になって出て終《しま》っているか、それともいくらか利《き》いているのかそ奴あ、わたしにもわからないんですからね、といった。

象山がかえって行くと、麟太郎はおたみ、とっくり話し込んで見ると、あ奴もおいらの思っていた人間たあ少しばかり違っているようだ、ほんに白眼を出して威張ってばかりいる奴じゃあ無さそうだ。一度杉に逢《あ》わせてえよ、といった。

次の日、杉へこの話をしたら、杉は、あなたの眼も少々白くなって来たようですよ、といって、てんで対手《あいて》にしなかった。

十日ばかり経った夜。象山は、また、ひょっこりやって来た。今夜は、頻《しき》りに、海の話をした。そして

「勝さん、これからの日本は海軍だ、あんた海軍をやるがいいね」

と、じいーっと、あの白い眼でにらみつけるようにして、ほんとうに熱心にこういった。麟太郎はぴーんと、胸に、いや、胸じゃあない、その五体に、何かを打ちつけられたような気がした。

「海軍の本を、何か見つけて差上げようかね」

象山は、そんな事をいって夜更《よふ》けて帰って行った。お夢にもお孝にも、赤ちゃんにもいろいろなお土産《みやげ》を持って来てくれた。

その礼もあり、こっちからも、一度、その頃木挽町《こびきちよう》にあった象山の塾に行くつもりではいたが、何分にも、下女もいないし、三人の子だ。おっくうにしていると、また象山がやって来た。

その夜は、学問の話は少しもしなかった。ただ、自分の身辺のことを、ずいぶん詳しく話して行った。四十二になっている象山にはまだ正妻はない。妾《めかけ》はある、子もある。

象山がかえると、麟太郎は、すぐに、おいとおたみへいった。え、象山は、なんであんなにおいらがところへ来るえ。

おたみは、おほほほと、口を抑えて、小さく、いつまでもいつまでも笑った。あたしには、わかります、今夜はじめてわかりました。

なんだえ。ね、あなた、とおたみは、象山先生は、しきりにお順さんのお年をおきなさいましたでございましょう、それに、何処かもう縁談などはあるかとおっしゃいました、何故に、あれをおききなされたとお思いでございますか、それに、正妻というは無いと、繰返し繰返し仰《おお》せられてでございましょう。

「べら棒奴、象山は四十二、お順はまだ十七だわさ。お前のとんだ勘違《かんち》げえよ」

「いいえ勘違いではございませぬ」


次の朝、岩次郎が、ひょっこり赤坂へやって来た。真新しい南一番組頭《くみがしら》の半纏《しるしもの》を着て、爪先《つまさき》が反《そ》るような草履を突っかけ何やら小魚を入れた竹籠《たけかご》を無造作に下げた姿は、なかなか粋《いき》な男だ。

おたみは、実は少々相談ごともあり、お柳ちゃんにも暫《しばら》く逢わないから今日にもこっちから出て行こうかと思っていたところでしたよといった。相談ごとというのは、象山が、ほんとうにお順をほしがっているということについてだ。

麟太郎も内心では、こ奴を岩さんに話したいような気もしていたらしい。が、ただ、にやにやしながら、とんと面《つら》あ見せねえじゃねえか、組頭なんてものあ、ぼろ塾にゃあ滅多に姿あ見せねえものかえといった。岩さんは、なんにも云わずに、台所へ行って、魚の籠を置くと、改めておたみへお柳からも宜《よろ》しく申しましたと挨拶《あいさつ》をし、子供たちにもお愛想をしてから、一番お終いに麟太郎へ、今日はと挨拶をした。麟太郎は、こ奴が、おいらをからかっていやがるなと思ったが、黙って笑っていた。

「麟さんの皮肉が、気になってはいたんだが、ね、おたみさん、仕様のねえ奴で、あの仲のいい丑松と三公が、つまらねえことで喧嘩《けんか》をして、二人とも五針ずつも縫うってような大怪我《おおけが》をしやがったんですよ」

まあと眉《まゆ》を寄せておたみ、どうしやがったのだえと、これには麟太郎も思わず真向きになった。なあにね。事の起りというのあこの間深川の三十三間堂《ところ》で大矢数《おおやかず》がありやしたろう、酒井雅楽頭《うたのかみ》様の御家中で鶴田辰五郎さんとおっしゃるまだ二十一とかのお若い方ですがね、深川の事ゆえあっしもめえりやしたがなんでも立札には太子流岡田半九郎門人金沢鉄二郎指南とありやした。そのおひきなさるのを見ている間に丑松がわかりもしねえにこ奴あ余りうまくあねえから先ず通矢《とおしや》が三千本も行けあ精々だと云い出したんですよ。ところが三公は、いやそんな事じゃあねえ、おいら四五年前にも一度この大矢数を見たことがあるが、あん時の様子から推してもこれあ五千本は大丈夫だと云ったが喧嘩のはじまりで、丑松がまた三公に笠《かさ》にかかっておいら、お前なんぞと違って浅草の矢場通《やばがよ》いでたんと銭《ぜに》が放ってある、射《しゃ》を見る事あ巧者なんだとかなんとかいうと、三公は三公で、女を対手にぼこぼこひいてるが、射も糞《くそ》もあるものか、あんなものと同じ目でこの大矢数を見られて堪《たま》るかとさすがあ死んだ小吉《おとう》さんの側《そば》にいただけに、うめえ事をいってやり込める。余り声が大きくなるもんだから、あっしが怒鳴りつけやしてね。二人とも暫く黙っていたが、何分にも暮六つからひき出して、夜っぴて篝火《かがりび》をたいてひいていなさる、終ったが次の日の未《ひつじ》の中刻、丁度、十刻半の間おひきなさった、御修行のからだとは云いながら偉えもんですねえ。それで総矢数一万四千と五本、その中の通矢五千三百八十三本。こ奴が定《きま》ると、さあ三公が承知をしねえ、どうだ丑松、お前の目のくり玉あ、何処についているんだ、お前の方じゃあ五千本を三千本と云うのかと、いきなり、ぽかりと一つ脳天を擲《なぐ》ったものです。

それというも、実は、丑松、ここんところ柄にもなく懐中工合が少しばかりいいのだ。三公、それを妬《ねた》んで、どうした金だ、ときくが丑松云わない。それをだんだん探って見ると、丑松近頃、何処からか御猫様を借りて来て、そうっとそ奴を朝夕拝んでいる。その御利益で何処からか金が儲《もう》かったと、三公は一人でこう思い込んで、その御猫様をおいらにも貸せというが、丑は、もう先様へ返したといって貸さない、返したというが、返さずにやっぱり拝んでいるのを、畜生畜生と、三公がまた近頃あべこべにひどく御難をしているだけに癪《しやく》にさわっていたのである。

御猫様など馬鹿々々しい話だ。浅草花川戸に住んでいた婆《ばあ》さんがひどく猫を可愛《かわい》がって自分が食べなくもこの猫にやっていたが、どうにも、活計《くらし》が立たなくなって、泣く泣く猫に別れを告げ、他家へ厄介になった。その夜、夢の中に出て来たがこの猫、わが形を作らせて祭って下されば、これまでの御恩に酬《むく》いるために必ず福徳自在におさせ申すという。婆さん早速猫の像を作って拝むと忽《たちま》ちにして金が入り元の家へも戻ったという噂が、まるで野火《のび》のように江戸中へ拡《ひろ》まって、その婆さんの拝んだ猫の像というのが、あっちにもこっちにも渡り歩いていた。どれもこれも真物《ほんもの》で勿体《もったい》がついて、それからそれへと借りられて行く。尤《もっと》も浅草の三社権現《ごんげん》の鳥居《とりい》際《ぎわ》に、今戸焼きのこの御猫様も売っているが、やっぱり、真物と称する奴を借りて来なくてはいけないというのが丑松のところまで来て、三公は借りられないのだから、口惜《くや》しくて堪らない。

これが根にあるので、それから二人で何処《どこ》かへ行ったと思うと、馬鹿奴が、わざわざ六万坪まで出かけて行って、ここで、刃物三昧《ざんまい》をした。今じゃあ双方、すまねえすまねえと涙をこぼして詫《わ》び合っているんだが、六万坪の草っ原ん中に、ぶっ倒れている二人を見つけ出すまであ、それあもう偉いさわぎで、それやこれやで、気にかかっていながらとんと無沙汰《ぶさた》をして終いましたよ。どうかまあ勘弁しておくんなさいやしよ。と岩さんが云うのを、どうだえその猫を、おいらがところも貸して貰《もら》おうじゃあねえか、え、おい、おたみが喜ぶわさ、と麟太郎は、面白がった。

「全くさ、こんな猫があれあ、あっしも鳶《とび》人足の足を洗いやすがね」

「嘘《うそ》かえ」

麟太郎はきいたが、岩さんは、横を向いた。嘘だの本当だのと、かかり合うと、本でもよんでいない時は、とんだおもちゃにされて終うからだ。

「だがおたみさん」

と、岩さんは、話をかえて、さっき相談事とおっしゃったが、あれあなんですえ、といった。麟太郎は、岩さんに体をかわされたのへ当るつもりか、火消人足へ相談といったら知れているさ、たみあ何処かへ火をつけるんだとよ、といったが、これもまた岩さんは対手にしなかった。

杉と佐藤が、何処かその辺で一緒になったと見えて、連れ立ってきた。二人が夢中でしゃべりながらやって来たは、ゆうべ佐藤が、しみじみ顔を見たという砂糖豆売りの女のこと。ぼんやりとした提灯《ちょうちん》をともし鳥追笠《とりおいがさ》でお豆大極上と辻をいい声で呼んで歩くが評判となったが、なんでも京の遊女あがりだそうだ。鼻のつんとした瓜実《うりざね》で、唇《くちびる》のうすい――と、そこまでいったら、それと知って、麟太郎が奥から出て来て、ちらりと睨《にら》んだその顔と見合った。

それから十日ばかりも経っていた。

突然、島田先生が、駕《かご》で、また田町へやって来られた。この前と同じに、やっぱり顔色も悪いし、どうもきのうから両脚《りょうあし》のふくらはぎがしびれそれに心気も昂《たか》ぶってい るので、歩くがおっくう故、駕で来たが、剣術遣《つか》いが、こんな事じゃあどうにもならないと、それでも元気で笑っていた。

「勝、今日は、実あ妙な事で来たよ。藤堂家で御家老のお引合せで、先頃から知合いになった砲術の佐久間象山から頼まれて来たのだ」

麟太郎は、すぐににやにやして

「妹を嫁にくれでございますね」

「ほほう、察しがついていたのか。そうだ、そうなのだよ。あなたは勝の剣術の師匠故是非と思い定めてお願いに出たというのだ。象山の松代《まつしろ》藩の御家老からも重々熱心な口添えでな。わしも御家老にはちょいと義理がある。武骨の島田が忌《い》やでも一世一代の仲人《なこうど》をしなくちゃあならんような破目になっている。どうだ、遣《や》るか」

ふん、やっぱりおいらがおたみは偉えや、こ奴あ正におたみの云った通りだ。おいらの敗けだと、思いながら

「さあ、それは、わたしにもどうにもならないことです。当人がなんと申しますか」

「わしはこの間、赤城下の清隆寺へ小吉さんのお墓詣《まい》りに行って、それから鶯谷のお信さんところへおくればせのおくやみに出た。その時に、はじめて見たが、可愛い娘さんだ。十七だそうだな」

「は。十七に四十二ですからね先生」

「しかし、年なんざあ、第二の事だとわしは思うが」

「とにかく、これは、母とも妹とも相談をいたしまして、一二日中に、必ず御返事を申上げに参ります――が、先生、どうでしょう、あの医者嫌《ぎら》いのわたしの父が最後の脈をとって貰った名医が――」

「医者か。いけない。医者はいけないよ」

「いけない事はございません。剣を持つものは勝敗は問題ではないとわたしはいつもいつも先生から教わりました。病んで医者を招かないのは勝敗の数のみ心において、太刀を取らざると同じ――」

「まあいい、まあいい」

と島田は手をふって、お前もとんと理窟《りくつ》が強くなった、そ奴はわしも考えて置く。

「さようでございますか。それではわたくしも妹の事を考えて置きましょう」

「いや、それとこれとは違う。とにかく象山がだいぶ執心だ。四十二で見つけたはじめての妻だからなどと、あの日頃傲岸《ごうがん》な男が心の中では手も合わさんばかりのようにも見えたぞ」

島田は、こんな用事の外に、尚《な》おいろいろと話して行きたそうであったが、なにか吐気《はきけ》でもすると見えて、早々に帰って行った。

帰ると直ぐおたみが
「如何《いかが》でございます」

と、笑いながら麟太郎の顔を見た。

「こういう事あ女には叶《かな》わねえよ。お順も、おかしなものに見込まれたわ」

「十七に四十二では、余り可哀《かわい》そうでございますからね。お順さんもこれは承知しますまいねえ」

「いやそ奴あわからねえ。大体、お順というが変りものだ」

「いくらなんでも」

「おいら、ひょっとしたら、あ奴、どうも遣《や》って下さい位は云いかねないかも知れねえと思ってる」

「まさか」

「お前馬鹿だねえ、女で、女の心がわからねえかえ」


その翌々日。

鶯谷のほとりはいよいよ春が満ちあふれて、お順が籠にかったあの藪鶯《やぶうぐいす》もやっと鳴き出して来た。

小さな家に、集まったのは、麟太郎夫婦に岩さん、それからこれはお信が是非にあのお方にも来ていただくようにと云った相変らず親切な市の世話焼きさん。

「なんといっても麟さんのお心一つでございましょうね」

世話焼きさんが、こういった。岩さんは最初っから反対だ。それは年の違いばかりではなく、どうも聞いただけで象山が気に喰わない。鶴牧原の失敗の、ちょぼくれが江戸一ぱいに広がっているし、落首だって二つや三つではない。——わるいのは鋳物師ではなくさしずして筒を裂《さ》くま（佐久間）のしゅり（修理）の棒てん——読めもせずうそをつきじ（築地）の横文字めくらをよせて放す大筒——しゅり（知り、修理）

もせず書物をあてに押強く打てばひしげる高まんの鼻――。それやこれやで、岩さんは見ず嫌《ぎら》いだ。おたみも反対だ。世話焼きさんも、大体は反対だし、お母上《かあさま》だけは、どういうお考えか、いくらか乗気らしいところも見えるが、先《ま》ず麟太郎次第という意見のようだ。

「おいらが心じゃあないよ。お順の心一つさ。天下百千万人がいやであろうと、お順がいいとなれあ、それで話が定《きま》るのだ」

麟太郎がこういうのを、お順はさっきから、小鹿《ころく》を背負って、お夢とお孝《たか》のおもりをして、そこに落着いてもいられなかったが、丁度、その時に、入って来た。

「おい、お順、お前の一生の事だ。お前が定めるが一番だ」

「はい」

と、みんなの顔を一人々々見廻したが

「みな様はおすすみなさらぬようでございますが、わたしは参りたいと思います」

えっ、みんな、びっくりした。

「でも、さよう思いますだけで、どうぞお極めなさるのは、みな様でお極め下されませ」

麟太郎は、にやにやっとした。そして、おう、と岩さんの方を見て

「これで万事あ定ったわさ」

と、今度は、腹をかかえるようにして、からからと大口を開いて笑った。その笑顔が、小吉にそっくりであった。

「お順、象山のあの頓狂《とんきょう》な顎《あご》の髯《ひげ》でも引っぱってたんと甘えてやるがいいや」

おたみは一寸胆《きも》をぬかれた顔つきだ。麟太郎はこれを見た。どうだ、今度あおいらが勝ったろう、そんなものをその眼に云わせた。

麟太郎は、この返事を持って、ずいぶん久しぶりに、新堀の道場へ行った。ゆうべ夜中に、夕立雨がざざっと降ったためか、方々に水だまりが出来ていて、街路《みち》に板切れなどが渡してある。新堀も島田が道場の阿部川町界隈《かいわい》は湿地で、雨が降ると、ひどく道の悪くなるところだ。

島田は、臥《ね》ていた。

麟太郎が其処《そこ》へ入って来て、直ぐになにか云おうとしたが、島田は待て待てと制して床の上へ起き上がると急いで袴《はかま》をつけた。さあ聞こう。

麟太郎はお順が承知した事を告げた。思った以上に変った奴で、家のもの達は凡《およ》そ反対でしたが、何分にも当人が参りますというので、それでもう一も二もなく定りました。どうぞ宜しくお願いします。が、先生も御承知のように勝がところは貧乏でございます、着のみ着のまま身一つで参るより仕方がありませんが、それで宜しゅうございましょうか、といった。島田は、それは象山も重々知っているし、この世の中の騒がしい時に、無論象山とて無駄な費《つい》えは好まんことだ。着のみ着のままが一番いいのだ。

「時に先生」

と麟太郎は、どうぞ先生の御病気をお医者に診せて下さい。島田が一寸《ちょっと》いやな顔をしたが、その時は、もう、そこへ入って来た人がある。麟太郎が八丁堀の蘭医桂田玄道をつれて来たのだ。

玄道は、島田の顔を見ると、挨拶《あいさつ》もせず、これあ悪いと、いった。そして、そのまま島田の身近く坐って、病人が否《いや》も応もない。脈を取り、瞼《まぶた》を調べ、袴をぬがせて、胸から腹、脚《あし》とぐんぐん診て行った。さすがの島田にも、文句を云わせる隙《すき》を与えなかった。玄道は対手《あいて》がどうであろうとも、自分は医者として為《な》すべき事を為すのだというように、実にはきはきと診て行った。島田は、とうとうからだを診られながら感心した。強い信念で正しい事を押しすすめて行くという大道の通ずるところはみんな同じだというようなものを、しみじみと感じたのであろう。

桂田は、診終ると
「脚気《かっけ》です、しかもだいぶ悪い」といった。島田も勝もびっくりして顔を見合せた。膈《かく》のやまいだとばかり思っていたからだ。二度血を吐いた、時には便にも混る。膈とばかり、思っていたが――、島田がそういうと、桂田はくすくす笑って、膈であったかも知れませんがそれはとっくに癒《なお》っていてもうなんの顕《けん》も見えない、今あなたがこう青くひょろひょろしているのは脚気ですよ、島田先生は一代の名剣客というが、医道はこの桂田に及びません、先生、どんなへぼ医者でも医者と名のつくものがこの先生のからだを診たら、必ず脚気というに定っている。その代り、どのような名医でも、竹刀《しない》を持って先生のお弟子のまたそのお弟子の前へ立っても直ぐに打たれて終うでしょう、互いに軽んずる事はいけませんなあと、からから笑った。

脚気か、と島田は改めたように苦笑した。桂田は、当分じっとしていられなくてはいけませんね、脚気は衝心という危険なものが直ぐ紙一枚の隣へ来ている。衝心で死ぬ時は、人間の死際《しにぎわ》の一番苦しいものだとされていますよ、先生、強《し》いてそんな苦しみで死ぬ事あないでしょうからねえ。

島田をからかうようにそう云った。

春が深くなる頃から、よく糠雨《ぬかあめ》の日がつづいた。杉とおたみがよくこそこそ額を集めて相談をしていたり、岩さんが毎日のようにやって来たりしているのは、裸一貫で行くとは云っているものの、この十二月ときまったお順の嫁入りの支度《したく》になにかと皆んなが心配しているのであろう。

どう気がむいたものか、島田鷲郎《わしろう》が出し抜けに田町の塾へやって来たが、わざわざ麟太郎を、戸の表まで呼び出して虎之助があなたのお力で医者へかかり、近頃は薬ものんでいるようだ、お礼を云うよといった。相変らず、眉《まゆ》を八の字に寄せて、苦虫をかみつぶしたようにして物をいっている。

お上がりになりませんか、麟太郎にしては、珍しくそんな事をいった。しかし、鷲郎はいやあと云って、実は、わたしは今度江戸屋敷を引揚げて、房州館山に住み、あすこでみっちりと藩のものを仕込む事になった。明後日は、御家老の小倉様と御一緒をして江戸を出発する、たかだか江戸から三十六里のところではあるが、向うへ行ったとなったらなかなか出て来る事もおっくうだろう、舎弟虎之助が何分にもあのような病体だから、後々の事は万々宜しく頼みたいと、それでも、今度はぺこりと頭を下げた。

剣術の師範もいやになっているような話だったが、さて、自分の気持通りには行かないが世の中だ。膈と思ったが脚気だそうだが、どうも、国のものが江戸へ出て来ると定《きま》ったように、みんなこのやまいにかかる、わしも少々はその気味があるらしく、国のものは俗に江戸疫《えき》といっているが、米を喰うが病のもとというけれども、今更馬ぐさも喰っちゃあおれんでな、鷲郎は、そんなことをいうと、とうとう上がらずに引返して行った。

それでも、島田の病体を心配して、後を麟太郎へ託す程になったのは、いくらか、勝というものに、好意らしいものを持って来たのかも知れない。

家へ入って来ると、杉が、島田先生の御令兄ならどうしてお上がりなされぬのでしょうときいた。麟太郎は、なあに骨までの異国嫌えよ、おいら阿蘭陀《オランダ》をやるが気に入らぬと、あの人に新堀の道場を追い出されたのだよ。こっちの家へ入ったら、からだに紅夷《こうい》の臭気がつくというのさ。へへーえ、そんなべら棒が今も居ますか。これっ、御老中方にもたんといなさる、杉、首が飛ぶぞ。

夏になった。

小鹿《ころく》はまるまると肥《ふと》って、可愛《かわい》い。

はじめて、ここへ越して来た頃は、麟太郎は夏になるが一番閉口した。蚊帳《かや》が無いからだ。ひどい蚊の中を、夜っぴて本をよんでいる。見るに見かねたか、砥目《とのめ》のお両親《ふたり》が蚊帳を届けて下さった。麟太郎は、あの時、おたみお前蚊に喰われて死んだというを聞いたかえといった。

おたみは、その夜、この蚊帳を使わずに、次の朝は、黙って早々に本所へかえして終った。

今は、その蚊帳もある。親からも貰《もら》わない、砥目の御両親の方からも貰わない。自分の金で買った蚊帳だ。麟太郎は、その新しい蚊帳を吊《つ》った初の夜に、お前もおいらも蚊帳無しで眠れる人間だ、世の中に恐えものあねえわさといった。おたみも、ほんとうにさようでございますねといったが、なんだか涙がこみ上げて来るようでならなかった。

秋になった。

閏《うるう》二月のあったこの年は、九月の半ばに、もう、冬のようにさえ寒かった。小鰭《こはだ》が本味になったといって、杉は、いつもおたみにせがんで外を通る鮨《すし》売りを呼んでは、これを買って貰って、台所へ胡坐《あぐら》をかいて喰べていた。青いぴちぴちしたその肌色《はだいろ》を杉はほんとうに楽しみながら喰べた。麟太郎も時々、これをつまみたそうにしたが、どういうものか、こ奴を食えない。一生これだけは喰えなかった。杉は小鰭を食えない江戸っ児は、うちの先生だけよと、大変な外道《げどう》でもあるように吹聴《ふいちょう》して冷やかした。今日も、杉は鮨を買ってたべている。外は晴々としたお天気で、その鮨売りの呼び声が、まだ、そんなに遠くへ行かない中に、どなたか、表へ人がたずねて来たようだ。塾生たちは、さっき杉に云いつけられて、なにかむずかしいものを書かせられ、みんなふうふう云っているし、杉は台所だし、仕方がないので麟太郎は、自らのっそりと出て行った。素足で、袴の裾《すそ》が少し疲れている。

もう五十をすぎたいい加減の年配の立派な武家が立っていた。

「わたくしは、小笠原佐渡守用人竹田岡右衛門と申します。勝先生へお取次ぎを願います」

と丁寧であった。麟太郎は、一寸閉口したが微笑の顔で

「勝麟太郎はわたしですが」

「ああ、あなたが勝先生」

こっちの風采《ふうさい》が余り粗末だ、ひどく吃驚《びっくり》したらしい。へらへら笑って

「御用は」

と立ったままだ。竹田は、実は少々お願いの節《ふし》があり、当方より出向くべきでありますが、内々の事もあり、甚《はなは》だ勝手で恐れ入りますが御都合よろしければ明朝四つ刻《じゅうじ》、

外桜田上屋敷までまげて御来駕《らいが》をいただきたいのですが、御承引下さることは出来ますまいかというのである。

麟太郎は窮屈が嫌いだ、幕府《だんな》が御用ならともかく、くだらぬ事で大名屋敷へなど出て行くは本来真っ平だ。が、今日はどう云う風の吹き廻しか、行く気になった。竹田の態度がひどく好意的であったからかも知れない。

「余り手間がかからなければ、お屋敷も遠いところではなし、参上いたしてもよろしいと思います」

と、いった。竹田は、喜んで、ではどうぞお願い申します、ではまた明日といって戻って行った。杉は、すぐなんですすといった。なあに蘭学の講釈でもきこうというのだろうよ、おいら田舎《いなか》大名の御機嫌《ごきげん》は取れねえから、杉、お前行っちゃあくれめえか。

「飛んでもない。どんなところで勝麟太郎に花が咲くか知れない時勢ですよ。いや勝麟太郎ばかりの事じゃあない、学問を学問だけのものとしてそのまま殺して終《しま》うか、それとも活《いき》学問にするか、先生、われわれの学問の為《ため》だ、この眠っている日本国を一刻も早くゆり起す為だ。あらゆる機会は逃さずつかんで貰わなくちゃあなりませんよ」

それがどんな事か、行って見なくちゃあわからねえよ。

唐津《からつ》の小笠原佐渡守の内室《おくがた》は土浦の土屋采女正《うねめのしょう》の妹だ。采女正は寺社奉行から大阪御城代に進んで、今、ぱりついている。これがどんな引っかかりになって一貧乏私塾の勝の学問が世に出るような事になるも知れない。そうなったら、勝やらこの塾だけの幸運ではない、御国の為だと、杉はこう思うものだから、勉強している塾生たちへも吹聴して明日あみんな早く出て来い、先生のお出ましを送るんだという。

麟太郎はまた麟太郎で、土屋家はおいらも度々代稽古《だいげいこ》に出ていた島田先生の稽古屋敷だ、その縁故で小笠原へ行って講釈でもするようなことを、先生が推挙して下さったのかも知れない、もしそうならば、さっき断わったら先生へ悪かったに、いい事をしたと思いついた。

これが二年の前なら、麟太郎がところも大変なさわぎだったろう。第一、着て行く着物が無い、袴がない、大小だって拵《こしら》えがだいぶくたびれて終っている。が、有難いことにおたみがあの通り上手にやるし、実は何処の馬の骨だかわからないような杉が、案外立派な人間で、一生懸命尽してくれるので、今では、どうやら、先《ま》ず、ぼろを下げて行かなくてもいいことになっている。と云っても知れてはいるが――。

次の朝。杉は元より塾生たちは、一人残らず早くからやって来た。おたみは、つとめてまじめな顔はしているが、なんだか、とても包み切れないうれしいものが、からだ中を馳《は》せ廻ってならないようだ。

麟太郎は、青い空へ吸い込まれるように出て行った。塾生たちは、揃《そろ》って頭を下げて送り出した。

「御新造《ごしん》さん、あなたはなんだと思いますか」

と杉がいった。さあなんでございましょう、でも、まさか、命を取られるようなことは無いでしょう。いやこ奴あ驚いた、奥さんまでが、すっかり先生同様口悪《くちわる》になって終ったよ。

昼になる。みんな黙っているが今か今かと待っているが、なかなか麟太郎は戻らない。九《いち》つ半、八《に》つ、八《さん》つ半、やっと麟太郎は、右の手で、ぴっぴっと鼻毛をぬきながら、少し物を考えている風で帰って来た。

「なんでしたか」

杉は、待ち切れないようにしてすぐにきいた。塾生たちの眼も、おたみの耳も、一つものに吸いつけられた。

「鉄砲よ」

え？　一寸、みんなわからない。思わず小首をかしげて、鉄砲って？

「おいらに、鉄砲を拵えろとよ」

えーっ、驚きと喜びと、杉は手を打って飛び上がった。

「唐津侯に頼まれて、おいら、五百挺《ちょう》鉄砲を拵えるんだ」

杉がちらりと見ると、おたみはもう一ぱい涙をためていた。それを見ると、杉も堪《たま》らなくなった。涙が、ぼろぼろと頬《ほお》につたわった。

「お、お、御新造さん」

「杉さん」

塾生の中では、佐藤が一番先にぽたりぽたりと涙を落した。

勝も世に出る、ここで、はじめて一流の学者として世に出る。みんな泣け、みんな泣け。われらの先生勝麟太郎が、はじめて認められた。

杉は、しっかりと麟太郎の手をにぎった。

唐津侯のところでは、殿様が直々《じきじき》に逢《あ》われたばかりか、お昼の膳《ぜん》が出て、家老西脇藤左衛門をはじめ、定府の諸重役が総出で大そうなもてなしであった。話の様子では、やっぱり土浦侯の気持がだいぶあるらしく、五百挺の半分は恐らくは、そちらへ行くのではなかろうかと、おいらも、そんなに感じられたよと、麟太郎は、杉へだけこのことを話した。釆女正はお役柄、なにか深い事情があって、自分の名で鉄砲をたのむことが出来ないのであろう。

「だが、大名屋敷は、おいらもう真っ平だ。鯱《しやち》こ張ってばかりいやがるが、凡《およ》そは、とんと馬鹿だねえ」

「それはそうですよ、そちらにもこちらにもざらに悧巧《りこう》が居られて堪《たま》るものですか。だが、馬鹿でも阿呆でもいい。形のない勝麟太郎の学問を生きた形にしてくれるのだ、わたしは有難い人たちだと思いますなあ」

「ふん」

と麟太郎は、小さく笑って、そうだ、金をくれたよ、そういうと、ふところから奉書に包んだ小判の包みを、杉へともなく、おたみへともなく、ぽーんと投《ほう》り出してやった。

その晩、いい月だった。

麟太郎は、たった一人、深川門前町の岩さんがところへやって来た。本当は、お柳ちゃんのおとっさん与市頭《よいちかしら》の家だが、纏《とうばん》を婿《むこ》の岩さんに譲ると一緒にこの家も譲って、岩さんは三十三間堂裏から引移り、おとっさんは、直ぐ近所の摩利支天《まりしてん》横町の川岸《かし》っぷちに小ぎれいな家を見つけて、ここへ隠居している。

若いものもいる。格子《こうし》の中に、御神燈と一番組の纏が見える。麟太郎は、黙って洗い出しの光るような格子を開けて、つかつかと上がって行った。若いものが飛び出して来た時は、もう、頭の岩さんがお柳ちゃんと差向いの火鉢《ひばち》のある部屋へ入って行っていた。

立ったままで
「お前、おいらが惚《ほ》れるような、うめえ鍛冶工《かじや》を知らねえかえ」

藪《やぶ》から棒だが、こんなことは馴《な》れっこだから、只《ただ》にやにや笑って、次の言葉を待ったが、お柳ちゃんは、本当に胆《きも》をぬかれた。それを見ると、麟太郎は、お前さん、まだ子を産めねえか、とまじまじと腹の辺りを見ている。いやですねえと、お柳さんは、やっと落ちついて、ほほほほと笑ってお辞儀をした。

「鉄砲を拵《こし》れえるのだよ」

暫《しば》く黙っていた岩さんが、ぽんと小膝《こひざ》を打って、

「そ奴あ丁度お誂《あつら》えだ。いい人がいますよ。酒っくらいで一徹もんだが腕あ確かに江戸一だ」

「江戸一たあ吹いたね」

「吹いたか、真実《ほんと》か、やらせて見なくちゃあわからねえ事さ。なあお柳、鉄五郎とっさんだよ」

そうですねえ、あの人なら、とお柳もうなずいたというのは、本当にお誂えの凄《すげ》え腕の鍛冶さんがひとり与市とっさんのところにいるのだ。岩さんところも元締ではなし、麟太郎のほしい人間は、どんなのでもいるとは行かない、が、丁度、鍛冶工なら、鉄五郎という名人の食客《いそうろう》が正《まさ》にいるのだ。

深川《ところ》のもので、親代々の鍛冶屋だ。与市頭とは幼な友だちだが、若い時分から途方もない道楽もので、とんと、土地にも居つかず、日本国中を流れ歩いて、年をとって白髪になって戻って来たが代々の鍛冶場《かじば》どころか、親類縁者ひとりある訳ではなく、全くの一人ぼっち。頭のところへころげ込んでそれでも呑気《のんき》なもので、毎日ぶらぶら遊んでいるが、こ奴が大そうな鍛冶の腕だ。今でも、むずかしい仕事に弱っている奴のところへ出かけて行って、ちょいと鎚《つち》を当てれば、一と月半月遊べるだけの金もとれるが、そ奴も当人、余っ程気が向かなければ、出て行くどころか返事もしない。

「お前さんが変りものだ。いい対手でしょうよ」

麟太郎は、この晩の中に、この鉄五郎をつれて田町へ戻って来た。麟太郎と、おっつかっつの小柄なおやじだが、大きな眼玉で、深川から田町までの間、碌《ろく》に口も利《き》かなかった。

次の朝、杉が出て来ると、麟太郎は稽古着一つ、それと並んで、竜の刺青《ほりもの》をしたおやじが片肌ぬぎで、裏の垣根をぶち壊《こわ》している。

「なにをはじめます」

傍へ行くと、ここへ鍛冶場を拵れえるよ、ゆうべ夜っぴてこの人と二人で絵図を引いた、え、杉、今日にも明日にも早速はじめるが、お前、教えるがやかましいなら、塾は止めようかえ。

これには杉もおどろいた。まさかに、こんなに早くここへ鍛冶場を造ろうとは思わなかったが、やるならやるで、それもいいであろう。

「この塾は死学問を教えるところじゃあないのですから、鍛冶場、大いに結構ですね、みんなも実習というをやりましょう」

「実習だとえ」

「本ばかり読んでいるんでは、先生のいつもいう、本読みになるは一番らくだという、あ奴になって終います。本でよんで直ぐ形で見る、これからの学問はこれで無くちゃあ駄目でしょう」

そうかえ、と、麟太郎は、またとぼけて、それでも、鉄五郎を杉へ引合せた。鉄五郎は黙ってひょいと頭をほんの一寸下げただけであった。

岩さんの云う通り、いやむしろ話以上に、鉄五郎というは変りものだ。自分で、江戸中をかけ廻って、忽《たちま》ちにして、仮屋も出来たし、鍛冶場も出来た。

その間、麟太郎は、殆《ほとん》ど寝ずに、鉄砲の図を引いた。やっと出来上がった。これを渡すと、鉄五郎は、あの大きな眼を皿のようにしてじっと、息もつかずに見ていたが、急にふふーむとうなって、

「お前さん、でえぶ出来るね」

といった。

次の日から、もう鉄五郎の鎚の音が響き出した。何処からか、田舎《いなか》っぺえの小僧を一人つれて来てこれを向鎚《むこうづち》へ廻した。こ奴も変な奴だが、如何にも鉄五郎と息が合った。

麟太郎は、その横にしゃがんでこの二人を見ていた。なんだか、引入れられて行くようなものを感じていた。

もうお昼近いだろう。

島田道場の、大野文太の手紙を持った若い男が、塾へ来た。

津走魚《ぶり》

鱗太郎は、手紙を見るとすぐそれをおたみへ渡したまま、大急ぎで出て行った。

新堀の道場へ馳《か》けつけた時、大野文太が玄関へ出ていた。鱗太郎の来るを心待ちしていたのだ。大野も永い修行だ、今は立派な侍だ、大名屋敷の三四も持って、島田虎之助の代稽古《だいげいこ》、直心影《じきしんかげ》ではぱりぱりの人間になっている。どうだ、と鱗太郎は草履をぬぎながらきいた。大野は眉《まゆ》を寄せて首をふり、いけませんといった。

島田の顔はすでに灰色であった。今までひどい苦しみだったが、やっと小康を得て、どうやら眠っているようだった。

ただいい事は、桂田玄道が枕元《まくらもと》にいてくれた事だ。ゆうべ駕《かご》で急の迎えで来て、そのままいるのだという。それに、もう一つ大の意外はついぞ一度も見た事のない二十四五の粋《いき》ないい女が、眼をうるませて島田の枕元に介抱している事だ。

鱗太郎は、桂田へも、島田へも、その女へも黙礼したままで、しばらく其処《そこ》にいたが、やがて、大野の部屋へ来た。かつて永い間、ここで自分も勉強をしたところだ。

大野はもう半分泣いている。

実はきのう荘内《しょうない》の浪人で大見玄蕃《おおみげんば》というのが、是非一手《ひとて》御教授に預りたいといってたずねて来た。先生は、この一両日、脚《あし》のしびれもひどく、心気《しんき》の昂《たか》ぶりも烈《はげ》しいので、折角だが、お手合せは出来ないといって断わると、対手《あいて》は、いやにからんで出た。先生も御立腹だったが、どうにもからだがうまくない。仕方がないから、奥へ通し、下手《したで》に出て酒などを振舞うと、大見はいよいよいい気になり、酔っぱらって、くだを巻いて来た。

先生は、はじめの中は、いい加減にあしらっていたが、それが次第々々声高になって来る。先生の方では気もつかず、忘れていられたようだが、どうも先生が荘内へ行った時に、この人間が先生にひどい目に逢《あ》って、それが因《もと》で浪人したものらしく、内心ひどく含むところがある様子。

「世上の噂《うわさ》では、先生は千石でなくては何処《どこ》にも召し抱《かか》えられないと法螺《ほら》を吹いていられるそうだが、この大見との立会いさえ出来ないようでは千石とは飛んだ事だ」

といった。先生はそれでも笑っていられた。それからまた二つ三つ、如何《いか》にも辛抱の成り兼ねる事をいっていたが、それでもじっと堪えていられた先生へ

「先生は中津奥平家の方だ、それを俸禄《ほうろく》が少ないとて浪人されたと承る。然《しか》るに、千

石なら何処へでも行かれるというのは、申さば、剣法を売物の競売《せり》にかけ、旧主家を足げにして、どちらでも高い方へ行くという誠に武士にあるまじき事、拙者などは一旦浪人の上は、仮令如何《たとえいか》様の高禄でも再び仕官の心はない、古《いにしえ》から忠臣二君に仕えぬは日本の武士だと思うが、先生の御考えを伺いたい」

という。修行に修行をして肚《はら》のねれた先生もここまで来ると黙っている訳に行かない。笑ってはいられたが

「さ程までの仰《おお》せなら、一つ、剣法を競売にかけた男が、お望みによりお手合せを致そうか」

といって立ち上がった。ひょろひょろしていられた。大見は、大病と見ていたので、いざ手合せと云われてびっくりした。真っ青になった。

先生は、稽古着へ袴《はかま》をつけたまま大野、水を一ぱい持って来いと水をのんで、お部屋の床の間に置いてあった竹刀《しない》を持って、道場へ行かれる。

麟太郎はにやりとした。お部屋の床に置いた竹刀というは、道場荒しへ喰わせる鉛を通してある鉄棒のような奴だ。これを持つ時は必ず対手に真剣を持たせる。

この時もやっぱりその通り、大見が真剣を中段に構えて、やっ、と一度気合をかけ

たと思った瞬間、先生の竹刀が、もう、脳天へ稲妻《いなずま》のように飛んでいた。真剣もなにもあったものではない。わっと叫ぶと、頭をかかえて、道場から転がるように往来へ逃げて行ったが、そのまま、小半町ばかり行った蕎麦屋《そばや》の行燈《あんどん》の下へ、前倒《のめ》り込んで行って終《しま》った。血は一滴も出ていない。が、それっきりそこで地べたへ顔を突込むようにして絶命した。

が、それと同時に、先生もまた転がるようにお部屋へ戻られて、どっとそこへ倒れて

「大野、水だ、水を持って来い」

と叫んだ、水を持って来ると、八丁堀の桂田玄道を呼べといったきり、もう、それからは、ひどいお苦しみだ。

桂田玄道が来て、それでも一応の手当をして、薬を飲ませると、いくらかはらくになったが、その苦しみは、とても、傍でじっとしてはいられないのですよと、大野は声を慄《ふる》わせた。

「とんと馬鹿なはなしだ。先生もほんにつまらぬ奴と心中をされたものよ。その反対に、その奴はまあ、よくもよくも天下の島田先生と抱き合って冥土《めいど》へ行きゃがるわさ」

と麟太郎がいったところへ、玄道がやって来た。

「勝さん、残念だが、先生はもういけない。今夜ですよ」

といった。脚気《かつけ》に、からだを動かすのはいけないことは聞いている。衝心という奴だと、思いながら、麟太郎は、うなずいた。

「が、大野さん、あの女の人あ誰だえ。おいらあ、はじめてだが」

「そうでしょう、あなたが、道場《ここ》にいられなくなってからの人ですから」

「小指《これ》かえ」

大野は小さくうなずいた。こ奴あおどろいた、世の中がさわがしいも無理はない。

島田先生とは、まるで縁のないような話だ。

「何処の女だえ」

「柳橋《だいち》の河半の人です」

料亭河半の女中さんだ。眼のぱっちりした肥《ふと》り加減の、気立の優しそうな女である。

麟太郎は、なにかしらほっとしたものを感じた。これまでは、島田先生という人は、どんなに近づいても、どうもそこに紙一枚のへだたりがある、ややともすればなにかしら、堅っくるしいものが残るようであったが、あの先生にも、こうしたみんなの知らない女があったかと思うと、そこにまた懐《なつ》かしいこれまでとは違った円味《まるみ》のある先生が感じられて来る。先生は、ことし三十九だ。その生涯を木石のように過されたのでなかった事が、麟太郎にもなんとなく安らかなものを与えた。

玄道と引違いに、女がそこへ入って来た。そして、お名はかねて先生から伺っておりました、わたくしは不束《ふつつか》もので、筆と申します、どうぞお見知り置き下さいますようにと行儀正しく麟太郎へ挨拶《あいさつ》をした。麟太郎はただはあはあ頭を下げるだけであった。さすがの男も意外な時に意外を見せられて、一寸胆《ちょっときも》を取られた。

夕ぐれに近い。部屋の内はぼんやりとうす昏《ぐら》くなっている。

こんこんと眠っていた島田が、俄《にわ》かにぱっちりと眼を開いた。うつろだ。

「勝、勝」

と二度呼んで、雨に海棠《かいどう》というがいい風情《ふぜい》だなといった。少し調子のはずれた大きな声であった。枕元に、さっきから片唾《かたず》をのむようにして、島田の顔を見守っていた人達が、暗い顔をはっと互いに見合せた。

「何んだっ、その態《ざま》は」

と、また島田は叫んで、今にも起き上がりそうにして、ひどい怒色を見せたが、すぐに、それも落着いて、要するに剣の極致は誠を尽すという事だ、いや剣ばかりではない、浅はかな人間が、宏大《こうだい》無辺の天地の間に小さな智慧《ちえ》を動かし、へなへな策を立てて見たところで一体どうなるのだ、今の貴様はただ敵を窺《うかが》っている卑《いや》しい己の姿に、その己がおそれ戦《おのの》いているという図だ。馬鹿、たわけ奴。そういって終うと、暫《しばら》く沈黙した。みんな、ひどい熱だ。熱にうなされているのだと思った。桂田は額へ手を当てて見て、それからまた脈をとった。お筆も、麟太郎も、大野も、桂田の顔をまばたきもせずに見たが、桂田は全く無表情で、そっと手を離した。

「ひどい雨だな」

と島田はまたいった。そして、勝、勝と、再び麟太郎の名を呼んで

「只《ただ》のからだではないのだ、わしの子だ」

とはっきりいってから、また

「お前に頼む。身よりたよりのない女でなあ」

それから、何やら、早口でいろいろな事をいっているようだが、ひどく声が低く、それに杜切《とぎ》れ杜切れで、舌がもつれるか、まるで云っている事はわからなかった。そうかと思うと時々、如何にも苦しそうに大きな声で唸《うな》った。麟太郎にも大野にも、先生の云っていられる言葉は、みんなはっきりとわかった。いや何んにも云われなくても、先生の云い残されたいことはみんなわかる。

島田は、また眠ったようである。真っ暗になった。雨がぱらぱらと降って来た。

大野は行燈をつけ、先生の方へだけは、羽織をかけて暗くした。

島田はまたぱっちりと眼を開《あ》けた。

今頃は半七さん
何処にどうして御座ろうぞ
今更返らぬ事ながら
私《わし》と云うものないならば
半兵衛さんもお通《つう》に免じ
子までなしたる——

浄瑠璃《じょうるり》だ。

麟太郎は、びっくりして大野を見た。大野も、ひどく驚いてこっちを見返した。二人とも長い間、先生のお側《そば》にいるが、只の一度も、先生が、こんなことを口になされたをきかない、しかも、こうして、節《ふし》をつけて語られたなど、夢にも知らないのだ。

島田の息が無くなったのは、桂田のいった通り、その夜の五つ半刻《どき》であった。桂田は、最後まで脈をとってかえって行った。

先生の浄瑠璃はおどろいたよ。わたしも全く驚きましたと、麟太郎と、大野の話しているのをお筆は、浄瑠璃はほんにお好きでござりました、お国の中津ではこれがまことに盛んで、女子供までがやるのだと、いつも先生がおっしゃってでございました、お兄様方も皆様お上手とやらで、といった。

大野が気が利《き》いて、あの時に直ぐに、館山へ早飛脚《はやびきやく》を立てたので、二日中を置いて鷲郎《わしろう》が早駕籠《はやかご》でやって来た。そして、島田の死骸《しがい》へ黙礼すると、その大きな眼をそのまま大野と麟太郎へぎろりと向けて

「遠田長春に診《み》せたか」

と怒鳴るような声であった。長春は下総佐倉藩の医者だが、牛込の脚気医者とその頃名代《なだい》な人だ。大野は、その暇もありませんでしたというと、如何にも忌々《いまいま》しそうにあの眉《まゆ》を寄せて、馬鹿奴と言葉を投げつけた。そして、その眼がまたお筆へ行って

「お前は、誰だ」

ときいた。お筆は、なんと答えていいか、咄嗟《とっさ》のことで、はい、といったきりで、まごまごしている。麟太郎は

「先生がこの方の御介抱を受けて亡くなられました、お筆さんとおっしゃいます」

鷲郎にも、お筆のどんな生活の女であるか位はわかる。麟太郎がそういってもいやな顔のままで、ふーむといっただけであった。

島田の葬《とむら》いは次の日、出た。町道場の主とはいうものの、水野越前守以来時の老中たちのところへさえ招かれて、剣談というよりは主として政道を語った島田の葬いだ。新堀の道場から、浅草松葉町正定寺《しょうじょうじ》まで、その葬列がつづいたなどと江戸中の噂《うわさ》であった。

稽古屋敷の諸大名は、何《いず》れも老臣を遣《つか》わしたが、まして、松平薩摩守斉彬《なりあきら》が、在府の側用人《そばようにん》井上逸作、半田嘉藤次の両名を名代として差遣わされ莫大《ばくだい》な弔料を賜ったことは、その頃すでに、島田が千石で薩州様へ抱《かか》えられると、大そうな評判であっただけに、人々の眼を惹《ひ》いた。

それから二三日すると、鷲郎はさっさと館山へ引揚げて行って終った。道場のことも、お筆の事も外から口は出さなかったし、どんな風になったものか、麟太郎も心にもとめなかったが、日が経《た》つにつれ、道場は、二束三文に売り払ったし、お筆には、それでもいくらかの金を与えて行ったと知れた。

田町へ帰った晩、麟太郎はおたみへ、先生も女があったわ、やっぱり木石じゃあねえのだよといった。おたみは、それよりは、あの先生が、今臨終というに熱にうかされて、浄瑠璃を語ったということが、痛ましさの中にも、僅《わず》かな微笑《ほほえ》みを禁ずることが出来なかったようだ。

島田先生は病死ではない、なんでもあの人を抱えようとした大名と大名との意地ずくから、先生が薩州家と約束したのを恨んで屋敷へ招いて毒を盛った、その苦しさを堪えて道場へかえったが、玄関で血を吐いて斃《たお》れてそれっきりになったのだ。いやそうじゃあない、あの人は、この日本国は禁廷様お一人のものだ、公方様が御政道を私しているのは間違っている、一日も早くお還し申上げなくてはならぬという事を、お城で、御老中方へ申上げたために、毒を盛られたのだ。いやそうじゃあない、あの先生につぶされた道場のものがうしろから斬《き》りつけて殺したのだ。いやそれは嘘《うそ》だ、あの先生は膈《かく》のやまいで死んだのだ。いや癆咳《ろうがい》で一升も血を吐いて斃れたのだなどと、そこにもここにも見て来たような嘘のつたえられたのは、それから間もなくであった。塾生たちが、巷《まち》のそんな噂を持って来る度に、麟太郎は、べら棒奴、と、そういっては舌打ちをした。

麟太郎が家の鍛冶場《かじば》は、昼も夜もない。鉄五郎おやじは、まるで気が違ったように、鎚《つち》をふるっている。そのとってんかーん、とってんかーんという甲高い音が、四辺《あたり》の家の人々を苛々《いらいら》させるのだろう。ひどく敵意を持った眼が、あちこちから、じろじろ見ても、鉄五郎も平気だし、麟太郎も平気だ。平気というよりは、そんな眼などを見もしないのかも知れない。

いよいよ婚礼の日が近づいて、お信もお順も鶯谷から折々はやって来るが、麟太郎はこんな事を忘れたようにさえ見える。

十一月に入った。ゆうべから、ばらばら霰《あられ》が幾度か降った。寒い夜明けだ。

麟太郎と、鉄五郎は、じっと鍛冶場の土間へ坐っている。今、高い窓から薄々と明るい空が見えて来る。注連縄《しめなわ》を張った鞴《ふいご》の上の棚《たな》へ出来たばかりの鉄砲が一挺《ちょう》供えられている。

出来た、とうとう出来た、そう思うと、鉄五郎は、もうくたくたに自分のからだが離れてなんだかこの土間から再び立てないような気がした。が、麟太郎は、別な気持だ。別な気持といって、それがどんな気持か、麟太郎にもわからない。ただ、自分をうしろから、ぐんぐん、ぐんぐん押して来る強い力があって、それが、どんなに精一ぱいここに踏み止《とど》まろうとしても逆らい切れないものであるような気がしたりした。

この日が予《あらかじ》めわかっていたものか、まだ夜が明けたか明けないに岩さんがやって来た。それに踵《くびす》をついで杉がやって来た。

「出来ましたね。先生、御新造《ごしん》さん、お目出とう」

杉が、そう大声でいうのへ、麟太郎は、かつてこれまで無いこと、有難うといって、丁寧に頭を下げた。

岩さんは、改めたように、鉄五郎の顔をしげしげと見た。不思議なのだ。あの酒っくらいの道楽ものの鉄が、この鍛冶場へ入ってから、酒も飲まない、悪い手弄《てなぐさ》みなどの遊びにも出ない、まるで別人だ。

「さ、とっさん、今夜あゆっくり飲むがいいな。あっしも対手《あいて》をするぜ」

そういう岩さんを、鉄とっさんはにやにや見て

「そうだなあ、飲むかなあ」

「が、直ぐに次の本当の仕事があるんだ、羽目を脱《はず》しちゃあいけねえよ」

「ふん」

と、鉄五郎は、鼻で笑って

「おい岩さん、人間はな、一生に一度は、きっとうぬが力のありったけを出して働ける時があるもんだな。おれあ、いつか甲州路の旅先でそんな事を京から下ったという侍からきかされたことがあった。が、その時にもそう思った。べら棒奴、じゃあどうしてこの俺がこの年になるまで、そんな仕事が一遍もねえのだ、頭あ白くなって半分棺桶《かんおけ》へ足を突込んでいるってのに、俺が、こ奴あ偉い、俺の力じゃあやれるかやれねえかと、こっちの背中から冷てえ汗がたらたらと出るような仕事ってものあ只の一度

もぶつからねえのだとな。え、俺あ実あ鉄砲だって二度も三度も拵《こし》れえた。が、その奴あ、弾丸《たま》をこめて、引金を引かねえ中からこ奴あいけねえ、駄目だ、引金を引いた奴あ命あねえと思うものばっかりをやらされたんだ。思うばかりか、みんな死ぬか大怪《おおけ》我《が》よ、鍛冶風情《ふぜい》が、なんと腕をふるっても、こう拵れえろという先生が元々怪しくちゃあ仕方がねえやな」

ところが今度は、ちっとばかり違ってる。引いた図に一分の隙《すき》もねえ、その上、圧《あっ》銅《どう》の力まできっちりとはじき出してあるんだ。

「俺あ、この図を見た時から、うむ、こ奴だ、鉄五郎が精魂を打込む一生の仕事はとな。え、俺あ、はじめてこの世の中に生れて来て、鎚をふるう身になったことがよかったと思ったのさ。この鉄砲一挺に、鉄五郎の一生の命を打込んだのだ。こ奴が、裂けたり割れたり折れたりしたら、俺あその場で死ぬ気だよ」

江戸っ子だ、鉄五郎は嘘《うそ》はつかない。少しうるんだ眼で麟太郎を見た。麟太郎は、それじゃあ、おいら一日おくれて死ぬよ、お前と心中と見られるがいやだよと、大声で笑った。

見事な鉄砲だ。

武州大森の鈴木新田で、この鉄砲を試したのが月の二十日。唐津藩が幕府との交渉に少し手間取ったので遅れたのだ。

池上の山の上にすくすくと延びた松が水のような大空へ絵に描いたようだ。真っ白く雪をかぶった富士もくっきりと見えている。佐藤与之助はどうしてもこの試放はわたしにさせて下さいと頼んで、その日の射手になった。実は命がけだ。筒が裂けて、お前、死んでも、おいら知らねえよ。麟太郎がそういったが、なあに死んだら化けて出て、恨めしやあと、先生を喰い殺すばかりですよと、佐藤は笑い飛ばした。

幕府から、目附が忍び検分に来た。が、元より内々の試放なので、小笠原家の御家老西脇藤左衛門、多賀長左衛門、中老百束新の三人。勝がところの塾生も、みんなは行く事は出来なかった。ほんの十人ばかりよりその試放場の囲い内まで行けない。身分がら口惜《くや》しいが岩さんも行けない。土屋家から年寄磯矢弧之進《ゆみのしん》と番頭関内蔵助《くらのすけ》がこれも幕府内々の目こぼしという訳で見に来ていた。

佐藤は、鉄砲には少し自信がある。かつて荘内で藩の秘蔵のゲウエール筒をうって、一発も的をはずさなかったのが、大の自慢だ。が、今度のは、本来、的へ当るとか当らぬとかいうことではない、先《ま》ず、弾丸がうまく飛ぶか、的へ行くか、それさえ心配の筈《はず》だ。みんなそれを考えなくてはならぬ場合だが、不思議と、誰もそんな心配をしているものはなかった。

「佐藤、的も真ん中へ当てたら、あの豆売りの女を、俺が取持ってやるぞ」

と杉がからかった。佐藤はにやにやしているだけであった。

四町はなれて地を盛上げ、杉板でこしらえた的を備え、それへ向って、みんなの中から佐藤一人が、黒の筒袖《つつそで》に白鉢巻《はちまき》、たっつけに草鞋《わらじ》ばきで、定めの場所へ立つとさすがに、顔色が、必死だ。みんなの方へ一礼してきっと口を結ぶと、静かに鉄砲を構えた。

的場《まとば》までの、平地は、焦色に冬枯れて、右も左も、野は、枯れ薄《すすき》、枯れ林だ。

佐藤の指が、引金へかかった。じりじりと握り込むような力が、今、一ぱいという時に、何処から来たものか、一匹の黒い野良犬が、ひょろひょろと、的場の前へ出て来た。

畜生、杉は、そう思った。こんな意外なことで、佐藤の心が動いて、どんな失敗を招かぬものでもないからだ。

岩さんだの、塾の人たちは、みんな試放場から五、六町も離れた池上寄りの松林の中にいて、遠くからその様子を見ていた。

佐藤の頰《ほお》から吹き出したように、真っ白い煙がぱっと立った。同時に、どーんと、鉄砲の音がした。みんな、はっとした。眼を皿のようにして、的を見たが、的はそのまま元の位置にあった。犬は飛び上がって逃げて行った。

佐藤は、鉄砲を、右の腰脇《わき》まで下ろして、瞬間、身動きもしなかったが、人々のどよめく声は、まだ、誰もなんとも云わなかったが、どうやら只事ではないらしい。

麟太郎は、どうぞ御検分をと、西脇藤左衛門の方を見た。藤左衛門はうなずいて、他の人達と共に枯草を踏んで的場の方へ近寄って行った。

「御見事でございます」

多賀と百束が一緒にいった。麟太郎は、黙礼を返した。

弾丸は、的の、しかも、真ん中を、射抜いている。小さくぽつりと、錐《きり》の先で押込んだ程の弾痕《だんこん》は、これまで、多くの試放で、弾丸の的中と共に、杉板がばらばらに割れてけし飛んで終《しま》うに比べて、この人達には、その弾丸の力が幾十倍も勝《すぐ》れて強く烈《はげ》しい事がわかっていた。殊《こと》に西脇は感激している。

その黄昏《たそがれ》。

岩さんを交えたぼろ塾の人達ばかりが、麟太郎を真ん中に、みんな天にも昇る心地がして、海道を、品川宿へ向っていた。幕府の目附も、小笠原家の人々も、土屋家の人々も、駕籠《かご》で先にかえられたので、後へは、内輪ばかりが残ったのだ。佐藤は、鉄砲を、すっかり白木綿で巻いて、これを肩に、ちょいと、いい気持のようである。

「杉先生、先程のお約束は忘れんでしょうね」

「なんだよ」

「こ奴あたまげた。豆売り女の事ですよ」

「よしよし」

麟太郎が横から、杉の事がなんで当になるものか、おいらが鉄砲で、的を撃つより余っ程当にならねえよといった。

さっき、的中と知った時、塾のもの達は、誰からとなく思わず抱き合って、丸くなって、みんなわいわい声を上げて泣いて終った。幕府の目附も、小笠原、土屋の人達の事もすっかり忘れて、おい、おい、いいじゃあねえか、うれしいではねえかと、云いながら、埃《ほこり》によごれた顔をすっかり、駄々っ子のように涙でよごした。その痕《あと》が、まだみんなに残ってる。なんてえ顔をしてやがるのだ。え、お前こそよ。

大成功。この鉄砲一挺を雛型《ひながた》に、いよいよ五百挺が荒川べり川口の鋳物師銅太がところで拵えることになったのは、それから五日と経たない中であった。

「しっかりやれよ。この次は野戦砲だ」

麟太郎は、ほんとうに、火のついたような眼で田町の家へ来た銅太の太左衛門をにらみつけた。銅太は、もういい加減の年配で、職人としては上品でもありいろいろな大名屋敷に出入りをして信用があった。小笠原家もその一つだ。

十二月だ。師走《しわす》ときくと、気のせいか、めっきり寒さが厳《きび》しく感じられる。それによく空っ風が吹く。

この十五日には、いよいよお順も象山へ嫁に行く。麟太郎がところは、なんとなくざわめいているが、塾生たちは、一日も休まず勉強だ。

麟太郎は、出し抜けに、相変らず片手に本を持ったままおい佐藤と呼んだ。その佐藤は、杉と二人で今、ぼろ塾の鴨居《かもい》の上へ、額をかけようとして、机を踏台にそれへのっかっていた。はあ、佐藤が振返るのへ、豆売り女たあもう切れたかえ。

こ奴あ驚きましたと、佐藤は額を持ったまま机から飛び下りて、あんなものにいつまでかかり合っているものですか、とっくの昔ですといった。さあどうかなあ、と杉が横合いから、何しろ白々しくわたしに世話をしろなどといって置いて、その時にはもう先廻りをしてとっくの昔にその女を物にしていたって奴ですから、この人間も只の鼠《ねずみ》じゃあないんだ、荘内にしては上出来の男さと笑った。

ふーむ、そうかえ、若い中《うち》あそれもいいよと麟太郎は、これもにやにや笑って

「杉、どうだえ、その字はうまいのかえ」

眼が額へ行った。ゆうべ、象山が、わざわざ自分で持って来てくれた横額。「海舟《かいしゅう》書屋《しょおく》」と書いてある。

「おいらに海軍をやるようにと、そんなものを書いて来たのよ、海舟か——ふむ、いいね、いいじゃあねえかえ」

「いいでしょう。わたしは字としてはこんな拵えた書体のものは余り好きではありませんが、海舟書屋はいいですね」

「象山は隷書《れいしょ》が得意のようだね。顔魯《がんろ》公の忠節を慕って五六年前からそ奴を習い、その時から書風がすっかり変ったなどと云っていたが、おいら、こ奴を雅号にでもするかえ」

「いいですね。島国に生れたわれわれはこれからは、なんといっても海だ、その海の舟、いいな、あなたにぴったりしている」

「海舟先生か。ふん、とんと偉そうだねえ」

麟太郎は、そのまま、眼を本へやった。

よく霰《あられ》が降る。

巣鴨《すがも》の加州の下屋敷の辺りから、どこから来たものか、大きな猪《いのしし》が飛び出して、あっちこっち荒れ廻って、牛込矢来の若州《じゃくしゅう》下屋敷へ飛び込んだのを、家中の侍が、仕留めようとしてうしろ足を斬《き》り込んだ。それでいよいよ狂い出し今度は早稲田の乞食小屋へ入って、そこの娘を牙《きば》にかけて、小屋の外へ放り出し、何処《どこ》かへ行って行方が知れない。節季でみんな忙しいというに、屋敷屋敷の家中は元より、火消人足まで狩り出されて、近頃毎日々々この猪を探し廻っているということだ。

塾の誰やらがきいて来たところでは、この娘というは、三味線《しゃみせん》をひいて江戸の街々を流し歩く大そうな美しい女で、牙にかけられた股《もも》の疵《きず》を、医者が手当したけれど、ひどい苦しみでとうとう血が留らずに死んだと云う。

そんなこんなの中に、それでも杉が才覚で、もう近々に八つになるお夢のお正月の晴着にと、その頃、流行の海老《えび》色染めのお振袖が新しく出来て来た。

すっかり嫁入りの仕度も出来て、鶯谷《うぐいすだに》から、お母上と、お順がひと先ず田町へ落着いた。ちゃんと勝塾と名がついていても誰一人そうは云わない。みんなぼろ塾ぼろ塾と云ってそれが通り名だ。如何《いか》にそれ程のぼろ家でも、ここが勝家だ。ここで二三日いてから改めて象山がところへ行くが当然だろう。

身づくろいをするとお順もなかなか綺麗《きれい》な娘だ。元より貧乏。仕度らしい仕度など出来よう筈もないがその中に、お順が飼い馴《な》らした鶯の粗末な籠《かご》がある。麟太郎は、それも持って行くかえ、といった。はい、わたくしが手にかけたものでございますから、とお順はほんのつまらぬ藪鶯《やぶうぐいす》を、大そう可愛《かわい》がっている様子。

いいだろう、女という奴あ、いつになっても小鳥の世話をする位の子供のような邪気のない優しさは忘れちゃならねえものよ、こんな烈しい世の中だ、一家の女房ともあるものが、小鳥たあ何事だ、夜も昼もなく死物狂いで働くものよなんぞと、悧巧《りこう》ぶる奴もあるかも知れねえが、おいら、そんなうるおいのねえ奴あでえ嫌《きれ》えだよ、人間はな、貧乏が恥じゃねえのだよ、いかに貧しい生活《くらし》でも心の豊かが第一だ、百万長者であろうとも月を見ても花を見ても、ただそれだけというような人間は、貧乏よりあもっと下の奴よ、お前、藪鶯をお供あ、おいらも大賛成だ。

「でも、ひょっとしたら、お嫌いかとも思いまして」

「誰がよ。え、象山がかえ」

「はい」

「文句をいったら、あの頓狂髭《とんきょうひげ》でも引っぱってやれ。は、は、は。が云って置くが、なんだかだといっても象山はこの日本に指を折る偉え人間だ、おいらなど、鯱鉾《しゃちほこ》立《だち》をしても追っつかねえところがある。不束《ふつつか》なお前には過ぎたる亭主、嫌われねえようにするのだぞ」

「心得ております」

「偉いだけに敵も多い。山師と見ている奴もたんとある。それも心得て置くことだ」

「はい」

「それから」

といってから、麟太郎は、にやにや、にやにやいつまでも笑って、なにか象山の女たちの事でも云おうとしたらしかったが、そのまま口をつぐんで終った。

夕方、裏の鍛冶場《かじば》の横のところに、おたみと杉と岩さんが立って、ひそひそ話をしているのを、麟太郎がちらりと見た。さすがの麟太郎も、ちょっと、眼を伏せた。嫁入りも土壇場のここのところへ来て、どうにも金が少し足りない、そ奴がわかっている、三人でその相談をしているが、ちゃんと知れているが、さて麟太郎にどうなるものか。

やがて岩さんが、そそくさと、挨拶《あいさつ》をして、何処やらへ出て行った。それから少しして、麟太郎は、頭が金の工面をするかえと、そっと、おたみへきいた。おたみは小さくうなずいた。あなたの今は只一人の妹さんに一生一度のこと、貧乏だなんにも要らぬと申しても、少しでも飾ってやりたいのがみんなの心でございます。まして油堀の御本家への手前お母上の思《おぼ》し召しもございますから。

次の朝。思い掛けなく、川口の銅太が羽織袴《はおりはかま》でやって来た。そのしかつめらしい風態を見ておいらがところの妹は、もう近々に嫁に行くのだ、もう婿は要らねえよと、麟太郎が冗談をいった。

「これはどうにも恐れ入りました。太左衛門、もう餓鬼が三人もあり、先生に首を奪《と》ると申されても、お婿さんには参られません」

と銅太も笑って

「お祝いに上がりました」

「そうか。それでおいらも、安心したよ」

麟太郎はお順の嫁入りを祝いに来たつもりだ。銅太は、小箱を萌黄《もえぎ》の小風呂敷へ包んでもっていたが、これをとくと、小さな三宝へのせた小判へ、ふくさをかけて、すいと、麟太郎の前へ差出した。

「御神酒《おみき》料でございます」

「御神酒だとえ」

「へえ、御注文をいただきました鉄砲が無事に出来上がり、向後つつが無きよう御神前へお祈りの為《ため》、謹んで金子五百両、先生までお届け申します。お目出とう存じます」

袴の前へはさんだ扇子を前へ突き出して、丁寧に平伏した。

麟太郎は、にやりとして、黙っていた。銅太が顔を上げても、まだ黙っているので、鉄砲を拵える時は、どちらの先生も、皆さまこれは快くお受け下さるものでございます、どうぞ先生も、お受け下さいましと、銅太は言葉を重ねた。

「賄賂《わいろ》かえ」

「え？」

「賄賂かってんだ」

麟太郎の声は、少し、烈しくなった。

「そ、そ、そんな、そんな訳じゃあございません、先生、ど、ど、どなた様も、これは快くお受け下さいますもので——御神前の、御神酒料でございます」

「べら棒奴」

と麟太郎は、五百両で神様が酒屋でもはじめなさるか。

「み、み、みな様が」

「おい、銅太、みな様はどうか知らねえが、勝麟太郎に、賄賂たあなんだ」

「へ、へえ、へえ」

「けえれっ」

銅太は、慄《ふる》い出した。これを見ると、麟太郎は、少し優しい調子で、が、といった。

「お前ら今まで、その手で先生方の眼をかくし、圧銅の量をへらしたり、いい加減な銅を使って誤魔化してぼろい儲《もう》けをして来たろうが、考えても見な。そ奴あいい事じゃあねえんだよ」

「へ、へえ」

「鉄砲はな、身を守り、砦《とりで》を守り、この日本国を守る大切なものだ。これからの戦さは、これまでの槍《やり》や刀に代って、こ奴が戦人《いくさにん》の魂だ、武士道具だ。いいかえ、こ奴を誤魔化して、いかさま道具を持たせては、戦人が可哀《かわい》そうだ、いや可哀そうだとか、可哀そうでねえとかいう事よりも、それじゃあ、お前の心がすむめえ。え、お前、戦さというものあな、戦人だけの戦さじゃあねえんだよ。鉄砲を射つもの、それを拵れえるものみんな一つにならなくて、なにが勝てるものか」

銅太は、たらたら脂汗《あぶらあせ》を流している。

「おいら、剣術遣《つか》いだが、十年前に、徳丸ヶ原で高島秋帆先生の洋式調練を見て、その一兵々が、全く一団となり百人も千人も只一人となって働くを見て、こ奴あ大変だ、これからの戦さあこれで無くちゃあいけねえと、それから蘭学をやり出したのだ。その百千人一人になるが、取りも直さず、お前が、ここにいい鉄砲を拵《こしら》えるも同じ事だ。そうでンしょう」

と麟太郎は、次第に静かな声になった。死んだ小吉が、草葉の蔭《かげ》でどんなに喜んでいるだろう、小吉が本所の道具市で、いかさま刀は売っちゃあならねえと、世話焼きさんを叱《しか》った時のあの科白《せりふ》と同じだ。

「すんません、相すんません」

銅太は平蜘蛛《ひらぐも》のようになった。汗は耳のうしろから、顎《あご》へつたって畳へ落ちた。

「わかったかえ」

「へ、へえ」

「そんな金を賄賂につかうよりあ、その金だけ圧銅の量を増し、精一ぱいのいい鉄砲を作るがいいのよ、そうすれあお前の為、おいらの為、お国の為よ。お神酒を上げるよりあ、神様が、とんとお喜びなさるわ」

「へえ。わ、わ、悪うございました。太左衛門奴の、飛んだ間違いでございました」

その銅太が、実に恐縮して帰るという時に、麟太郎は、それでも玄関にまで送ってやって、お前、着馴れねえ紋付なんぞ着込んで、賄賂をつかうも、大そう芝居っ気の要《い》るものではないか、と笑いのめした。

この話を、襖越《ふすまご》しのおたみが、杉が出てくるとすぐに知らせた。杉はぴしゃぴしゃ手を打って、態《ざま》あ見ろってんですよ、大きな面《つら》をしている蘭学者ども、こ奴《いっ》をきいたら、青くなって慄えるでしょうよ、飛び上がる真似《まね》をした。

「が、五百両あったら、ここんところ助かるがなあ、ねえ、奥さん」

顔を見合せて、苦笑した。

仲媒人《なこうど》の島田先生が死なれたので、松代藩の在府用人伊藤環が改めて仲媒人に立ち、お順が、一代の晴れ姿で、木挽町《こびきちょう》の象山が家に嫁入ったは、冬とも思えぬ静かな日和《ひより》の日であった。

夜、鏡のような月であった。

麟太郎は、裃《かみしも》姿のままおたみと杉純道と岩次郎の四人づれで、お母上だけは残して田町の家へかえって来た。月が四人の影を長々とうしろに引いていた。おたみは、さっき、麟太郎が、象山の前へ手をつき、妹はとかく不調法もので、将来なにかとお気に召さぬ事もあろうかと思いますが、何分にも幼少より両親の手許《てもと》を離れ、監禁同様の裡《うち》に成人した不仕合せもの、それだけに、老母の心配も一しお故《ゆえ》、何分とも不憫《ふびん》と思し召されて、末長く御憐愍《れんびん》をいただきたいと、涙を流さんばかりに頼んだあの時の姿が、まざまざと、今もその眼の前に生きて消えなかった。日頃とは、まるで変った夫の姿に、思い出しても、なんとなく痛ましくて自分も泣きたくなって来た。

鉄五郎は、自分の拵えた鉄砲にくっついて、川口の銅太が鋳物場へ行ったっきりで、麟太郎がところの祝儀《しゆうぎ》にも出て来ない。その代り、見事な鉄砲が一挺又一挺、年の暮もお正月もなく、出来上がって、鉄五郎は、その度毎《ごと》にそれについて江戸へ出て来て、小笠原家へ納めに行った。重役へ引渡す時に、その鉄砲へ頬をつけるようにして、ぽろぽろ涙をこぼすというが、大変な評判になった。

五百挺一挺残らず無事に納めるまであ、酒も手弄《てなぐさ》みも、神様へ断《た》ったといっているが、本当だろう、その為かめっきり痩《や》せて行くような気さえした。

銅太は、御神酒料この方、すっかり麟太郎に心服して、出来上がるものが、少しでも鉄五郎の気に入らないと、幾度でも幾十度でも作り直させて、もう算盤《そろばん》ずくの損も得もない、ただ、立派なものを、精一ぱいに拵えて、勝先生のお名前を損じないよう、銅太の名前をきずつけないよう、一生懸命であった。

明けた正月の三日は、ゆうべ中降りつづいた雪が、夜明けにぴたりと止《や》んで、光を撒《ま》き散らした雪晴れだ。

象山は、反射除《よ》けの青眼鏡をかけ、相変らずの立派な袴、どんすの羽織を着て、これもまるで見違えるようなぎょうぎょうしい着物を着せたお順と、門人を二人供につれてやって来た。さすがの麟太郎も、色のついた眼鏡を見たははじめてだ。

年頭の挨拶がすむと、象山は、和蘭百科全書ショーメルというを見て、硝子《ガラス》の製法を知ったので、試みに、この色硝子を作って見たが、なかなか妙だ。これまで、雪の日馬へのる時などは、黒絽《くろろ》の布切れを眼鏡のように拵えて用いていたが、それも役にはたったが、これはまた格別ですよ、といった。

「お順、お前も拵えていただくがいいではねえかえ」

麟太郎が冗談顔でそういうと、象山は、いや早速拵えるつもりでいる、と引取って答えた。

が、この二人はほんの少しの間より、ぼろ塾にはいなかった。象山は、今年はどうやら米利堅《メリケン》船が日本へやって来そうな風評で、幕府の当路が、早くも度を失っているというから、勝さん、お互い、しっかりやらんくちゃあいけないようだね、といって帰って行った。

お順を、自慢で、何処かの屋敷へ連れて行くらしい様子だ。

二人がかえると、たった一人になったのであれ以来鶯谷からずっと田町へ来て終っているお信が、孫の小鹿《ころく》を抱いて、暫《しばら》く気がぬけたようにしている。

「どうしました、お母上」

麟太郎に声をかけられてお信は、いや別になんでもないけれど、ほんの半月かその程で、お順があのようにも変るものかと思いましてね、といった。それあ変りますよ、象山先生は諸藩の鉄砲大筒の注文がぞくぞくあって、生《なま》じな大名位の権式の人だ、麟太郎がところなどとは違いますよ。お順は早くもあのようにそこのところを呑《の》み込んだだけの事で、あれで、本人は高ぶっている訳じゃあねえんですよ。こんな貧乏のものあ妙にひねくれて見えるけれども、あれが象山の家の風に馴染《なじ》んだというもので、お母上、もう安心ですよ、と麟太郎は笑いながら云った。

「この次あ、あの青眼鏡を、お順もかけて来ましょうよ」

風浪

嘉永六年癸丑《みずのとうし》の年は、麟太郎がところでは別に、大して変った事もなかった。ただ五月に大旱《おおひでり》がつづいた時に、丑松《うしまつ》が、小鹿《ころく》をおんぶして、深川の砥目《とのめ》の御両親のところへ遊びにつれて行って来た夜に、俄《にわ》かに小鹿がひどい熱を出して、ひきつけて、今にも死にそうになったので、大さわぎをした位のものであった。桂田玄道が来てくれて、次の日は、忘れたようによくなったが、丑松は、それから当分しおれ返って、田町へは来なかった。後で岩さんにばれた事だが、奴め、両国の広小路で、小鹿をかんかん陽《ひ》に照らして、見世物小屋の看板などを、見て廻っていたのだそうだ。

が、天下は大そうな騒ぎであった。去年阿蘭陀《オランダ》から内証で知らせて来たように、米利堅《メリケン》国の彼理《ペルリ》が、軍艦四隻《せき》を引きつれて、頭から押しかぶせるようにして、相州浦賀へやって来た。七月にはオロシヤ国の布恬廷《プチャーチン》というのが軍艦二隻を引っぱって、唐太《からふと》境界確立の請求に長崎へやって来た。ど奴もこ奴も笠《かさ》にかかって、日本国を脅《おど》しつけよう算段だ。

国中慄《ふる》え上がって終《しま》った。

品川沖へ台場を築いたり、それまで厳禁だった二本柱、三本柱の大船を作ってもい い事にしたり、向う五年間用度《ようど》を節して力を海防に用いよなんどと云って見たり、幕府もからいけない。

あわてて阿蘭陀へ軍艦兵書を註文《ちゅうもん》して見たり、八年もの間安部家へ永預《えいあずけ》になってい る高島秋帆先生を許して、表向き弟子の江川太郎左衛門の家来にして喜平と改名させたり、水戸の斉昭《なりあき》を一日おきに登城さして、時局の意見を述べさせるようにしたり、土佐の漁夫中浜万次郎が、漂流して十年も米利堅にいてその言葉を話せるというので幕府直参に取立てたり、いやもう途方もない話ばかり。

杉は、毎日、塾へ出て来ると、真ん中へ突っ立って、米利堅さん有難うと、拍手《かしわで》を打って拝む真似《まね》をした。なんですかそれは、と或時佐藤がきいた。お前にはわかるめえ、先生にきいて御覧。

仕方がないから、麟太郎へきくと、おいらあ知らねえよ、ひょっとしたら余り米が高えから安くなるようとでも拝んでいるのじゃあねえかいといって、にやにやしているだけである。佐藤がまた杉へきいた。杉は、え、世の中がこうなって来ると、誰も彼も、眼を海外に向けなくちゃあなるまい、それには先《ま》ず蘭学が是非とも必要だ、だからいやでもこっちが盛んになり、今にこの塾が一ぺえで、お前のような阿呆《あほう》な人間は来れねえようになるんだ。それで早いところ米利堅さんに礼を云っているのよと答えた。

それをきいていた麟太郎は、杉はとんだべら棒だよ、と笑った。

「と云ったところで先生御覧なさいよ。いよいよ、幕府では西洋砲術採用となったじゃありませんか」

「当り前が、当り前になっただけよ」

「その当り前が、当り前で通らねえ世の中だったんですからね」

そうかえ、麟太郎は、それっきりで、ふむ来年はその米利堅さんがまたお出《い》でなさるとよう、その時あ平穏に取計らうんだとよう、おいらが幕府《だんな》がところも埒《らち》あねえわさあ、とひとり言のように云った。

その幕府も、お代替《だいがわ》りがあった。

代った十三代《いえさだ》がとんだお人で、三十歳にもなっているに、毎日子供のように鵞鳥《がちよう》を追い廻して喜んでいるし、自分で豆を煮ては近臣どもへ下さる。うまいかと云うから、うまいというとまた一杯下さる。またうまいかとおたずね故《ゆえ》、うもうございますと答えると、また一杯下さる。実に際限がない。若《も》し、もう結構でございますなどと申そうものなら、西洋渡来の剣付筒を持って追い廻すという。御老中阿部伊勢守はこの煮豆にとんと苦しんでいるそうだとの噂《うわさ》が、何処《どこ》から出るものか、ずいぶん下々にまで拡《ひろ》がっていた。それより幕府は、女へは寄れねえ病えだそうじゃあねえかと、知れそうもないことを、見て来たようにささやいて、へえ、そうかねえと、四辺《あたり》を見廻すものなどは、一体どこから、そんなことを小耳にはさんで来るものか。

そんなこんなで、誠に、——泰平のねむりをさますじょうきせん、たった四はいで夜もねむれず——である。杉がこ奴を、町の湯屋できいて来て、蒸気船とお茶の上喜撰《じょうきせん》とをかけ、米利堅の四隻を四杯とかけた手際《てぎわ》あ大そうなものだ、作者は只《ただ》の奴じゃあないよと、頻《しき》りに感心して塾生たちへ話していると、御免下さいましと、裏の方で低い声がした。

誰か立とうとしている中に、麟太郎がのっそり出て行った。やあという声がしたが、そして少しすると、おい、みんな来て見ろ、と呼んだ。

どかどか裏口へ出て行った。そこへ萌黄《もえぎ》の大風呂敷をしいて鍛革の甲冑《よろい》が置いてある。麟太郎は、ただにやにやしていたが、立っているのは、杉も知っている近頃から出入りをしだした魚屋と、見知らぬ四十がらみの商人風の男である。それが、みんなの顔を見ると、頻りにぺこぺこお辞儀をして、どうぞ御覧下さいまし、お刀で斬《き》れぬどころか、鉄砲玉も通りませぬ事請合《うけあ》いのお品でござります。もう黒船さわぎで、どちら様の御武家方もお戦さの御用意に、この品をお求めなされてでございます。魚屋につれられて新製の甲冑を売りに来たのだ。杉が見ると、ひどいいかさま物だ。

「商人は抜け目がないなあ、さむらいが泡を喰っているにつけ込んで、江戸は何処にも此処《ここ》にもこ奴を背負って売り歩いていやがる。おい、よろい屋、ここの塾の人間は、みんな眼を二つずつ持っているんだぜ」

「へえ、なんでございますと」

「鉄砲玉が、こんなものが通せなくてどうするものかよ。鉄砲どころか、どんななまくら刀だって真っ二つだよ」

「そ、そのような事は」

「無いというのか」

「へえ、首をかけます」

丁度暑い最中の話だ。

売りに来た男は時局がらいい商売だというのではじめた、ほんの俄《にわ》か商人らしく、多寡《たか》の知れた蘭学書生どもがなにを生意気を云いやがる、わかりもしないで商売ものに、けちをつけたという腹立たしさと、それに連れて来て貰《もら》った魚屋とは知合いだけにその手前もあるらしく、ここんところ、一寸《ちょっと》、そうですかと云って、引退《ひきさが》れない破目になったのだろう。

「どうぞ、試して見て下さい」

「試したら一緒にお前の首が無くなるぜ」

杉の方は別に大そうな悪気《わるげ》はないのだが、おかしなことになって終《しま》って、夏の日のかんかん照る中を、この鍛革のよろいを鍛冶場《かじば》の横の榎《えのき》の木の下へ莚《むしろ》を敷いて、置いたものだ。こんなものを試すには、試しの作法もあるだろうが、ここの人達はそんな事なんぞはどうでもいい。

が、ただ問題なのは杉純道の腕前だ。喧嘩《けんか》はするが、どうも、こっちの方には自信がない。いかにいかさま物でも甲冑は甲冑だ。いささか閉口だ。麟太郎は、黙ってさっきからにやにや笑っているだけだ。

「よし」

杉が、ちらりと麟太郎の方を振向いて、よろいの方へやって行った。佐藤をはじめ塾生たちは、やり損なったところで杉先生なら平気なもんだろうと思うから、面白がって見ている。

「よし、やるぞ」

杉はまた麟太郎の方を見た。

「これが外のものなら、わしは黙っているさ。しかし苟《いやし》くも武士の表道具だ、いざ戦《いく》さという時に、そ奴が役に立たなくては大変だ、え、これは武士の表道具、ましてや、こうした世の中に、こんな俄か作りのいかさま物をもって、巨利を得ようなどとは、怪《け》しからぬ心底だ」

また麟太郎を見た。余り先生をばかり見るものだから、塾生たちは、くすくす笑い出した。

「こら、なにがおかしいのだ。甲冑は、武士の表道具だぞ。いかさまは許さねえのだ。ねえ、そうですなあ、先生」

また麟太郎を見た。

麟太郎は、相変らずにやにや笑っていたが、その笑顔のままで無言で杉の持っている刀をとると、その甲冑の前へ進んで行った。杉は、ほっとした。その代り、塾生たちは、まるで人形へ息を吹き込まれでもしたように、麟太郎の動きに眼を見張った。元々いかさまだ。麟太郎は笑いながら斬《き》ったが、まるで紙細工でもあったように、真っ二つになって終った。商人も、魚屋も、へたへたと其処《そこ》へ坐った。

「こんなものを売り歩いちゃあいけねえよ。こ奴を斬れねえは、おいらがところの杉だけだよ」

その杉も、商人へ首をよこせとは云わなかった。ぼろ塾が破れる程の大笑いをして、それでお終いになった。幕府をはじめ、日本国中が、上を下へ、青くなっているにつけ込んで、そんなものを拵《こしら》えてぼろい金儲《かねもう》けをしようなどと途方もない奴があるものだ。

ゆうべ暮方から戌《いぬ》の方に彗星《すいせい》が見えている、次第に北へ寄るらしいが、お気がつかれていられるかという象山の手紙を持って、門生が来たのは、次の朝であった。

彗星も出る筈《はず》だ。こんないかさま甲冑ばかりか、浅草の馬具師が、水をくぐって敵を奇襲するものだといって、革の嚢《ふくろ》をこしらえたが、息の通うことの出来ないものだったは、大笑いだ。

いつの世も同じことだ。こんな時には、山師、ひん用師、いろいろな奴が出る。

深川冬木町で、大そうな板囲いをして、車輪船というのを拵えている。黒船の形へ両舷《りょうげん》へ沢山の水車をくっつけて、大勢の水主《かこ》がこれを踏む、速きこと黒船に二倍するという。岩さんがその話をきいて来たので、それあうめえ考えだ、出来るだろうというもの、いやなんで出来るものかというもの、塾にはいろいろな議論が出たが、麟太郎が、おい、むかし豊太閤《ほうたいこう》が征韓の時にな、対手《あいて》が日本の刀の斬れるを恐れて、なんとしても斬れねえ冑《かぶと》をこしれえたが、そ奴、斬れねえ代りには、重くって、被《かぶ》る事も持ち上げることも出来なかったとよ。浅草の革嚢と同じように馬鹿はいつの世にもたんとあるものだ。岩さん、お前、南一番の頭取ともあるが、それを、ほんに聞いて来たかえ、と口を出したので当の岩さんは元より、みんな黙って終った。麟太郎がねそべって、此方《こちら》を見ていた時だからだ。なにか云ったら、またいつものように、おもちゃにされる。

そんなこんなで、年が変って、元日からいいお天気つづき。寅年《とらどし》は荒れるというが、それは嘘《うそ》か、綿入れなどは着る人もない暖かさだ。

ことしも、また春には、米利堅《メリケン》船が手詰の談判にやって来る、大変なことだと、どこもここもその話、正月早々から心配をして見たところで、屁《へ》にもならぬ人間までが、やれ公儀がどうの、御老中がどうのと、それあ喧《かしま》しいことだ。あっちのお社、こっちのお寺、御祈願やら御供養《くよう》の御開帳やら、ことには、押上村の最教寺での蒙古《もうこ》退散旗《はた》曼陀羅《まんだら》を拝ませたは怪我人《けがにん》が出た程の大そうな人出であった。

春も春、正月十六日、今度は軍艦七隻を引きつれた彼理《ペルリ》が、早くも日本へやって来た。のっけから脅しつけて自分の云い分をきかせ、もし四の五のいったら戦さをはじめるつもりで来ているのだ。今度は真っ直ぐに江戸湾小柴沖《こしばおき》までやって来て、途中浦賀沖で文句をつけたこっちの検分船などはまるで対手にされなかった。

幕府ももう無茶苦茶だ。元来がなんの肚《はら》もない。諸役人は悧巧《りこう》ぶってはいるけれども、

「阿呆よ」

麟太郎はそういって、鏡へうつったおのがからだをよく見れあいい。え、幕府がところの泰平も二百幾年は余り永過ぎたわさ。

「御直参がそんなことを云っちゃあいけませんよ」

杉がひやかした。おお、そうだ、こ奴あとんだ不忠不義だ。麟太郎が、ぼろ塾で冷たいことを云っている中に、二月になって、とうとう御老中の阿部伊勢守が辞表を出すようなことになって終った。どうにもこうにも成らなかったのだろう。

この騒ぎの最中《さなか》に、箱館《はこだて》の渋田利右衛門が、ずいぶん久しぶりで江戸へ出て来て、知らせもなく、ひょっこりと、田町の塾へやって来た。あの頃から見ると、少し肥《ふと》ったが色が青白いようである。

「皆様へ、牡丹餅《ぼたもち》を買っていただきましょうか」

利右衛門は、笑い顔で、塾中を見廻しながらそう云った。おやもうそれを御承知ですか、と麟太郎も笑って、江戸というところはおかしなところで、次から次とよくまあ飽きもせずに、馬鹿馬鹿しい事が流行《はや》るものですよ、この夏は悪い病が流行る故《ゆえ》、一日も早く牡丹餅を食えば、その病にかからねえというのだから妙ですねえ。旅籠《はたご》できいたら牡丹餅屋は、何処も此処も大そうな繁昌《はんじょう》だそうですね。いや繁昌と云えば先生、近頃の本の出ますこと、今日もこちらへお邪魔の前に、江戸橋の嘉七のところへ寄りましたが、新しいものだけでざっと百巻ございました。西洋雑記、海外異伝、清《しん》英《えい》近世談、清英戦記、海外新話、いやもう大変で、中で求めようと思いましたは、清宮秀堅先生の新撰《しんせん》年表位のものでございました。嘉七の話では、杉田成卿《せいきょう》先生が、砲術訓蒙というを御著述中とやらですが、これは是非一日も早く拝見いたしたいと思いますが、先生、わたくしのような兵学の素人《しろうと》のものには面白うございますまいか。

利右衛門のいっているのをきいて、杉がすっかり感心して終った。え、みんな、どうだ、みんな一かどの学者づらをしてこうやって、横文字をひねくり廻しているが、あのお方の足下にも及ばねえようだぞ、しっかりしろ、しっかりやろうお互いに。塾生たちへそういった。佐藤は額を叩《たた》いて、ほんとうに砲術訓蒙というのはどんなものなのだろう。

杉は、そ奴はな、海上砲術全書の向うを張るものだときいた事がある、海上全書は海戦の事ばかりで、陸戦の事がない。そこへ米利堅さんがやって来て、秩序整然と上陸したのを知って、悧巧ものの杉田梅里がすぐに、陸上戦が心に浮んだ。天文の訳員を辞して、専心この記述にかかったという噂《うわさ》だが、容易ではないな、先《ま》ず本になるは五年先だろうよ。そんな事をいった。

杉先生にも御付合いが願いとう存じますがといって、利右衛門は、夕方から三人連れ立って、田町を出た。おたみが台所へは、一塩の鮭《さけ》を五尾届けてくれた。

江戸にいる麟太郎や杉よりは、利右衛門の方が、いろいろ江戸に明るい。この頃出来たばかりの日本橋塩河岸の料亭百川《ももかわ》へ行って、自慢の卓子料理を馳走《ちそう》した。話はやっぱり黒船さわぎの事に行って、利右衛門は、日本人というものは生れながらの才能も少なくはない代りに、どうも少し高慢で、従ってひとりよがりになり、その上ひどく狡獪《こうかい》なところがある、今度はこんなものを一切さらりと洗い落して、生れ代った気で、米利堅にでもなんにでもぶっつかって行って、国家百年の計をたてなくてはならぬと思いますが、どんなものでございましょうかといった。

その素っ裸になるが問題さ、素っ裸は、つまりは人間の誠実ということだから。長い間の封建で日本人は云われる通り、狡獪でややともすれば小智慧《こぢえ》を働かせようとする、みんな相当の智慧はあるが事に対する誠が足りない、公儀の異国に対する一刻の遁《の》がれの遣《や》り口もつまりはこれなのですよ、素っ裸で外交の衝に当る人があったら、公儀もなにも泡を喰らうことはないんだが、と、麟太郎は珍しくも真面目《まじめ》にいった。

新吉原江戸町の大黒屋で、毎夜女どもに伊勢音頭というを踊らせて、大そうな賑《にぎ》わいだそうだ、こんな時に、このような馬鹿々々しい騒ぎはすぐに御停止になる事でしょうから、まあどんなものかこれから行って見ましょうかと、利右衛門がいったが、麟太郎は、杉お前さんお供をしろよと、利右衛門と杉だけをそっちへやって、自分ひとりは、静かな初夏の夜を、田町へかえって来た。

黒船この方、江戸の町々は、暮れるとすぐ大戸《おおど》を下ろすので、辻々の行燈《あんどん》だけが、ぼんやりとついて、まるで人というは通らない、若葉のかおりに交って、何処やらから花らしい匂《にお》いもする。

塾へかえると、その足音をききつけて、お母上とおたみが、もう、そこへ出て来た。

「木挽町から二度もお使いがございました」

「佐久間から——なんだとえ」

「大変が出来た故、是非、お見え下さいと」

とおたみがいうと、お母上は、お順からなのだよ、早く行ってやって下されと云った。

「象山が殺されでもしたか」

「まあ、あなた」

とおたみが、びっくりして、麟太郎をたしなめながら、お母上の方を見た。本当だよ、麟太郎は笑って、そのまま上がって、お茶を一ぺえくれと坐った。

「象山も、江戸の真ん中で牛の肉なんぞを煮て喰ったりする故、岩さんにでも殺されたかも知れねえわ」

岩さんはよかった。お母上も、おたみも思わず笑った。

象山がところは、真夜中というに家の中を、かんかん明るくして上桜田の松代《まつしろ》の屋敷からも御家中が二人三人来ていたし、門人達も七八人も、額を集めている。お順は、奥の間で、誰やらを叱《しか》っている声がした。

麟太郎がやって来たと知らせると、そのお順が座を立ちかけているは、余っ程待っていたのであろう。

「どうしたよ」

お順の、ひどく緊張した額の蒼白《あおじろ》んだ顔を見ながら、麟太郎はそういって、胡坐《あぐら》をかいた。

「先生が、町奉行へ呼び出され、未《いま》だにおかえりがないのですよ、兄様」

麟太郎は、ふーむといってから、先生というはお前の亭主かえ、と、笑って見せた。

今朝、まだねている中に、北町奉行井戸対馬守《つしまのかみ》から呼状が来て、いつもと同じような風で出て行かれたが、それっきりで、門生たちが番所の方へいろいろ問合せて見ても、とんと埒《らち》があかないので、只《ただ》、みんなで心配している、こんな時に兄様がいて下さればと、二度もお使いを上げたのですと、さすがに、お順はしっかりはしているもののの、心配顔である。

「人殺しもしめえ、放って置いてもけえって来るよ」

「そんなのんきを申してはおられませぬ」

「といって、番所襲撃でもやる気かえ」

お順は、きっとして、兄様はそれだからいけませぬ、このような場合に御冗談はお止《よ》しなされませ。兄様はいつもその風故、勝は、わざととぼけているのだ。対手が何処《ど》で背負投げを喰わされるかも知れぬから用心をしろなどと、お友達にさえ申されるのでございますよといった。

ほほう、みんなそう云うか、よく当ったわさ、そりゃあ本当のことだ。

夜が明けかけたが、象山は戻らない。

麟太郎は、肱枕《ひじまくら》でごろ寝をしていたがむっくり起き上がると、

「お順、象山は当分けえらねえだろう、お前、その気でいろよ、おいら、一先ず田町へけえるわ」

といった。お順は、袖《そで》にすがるようにしたが

「象山が出がけに、松陰生の事かも知れないといったと云えば、なにか思い当る事があるんだろう。馬鹿がとぐろを巻いてる幕府《だんな》がところだ、先の高島秋帆先生のことから押しても、偉え奴はいつも命がけよ」

といって、え、象山が山師か、真物《ほんもの》か、ここではっきりするところだ。とにかく、また来るわというと、そのまま、どんどんかえって行って終った。

お母上《かあさま》は、眠らずにいられたのだろう。帰ったを知ると、直ぐに起きられて、どうしたのかときいた。

麟太郎は、長州の人間で吉田松陰というがあります、象山には弟子とも云うべきか、

大そうな人物で、人間としては幾枚もの上でしょう。これが黒船へ乗り込んで、米利堅《メリケン》へ密航しようとしたのを捕えられて、今、伝馬町の牢《ろう》に入っている。象山は、かねて、この麟太郎にも是非にも異国へ行って見ることだ、百聞一見にしかずといっていたから、この吉田にもそれを説いたに相違ないと思う。なにかこの辺の事で、引っかかった。わたしの考えでは、これはなかなか一月や二月で牢を出られる事ではない。肝腎《かんじん》の日本の異国に対する方針が定っていない、定っていないから、それに密航しようとした人間に対しての処分もはっきりしないでしょう。尤《もっと》も法例はあります、その法例通りに行くと、首はないが、この法例は事実上ではすでに廃止も同じ事になっているが、何分にも、馬鹿ばかりの幕府の諸役奴、なにをやり出すか知れないのです。象山も或いはひどく軽く行くか、それともひょっとすると或いは、首をかけるような重い事になるか、今は、それはとんと賭事《かけごと》のようなものでしょう。こう解り易《やす》く、お母上へ話してから

「心配をしたところで、どうにも成りません。お母上、おやすみなさい」

「でも、若《も》し、ひょっとして重い罪にでも、ねえ」

「しかし、ああいう偉い人間は、滅多に畳の上の往生は出来ないことに昔から定っているのですよ」

とそういってから、おたみへ、おおい、象山が牢屋で、白眼を出してあの妙な髯《ひげ》を引張っているは、とんと面白い図だろうよ、といった。おたみは黙っていた。

象山は、その頃、伝馬町牢の東奥揚屋《おくあがりや》に入れられていた。

吉田松陰は、その隣の牢舎にいて、象山の声は聞えるけれども、牢役の見張りがきびしくて、一語を交える事も出来なかった。

二三日して、杉が調べて来たところで、やっぱり象山は、松陰の渡航をすすめたのが露《ば》れたと云うは、松陰が、豆州下田の沖で米利堅の彼理《ペルリ》ののっている鮑巴旦《ホーハタン》号へ乗り移った時に、ひどい浪風で、乗って来た小舟が不意に舷側《げんそく》を離れて流れ出した。その小舟の中に、象山が別れに臨んで松陰へ贈った激励の詩が残っていたのが、とんだ証拠になったのだ。

象山は九月になって、やっと罪が定った。松代で蟄居《ちっきょ》というのだ。その日は空の青々とした風の少し吹く日であったが、お順は木挽町の家をたたんで、象山を追って、信州へ行って終《しま》った。お母上は元より、麟太郎夫婦も本郷の追分まで送って行った。お順は中山道《なかせんどう》を駕《かご》で行った。

「蟄居といってももう二度と江戸へは出て来られぬのであろうか」

お母上にして見れば、お順は末っ子だ、それに長い間手放していただけに、内心は誰よりも可愛《かわい》いのかも知れない。

「そんな事になるかも知れませんが、それでもまあお順も、後家にならぬが、めっけ物でしたよ」

夏のはじめ頃までは吉田松陰の首も、象山の首も危ないと、ずいぶんの噂《うわさ》であった。象山は牢の中で、調べの度毎《ごと》に、ずいぶん役人を小馬鹿にした。時には、航海を禁ずる鎖国の令はあるがこれは最早や死法も同然ではないか、それを今尚《な》お守れというのはなんという大馬鹿だと、声高に役人たちを叱りつけた。これを象山は命が惜しくなって未練で虚勢を張ってこんな事をいっているのだと、役人達は本当に、そう思いもしたし、それとなく牢外にも漏れきこえた。殊《こと》に糺問《きゅうもん》に当った調役《とめやく》松浦安左衛門の如《ごと》きは、口書読聞《こうしょよみき》けの時に、沿革という字を「はんかく」と読んだ。象山は、その、はんかくとはなんだと嘲笑《ちょうしょう》を交えて反問した。松浦はかっと大きな眼を開いて、一々字義を討論する必要はない、その方は和漢古今に博渉し大儒碩学《たいじゅせきがく》たることは知っている、しかしわしは幕朝の律令千万巻悉《ことごと》く暗記し鞠訊《きくじん》に長ずるを以《もっ》てこの職にあるのだ、若し書を把《と》って、その方の講をきく時は、遥《はる》かに二の間より拝する事は元よりである、しかし、今、ここに上命を奉じてその方の罪を糺《ただ》す上は、修理負けはせぬぞ、負けはせぬぞと、満面に朱を注いだ。そんなこんなで、ずいぶん役人どもの感情を昂《たか》ぶらせている。実際、首は危なかった。

が、その中に、どうやらこうやら、幕府も外国との仮条約が出来て見ると、其処《そこ》に、自然この人達に対する方針も違って来たし、一旦辞表を出しても聴許にならなかった老中の阿部伊勢守というは、物のわかった人だし、それに、前年、勘定奉行川路《かわじ》左衛門尉《さえもんのじょう》の手を経て差出した象山の「急務十条」というも、篤《とく》と見ているので調べに当った下々の諸役が、何《いず》れもむかっ腹で重刑を主張して止《や》まなかったのを押えつけてくれた。そのために蓋《ふた》を開けたら、案外に軽かったのだ。下役は大のふくれっ面であったが、松陰も、故郷の野山の獄へ送られて先ず首は助かった。

「松代には、佐久間の子のある女がいるのだから、お順は辛《つら》い思いをしないだろうかねえ」

お母上の心配を、麟太郎は、そんなものに敗《ま》けているお順ではありませんよ、それもこれも承知で、象山の家内になったのだから、あれはまたあれで、はっきりとした考えを持っている、お母上からは、とんとねんねのようでも、お順ももう今年は十九、しかも年以上にしっかりしている女子故、とんと心配はありません、といった。

田町へ帰って来ると、その夕方から、俄《にわ》かに空合いが怪しくなって来た。ここのところ余程の間ずっと一粒の雨もなかったのだが、黒い雲の塊が、ぐんぐん四方八方へ拡《ひろ》がって行く。

「雨のようでございますね、お順さんの道中に、悪い事でございます」

おたみは、空を見ながら、幾度も、お母上へそう云った。

日の暮れない中に、とうとう降り出して来た。ばらばらと、二粒三粒、軒《のき》を叩《たた》いたなと思ったら、忽《たちま》ち天の底がぬけたような大雨になった。しかも、それから四半刻《しはんとき》も経《た》った頃から、風が出て来た。

いやその夜中の物凄《ものすご》い事。そちこちの木の枝がへし折れてふっ飛んで来て、幾度も雨戸へぶっつかった。更でだに、勝のぼろ塾、みしみしいって、今にも、打倒れそうである。

大丈夫だよう、麟太郎は、三人の子を引寄せて眉《まゆ》を八字にしているおたみへそういって、家なんざあ、倒れるといっても、一度にぺしゃんこに行くもんじゃあねえ、みしみしみしみし傾きかけてからでも間のあるものだ、臥《ね》るがいいよ。

でも——というおたみは、今、四番目の子がお腹にいて、六月になっている。それを見ると麟太郎は、おいら、こうして起きていてやる、お前、ねなくちゃあいけねえよ、小鹿はどうも虚弱だから、ここんところで頑張《がんば》って、今度あ、丈夫な男の子を産んで貰《もら》わなくちゃあならねえのだ。

といって、おたみもねられない。お母上もいつの間にか起きて来て、ざあーっとひどい雨風の度に、互いに顔を見合せている。そちこちに雨漏りがする。ここへ来てから二三度修繕もしたのだが、こんな大雨になると一カ所や二カ所でないだけに手のつけようもない有様だ。

寒いようだ、寝よ、寝よ。子供達へもそういうが、みんな床へ入ってもやっぱり眠れない様子。

が、いい塩梅《あんばい》に、九つ刻頃《じゅうにじ》から、風ががたりと弱くなった。

朝になって、眼を開くと、ゆうべの事なんぞは、まるで大嘘《おおうそ》でもついたように、一天拭《ぬぐ》ったような青空で、きらきらきらきらまぶしいお天道が水の底からのように輝やいている。

麟太郎が外へ出て見ると、ほんに、ゆうべあんな恐ろしい音のしたも道理、方々の大きな木がへし折れて、そこら中に横倒れになっているのはいいが、困った事は、ぼろ塾の屋根の瓦《かわら》があっちに穴、こっちに穴、いいところで雨が止んでくれたからいいようなものの、あれからまだ降りつづきでもしていたなら、勝が家の中は川になるところであった。

「たみ、見ろよ、大そうな事になってやがるよ」

おたみが外へ出て、まあといって屋根を見ていると、お早うと、遠くから怒鳴って来るは杉だ。袴《はかま》を横へ抱いて、尻《しり》を端折《はしょ》って来るは途中の水溜《みずだま》りに閉口して、だいぶあわてて来たようだ。

「早いなあ」

「勝先生の御一家が押つぶされて死んででもいないかと思いましてね。あなたは亡《な》くなった小吉《おとう》さんとは違って、法華だから、お寺は、何処にしようかと、心配して来ましたよ」

「べら棒をいうな」

「あの雨風で、このぼろ塾が無事とは不思議だ」

「なにが無事なものか。あの屋根を見ろよ」

「あれ位は無事の中ですよ」

杉は、みんなと一緒に朝飯を喰べると、今日は、塾の奴らが来たら、片っ端から屋根屋にしてやると云いながら、下帯に肌襦袢《はだじゅばん》一枚でさっさと先ず屋根へ上《ま》がって終った。

岩さん、丑松、三公、深川の定連《じようれん》が少し後れてやって来て、みんな屋根へ上がった。麟太郎も、稽古着《けいこぎ》を引っ張り出して、杉同様下帯一つ。玄関のところへ折れ込んで来ている楓《かえで》の折《おれ》を引っかついで、裏の方へ運んで、も一度、そこへ出て来ると、びっくりした。さすがの麟太郎も、びっくりするは当り前。全く思いもかけぬ家来が一人の立派な武家駕がついて、今、そこへ主《あるじ》が出ようとしている。

麟太郎は、もう一本の同じような折れた楓を引っかついだ。丁度主が、すっくと駕の前へ立った。年配の家来が、こっちの顔を知っていると見えて、

「勝先生」

と呼びかける、とそれをさえぎって、

「大久保忠寛《ただひろ》です。突然ながらお目にかかりに参ったが」

といった。麟太郎よりは五つ六つの年上、大きな地紋のある萌黄《もえぎ》色の羽織を着て、微笑をふくんだ頬《ほお》には、なにかしら、麟太郎にも好意の持てるものがあった。

忠寛は幼名三市郎、号は桜園《おうえん》、志摩守から今は右近将監《うこんしようげん》、将軍家《いえさだ》お気に入りの天下の目附《めつけ》だ。ましてその頃は海防御係《かいぼうおかかり》、元より名は麟太郎も知っている。こんな人に尻っぺたを丸出しにしたこんな姿を見られて、麟太郎も、実に、閉口した。黙って、お

辞儀をすると、そのまま、勝手へ廻って、泥足を拭うと、ちゃんと身装《みなり》を整えて、改めて玄関へ出て来たのである。忠寛が待っている間、屋根の上から、杉がのぞき下ろしたり、丑松がのぞき下ろしたりした。

「どうぞ」

麟太郎は、立ったままで、ほんの親しい友人をでも迎えるようにした。忠寛は、黙礼して上がって行った。

余り綺麗ではない座蒲団《ざぶとん》が一枚出ている。その右にも左にも塾生たちの、薄汚ない机が置かれてあった。麟太郎は、それでも、座蒲団もなく、下手《しもて》で改めて、手をつかえてお辞儀をした。

「思いたったら、矢も楯《たて》も堪《たま》らなくなる妙な人間で、出し抜けに参上したが、御迷惑ではなかったですかな」

「迷惑どころか結構でした。みんな働いているに、わたくしだけがぼんやりしていては、あの屋根の連中がまた後で口うるさく申すので、その封じ手をやっていただけの事で。なあに好きでやっていた訳ではないんですから」

「ゆうべは、誠にひどい風雨だった」

「立派な座敷のものは平気でしょうが、こんなぼろ家のものは、一睡も出来ませんでしたよ」

お夢が、お茶を持って出て来た。

「お子で」

と、忠寛は、笑いかけて、麟太郎がうなずく顔色を見ると、

「お悧巧《りこう》ですね」

と愛嬌《あいきょう》をふり撒《ま》いた。忠寛は、箕作阮甫《みづくりげんぽ》と同じ松平三河守の家来津田真一郎から蘭学を教わってはいたが、ひどく物事に几帳面《きちょうめん》でうるさい。その為《ため》に下僚共に煙たがられて、いつも同じ役に長くは勤まらないというをきいたことがある。お出ましの御用は、も、お話はもない。麟太郎は、いきなり、

「公儀の海防もとんと埒《らち》のないものですね」

といった。海防御係の忠寛だ。眼が光った、が、にやりとした。

じっと麟太郎を見ていたが、暫《しば》くして、

「そうですかなあ」

と、目ばたきもせずに、見つめたままで云った。そして、御意見を伺いたいな、と切り込んで来た。

「意見も何もありません。ただわたくしのあなた様方にききたいは、一体、公儀は肚《はら》が定っているのかという事ですよ。人間の智慧《ちえ》や才覚は知れている。なんだかだと分別して見たところで知れている。然《しか》るに公儀は只それだけを頼りにしていられるように見えるが」

忠寛は、うなずいた。

「米利堅船が、すでに江戸湾深く入り込んで測量をしたというに、わいわいいって房《ぼう》相《そう》を固めて見たところでなんとなりましょう。とんと馬鹿々々しい話です。毛唐共には阿呆にされ、大小名は奔命に疲れ、万民、怨《えん》を道路に載せる」

麟太郎は、次第に忠寛を叱りつけるような調子になった。海防策は、近頃の麟太郎に一番得意のところだ。同じ幕府の役人でも、いい加減な人物であったら、こっちもいい加減をいって、おたみに云いつけて箒《ほうき》をさかさまに立てさせる位の事はやったかも知れない、が、忠寛は、綽名《あだな》を「もののふ」という。二た言目にはもののふは、もののふはというところから来たのだから、それだけに、武士の道を樹《た》て通すには熱意がある。お役を勤めるに些《いささ》かの邪《よこしま》もない、只誠実だ。黙っていても、それが麟太郎には初対面で、はっきりと感じられたのだ。

何《いず》れにしても、海から来る奴を防ぐは軍艦だ。しかし今日それを手に入れて明日から役に立てようなどとそんなうまい事にゃあ行きません。どんな軍艦でも使う奴が不熟練では玩具《おもちゃ》も同然、急々軍艦を買入れると共に、海軍生の養成が第一だ。本当の日本の軍艦と海軍生が出来なくては、公儀の苦しみ、いや日本の苦しみは、いつまで経っても同じ事でしょう。そんな事を話した途端に、丑松の馬鹿奴が火消し人足でありながらどう足を踏み脱《はず》しやがったものか、がたがたどしんというと、庭の真ん中に転がり落ちて来やがった。丁度、そこが水溜りで、ぴしゃっというと、泥水が、座敷の中まで飛び込んで来た。奴め、したたか腰を打って、眼を白黒している。誠に困った奴だ。

忠寛は茶を三度貰《もら》った。そして凡そ一刻半もそこにいると、

「御迷惑でもまたやって来ますよ。あなたも、どうかわたしの屋敷へ来て下さい」

そういって帰りかけた。麟太郎は、送って出た。忠寛は履物をはきながら、

「そうそう、唐津《からつ》侯への鉄砲は大そうな出来だそうで、営中でもいろいろ噂になっていますよ」

「先ず子供だましでしょうか」

「いやいやそんな事はない。川口の銅太があなたに惚込《ほれこ》んで、心魂を打込んだなどと自慢をしていた。あ奴は日本国中で恐ろしいのは勝先生一人だなどと申していたよ」

忠寛の駕が、遠去《とおの》くと、杉が、いつの間にか着物を着てたが、それを高々と尻端折って、麟太郎の前へ飛んで来た。

「え、御神酒料《おみきりよう》がとんだ事になりやがったね」

杉は、追っ払った御神酒料五百両が、勝麟太郎の出世を背負って戻って来やがった、さあ、いよいよ大変だぞ、家の先生も天下の荒浪へ乗り出して行く日がどうやら近づいたというものだ。阿呆の毛唐共が、日本国を脅しに来て、却《かえ》って眠っているを起してくれた、え、立ち上がったらもうこっちのものだ、なあに日本国は今、風浪烈《はげ》しい最中だが、ふん日本国に勝麟太郎ありよ、さ、どんと行け、おれっちの先生。うるせえ、お前騒ぐ事あねえよ。叱ったが、嘘をつきやがれ、勝麟太郎も内心うれしそうじゃないか。右近将監が来たからうれしいのではない、麟太郎は公儀の当路者《とうろしや》に自分の海防意見を述べ得たがうれしいのだ。

お母上も、おたみも、岩さんも、これあ喜ばずにはいられない。忠寛は別になにをどうと云う事をいって来たのではないが、とにかく一介の小普請《むやく》が、幕府の顕官に訪問された、それだけで、悪かろう筈《はず》がなく麟太郎の気持はどっちでもみんなの喜ぶが本当だ。

川口の銅太は、いろいろな屋敷へ出入りをしているは知っていたが、忠寛のようなやかましやにまで、蔓《つる》がつながっていたとははじめてだ。真から麟太郎に心服した銅太奴、どうやら、五百両の一件を、なにかの折に、忠寛へ話したものらしい、と、杉はいうが、全くその通りだ。

それからというもの、なんとなく塾中がうきうきとしている。そのさ中へ、溜池《ためいけ》の黒田家から、あれ以来ずっとお国にいられた永井青崖《せいがい》先生が、そのままお国で亡《な》くなられたというわざわざの知らせが来たのは、もう十一月に入ってからであった。霜のふった寒い朝であった。

誰か塾生の持って来てくれた黄色の冬菊の鉢《はち》が二つ、縁側にあったが、麟太郎は、すぐにそれを手折《たお》って、自分のところの仏壇に供えた。

年と共に、いろいろな惜しい人が死んで行く。父は元より、島田先生ももっと生きていて貰いたかった。永井先生とてその通りだ、一寸《ちょっと》といってお国へかえられたまま御病気が出て遂《つい》に再び江戸へはお出《い》でなされなかった先生と、思えば久しくお目にもかからず、そのまま永の別れとなって終った。近頃いろいろな蘭学のものなどと逢《あ》うにつけ、あの謙遜《けんそん》な物穏やかな先生や夫人が、今更懐《なつか》しく思われてならない。あの先生に、もう少し、強っ気で押しが太く、いくらかは傲岸《ごうがん》とでもいうような味があったならば、もっともっと、世に名も出たし、仕事も出来たし、少し位の病に負けて斃《たお》れて終《しま》われなくもよかったかも知れない。そう思うと、口惜《くや》しいような気持がする。

珍しや杉純道が、ここのとこ二日、塾へ姿を見せない。麟太郎もおたみもひどく気にしていると、三日目に、相変らずでやって来た。そしておたみの方へ行っててれ臭そうに頭をかいて、

「御新造《ごしん》さん、わたしに嫁を貰えって奴があるんですがね」

「え、お嫁さん――それあよござんした。勝も時々それを話して心配しておりました」

「へえ、先生が、わたしの嫁の事を」

「そうなんですよ。お前《めえ》のようなのはいけない、もっといい奴を見つけろよとねえ」

「ふふ――む」

「でも、ほんにお目出とう、早速お貰いなさいましよ」

「そうです、貰っても、いいんですが、その祝言《しゅうげん》の日については少し、わたしにも考えがある」

「考えなどとおっしゃっていず、善は急げと申しますよ、早くお貰いなさいましよ」

はあ、しかし女房を持つということは、杉純道にしても新生活の発足ゆえ、意義深い時にしたいと思いましてね、でも、それも、そんなに遠いことじゃあないでしょう、早ければ年内、おそくても桜の咲く頃までにはと思っています。と、杉のいうを、おたみは、なにを謎々《なぞなぞ》のようなことをおっしゃいます、こういうことにはとかく魔がさすともうします、ほんに、お早いがいいですよ、と本気でいった。

この頃、江戸の市中にはじめて町飛脚《まちびきやく》というが出来た。手紙の入った小さな箱を棒を通してかつぎ、前へ出たその棒の先へ風鈴《ふうりん》を下げて、ちんりん、ちんりんいわせながら、手紙を届けて歩く。みんなわいわい持て囃《はや》しているを癪《しゃく》にさわっていた丑松が、馬喰町《ばくろちょう》の往来でこれへ突当ったが因《もと》で、また喧嘩《けんか》をはじめて、しかもあべこべに町内の若いものに、袋叩《ふくろだた》きに逢って終った。いい塩梅《あんばい》に一番組の半纏《しるしもの》は着ていなかったが、岩さんが出て来て、一々詫《わ》びをいって廻る始末。町内の衆は、深川の火消と知って今度はこっちで縮み上がったが、半纏でなかっただけに話が円く納って、双方で詫びをいって、笑って終った。

その代り丑松は、岩さんところを追ん出されて、三公のくすぶっている本所の三笠町の長屋へころがり込んだが、お柳ちゃんが手を廻して、当分ここで神妙にさせて置いて、その中にまた頭取へ詫びをいわせるつもりになっている。岩さんだって、心から憎いとも思わぬ丑松、それもこれも世間態《せけんてい》というものだ。

一日々々寒さが厳《きび》しい。お天気つづきで、まるで雨というがない。風邪っぴきが大そうだ。

それやこれやの十九日。ゆうべ、何処か遠くで火事があって、長いこと半鐘が鳴っていたが、明け方に、おたみは、やすやすと男の子を産んだ。

「男あいいが、おい、たみ、こ奴あ馬鹿に小せえ子だな」

と、麟太郎が、それでもうれしそうに、一番先に抱き上げた。

お七夜《しちや》に、お母上に、なんという名におしかえときかれて、ああそうそうと麟太郎は、はじめてそれを思い出し、とんと名をつけるを忘れていた、そうですねえ、と考えて、四郎としましょうとあっさりいった。お母上は、それでは兄の名の小鹿と、とんと懸けはなれているではないかえという。いやもうこうどしどし生れるでは、一々、名を考えるも面倒、丁度四人目の子で男ゆえ四郎、五人目がまた男なら五郎、お母上、これからはもうその手で参りましょう。え、たみ、それがいいだろうと、麟太郎は、笑った。

しかもそのお七夜に、大久保忠寛のところから、お祝いの品が到来した。あれっきりこっちからは一度も訪ねなかったし、忠寛も来なかったが。

実は杉は、訪問を受けた上は、こちらからも行くが礼でしょう、いらっしゃるがいいじゃありませんかと幾度もいったが、麟太郎はおいら用もねえに行くは嫌《きれ》えだよ、そんな暇があったらねそべって本でもよむさと、きかなかった。塾生たちは、折角の世に出る蔓《つる》を、家《うち》の先生も変っているよと、いつもこそこそと噂している。

阿《あ》修《しゅ》羅《ら》琴《きん》

正月の五日というに、湯島の天神さまの梅が咲いた。松飾りのある中の梅はいくら江戸でもめずらしく、お詣《まい》りがてらの見物で賑《にぎ》わった。寒さは例年より厳《きび》しいというにどうした事だろう。

幕府天文方の蕃書《ばんしょ》和解御用方が、独立して、九段坂下の牛ヶ淵《ふち》に役所が建つそうだとの噂《うわさ》を杉が何処《どこ》からか聞き込んで来た。天文方の中に和解御用という名の出来たのは、もう四十四五年も前のこと。しかし文化、文政、天保と、ほんに名前があるに過ぎなかった。弘化になって阿蘭陀《オランダ》の国書が来たが、これを訳すは当時天文方の渋川六蔵一人。名あって実のない御用が今度はやっと本物になった。尤《もっと》も箕作阮甫《みづくりげんぽ》、杉田成《せい》卿《きょう》の二人だけは手伝出役として、彼理《ペルリ》の国書を和解したが——脅《おど》かしてなにか獲物をふところにしようと、わざわざやって来た彼理や布恬廷《プチャーチン》のおかげで、却《かえ》ってこっちは公儀のとんだ頑迷《がんめい》な人達までが、どうやら眼をさましたのだ。

この十八日。今日は殊《こと》に寒気だ。おたみが裏井戸のところで、凍りついている氷をかちんかちん割っているのをききながら、杉は、麟太郎から、かつて天文方総出で訳した阿蘭陀海軍教官長カルテンの海上砲術全書の原書についての話をきいていた時であった。

突然、大久保忠寛《ただひろ》からの使者が来た。内談のことがある故《ゆえ》、御足労ながら本日八《や》つ半《はん》手前屋敷まで御尊来をいただきたいというのである。麟太郎は、さあといったきりで、暫《しばら》くの間、行くも行かないも返事をしなかった。

「如何《いかが》でございましょう」

使者が催促した。さあと、麟太郎はまたいって少々都合が悪いのですがなあ。

聴き耳を立て、眼を見張っていた杉はびっくりした。先生々々と、飛び出して来て、折角のお招きですから、枉《ま》げて参上なさるがいいと思います、といった。そうかねえ、と麟太郎は、今日はお夢と浅草へお詣りに行く約束があるんだよ。

杉はあきれた。そしてお夢さんは、わたしがお連れしますよ。御内談というからは、ただ遊びに来い話に来いというのではありません、なにか御用筋の事と思います。参られるがいいでしょう。

「では、参ります。御前よろしく」

麟太郎は、そういって頭を下げた。使者はすぐに引返して行った。

杉はなにをいっているんですよ先生と、少しふくれっ面《つら》でいった。麟太郎は、にやにやしたままで黙っていたが、ふむ、今日は滅法寒いんでなあ、おいら、寒いは閉口よと、首を縮める真似《まね》をした。

寒いといっても大久保さんの屋敷は表六番町、目と鼻の間じゃありませんか。さあ、仕度《したく》だ仕度だと、杉はもうすっかり騒ぎ立てて、奥さん、いよいよ時節到来ですよ、と裏へ叫んだ。

「なんの時節が来たえ」

麟太郎は肱枕《ひじまくら》でごろりとそこへ臥《ね》ころんで、今更小役人でもあるめえがとひとり言をいった。なにもかもわかっているのだ。小役人でもなんでもいい、人はその道へ先《ま》ず踏み込むが第一だ、遠くから白い眼をむいて他人の歩む道をにらんで、なんのかのといったところで仕方はない、先ず黙って道へ踏み込む、その道は極楽へも通じ、地獄へも通じていましょう、どっちへ行くかは、踏み込んだ後での本人次第ではありませんか、と、杉はいささかむきになった。

時刻が来て、もうその頃は、塾生たちもみんな来ていたが、送られて、麟太郎は出て行った。当人にして見れば、自分の手で、自分の力一ぱいの鉄砲を造るという時よりは、うれしくなかったかも知れないが、塾生をはじめ、杉も、お母上も、おたみも、どうやら四辺《あたり》の情勢で、公儀のお役にでもつけそうな、今の方が余っ程うれしいようであった。幸いに忠寛の眼に叶《かな》って、なにかのお役に引上げられたら、学問と云い、智慧《ちえ》才覚と云い、申し分のない先生だ、忽《たちま》ちぐんぐんのして終《しま》うだろう。いや、目出たい目出たい。と杉は塾生たちへそんな事をいった。

お母上は、御仏壇へ御燈明を上げたし、おたみは、時々思い出しては胸の前で手を合わせた。なにを拝むという気持でもないが、どうも、そんな事をしなくては、じっとしていられなかったのだろう。

日が暮れて、麟太郎の帰った草履の音にみんな飛び上がって、玄関へ出て行った。待遇《とりもち》のお膳《ぜん》が出たらしい、麟太郎は、飲めないのが、少し酔って、眼のふちを赤くしていた。

杉はそのうしろについて奥へ入って来た。お母上とおたみが前へ出て、おたみは刀を受取った。どうでした、なんでした、みんな黙っているが、眼は一生懸命それをきいている。

「洋学所へ出ろとよ」

「え、洋学所？」

と杉が反問した。

「天文の蕃書和解御用の局が、洋学所と変ったのよ。頭取が昌平黌《しょうへいこう》の古賀謹一郎。おいらその御用出役さ」

杉は、いきなり飛び上がった。そして、手を二つ三つ叩《たた》くと、そのまま、塾生たちの方へとんで行った。騒々しい男だ。と麟太郎は笑いながら、来月は、大久保さんのお供で、海岸見分に、上方へ行くようだから、たみ、そのつもりでなにかと旅の仕度をしてくれろよ、といった。洋学所の出役でも、麟太郎は主として忠寛の下で海防のことをやるようだ。

お母上は、いつまでもいつまでも御仏壇の前を離れない。小さな声で、なにかいっていられるが泣いていられるのかも知れない。おたみもいつの間にかそのうしろへ坐った。麟太郎も、子たちも坐って手を合わせた。お母上が、りーんと、小さく鈴《りん》を鳴らされたら、とうとうおたみは、わっと声を上げて泣いて終《しま》った。

二日間をおいて三日目から、麟太郎は、洋学所へ通った。その日は、やっぱり寒いが、晴々とした日であった。麟太郎と入違いに、杉がやって来た。そして、

「御新造《ごしん》さん、わたしもいよいよ祝言《しゅうげん》をしますよ」

と大きな声でいった。

「わたしはね、家の先生が、近く必ずなにかの御役に出られると思っていた。だから、祝言もその時にと定《き》めていたんですよ」

ああ、そうか。杉が祝言の日についていては考えがあるといったはその事か。その杉の祝言は丁度麟太郎が、忠寛と同行して、海岸見分に江戸を出発する前夜であった。

杉純道は、ゆうべ嫁さんを貰《もら》って、今朝は、大久保忠寛と共に春深い東海道を上る麟太郎を、岩さんと一緒に、品川宿まで送った。忠寛の家来が一人、荷を背負った下郎が供をして、四人づれである。忠寛も麟太郎も、陣笠《じんがさ》に、ぶっ裂きの羽織を着て、そこから刀の鐺《こじり》の出ている姿が、煙のような朝靄《あさもや》の中に消えて行くのをしみじみ見送って、なあ岩さん阿修羅琴《あしゅらきん》というは、聞こうと思えば阿修羅の福徳によって、弾ずるものがいなくとも自然に音を発するそうだ、家の先生もその通り、あのぼろ塾にとぐろを巻いて、物ぐさばっかりいってるが、やっぱり、自然に妙音《おと》が出る、え、あの落

着き払ったうしろ姿はどうだえ、少しは奥さんに見せてやりたい気がするよ、といった。

そうですよ、が、今の阿修羅なんとかいうのは、先生ばかりじゃあねえでしょう、杉さん、あなただってそうだ、先生はいつか、杉はうっかりするとおいらを追い抜いて行く男だといってやしたよ。

飛んでもない話だ。本所の売卜者《ばいぼく》で左の瞳《ひとみ》が二つあるから麟さんは並みの人間じゃあないといったものがあるってことだが、奴あ当った。え、岩さん、家の先生は並みの人間じゃあなさそうだ。どうしてどうして杉なんぞが、足元へも寄れるものか。

杉の嫁さんは、老中阿部伊勢守の御側役《おそばやく》をしている中林勘之助の妹だ。おきんさんといった。まだ十八で、眼のぱっちりとした見ただけでもしっかりとした人であった。祝言もほんの仮だったが、次の朝は、相変らず深川冬木町の立花昌輔の二階で、暗い中に起きて、木綿の着物で、杉が勝のところへ行く仕度をしてやった。お白粉気《しろいけ》一つない妻の顔を見て、田町へ来るとすぐ杉は、おたみへ、どうやら貰い当てたらしいですよ奥さん、といった。そうでございますともさ、立派なお嫁さんですよ、勝もゆうべ帰りの道であれは杉に過ぎたものだ、といってました、ほんにお目出とうございます。過ぎたるものはないでしょうと、杉はわざとふくれっ面をしたが、全くそうかも知れない。

媒妁《ばいしゃく》をしてくれた石川和助という人は、やっぱり阿部の家来で、家中では、殿様の懐刀《ふところがたな》という内々の噂《うわさ》がある。後に、阿部家十一万石の執政になった出来た人だ。頼《らい》山陽《さんよう》の弟子で、号を藤陰。

その人のお小屋が、中林と隣合いだ。無人の家で、ちょいと客でもあると、お茶を出すものも居ないので、その様子が知れると、黙っていても、となりから、おきんさんがやって行って客の取持《とりもち》をした。和助は、この娘ならと思ったのだろう。かねて、知っている杉へ、嫁を貰え、人間喰う事はなんとしてでも喰えるものだ、といってすすめた。

杉は、相変らず、塾生を教えている。

麟太郎は、海道を上る途中、幾十度となく、海をさしては「海国兵談」がいっていますなあ、江戸の日本橋から欧羅巴《ヨーロッパ》にいたる間は一つの水路だ、といった。

忠寛は、その度に、大きくうなずいた。

春は西するにつれて深く、京から大阪へ出て安治川《あじかわ》口から用船を出し、紀伊水道から伊勢の海岸を廻って、桑名から再び、東海道へ上って、戻りの道についた頃は、もうすっかり夏になっていた。道々は若葉青葉に、山も野も緑が溢《あふ》れている。

相模湾を調べ、品川海岸を調べ、船を築地の川口へ着けて、四カ月ぶりで、江戸の土を踏んだその日は、死んだように風のないひどく暑い日であった。

麟太郎は、明るい目つきで、ぼろ塾へかえって来た。去年の嵐で、へし折れた楓《かえで》が、その折れたところから新しい枝が出て、如何《いか》にもいい緑を見せている。それが夏の陽をさえぎって、ぼろ塾も案外涼しそうに見える。

塾生たちは、もう帰って居なかったが、杉はまだいた。

「どうした女房はよ」

麟太郎は顔を見ると直ぐ、そういったが、眼は奥の方に見えたお母上へ黙礼した。

「もう子が出来たらしい噂がある」

「噂だと、え。馬鹿野郎。おのが子の出来たが、おのにわからねえか」

お母上も、子たちも、おたみも、みんな出て来た。

その夜はいい月であった。麟太郎は、蚊遣《かや》りをたかせて、縁側へ、久しぶりで胡坐《あぐら》をかいた。月の光が静かに流れて来る。

杉は、江川太郎左衛門が正月十八日に死んだは、ひどい風邪で韮山《にらやま》でねていたを、公儀に呼び出されて、無理をして江戸までは出て来たが、とうとう出仕が出来ずに本所の屋敷で死んだのだそうだ。が、その遺業の反射炉はいよいよ出来上がった事や、薩州《さつしゆう》で拵《こしら》えた洋式軍艦一隻《せき》を献納してそれが、品川湾へ入った事や、公儀から改めて二隻注文が出て、これを御誂《おあつらえ》軍艦といっている事や、高島秋帆先生が、喜平からまた元の四郎太夫にかえって、改めて講武所の砲術師範役になったことや、築地鉄砲洲《てつぽうず》の堀田備中守様屋敷を召し上げて此処《ここ》へ建てたその講武所も、もうだいぶ建築がすすんだなどを話した。講武所は千二百畳も敷けるそうですよ、どうもお長屋だけでも三百五十畳も敷けるというから大そうだ、と、杉がいうと、ふん、大そうかねえ、え、杉、おいらが拵《こし》れえる野戦砲一発で、そんなものあ吹っ飛ぶわさ、と麟太郎はごろりと横になって、頻《しき》りに団扇《うちわ》を使った。

「おお、そうそう」

と杉は、その野戦砲で思い出しました。この間、川口の銅太のところで、鉄五郎が悪いというものだから、行って見たら、いけませんや、おやじどの、中風らしくてねえ。

「え、鉄が中風」

酒のせいですよ。が、軽いんで、まあよいよいですね。それでも当人は、平気で、床几《しようぎ》のようなものを拵れえさせて、そ奴へ腰をかけて、毎日鍛冶場《かじば》へ出てあなたの絵図面をしっかり握って、がみがみいっているには驚いた、いや驚くというよりは頭が下がりました。それにあの小僧奴がよく尽して、銅太もそういっていたが、鉄五郎さんは云わば職人の神様だ、大砲鉄砲ばかりじゃあねえ、凡《およ》その職人はみんな職に対して、これ位の、死物狂いの覚悟がなくちゃいけない訳のもんだ。あたしんところでも出来るだけの事はしますから、どうか心配しないで下さい、という事だった。

「え、阿呆が、何故《なぜ》そ奴を第一においらに云わねえのだ」

麟太郎は立ち上がった。そして、おい、おいら川口へ行ってくる、仕度をしろよと、おたみへいった。今日戻られたばかりで、お疲れのところですから、明朝にでもなされましてはと、おたみも云いたいところだが、黙ってすぐに仕度をした。云っても無駄だからだ。

わたしもお供をしますよ。杉も、そういって間もなく田町を出た麟太郎に従った。

麟太郎は素足に草履を突っかけて、つい其処《そこ》へ行くような様子であった。

「いい月ですね」

途中で杉がいった。うむ。海で見る月あもっといいぞと麟太郎は、そういって、おいら今度《たび》の見分でしみじみそう思ったが、日本なんぞというものは、まるで戸締りというがねえ家も同じだ、何処《どこ》からでも来てえ奴はどんどん来る、表口も裏口もねえ勝手放題よ、その上、家《うち》ん中の奴あ腰がぬけてるのだから世話あねえや。おいら、丁度今夜のようないい月夜に、海の上から江戸湾を見たが、まるで懐中《ふところ》をひろげて、お出《い》でお出でをしてるようなものだった。危ねえ、おっかねえと思うと、ぞうーとしたよ。みんな陸《おか》から海を見てばかりいたんじゃあ仕方がねえ、え、杉おいら達あ、海から陸を見ることったよ。

丁度巣鴨《すがも》の庚申塚《こうしんづか》。横の竹藪《たけやぶ》から、小さな犬がひょいと飛び出して、二人の前を横切って馳《か》けて行った。麟太郎は、うむっと立ち停って、犬奴っといったが、おかげで話は、それっきりになって終った。

荒川の渡しを無理に渡って、川口へ着いたのは、真夜中だ。月は西に傾いて、白々としている。銅太のところもびっくりした。

鉄五郎はねていた。が、小さな灯影《ほかげ》の行燈《あんどん》を枕元《まくらもと》に、あの鉄砲を拵えてから直ぐに渡した野戦砲の絵図は、風呂敷に包んで抱いてねている。

「起きるな、起きるな。おいら、今日、上方《かみがた》から四月ぶりでけえって来たよ」

と、麟太郎は、強く制して、

「痩《や》せたじゃあねえか」

と低い声でいった。瞼《まぶた》に涙が一ぱいで今にもぽろりとこぼれそうだ。

「死にませんよ先生。あっしゃあこの野戦砲が出来上がるまであどんなお迎えがお出《い》でなすっても金輪際《こんりんざい》死ぬこっちゃありませんよ」

「うむ。うむ。うむ」

麟太郎は五度も六度もうなずいて、死ぬもんかよ、おいらのおやじなんざあ、ひでえ中風だったが臥《ね》ていて、呑気《のんき》ばっかり云っていたよ、お前も、気楽に、ゆっくりやるがいいよ。

「へえ。なあに、あっしなんざあ、若え時分から、さんざ道楽をして、両親の死目にも逢《あ》わねえ不孝もんさ。碌《ろく》な死に方の出来ねえは知れているが、このまま死んだんじやあ、余り可哀《かわい》そうだ、鉄五郎という奴あ、ほんのやくざものというだけになりやすからねえ」

「うむ、そうだ」

「あなたの鉄砲の絵図から、こっち、あっしあ六十の面《つら》を下げて、はじめて真人間に生れ代ったような気がしてるんですよ。今まであ、死ぬ事なんざあ屁《へ》とも思わなかった。所詮《しょせん》は野末の露だと決めていたが、さてこうなると、死に度《た》くあねえ、滅多なところであ死にたくねえんですよ」

麟太郎は、今にも、泣き出しそうな顔をしたが遂《つい》に泣かなかった。気をつけてやってくれ、勝の仕事が生きるか死ぬかというよりは、日本人が精一ぱいの大砲というものがうまく出来るか出来ないかは、鉄五郎とっさん、今はお前さんの腕一つにかかっているのだからねえと、そういって、それから、とにかく銅太に導かれて、杉と一緒にその客間へ行った。

「飛んだ事でさわがせるなあ」

「どう致しまして」

「鉄とっさんがいろいろお世話ですまないねえ」

話をしながら、ふと、その床の間に立派な蒔絵《まきえ》の短冊箱《たんざくばこ》のあるのを見た。

「大そうなものだな」

「はい。大久保の殿様から拝領いたしましたもので」

「ほ、ほう——武蔵野の蒔絵だな。ちょいと見せておくれ」

「はいはい」

夏の夜が明けて来た。銅太が方々の窓を開けると、さすがに涼しい新しい風が流れ込んで来る。

「中は？」

「ございます。このお正月お年始にまいりました時に拝領いたしましたお歌の短冊でございます」

「拝見していいかえ」

どうぞ。麟太郎がその短冊を取出した。大久保さんは、市川米庵《べいあん》についたというが見事な御筆蹟《ひっせき》だなと云いながら、ほ、ほう

花鳥に心ゆるすな

からふねの

こんといひてし

春にこそあれ

と呟《つぶや》くように読んだ。

一刻《いっとき》余りもいたろう。麟太郎は、朝の湯づけを所望して、胡坐をかいて、それをかき込むと、すぐに帰りかけた。銅太は、この頃、江戸で、公儀様の御鉄砲師胝《たこ》宗八、錺師《かざりし》中井金十郎のお二人が相談をなされて、旧式の火縄銃を、そのまま銃身を使って、引金を雷管打《らいかん》に改作しているため諸大名方も大そうな御注文だそうでございますが、将来如何《いかが》なものでございましょう、ときいた。

「うむ。おいらもその話あきいた、幕府のものだけでも八千挺《ちょう》とかやるというが、駄目よ。そんなものが、いざという時の役にたつものか。いや、それより、今に、どんどん真物《ほんもの》が入って来るし、こっちにも出来る、つづくりものあ、誰も使わねえよ。つまりは改造をする金と骨折が無駄になるだけだ。お前、やらぬがいいよ」

麟太郎は、そんな事を云いながら、も一度、鉄五郎を見舞い、出来ている野戦砲の一部を見て、しっかり鉄五郎の手をにぎってかえって行った。

田町へ戻って、五日の間、麟太郎は、ただ塾で、ぶらぶらしていた。洋学所への出勤は、旅づかれで、休むようにとの達しがあったのだ。

その五日目に、大久保忠寛から、また使者が来た。暑いのでいやだ。が、こんどは旅でさんざ苦労を共にしたので、いくらかは堅っくるしい気持もないから、麟太郎は、ぶつぶつ云いながらも出て行った。

忠寛は、顔を見るとすぐ

「いやあ、どうもこの度は御苦労だった。ところで、御相談がある」

と云った。

その忠寛と並んで上座にいた人があった。切れ長の目の少し尻《しり》の上がった上品な風《ふう》貌《ぼう》、年も忠寛と同じ位であろうか。優しくにこにこしている。浅い笑窪《えくぼ》があった。

「は」

そういったままで、じっとその人を見ている麟太郎に気がついて、忠寛は、

「勝さん、築地の岩瀬さんだよ」

といった。忠寛と同じ目附海防御係の岩瀬修理だ。出来るそうだ、それに御老中の阿部さんの信任は大そうなものだそうだ、そんな噂《うわさ》の高い人を、わざと築地の岩瀬さんといった忠寛の気持の中には、打ちとけ合っていい方だというような意味のものがあったのだろう。

岩瀬は幕府の徒頭設楽貞夫《かちがしらしだら》の子で八百石の旗本家への養子だが、実のお母さんが大《だい》学頭《がくのかみ》林述斎《はやしじゆつさい》の娘さん、述斎は幕府近年の大学者、もと大給《おぎう》氏だが官の命によって林家をついだ程の人である。寛政重修諸家譜、徳川実紀、続藩翰譜《はんかんぷ》、新編武蔵風土記稿、新編相模風土記稿、武家名目抄、孝義録など皆この人の事業だ。血というは尊いものだ。この人にはなんとなく、そんな、気持の深そうなものが何処かに匂《にお》ってるなと、思いながら麟太郎は、両手をつかえて、挨拶《あいさつ》した。

「あなたの事を、大久保さんから、詳しくうかがって、是非お目にかかりたいと思うて」

「恐れ入りました」

「実は、今、大久保さんがあなたへ相談があるといわれたのは、わたしが、阿部様《いせのかみさま》の御内意を、こちらへ持って来た次第だ」

話がちょいと藪《やぶ》から棒だ。麟太郎は、狐《きつね》につままれたような心地かも知れない。黙って顔を見ていた。

「いや、四月余りの旅で、わたしはあなたというものに全く感じ入った。それを、率直に、阿部様へお話申したのだが、岩瀬さんも、かねてあなたの噂はきいていられたという訳で、どうだろうねえ勝さん」

と忠寛は、息をのんで、

「海防係御目附役御用に成って貰《もら》いたいが——。阿部様の御内意だよ」

身分としては大した事ではないけれどもなんにしても大切なお役だ。それだけに、成りたいものが大勢あって、内々の運動の烈《はげ》しいということは、麟太郎も知っている。

「どうでしょうな」

岩瀬がいった。さあ、と麟太郎はすぐに首をかしげて、洋学所の方はどうなりましょう。

「双方という訳にも行かんでしょう」

それでは――麟太郎が、ちらりと二人の顔を見廻した。

「お辞退を致します」

「え？」

「大久保さん、勝は、蘭学和解の方もからっ下手《ぺた》ですが、それでも、あなた方お二人に比べては、数段の上と思いますが、如何でしょう」

「これあ恐れ入った」

と、忠寛は、頭をかく真似《まね》をしたし、岩瀬も、うなずきながら、如何《いか》にも、これは一本参ったというような顔をした。

「あなた方の下役について、しかも俗務に、あくせくするのは、勝には、とんと不得手のようです。そんな不得手の事をやるよりはですね」

と、麟太郎は、にやにや笑った。

洋学所に居れば、入って来る新刊の蘭書はどんどん読める。学問も進むが、第一世界の情勢というものが手にとって知れる。一身にとってもいい修業所である。それを、今更自分の得手でもない役人の下っ端などは、飛んだ馬鹿々々しい話ではないでしょうか。麟太郎は平気でこういって、

「謹んで御辞退申上げます。阿部様の御内意とやらは、そちら様まででお留め置き願います」

と、とって付けたように、丁寧にお辞儀をした。

「やあ、これは参った、参った」

と、忠寛は大声でいって、

「わたしも、旅ではこの手でさんざ苦しめられましたよ」

と、岩瀬を見た。岩瀬も、苦笑では無く、本当に、愉快そうに腹の底から笑っていた。

「じゃあ、この話はもう止《や》めましょう」

と、岩瀬は、そういって、それから、海防の事やら、蘭学の事やら、ずいぶん長い間、いろいろと話が盛《さか》って、麟太郎が田町へかえったのは、もう、真っ暗になってからであった。

風がなくていやに蒸暑い晩だ。戸も障子も、開けっ放しで、家の中は、まる見えだ。おや、女の客が来ている。うしろ向きで、誰やらは知れないが、おたみが、その人へ、少しやぶれた団扇で風を送ってやりながら、熱心に話をきいているようだ。

黙って、土間へ入ると、あ、お帰りだと、おたみが、すぐ横に坐っていたお夢と、急いで座を立った。客もこっちへ向いて、ずっと玄関の方へにじり出て、両手をつかえて麟太郎を迎えた。

「おお、これあこれあ」

と麟太郎は、実あ、どうしていられるかと、気にかかっていたが、まあ御壮健で何よりだと、刀をおたみへ渡したきりで、袴《はかま》のまま、その人の前へ胡坐《あぐら》をかいた。女は、

「御無沙汰《ごぶさた》を仕《つかまつ》りまして」

「それあお互いでしょう。が、一体あれから、どうしていましたえ」

女は、島田先生の河半のお筆さんだ。こちらで先生や御新造様にお目にかかって翌日、在所へ戻りましてございます。東海道の島田宿《じゅく》だったねえ。はい、さようでございます。在所で、男の子を産みましてございます。そうそう、その知らせは確かにいただいた。数えるともう三つになるなあ。

どうやら、まだ達者な両親《ふたおや》が手だけでも、そんなに面倒ではなくなりました故、わたくしは、また働きましょうと存じまして、江戸へ出てまいりましたのでございます。あの子も、たとい母のわたくしの腹が卑《いや》しゅうても、島田虎之助が子でござります。後々、世に出るにしましても、学問をする貯《たくわ》えものうては困りもし、志をのべる事もならぬも哀れと存じまして、成人の後を考え、わたくしが身を粉にして幾分の貯えを

致して置きたいものと覚悟を極《き》めたのでござります。島田ともあるものの子が、わたくしが卑しいばっかりに、名もなきものに成り果てて、御奉公もならずに終るような事になっては、まことに死んだ島田にも申し訳がござりませぬ。

「あなたは偉いなあ、誠にその通りだ。お子の名は、え」

「虎吉とつけました」

お筆さんは、また河半で働く。しっかりした人だと、おたみも、お母上《かあさま》も麟太郎が話に乗ってはいるが、そんなことより、大体、今日の大久保さんのところの御用はなんだったのか、早くそれをききたい。麟太郎は、忘れてでもしまったような恰好《かっこう》で、裏の井戸端へ行ってざあざあ水を幾杯も浴びてかえって来ると、おいら、もうねるよ、といった。

「え、で、お前、今日の御用は、なんでござりましたえ」

お母上がとうとう辛棒し切れなくなったようにして訊《き》いた。

「あ、なあに、阿部様の御内意で海防係の御目附方へ出ろなどと云われたが、帰って来ましたよ」

「え、ど、どうしてお前、そ、そのような立派なお役を」

「気が向きませんから」

それっきりで、すぐにも寝ようとしたところへ、こんな夜になってめずらしく杉がのっそりとやって来た。女房の兄の勘之助のところから急用の呼出しで、辰《たつ》の口の阿部屋敷まで来たのだが、その戻りなんですよ、お母上、昼間塾生がいるところでは、勝麟太郎の助教の権威にもかかわるが、誰もいないし、一もみもみましょうかといって、もう袴をぬぎ、着物をぬいで、襦袢《じゅばん》一枚になって終《しま》った。お母上は、実は、今の麟太郎の言葉で、それどころではないのだが、すみませんねえ杉さん、そういって、背中を向けた。

杉は、にやにやしながら按摩《あんま》をはじめた。麟太郎は、さっきから、黙ってこれを見ていた。杉が按摩をもむは、はじめて見た図だ。杉は杉で、入って来た時からなにかしら、そこに漂っているものを感じたので、少しして、お母上、なにかございましたか、と低い声できいた。

ええ、麟太郎が、今日実はこれこれで、あたしは、飛んだ事をしたと口惜《くや》しく思っているのでございますよ。

ふーむ、と、杉は首をふったが、そんな事あ、先生に任せて置くが第一です、何事だって、ただ一度で、うんといって軽く腰を上げる人じゃないんですから。

「杉、お前、按摩あうめえじゃあねえか」

麟太郎が、出し抜けに声をかけた。

「先生にもそう見えますかねえ。わたしは昔、大阪で按摩をしていましたよ」

お母上は、わたしが肩を張らしていると、いつも杉さんがこうしてもんで下さるんだよ、それあお上手だよお前、といった。

杉は、最初、ここへ来た時は、独学だといっていたが、実は、大阪の緒方洪庵《おがたこうあん》の適々斎塾《てきてきさいじゆく》に二カ月程いた。尤《もっと》もこの事はもう麟太郎にも話してあるが、その時に、どうにも学資が無い。洪庵先生に頼んで、門限を許してもらって、夜は街々へ笛を吹いて按摩の流しに廻ったのだ。

「これあお母上や御新造さんの外は先生へも内証にしていたが、十か十一の時に、在所の時計師へ奉公して、豚奴々々《め》と云われながら、夜っぴて腰をもまされた。その時はああ辛《つら》いなあと思ったが、それが大阪で役に立った。みっちり腕には仕込んでありますよ。え、先生、蘭学が駄目なら按摩になりますよ」

「そ奴あ、いいかも知れねえ」

緒方の塾というのは町家《まちや》で、表通りは矢間造《やざまづくり》、裏が高窓で、まるで風というものが入らない、その十七八畳の間に、塾生一人に一畳当り、これを竹で仕切って、その内に、机も置けば行燈《あんどん》も置く、夜具も積んであった。

杉はここで、さんざ蚤《のみ》に食われて、按摩をやって、修行した。勝のぼろ塾などは、極楽だと、いつも塾生を叱《しか》るのも尤もである。

汗で、襦袢《じゅばん》がびっしょりになった。

先生はいつも海防の事をやかましくいうに、その目附方へ出ないのは、どういう訳ですか、もみながら、ちらりと麟太郎を見た。麟太郎は、ふん、按摩なんぞにゃあわかるものか、そういったきりである。

「ところで、その按摩が、明日は、伊沢美作守《みまさかのかみ》の屋敷に、遊びに来てくれと云われている。行って見ようと思っていますがねえ」

「謹吾がお前にはとんと世話になる。行って御馳走《ごちそう》にでもなって来るがいい。按摩もやるなら、眼をつぶして置いてやろうか」

まあ、お母上もおたみも、びっくりしたような顔をしたが、笑って終った。伊沢謹吾は、彼理《ペルリ》応対で名を上げた時の浦賀奉行美作守の次男だが、早くから麟太郎がところの弟子だ。学問の筋がいいので杉が、特にこれに目をかけて、大きな声で叱りつけながら、いつもいつも、一番後までこっちが一生懸命で教えている。

美作守は、長く長崎奉行をした。杉が長崎者と、倅《せがれ》からきいて、懐《なつか》しく思うから逢《あ》いたいというのだ。

その明日になって、杉は赤坂三河台の伊沢家へ、ぶらりとやって行った。三千二百五十石御普請《ふしん》奉行。何処となく立派のようだ。

美作守は、もういいお年だが、如何《いか》にも胆《きも》の太そうなところが見える人だ。杉はいきなり、あなたはちっとも洋学をお出来なさらぬという事ですが、それでよく浦賀奉行などがお勤まりですなあといった。美作守は、どうも出来ないというは不便のものだ、と笑った。杉は、しかしあなたが、彼理《ペルリ》と初対面の時にあれの名刺を受取って、一字もよめんのに、眼鏡をかけてそれを見られたというは、大そうな評判になっています、あすこらが、所謂《いわゆる》腹芸というのでしょうかな、とまたいった。美作守は、のっけからあなたには叶《かな》わんと、大声で笑った。

幕府の顕官だろうがなんだろうが、親が、子煩悩《こぼんのう》というは同じ事だ。この人に自分の倅が厄介になって、可愛い倅が人一倍面倒を見て教えて貰《もら》っていると思えば、なにを云われても、腹が立つどころか却《かえ》って嬉しいものだ。美作守は、山海の珍味を出して、杉をもてなして、勝さんというも大そうお口が悪いと、倅奴が申していたが、あなたも相当な御仁だ。田町は、わしのような俗吏には、どうにも手硬《てごわ》いところのようだなと、大笑した。

「お酒はどの程おやりですか」

美作守は、盃をさしながら途中でそんな事をきいた。さあ、わたしは幼少の頃に両親に死別し、今日まで貧乏の限りを尽している、生れながらにして、酒は飲めるようですが、まだこれで沢山というところまで飲んだ事はありません。

「では、今日は一つあなたがもういかんというまで、充分に飲んで貰おうかな」

「ところがですよ」

と、杉は、わたしの酒はいざかや酒で、こうしたところで頂いたところで身にも皮にもなりませんから、むしろ飲まぬにしかずです、この辺でお盃をお納めいただきましょう、といって、それっきり、美作守の盃は受けなかった。

美作守は、酒で思い出したが、どうだ杉さん先般米利堅《メリケン》国の副将で来たアダムという男、わたしはあれを小舟《ボート》へのせて、その舟の中で酒盛りをして、とりもったことがある。その時に、あれが、日本では酒の値段はどれ程するかときいた。わたしはいろいろあるが、先《ま》ず一升二百五十文位だろうというと、どうもそれは安い、酒が安いと人民が悪くなるから、もっと高くしなくてはいけない、是非高くしなさいと云うのさ、あんたどう思う、といった。杉は、一応は尤もらしいがどんなものか、どうです一つ、家の先生をお招きなさって、意見を徴されては――。わたし共は、勝《せんせい》は、すでに日本一流の人物と信じているんです。

「勝さんのことは、わたしも、岩瀬さんからも、大久保さんからもきいている。なかなかどうして、出来るそうだな」

「いや、出来るとか出来ないとかそんな小さい問題ではないのです。あの人の値打ちというものは、もっともっと、大きなものです」

「是非一度はお目にかかる」

「それがいいでしょう。それに、勝は阿蘭陀《オランダ》から贈られた軍艦スームビングだって、いつまで、長崎へ繋《つな》いでおいて、舵《かじ》へ蠣《かき》をくっつける気なのだろうといってましたが、そこら辺の解決も、勝には、いっそうの案があると思いますが――はっはっ、あなたは、そんなお係ではいられないが。ね、幕府も、大胆率直に甲《かぶと》をぬいで、智を衆に求めなくてはいけませんね」

「誠にその通りだ」

「わたしは、いつも、塾生たちへ、勝は魏《ぎ》の扁鵲《へんじゃく》の長兄だと云っているのです」

美作守はうなずいた。むかし魏の文侯が、時の名医扁鵲に、お前達三人の兄弟の中、

誰が一番の名医かときいた。扁鵲答えて曰《いわ》く、其名《そのな》、
長兄の病を看《み》るやその神《しん》を視《み》る、未だ形迹《けいせき》あらざるに早くこれを除くを以《もっ》て、故《ゆえ》に其名や
家の外にすら聞ゆる事なし。中兄病を治するは毫毛《ごうもう》に入り其根本を癒《いや》す、故に其名や
聞ゆれども一地方に出《い》でず。扁鵲の如《ごと》きは、血脈を鑱《ほ》り、毒薬を投じ、肌膚《きふ》の間に副《そ》
うて、これを治するを以て、処法華々しく、名、諸侯に及ぶまで聞ゆるなり。

「人の五体《からだ》も、国も同じ事ですからね」

杉は、重ねてそういって、

「あなたが、勝《せんせい》をお招きなさるは、きっと有意義でしょう」

その杉が、深川の家へのかえりに、田町へ廻ると、おたみが、実はお待ちしていた
ところです、勝は、多分、伊沢さんからの戻りに寄るだろうといってましたが、気に
なりましてねえ。

「長崎へ参ります。阿蘭陀船で、海軍運用の伝習だそうでございます」

杉は、棒をのんだようにして息をのんで、眼をぱちぱちした。今、伊沢さんのとこ
ろで、得意でそ奴を説いて来たばかりだ。

彼理《ペルリ》の時に、小舟へ煙草《たばこ》を一ぱい積んで黒船へ漕《こ》ぎ寄せ、船へ火をかけ、その狼狽《ろうばい》の隙《すき》に船中へ飛び乗って皆殺しにしようというものがあった。いやそれより、海岸の警備を引払い、わざと彼等を上陸させて置いて、夜討ちをかけたが増しだ。いや、そんな事より富津《ふっつ》の岬と三浦岬に、屏風《びょうぶ》のように鉄柵《てっさく》を引いて、黒船を食い止めた方がいいという。そんな埒《らち》もない話に、さすがに幕府も考えついて、スームビングを長崎へ置いて、ここで、その船の乗組みの阿蘭陀《オランダ》人を教師に、日本海軍生を養成しようという事になって、その白羽の矢が、真っ先に、麟太郎がところへ飛んで来た。元より、すでに勝が名前も知れ渡ってはいたが、第一が岩瀬修理と、大久保右近将監の推挙だ。スームビングは、長さ二十九間、幅五間、三本柱《マスト》、舷側《げんそく》に水掻《みずか》きの車のまわる百五十馬力の蒸気船だ。大砲は六門積んである。

「杉、お前も行くかえ」

出しぬけに麟太郎が声をかけた。

「行くかえは、無いでしょう。わたし達あ、なんの為《ため》に、蘭学というをやっているのですか」

「お前、按摩《あんま》になるんじゃあねえのかえ」

杉は、それには答えず、発足は何時《いつ》になりますかなといった。さあ、九月だろう。じゃあ間がある、ゆっくり仕度《したく》が出来るというものだ。仕度ってお前、女房づれあいけねえよ。ふん、とんだ御冗談です。

「阿蘭陀もいいところがある。スームビングを寄贈したばっかりに、間もなく日本にも立派な海軍が出来ますな。王様という奴あ気に入った」

杉は、また手を合わせて、拝んで、ぽんぽんと柏手《かしわで》をうった。気に入ったで、油断は出来ねえわさ、前年国書を持って来たは、米利堅《メリケン》との馴合《なれあ》いらしいところがあると、大久保さんも云ってたが、毛の紅《あけ》え奴の腹あ黒いもんだよ杉。と麟太郎は、笑いながら、王様より御隠居のウイルヘルムというが、却々《なかなか》のしたたかものよ。ウオタルローの戦の時は、まだ十九で、肩に負傷をした、これを白布《ハンカチ》で押えて戦ったが、大そうな自慢だ。さあ、どの本だったけな書いてあった。欧洲《ヨーロッパ》の諸国の王様というが集まった席で、どこぞの王様が、世界一の金持というロスチャイルドという奴を、この方だといって紹介した。その時に、ウイルヘルムが、わたしは金は借りねえから知らないといったという。ロスというは、大そうな金貸しだよ。この隠居がなにもかも尻《けつ》を押している。軍艦を貰《もら》った、有難いわで、にやにやしていると、今に、なにを持って行かれるか知れやしねえよ。

「しかし日本に、今、百人の立派な海軍生が出来たら、十年後、二十年後には、どいつにも、こいつにも糞《くそ》を喰らえと啖呵《たんか》あ切れるでしょう」

「それまでの日本だが――とんと豆腐のようで危ねえわさ」

「急いで伝習を受けて終《しま》う事ですね」

「そうだとも、先《ま》ず一日十二刻《とき》を、十三刻にも十四刻にも使う事だ」

麟太郎は、ほら御覧よ、といって、今日貰ったばかりの、幕府の奉書を無造作にそこへ出した。

「ほ、ほう、小田主馬《しゅめ》支配、小普請《こぶしん》、勝麟太郎ですか」

と杉は、そう云いながら、眼を移して、小十人贄《にえ》善右衛門組矢田堀景蔵、長崎在勤御勘定格御徒《おかち》目附永持亨次郎と、読んで、一同重立《おもだち》取扱申すべくですな。

「そんな事あどうでもいいのだ。矢田堀だって永持だっておいらより五つ六つも年は下だが、知れ渡った秀才だ。今に、天下を背負って立つんだが、それよりも、おいら嬉《うれ》しいのは、こ、こ、ここんところの文句だよ。え、いいか、容易ならねえ御用筋故《ゆえ》、一時の功を争い、己の名聞を立てるような事をしちゃあならねえという。え、ここだ。幕府《だんな》がところの人達も、どうやらこれに気がついて来たんだ。一人々々じゃあいけねえ、みんな一心同体でなくちゃあいけねえのだ。おいらあな、前年徳丸ヶ原の高島先生の調練を見て、外にはなにも思わなかったが、調練をやる百余人が一心同体になっている洋式兵法に胆《きも》をつぶしたもんだ。なあに、幕府がところせえ、後れ馳《ば》せでもそこんところに気がつけあ、もう、こっちのものよ」

杉は雀躍《こおどり》するような恰好《かっこう》で飛んでかえって行った。

暑いさ中に、麟太郎は、幾遍となく、大久保さんの屋敷へ行ったり、築地の岩瀬さんの屋敷へ行ったりして長崎伝習の奔走をした。大久保さんは、勝さんどうも少々現金ですな、と笑った。麟太郎は、今度は、海防目附や洋学和解どころではない、直接阿蘭陀人から新しいものを教わろうというのだ。ぐんぐん眼の前が開けて来てうれしさで胸が、満ちあふれていた。

お昼頃ひどい夕立があった。

ぼろ塾の屋根が抜けるかと思った。その雨の最中に、大久保さんからの使いが来て、麟太郎が出て行ったが、一刻ばかりでかえって来た。

「杉、いけねえよ」

「え」

杉は、もうやがて別れねばならぬ塾生たちの為に、近頃ひどく熱心に教えているが、そういうと、机の上の本を伏せて、麟太郎の方へ立って来た。

「お前は長崎へ行けねえよ」

「え、ど、どうしてですか」

「御老中が許さねえとよ」

「へへーえ。わたしの名前を、御老中が知っていられる筈《はず》もなし、いいも悪いも無いと思いますがなあ」

「その代り、お前には、外に仕事が出来た」

「いやですよ。わたしはどうしても長崎へ連れて行って貰う」

「困った奴だ。が、どっちにしても、伊沢さんが逢《あ》いたいといっている。お前、頃合いに三河台へ行け」

「なんだか知らないが、わたしはどうしても長崎へ行きますよ」

杉は、あの時この方、美作守《みまさかのかみ》とは幾度も逢っている。すぐに、三河台へやって行って、わたしが長崎へ伝習に行けぬというは、どういう訳ですかと、少しふくれっ面《つら》でいった。

美作守は、実は勝さんから、伝習生の名簿が出た、それを阿部様《いせのかみさま》にお目にかけると、ふと、あなたの名前がお目に留ったのだ。それというのが他の人達は、何《いず》れも身分がはっきりしているが、あなた一人だけが、ただ長崎人とあるだけで、誰の家来も、何役もない。それで、これはどういう人間か、というおたずねがあった。わたしは、仔《し》細《さい》を申上げると、それは、意外な好都合の人がいたものだ。殊《こと》に中林の妹婿《むこ》なら満更、阿部家とも縁がないともいう訳でもないようである。実は、私も近年蘭学の師を求めているが、どうも適当な人がいない、これと思うものは、何れかの家中か、さもなければ御直参で、自分のところへ来て貰うにはいろいろと差支えがあって困っていたのである。その杉純道こそは、天の与えかも知れない。長崎行きは止《や》めて、どうか、自分のところへ来てくれるように、是非あなたから周旋してほしいと、あの方が頭を下げてのお頼みであった。

「杉さん、少し卑《いや》しい事を申すようだが、阿部様は御承知のようなお方だ。この際長崎伝習行きを止めなさっても、決してあなたの将来に悪い結果が来るとは思われない。むしろ、学問をするについても、もっともっといい機会が必ず来ると思いますが」

「折角ですが、わたしは長崎へ参ります」

「そう頑固《がんこ》を云われては困る」

「いや参ります」

「まあ、一途にいっても、阿部様がお許しがなければ、どうにも成らないではないか。それに第一、あなたは、いつも閣老が学問をしないから海外の事は更に知らん、その為外交もいつも後手《ごて》に後手にと廻って失敗ばかりするのだといっておる。この際、失礼な話だが阿部様へ蘭学の知識を注入するという事は、この美作や、倅《せがれ》の謹吾などへお教えなさると意味が違うように思うがどうです。他の閣老のどなたへ百万巻の蘭書を講ずるよりも、事に応じて、阿部様へ一巻の蘭学知識を吹き込む方がよっぽど、意義がある。違いますかな」

杉も、ちょっと閉口した。

「それに、あなたが阿部様へ行く事は、あなたの為ばかりではなく、勝さんにとっても、やがてその抱負を実現される機会を求めておやんなさる事にもなるような気がする。いや、あなたや勝さんばかりではない、それらが悉《ことごと》く御上への御奉公だと思うが、如何《いかが》」

何しろ福山侯《いせのかみ》では対手《あいて》が少々悪い。首ねっこを押えて置いて、こっちの云う事をきけ《ま》と云われると同じだ。さんざ、駄々をこねたが、さすがの杉にも御老中筆頭と、御普請《ふしん》奉行とがぐるになっての口説《くぜつ》では叶《かな》わない。

敗け戦《いく》さの気味で、それでも、うんと云わずに、田町の塾へかえって来た。

麟太郎は、にやにやして、お前さんに来られてはまた長崎がうるさくなる、来ねえがいいよ。といってから、実あ伊沢さんから身分はどれ程にしたらいいかときかれたから、おいら、まあ、下郎と下女が使えて、その日の米味噌に心配なく、ゆっくり静かに学問が出来るだけの事をして貰えやいいんでしょうといったらな、取敢《とりあ》えず十五人扶持《ぶち》月二両という。その代り、書物は望み次第、買い渡すというんだ。杉、まあこの辺でいいだろう。

杉は、麟太郎がところへ来てから、その推挙で奥平侯へちょいとの間、蘭学出稽古《でげいこ》をした。ほんのちょいとで、誰やらが木綿着物の杉の風采《ふうさい》を見て、笑ったというが癪《しゃく》で、すぐに、ぴたりと断わって終《しま》った。この時が月二両、それからまた、麟太郎が推挙で今度は和歌山藩附家老三万五千石水野土佐守の市谷浄瑠璃《じょうるり》坂《ざか》の屋敷へ月六回出稽古した。有名な丹鶴書院だ。ずいぶんいろいろな学者が来たが、蘭学では杉が一人光ったものだ。この時が五人扶持。

「長崎はまたと云うにおしよ。十一万石でも阿部様は別だ。まあうんとお云い」

杉は、どうしても、長崎へ行く気だが、こればっかりはどう頑張って見たところで、やっぱり行けないことになった。

「癪だなあ」

めずらしくむかっ腹を立てて、途中で、居酒屋で一ぱいやって、真っ紅な顔をして、冬木町へかえって来た。

ぶつぶつ云って、ひょろひょろしながら二階へ上がると、いけない、阿部様の石川和助さんと、中林の義兄《あに》が来ている。

「これあご機嫌《きげん》で」

と、石川さんは、直ぐにさあ搦手《からめて》からも来ましたよ、と笑った。

「御上《おかみ》は、もうそのおつもりでいらっしゃる。お前の妹の夫というに、何故《なぜ》、本日まで黙っていたとお叱《しか》りでね。いやそれはお届け申上げてございますというと、只、杉純道と縁組だけではわからぬではないかなどと仰《おお》せられて、いやもう、今、あなたに行かぬなどと云われては、実以て、わたくしが当惑しますで」

杉は、きちんと坐った。そして二人へ両手をつくと、さ程までの仰せなれば、有難くお受け仕ります、御前態《てい》何分ともよろしくお願い申します、といった。

「これはどうも有難い。その代りと申してはなんだが、杉さん、本はいくらでもお買いなさい、あなたの勉強が行止りになっては大変だからねえ」

石川は、そういって、これも、手をつかえて、杉へ頭を下げた。中林も同じようにしながら、

「ところで少々手廻しはいいが、丸山町中屋敷《ほんごう》内へお小屋を下さるそうですから、そのおつもりで、御上へお目見得がすみましたら早々にあちらへお引越しなさるがいいですね」

といった。杉は手をふって、いやそれは困る、勝さんが長崎へ行かれると、田町の塾ががらん洞になるので、まだ大勢いる塾生達が、海のものとも、山のものともならぬに、放り出されたは可哀《かわい》そうだ。それに、第一、御老母や奥さんが、大勢のお子を抱《かか》えて御難儀をなさる、わたしは勝さんが長崎滞留中あすこの塾で留守居番をする気でいるのだ。当分はお小屋入りなどは飛んでもない。

「義兄さん、おきんも只《ただ》の身《からだ》で無い故、いつまで二階借りも可哀そう。あれだけを当分あなたのところへ預って下さいませんか」

暑い暑いといっても、八月に入ったら、もう、江戸も朝夕はかすかな涼風《すずかぜ》が流れる。

きのう大川の中洲で、鎌倉松葉《まつば》ヶ谷《やつ》妙法寺の川施餓鬼《かわせがき》があった。江戸中の法華の信徒が集まっての施餓鬼に、川の水色が見えなくなりましてと、毎年そんな噂《うわさ》をきくので、ことしはお夢にせがまれて、麟太郎夫婦もここへ行って来た。

その夜、思いもかけず支配からの召状があって、今日は、麟太郎はお城へ出て来た。代々の小普請《むやく》が、突然小十人組に御番入になった。死んだ小吉《おやじ》が、若い時分は御番入をしようとして、ずいぶん方々へ運動をしたも知っているし、御番入々々々と、口癖のようにいってもいたが、ひょっこり麟太郎が、そんな事になった。

小十人組というは、若年寄の支配を受けて、幕府の出行に供奉《ぐぶ》するが勤めだが、麟太郎は長崎伝習生を指導する都合から、資格だけをそんな事にしたのだろう。小十人は扈従人《こじゆうにん》の意味だ。

麻上下《あさがみしも》をつけて、お城を下って来る麟太郎は、なんだか、他人の事ででもあるような気持がしていた。今更小十人もへったくれもあるものか。おいら、天下の勝だ、と、んと埒《らち》もねえわさと、池の面へのぞき込んでいる柳の下をくぐりながら、ひょいと、そんな事を思って、ぺっぺっと唾《つば》をした。

次の日は、今度は、矢田堀と二人一緒に呼び出されて、賜暇《しか》金二枚と時服二を賜わった。金二枚はいわば、長崎出張の旅費だ。

杉は、きのうから、だいぶ不平である。勝麟太郎に小十人はないだろうと、ひどく頬《ほお》をふくらしたが、麟太郎は笑って、

「なんでもいいじゃあねえか。もともと本所の小普請だ。おいら、学問が出来れあ、それでいいんだよ。幕府が、ほんに、おいらが入用な日が来れあ、杉、御老中にだってしなくちゃあならなくなるものさ」

素裸になると、また井戸端へ出て行って、ざあざあと、幾杯も幾杯も水をかぶって、その裸に褌《ふんどし》一本のままで、鍛冶場《かじば》の横に植えてある菊の葉の虫を、一つ一つ、取っては棄て、取っては棄てていた。

「たみ、おいら、来月一日に船だよ」

家の中へそういって、そのまままた虫をとっている。

その九月一日《きくづき》の朝。

江戸港は朝靄《あさもや》で一ぱいであった。風のない春のような静かな海で、靄の上は青空のようだ。

麟太郎は、田町からみんなに送られて、品川へ出て来た。岩さんは、二三日前の晩の深川の火事で腕を折り損《そこ》なったといって、これを首から吊《つ》っていた。

沖には、黒い大きな船がふながかりをしている。三本柱の帆前船だ。

「何日程で長崎へ着くんですえ」

岩さんが、そうきいた。わかるものか、と麟太郎は、これが蒸気船なら蒸気の力をどれ程にすれあ一刻《いっとき》にいくら走ると定っているが、何しろ風が対手《あいて》の帆前船よ。これでも薩州侯の自慢の船で、幕府へ上げた昇平丸、同家の船手方と、名代の塩飽島《しあくじま》水夫十五人が腕に縒《より》をかけてやって行くのだ。五十ん日《ち》もあったら行きつくだろうよ。

五十日はおどろいたが、二日合《あい》をおいて、三日の日に風をはらんで走り出して見たら、ほんに、遅い事遅い事、まるで船底が海へねばりついているようだ。麟太郎は船の上から、あの日に、別れて来た杉や岩さんに云った事を思い出して苦笑した。

晴々とした初秋の空に、中天高く富士が紫色に懸っている。

「矢田堀さん、これあいい保養になりそうですな」

「あなたなどは、日頃、お忙しい人だ。稀《たま》にはこれもいいでしょう」

その矢田堀景蔵も、船の遅いには少しおどろいているらしかった。

この船には、伝習生の中の半分だけが乗っている。亡《な》くなった江川太郎左衛門の家来望月大象、鈴藤勇次郎。浦賀与力の中島三郎助、佐々倉桐太郎。同心春山弁蔵等。船大工二名も加えて二十一名、それから幕府砲術師範下曾根金三郎の子次郎助もいた。

望月は、江川が蘭書をよんでカラナイトという猛烈な破裂弾のあることを知り、わざわざこの人を、前年長崎に派遣してスームビング艦を訪問させ、船将次官グ・ファビユスについて、この破裂弾製法の伝授を受けさせようとしたが、グ・ファビユスは、甚《はなは》だお気の毒であるが、これは国禁故《ゆえ》、とてもお教えする事は出来ない、実はこの艦にもそれは三十六個積んでいるけれども一々国王の封印があって、いざ戦闘という時以外は、一切、他見せしめられないのである。しかし、この破裂弾を知る人は日本にはいまいと思っていたが、さてさてあなたの主人江川というは人物である、と感心させたことがある。麟太郎もこれを知っている。

「望月、グ・ファビユスの面を知っているは、お前ばかりだ。よろしく引廻じて貰《もら》わなくちゃあならねえな」

といった。はあ、しかもグ・ファビユスさんはなかなか物のわかった優しい人です。日本のために一刻も早く立派な海軍が出来るように心から神へ祈っていると、繰返し繰返しいっていましたから、恐らくは、誠心誠意、われわれを教えてくれると思いますと、望月も心がいそいそしているようだ。

麟太郎の家来という名目で荘内《しょうない》の佐藤与之助もいたし、草履取彦助というのも一人ついた。半分の人数は陸を行った。鉄砲方田付四郎兵衛の組与力尾形作右衛門以下十七名、笠間《かさま》藩士で洋算術の研究生小野友五郎も、これに加わっている。小野は日本洋算術の鼻祖だ。

雨の日がある。風の日がある。殊《こと》に秋の遠州灘《なだ》は大そう荒れた。帆柱がみんな折れて終った。

「どうしました勝さん」

矢田堀が、麟太郎の船室へやって来た。大きな事はいっても麟太郎は、とんと船に弱い。二日前からねたっきりである。

「いやあ、少々熱がありましてね。江戸を出る時から、風邪をひいていたがいけませんよ」

「だいぶお顔の色もわるい、大丈夫ですか」

「風邪が癒《なお》れば、顔色もよくなりやんしょうよ」

矢田堀はどうも負けん気の人だ、そう思いながら戻って行った。

長州下関へこの船が入るまでに、まる四十一日かかった。十月十一日の夕方、よくまあ船底が腐りもせずに着いたものだ、と、麟太郎は笑いながら、刀を杖《つえ》につくようにして、甲板へ出て来た。

南の国の夕陽《ゆうひ》が、真っ紅に沈みかけて、西の空は一面の蛇腹雲《じゃばらぐも》であった。

船子どもは、錨《いかり》を打つに大そう骨を折った。名代の底潮の早い港だ。時刻によって、西に流れ、東に流れ、大潮の時は一刻の休みもなく物凄《ものすご》い勢いで流れるので、打ちどころによっては、とんと錨が利《き》かない。馴《な》れない船子には、手も足も出ないところである。

伝習生は、とにかくここで上陸して、一日、ゆっくり土の香をかいで、畳の上でねて行くことになって、麟太郎と矢田堀が、まず一番先に上陸した。青い山や丘がすぐ自分の顔の前に迫り、踏んでいる大地がふわふわと妙にやわらかく感じた。

出迎えていた毛利家の地役の若い一人が、つかつかと、矢田堀の前へ来ると、

「大阪から、お手紙が参っております」

といって、丁寧に差出した。矢田堀は、ちょいと首をかしげたが、恐縮といいながら、一礼して受取ると、すぐ無造作に開いて行った。大阪の蔵屋敷にいる懇意な薩摩の家中からのものだ。

ほ、ほう、そういって、矢田堀は勝をはじめその辺にいる人達の顔を見廻して、

「江戸では、大そうな地震があったそうだ」

といった。手紙を渡してくれた侍は、さようだそうでございますね、震死のものが、

六千六百余人、潰《つぶ》れ家も一万五千軒とやら申します、といった。

伝習生たちは、みんな眼を皿のようにして、さすがに胸を動悸《どき》つかせたようだ。

「水藩の藤田東湖、戸田蓬軒《ほうけん》両先生も、藩邸で圧死したそうだ」

と、矢田堀は、麟太郎へ眼をやって、わたしの遠い縁辺に当る芦屋検校《あしのやけんぎょう》も、針術で病家へ行っていてそこで施術中、病人と一緒に死んだそうです、博識な人でしたが惜しい事をしました、といった。

麟太郎は黙って、うなずいていたが、呟《つぶや》くように、藤田東湖はいい時に死んだよ、といった。みんな、どういう意味でそんな事をいうのかわからなかった。麟太郎は、かねて東湖先生が嫌《きら》いだ。学問も深い、議論も正しい、剣術も強いが、ただ、一番大切な本当に国を思うという赤誠が足りないと思っていた。議論をして、書生を集めてわいわいいっているだけで、天下の御三家、水戸が何一つ本当のことをやらねえじゃあねえかと、いうのである。いつも、みんなが不思議がる程、おいら、あんな流儀は大きれえよと、誰の前でもずけずけいった。

「何日よ」

麟太郎がきいた。今月の二日だそうだと矢田堀は答えたが、みんな、眼の中に、その大地震の江戸の有様がまざまざと思われて、誰も彼も心が暗くなった。

ほんに、この地震は、元禄十六年この方だ。二日は、朝から細かい糠雨《ぬかあめ》が降りつづいていた。夕方に雨は止んだが、天も地もただ朦朧《もうろう》としている。その夜中、亥の二点《じゆうじ》大地震が来た。明け方までに三十幾度これを繰返し、めりめりばりばり家屋敷の崩壊の地響きは、全くこの世の地獄であった。

杉は、ぐらぐらっと来ると一緒に飛び上がって、縁側の雨戸を開けた。そして、奥さん危ないと怒鳴った。

おたみは、杉さん、お母上をお頼み申します、とそういうと、自分で、そこに敷いてある畳を一枚ぐいとめくって、それを抱えると、庭へ出た。

名代のぼろぼろ塾だ。こんな時はほんに危ない。

おたみは、ゆっくりと、四辺《あたり》を見廻して、どっちへ何処《どこ》の家が倒れて来ても大丈夫という鍛冶場《かじば》の横の大榎《えのき》の下へ、その畳を置くと、またとって返してもう一枚、それに、お母上の座蒲団《ざぶとん》も持って来た。ぐらぐらして並みの気力では、歩くどころか、立っているもむずかしい。

その木の下の畳へ、お母上をはじめ、四人の子をみんな坐らせて、さて、落ちついて、杉さん、どうにも激しい地震ですねえ、といってにっこりした。

偉いもんだなあ、杉はしみじみそう思った。ふだんは、ちっとも外へ出しゃ張るということをしない、一ん日中台所にいて、ことことと、炊事やら子供の世話やら、あの気の勝った先生が、時々は、ずいぶん無理とも思う我儘《わがまま》放題をいうに、只の一度も逆らった事がなく、いつもにこにこして、我というを小指先《これだけ》も張らずに、永年貧乏世帯を切り廻して、しかもほんに幸福そうにして仕えている、その人が、いざとなればこれだ、本当に偉いものだ、男勝《まさ》り、ほんの日本のおなごとは、この人の事だと、杉はまじまじと、おたみの横顔を見ていた。

「杉さん、おきんさんのところへ行ってお出でなさいまし」

そういうおたみの言葉について、お母上も、そういうので、この頃、おきんも、兄について、阿部侯の辰の口の老中屋敷に来ているから、そんなに遠くはなし、ここはもう大丈夫故《ゆえ》、では行って来てやりましょう。杉は、家のゆれる隙《すき》を見て飛び込んで行って、袴《はかま》をつけ大小をさして出かけて行った。歩きながら、おっと危ない、おっと危ない、よろよろして行く。

ゆり返しゆり返し、まるで船へのっているようだ。それでも杉はやっと辰の口へ来た。途中、どうにも歩けなくなって二度もしゃがんで、ゆれの止るを待った。

御曲輪《おくるわ》内の大名屋敷も、ずいぶん崩《くず》れた、めりめりいいながら今、崩れかかっているもある。もう、その辺、一帯の火になっている。江戸中、あちこちに火事。物凄いうなり声のようなものが、天の一方から聞えて来る。

阿部家の門内は、燃え盛る近い火の手に、焼け焦《こ》げるようにあぶられながら、高張をたてつらね、今、御上、登城の供揃《ともぞろ》えをしているところであった。家来たちは、みんな片膝《かたひざ》をついている。今にもこの屋敷も何処から、火が飛んで来るか知れないが、今のところは、大玄関の屋根瓦《がわら》が一枚もなくふるい落されて、ぐっと左に傾いているだけである。

ひょいと見ると、今、阿部様が大玄関の式台へ降りられるところであった。杉は、遥《はる》か彼方《かなた》に、地べたへ伏した。側御用《そばごよう》の中林勘之助が、これを見て、蘭学御抱杉純道で御座りますと申上げた。

阿部は、うなずいて、心うれしゅう思うぞ、と優しくいって駕《かご》へのった。さすがに、落着いて、少しの狼狽《ろうばい》の色も見えなかった。

お城は石垣のくずれ、多門見附御番所など所々破損したが、大した変りはなかった。ただ、大手御門前、西丸下八代洲河岸、日比谷幸橋御門内まで長さ十三町余、幅平均三町程が、焔《ほのお》が天に渦を巻いて燃え上がった。

不思議は、勝のぼろ塾である。次の朝、馳《か》けつけて来た塾生たちが、眼を見合せたというは、日頃さえ、今にもがたがたと崩れそうな家が、瓦を一枚残らずふり落しただけで、とにかく、野宿をする程の事もなく、ちゃんと建っていたは、如何《いか》にも妙だ。

紅《あか》い花

昇平丸の長崎へ着いたのは、十月二十日。如何《いか》にも麟太郎の云った通り、かれこれ五十日である。

南の国の冬空は、拭《ぬぐ》ったようにきれいで、陽の色は、ちかちかする程まぶしかった。伊王鼻から右手に島々を見て、それから神の島の横を通ると、もうすぐ港だ。現金なもので、今まで船室で、ごろごろ寝ていた伝習生たちが、誰からとなくみんな甲板に出て来た。誰も彼も生きた人の顔色をしていない。一人残らずといっていい位に酔って終《しま》っていたのである。だから、ごろごろ寝ているにもいないにも、起きている事が出来なかったのだ。

麟太郎の草履取彦助は、二十そこそこの若者だが、不思議なことに、江戸からの仲間では、これ一人が酔わない。これが、へたへたになった佐藤与之助の手を引っぱって上がって来た。

麟太郎は、矢田堀と一緒に、さっきから甲板へ出ていた。二人とも、真っ蒼《さお》だが、
麟太郎は大きな声を張って、

「矢田堀さん、あれが三番石火矢台《いしびやだい》という奴ですね」

左手の神崎の海岸を指さした。そうですか。矢田堀は知らない。

「右手のあれが四番石火矢台。あすこの番所の裏山が鍋《なべ》かぶり山。ははあ、あれが西泊の御番所か。これを左に見ると、ここから波戸場までは、もう二十町な訳だ。おお御覧よ。あれだ、あすこにいるがスームビングだ。その隣が、今度スームビングをつれて来たゲテー号だ」

如何にもスームビングとゲテーがどっしりと浮んでいる。

矢田堀も、側《そば》へ来た佐藤も、さすがに、みんな興奮した顔つきで、はじめてという に、先生はよく知っているなあと、感心しながら、またたきもせず、じっとこれを見つめた。

静かな港だ。左手の稲佐岳《いなさやま》が、薄紅葉なども見えていい景色である。麟太郎は、望月さんと傍にいるを呼んで、あの山は、俗に七化《ななばけ》といって、夕日をうけて眺《なが》めがいろいろに変るというが、ほんとかえ、といった。望月大象は、さあ、いっこうに無風流

で、気がつきませんでしたが、あの通り、山の下は出入りの激しい岸やら渚《なぎさ》やらですから、そんな事もあるかも知れません。でも、一度、月の夜に、肥後町から真っ直ぐにあすこを望んで、いいなあと思ったことがあります、はあ、と頭をかいた。

船が、港の中程まで来ると、岸の方から、いろいろな小船が、急がしく漕《こ》ぎつけて来る。昇平丸と知っての出迎えだ。

波止場へ入った時は、もう、日がうすうすと暮れかけていた。如何にも稲佐岳が、そのにぶ色の薄日を受けた眺めは、美しい。

「あれですな西役所は」

矢田堀は、そういって、正面を指さした。

「そうでんしょう、思ったより立派だな」

麟太郎は、にこにこした。如何にも西役所だ。伝習生は、かねて、ここが宿舎と申達されてある。

西役所というのは、長崎奉行の別役宅だが江戸から在勤の長崎御目附は、代々ここを宿舎にする事になっている。

波戸場の広場から突当りが幅の広い石の段々。その段を登って、右手が東へ向いて西役所の門。段の下を右手へ行くと、すぐに石橋を渡って、出島の阿蘭陀《オランダ》屋敷になる。

阿蘭陀の大きな国旗が、出島の真ん中頃に、いま日の暮れる夕暗の空に高い柱の上にはためいている。

西役所の曲輪《くるわ》は石垣の上に、美しい長屋造り、漆喰《しっくい》の黒袴《くろばかま》。白い壁は、武者窓が、いくつも並んで、これがほんのりと浮んでいる。その上、ここを美しく見せるは、門と真向いに、一寸《ちょっと》、見た事もないような大きな紅椿《べにつばき》が、一ぱいに咲いていることと、形のいい松が、曲輪の中から、絵のような姿で覗《のぞ》き出していることだ。

「これあいい」

麟太郎も、そういって、矢田堀と並んで、門を入って行った。広い大きな玄関に、思いがけなくも、家来をつれた長崎御目附永井玄蕃頭《げんばのかみ》が長崎勘定方目附永持亨次郎をうしろにして立っていた。そして大きな声で、

「これは、これは」

と、向うから声をかけた。永井さんも、永持も、矢田堀も知っているし、麟太郎も、一度逢《あ》って知っているが、永井さんは元来が、いやに鯱《しゃち》こ張る事の嫌《きら》いな、ざっくばらんな人だ。名を岩之丞、号を介堂。浜町山伏井戸、三千石の旗本だが、本当は信州奥殿一万六千石松平乗尹《のりただ》の子で、永井能登守《のとのかみ》というに養子になった。麟太郎とは十ば

かりも年上だが、出が出だけに、不思議に上品だ。

「あなた方の御迎え役で、わたしも江戸へかえれなくなったよ」

永井さんは、そう言葉をついで、笑いながら、さあさあと、今度は自分が先に立って、奥へ入って行った。安政元年から今年で、在勤の年期がすぎて、江戸へ帰ろうとしているところへ、今度の伝習一件で、そのままここへ残って、海軍生の世話を焼いてやる事になったと、永井さんはわざと迷惑そうに云っているが、本心は、喜んでいられるようだ。

永井さんは、その夜は、特に待遇《もてなし》というをしなかった。永持が来て、少しばかり話をして引取ると、後は銘々、自由にさせて早く湯へ入れて床へつかせてくれた。これが何よりも有難い、もう皆は、ほんに疲れ切っているのだから。

次の朝、鱗太郎と矢田堀は、先《ま》ず永井さんの居間へ挨拶《あいさつ》に行った。居間から三つ四つ離れた一室には椅子《いす》や卓を置いて、蘭人との応接間にしてある。

「疲れたろうに、早いな」

永井さんは、そういって、

「江戸の地震は知ってるか」

二人は、下関で、それを知った事をいうと、こちらへも、幕府からの知らせが到来したが、昇平丸乗組一統の家のものには、何《いず》れも別条はないそうだから安心をするがいいといった。

永持が間もなく、そこへやって来て、これから、三人で同じように伝習を受けながら、一方伝習生の面倒を見る麟太郎と、矢田堀へ、改めて、丁寧に挨拶をした。

「本所もんで、とんと馬鹿です。永持さん、どうぞ宜《よろ》しく願います」

麟太郎が、そういった。

いやあ、わたくしこそ、と永持は、勝さんは蘭学がお深い故《ゆえ》、まことにお気楽でしょうが、わたしはまるでいけないのです、先ず先生方のおっしゃるのが、わかるまでが大変と、もう、今から、びくびくしているのです。

なあに、わかるもわからないもねえでんしょう。物の必要というものは、必ず解《わか》らせてくれるように出来てるもんだと思いますよ、暗闇《くらやみ》でも欲しいものあさっと摑《つか》める、褌《ふんどし》をえ、永持さん、御上の御書付通り、まことに、容易ならざる御用筋、お互いに、緊《し》めてかかりましょうよ。

話しながら、麟太郎が、ひょいと見ると、永井さんの唐人風の机の横に、三四枚、書き損《そこ》ねの反古《ほご》らしいものが重ねてある。立派な筆蹟《ひっせき》だ。永井さんは、はじめ学問芸術軍学を似《もっ》て御小姓組に召出され、更に聖堂の吟味《しけん》を受けて、甲科というに及第し、嘉永三年には、甲府徽典館《ちょうてんかん》の学頭になった程の学問の出来る人である。

麟太郎が、それを見ているに永井さんも気がついて、これを取上げると、どうだろうね、易経の中から選んで見たのだが、といった。なんでしょうか。おおそうか、あなた方は知らんかも知れないな、実は、御上から、スームビングを、こちらの名にするから然《しか》るべきものを考えて、上申するようにとの達しがあったのだよ。ああそうですか、それあ尤《もっと》もの事です、日本の船が阿蘭陀の名もおかしい話ですからね、と矢田堀も、そういった。

観国之光利用賓于王とあり、是《こ》れ其《その》政教徳化は風俗に見らるるものなれば、之《これ》を観て治乱興廃を省察するを得べしと

「観光丸はどうかと思っている」

座にいた三人は、みんな、観光丸々々と、同じように呟《つぶや》いた。

「いい名でございますね」

矢田堀が云うと、永井さんは、それにあの船の舳《みよし》元の両側に、葵《あおい》の紋章をつけようという事になっている、先ず伝習中に、充分威容も整えよう、なんにしても、わが国の海軍発祥だからな、と、如何にも自ら欣然《きんぜん》たるものがあるようであった。

三四日休息した。

麟太郎は、佐藤与之助をつれて大石段を波戸場の方へ下りると、左へ阿蘭陀屋敷の方へぶらりぶらりとやって行った。十月の末というに生あたたかい潮風が吹いて来る。途中に、長崎地役人の番所があり、ちょいとした商見世《あきないみせ》もあるが、なんとなく富貴な匂《にお》いがする。長崎には金持が多いというが本当らしい。高島秋帆先生が、あの騒ぎの時に家財没収になった。その家財の大きな長持の中に、当時贅沢《ぜいたく》ものとされていた江戸の村田張の真鍮《しんちゅう》の煙管《きせる》が一本ずつ紙に包んだまま一ぱいに詰っていたので、役人共が胆《きも》を潰《つぶ》したという話がある。秋帆先生ばかりではない、長崎にはこうした金持がたんとある。それがなんという事なしに感じられる。

阿蘭陀屋敷のある出島は、俗に扇島ともいう。南側が百八十間、北側が九十六間。扇の形をした埋立て島だが、橋の正面に橋幅一ぱいの門があって、周囲は板囲い、中が悉《ことごと》く蘭人の家だ。出入りは石橋の際《きわ》に番所があってなかなか厳《きび》しくて、女などは、遊女の外は一切この中へは行ってはならないし、坊さんも、高野聖《こうやひじり》の外は出入りがならない。蘭人も勝手には出て来れない。むかし、異国と交易する商人がここを建てて、それぞれ商売関係のある異人共を住ませたが、阿蘭陀以外鎖国となって、平戸にいた蘭人どもをここへ一まとめにして終って以来のところである。

橋のこっちから、首をかしげて覗いて見た。

「なんでしょう、先生」

佐藤が指さしたのは、斜めに見える家の窓に、冬というに、鉢《はち》に真っ紅な花が咲いている。

「花だろうよ」

「花はわかってますが、何花でしょう」

「おいら、そんな事を知るものか」

麟太郎は、そのまま歩き出して、舟番長屋の方から材木町へ出て、二股川の橋を渡りかけたが、そこから、ふいに引返して来て終った。川の向うには、青い山が見えて、そのところどころに、寺の屋根が埋もれていた。

長崎入り五日目。

永井さんは海軍伝習方取締として伝習生一同を引きつれて、はじめて阿蘭陀屋敷へ出て行った。入門の式だ。みんな麻裃《あさがみしも》をつけて行った。

阿蘭陀側は、商館長《キャピタン》ヤン・ヘンドリック・ドンケルクルチュスをはじめ、ゲテー号の船将次官グ・ファビュス中佐。スームビング艦長ペルスライケン大尉。以下二十三名が金モールをぴかぴかさせてずらりと並んだ。木工も居れば、水夫も火焚《ひた》きも、帆を縫う奴もいる。商館長というはまあ総領事のようなもの、ファビュス中佐は、この伝習に骨を折ってくれた人だ。以前スームビングの艦長だった。杉がいたら、きっとみんなひでえ赤っ面だねといっただろう。

式が終ると、永井さんは、阿蘭陀の海兵指揮役いわば教育班長になったペルスライケン大尉へ、こちらが生徒監勝麟太郎ですと紹介した。大尉は、大きな手をさしのべて、しっかりと麟太郎をにぎりながら、いろいろ困難ですが、御国のために、わたしども一生懸命やりますといった。麟太郎は黙って頭を下げた。

「授業はいつからになりますか」

麟太郎はわざと通詞《つうじ》岩瀬弥七郎の方へそういった。岩瀬に云われると、大尉は、もう今年はいくらもないし、いろいろ契約の定まらないこともあるから、新しい年から始めましょうという。麟太郎は、そ奴あいけねえよ、と頭をふって、そんな呑気《のんき》は真っ平だ、明日からでもはじめて貰《もら》いてえ、とまた通詞へいった。

岩瀬がこれを通ずると、ファビュス中佐がつかつかと進み出て、いきなり、両手で麟太郎を抱くようにした。

「よろしい。よろしい」

大きな声であった。

みんな西役所へ引取ると、さすがにほっとした。

「さあ、明日からは戦《いく》さだよ」

と麟太郎は、みんなへ云って、銘々、定められた長屋へ引取って、明日の仕度《したく》をするのだ、教える方が参るか、教えられる方が参るか、ほんに戦さだよ、とまたいって、自分もさっさと、自分の居間へ引取って行った。

永持は、別にお小屋があったが、麟太郎と矢田堀は、当分役所の内の一室に起臥《きが》して、その中に適当な下宿でも探すことにした。

教場は、役宅の広書院と定った。

次の朝、八時から先ずデヨング公用方中尉の算術から授業がはじまった。生徒は袴ばかりで中央の卓の周囲に居並び、教官は鴨居《かもい》の高さ位な粗末な見台の大きなような板を正面にたてかけて、これへ白粉墨《おしろいずみ》でいろいろと書きながら説明した。今日からはすべて西洋時間になった。毎日八時から、午後の四時まで、お昼の一時間の休みを除く外はぶっつづけに授業を受けた。

伝習生たちは、まるでわからない。一々阿蘭陀通詞が中に立っての授業では、ほんに、学問が、身にも皮にもならない。実に一人の教師に通詞が五人も六人もかかっても、どうにもわからないことが多い。

「こ奴あ弱りましたな」

永持が、先ず矢田堀へ悲鳴を上げた。

殊《こと》に、佐藤与之助は閉口した。

「人間が人間から、物を教わるにわからぬというがあるものか。二た月か三月の辛抱よ、今から愚図々々云うは早えわさ」

麟太郎は、対手《あいて》にしない。先生は、そんな事をいうけれども、それは蘭学がおわかりだからです。わたしたちには、蘭学の片語はわかっても、あの士官のいうが、とんと囈言《うわごと》のようです。

お前、田町のおいらがところで何をやっていたんだよ。豆売りの女なんぞにからかってばかりいた故、今が罰だ、まあ苦しめ苦しめ。それが辛《つら》いなら、切腹でもおし。飛んでもない、腹を切る位なら、江戸へ逃げてかえりますよ。

「馬鹿野郎」

麟太郎は、いきなり佐藤を擲《なぐ》り飛ばした。

「恥を知れ。恥を知るが、武士《さむれえ》だぞ」

砲術。エーグ中尉は測量、船具。蒸気機関の学問も、銃砲の訓練も、なかなか烈《はげ》しい。

永持も矢田堀も、旗本中の評判の秀才だが、まるで手も足も出なかった。麟太郎の顔を見る度に、勝さんは気楽そうだと羨《うらや》ましがった。

ペルスライケン大尉は、講義の度に、そう云った。

「あなた方は、直ぐに、われわれを凌駕《りょうが》すべき素質のある人達だ。わたしは、日本の人達の忍耐にして優秀なるを知っている。出来んということは無い、わからぬという事はない筈《はず》です」

といった。どんなに伝習生たちがわからなくても、また通詞がうまく自分の気持を対手に伝えてくれなくても、幾度も幾十度も繰返して、ずいぶん優しく熱心であった。眉《まゆ》の太い口ひげの濃い長身の人だ。

十一月十五日。ファビュス中佐は、後をこの人に託して、ゲテー艦で、国へかえって行った。

その晩だ。ペルスライケン大尉は、たった一人で、ひょっこりと西役所の、麟太郎のところへやって来た。手に草花の鉢を持っていた。紫色と黄色の小さな花が沢山咲いていた。

「勉強ですか」

そういって、襖を開けた。麟太郎は、何か阿蘭陀の地理書のようなものを読んでいた。

「勝さん、この花、上げます」

と大尉は、これは阿蘭陀の花です、わたくしが艦の中で、種を蒔《ま》き、そのままここまで持って来たのですが、遠い阿蘭陀の花が、こうしてこの寒いのに、美しく咲いている。わたしも心をこめていたわりました。しかしそれ以上にこの花は延びよう咲こうと一生懸命だったと思います。勝さん、わたしこの花に教えられているのですよ。

「有難う先生」

と、麟太郎は、先生の御親切と熱心を享《う》けながら、われわれ花を咲かす事が出来なくては、一つの草にさえ劣ります、必ず先生の御期待に添うよう努力いたします。

「有難う勝さん、わかってくれましたね」

大尉は、一寸《ちよつと》、涙ぐんだ。

さすがに士官達はいいが、蒸気機関の事を教える機関士や、銃砲調練をやる水夫には、ずいぶんいかがわしい奴もいた。それに、教えるもの、教えられるもの、一人の教官に長崎通詞が五人もかかってそれでまだ互いに言葉が通じない。一と月も経《た》たない中に、今にも喧嘩《けんか》でもはじまりそうになるが度々だ。

俊才の矢田堀や永持までが、蘭語に苦しんで、いつも憂鬱《ゆううつ》な顔をしている。まして並みの人達は、気がじりじりして、どうにもいけないは当然だろう。

永井さんが心配しだした。が、麟太郎は、なあにほんの少しの辛抱です、みんなが、俺にも出来るという自信がちょいとでも出て来れば、もう、それでいいのですから、と、別して問題にもしなかった。そして、ペルスライケン大尉が、紅《あか》い花を持って来てくれた話をして、あちらにそれだけの親切があるに、こちらが、根も張れず芽も出せない程の馬鹿ばかりとも思えない。あなたは二三カ月、じっと眼をつぶり、耳をふさいでいていただきたいといった。

正月が過ぎた。方々で名物の凧揚《はたあげ》をやっている。

麟太郎は、佐藤をつれ、自分は杖《ステッキ》を手にして筑後町の聖福寺へやって来た。古い南《ナン》京《キン》寺だ。その北側の山の女風頭《おなかざかしら》というは、昔から金比羅《こんぴら》合戦場と共に長崎三の凧揚どころの一つで、今日も、大人も子供も入交って大そうな賑《にぎ》わいだ。茶見世などがたんと出ている。

麟太郎は、この山へ上って、南向きの、少しくぼんだところで、腰を下ろして、海を見ている。南から陽が一ぱいに当って、ここは風もなく、いい気持でもあり、いい眺《なが》めでもある。

「先生は、近来、隙《ひま》さえあれば市中を散歩のようですが、なにかいいものが見つかりましたか」

佐藤がそういった。

「女かえ」

佐藤は別に、女のことをいっているのでもなかったので、ちょいと面喰《めんくら》ったが、

「いい女は何処《どこ》にもいるよ。え、佐藤、女もいるが、おいらあな、ペルスライケン大尉に教えられたよ。学業の余暇があったら、出来るだけ市中を散歩しろというんだ。何事によらず見聞を蓄えて置くというは、今日不用でも、他日必ずその用を為《な》す事があるという。偉えと思ったよ」

「そうですね。が、先生、先生はそれでいいが、われわれ散歩どころじゃありません。もう本当に、学問はいやになった」

そういうのへ、麟太郎は答えもしなかった。ごろりと、そこへ横になると、肱枕《ひじまくら》で寝て終《しま》った。

二月も半ばを過ぎると、麟太郎が云った通り、伝習生たちもすっかり落着いて来た。

みんな、難解な教官の教えるが、どうやらこうやら、いくらかずつは解るようになって来たからだ。

麟太郎は、佐藤と、彦助をつれて、西役所から、筑後町の本蓮寺《ほんれんじ》の一室へ移った。長崎奉行へたのんでおいたが、やっと、いいところが見つかったのだ。京都本圀寺《ほんこくじ》の末寺日蓮宗のお寺だ。

もう、花もなく、葉も枯れかけてはいるが、麟太郎は、大尉から貰ったあの草花の鉢だけを、大切そうに自分で持って行った。

本蓮寺の庭は、一ぱいの梅で、一日中何処かで鶯《うぐいす》が鳴いている。山も青し、海も青しいい処《ところ》である。

久しぶりで、江戸の杉からたよりがあった。

お母上も御新造さんも、お子さん達も、元気である。その外、みんな別段の変りはないが、近頃漢学者流の飛んだべら棒が、西洋は蛮夷《ばんい》だ、洋学は蛮学だとやかましく云い出して、四書五経の内の一つさえ弁《わきま》えないものには蛮学修行を許してはならないと、尻穴の小さなことを度々公儀へ談じ出るとやらで、先生がはじめて行かれた牛ヶ淵の洋学所、今度蕃書《ばんしょ》調所と名が変った。名は変ったが内容には少しの変りもなく、むしろ充実したというのは、取締頭取となった若年寄遠藤但馬守《たじまのかみ》は、すこぶる内外の事情に通じ物のわかった苦労人で、それらの説も斥《しりぞ》けず、ああよしよし尤《もっと》もだ尤もだと言いながら、却《かえ》って、洋学をいよいよ進めようとする深い考えだそうである。なんといっても他を知らなくては真の己は知り得ない、そこで教授方は箕作《みつくり》、杉田の両先生旧の如《ごと》く、教授方手伝として新たに川本幸民、松木弘安、高畠五郎、東条英庵、原田敬策、村田蔵六、木村軍太郎、市川斎宮《いつき》の外に、わたしが按摩《あんま》の頃からの友人手塚律蔵というも参加した、村田蔵六とも緒方塾では一緒だったので。と知らせて来た。

蕃書調所は良かったなあ、麟太郎は一人で苦笑した。

伝習所も、今は大そう盛んになって終《しま》った。幕府の伝習生に変りはないが、各藩から幕府へ願出て、自藩の伝習生というをどんどん派遣して来た。みんな、藩内の俊才ばかりだ。

鹿児島からは、五代才助、川村与十郎等、十六名、才助は後の友厚《ともあつ》、与十郎は純義《すみよし》だ。熊本からも来たし、福岡からも来た。長州からも佐賀からも、伊勢の津藩も、福山も。掛川からは、甲賀郡之丞、後の回天艦長源吉である。総じて百二十九名。就中《なかんずく》、佐賀の鍋島《なべしま》家は、佐野栄寿左衛門（常民）を取締頭として中牟田《なかむだ》倉之助など選《え》り抜きばかりであったし、最初っからみんな良く出来た。

桜が咲き出していた。

麟太郎は、二三日前、ひどい大雨の中で、観光丸の実地演習をやった時に、これあ寒いなあと思ったのがいけなかったか、風邪をひいて、臥《ね》るという程ではないが、あれ以来引籠《ひきこも》っている。桜というに、綿の入った丹前を引っかぶって、居室の窓を開けて、本をよんでいた。もう熱はなかった。

玉子を買いに、町へ出ていた彦助が、急いで、障子の外へ来た。

「お客様でございますが」

「誰だえ」

麟太郎は、本から眼も放さなかったが、ふと、思いついたか、ああ、今日だったな、そうか。

「いいよ、伊沢さんだろう。あちらへお通し」

彦助が、引返して行ってまた戻って来ると、手伝わせて、袴《はかま》をつけ、羽織を着て、出て行った。

方丈の広間の庭には、青々とした芭蕉《ばしよう》の葉が延びている。

「御苦労でしたな」

麟太郎は下座で、畳へ両手をついた。来たは、今日、江戸からここへ着いたばかりの、弟子の伊沢謹吾だ。

謹吾は、びっくりして、飛び退《の》いて、下手へ下がって、挨拶《あいさつ》をしようとしたが、いけねえいけねえと、麟太郎は、今のあなたは勝がところの塾生じゃあねえんだよ、伝習生頭取心得で着任した上は、おいらの、下座についちゃあ、幕府の威光というが無くなる、昔は昔、今は今よ、さあそのままそのまま。

謹吾は、ひどく恐縮したが、強《し》いてなにか云おうものなら、どんな大きな声で怒鳴られて終うも知れないので、云われるままにしていた。

「榎本釜次郎《えのもとかまじろう》が一緒ときいたが」

「はあ、参りました。是非、御引見いただきたいと申しますので、玄関まで参っております」

「それは、それは。さあ通しなさい」

榎本釜次郎は、まだ二十一歳だ。年が余り若いというので伝習にはいろいろ面倒もあったのを謹吾と親しいので、美作守《みまさかのかみ》が幕府へ運動してくれて、来る事になったと麟太郎もきいている。

釜次郎が、座敷へ入ると、すぐ麟太郎は

「長崎伝習は、昌平黌《しょうへいこう》で御褒美《ごほうび》をいただいたようなうめえ訳にゃあ行かねえよ」

といった。十八の時に釜次郎が乙科の吟味《しけん》に及第して浜縮緬《はまちりめん》三反を貰《もら》った事をいうのだろう。釜次郎は、びっくりして手をついた。

「お前、中浜万次郎さんに習って英語《イギリス》が出来るてえが、天狗《てんぐ》の鼻は折れ易《やす》い。気をつけよ」

そういったきりで、後はもう、そこに釜次郎のいる事などは忘れたように、江戸の話だの、美作守の話だのをやり出した。謹吾は、地震の話をした。そして、杉先生からきいたその日のおたみ夫人の働きなどを詳しく話したが、麟太郎は、そんな事あどうでもいいやというような顔をした。いつもこれが癖だ。

「各藩の奴あ、みんな出来る。江戸もんは馬鹿揃《ぞろ》いだから、余程しっかりしなくちゃあいけねえよ」

そういうと、麟太郎はぽんぽんと手を打って、彦、彦、玉子はあったかえ、玉子酒でも拵《こし》れえてお客様へ差上げろよと、大きな声でいった。

しかし、二人は、その玉子酒もいただかずにかえって行った。釜次郎は、額に、ねっとりと汗をかいていた。

桜の散る頃までに、また伝習生が十名殖えた。各藩のものは、その藩の名にかけて、一生懸命勉強したし、直参はまた直参で、これに敗《ま》けまいと夢中であった。

夕方だ。沖で観光丸で、実地調練をやった伝習生たちは、薩摩は薩摩、長州は長州、銘々自藩の旗をひらめかして、自分たちの小舟で波戸へかえって来た。今日は、そこへ並んだ鼓笛隊《こてきたい》に合わせていつもと違って隊を組んで、伝習所へ入る事になっている。この噂《うわさ》を、何処からどうきいたものか、町の人達がずいぶん大勢そこら辺りへ見に来ていた。とかく伝習生は町の評判だ。

若い娘たちがあの紅椿の木の下に大勢かたまっていた。白い美しい顔が、列を作って石段を踏んで来る伝習生たちの、ちらりちらりと流して来る眼の前に晒《さら》されていた。その娘たちの少しうしろに、何処その買物の戻りでもあるか、小さな包みを胸の前に抱くようにしてじっと見ている二十三四の殊《こと》に美しい人が一人ある。

人間、誰が眼も同じようだ。おい見たかえ、あの椿の下の別嬪《べっぴん》をよ。忽《たちま》ち、それが若いものばかりの伝習所の話の種になって終った。

二三日すると、俺あ今日、立山の奉行所の横で、お袋さんらしい人とあの女が歩いていたを見たよと、誰やらが云ったを、また一人が、家あ何処よ、ときいた。そんな事は知らないよ、ただ、姿を見たというだけだから。馬鹿だなあ、そんな時あ後をつけて、家を確めて置くもんだ、といったは呑気《のんき》坊主の佐藤だ。

「止《よ》せっ」

大きな声で怒鳴ったのがある。浦賀与力の中島三郎助、号を木鶏《もくけい》、年時に三十七、鶴の如く痩《や》せ、眼のぎょろりとした針のように鋭い堅っくるしい人間だ。

「なんの為《ため》に長崎へ来ているのだ。馬鹿もいい加減にしろ」

みんな黙って首を縮めたが、佐藤は、へらへら笑い出して、中島さん、そうむきになって怒る程の事じゃあありませんよ、若いものの集まりだ、稀《たま》にこれ位の事あいいじゃあありませんか。

「俺あ嫌《きら》いだよ」

中島はそっぽを向いた。それああなたは奥さんも、お子さんお二人もおありだから別格だ、別になにをどうしようと云うんじゃあない、ほんの若いもののその場限りの気晴らしの冗談ですよ。佐藤がまたそう云うのへ、例《たと》え冗談であろうとも、この伝習所はそんな浮々しいところじゃあないだろう、殊に毛唐人共が大勢いる、彼奴らあ、学問の事はとにかくとしてなにかにつけて、われわれを嘗《な》めてかかる、まるで下等人ででもあるような取扱いをする、みんなそれを口惜《くや》しいたあ思わないか、口惜しいと思ったら、もっと真面目《まじめ》にだけでもなるべきだ。女だの、別嬪だのと、口にしている場合じゃあなかろう。

「わかりました、わかりましたよ」

伴鉄太郎が頭を下げた。小十人組のもので、若くもあるが、気が利《き》いていたので、みんなに後れて、長崎へ来たのだが、麟太郎には気に入っていた。中島は、じろりと、そっちを見て
「お主は若いから、さ程にも思わんだろうが、この伝習をやっているばかりに、幕府は、教官達へ、莫大《ばくだい》な俸給を支払っているんだ。ペルスライケン大尉の月五十両はいいとしても、あの獣のような水夫頭クリュムプテさえ十両もとっている。帆縫のファンウェールドだって同じことだ、みんなでは年に三万両上の金にもなる。俺はその金を、毛唐人共に持って行かれるが実に心外なのだ」

「では伝習を止めろという御意見ですか」

「いいや止めよとは云わん。これは必要だ。ただ幕府は、われわれの為にそんな犠牲を払っているのだ、女どころじゃあないではないかというのだ」

佐藤は、しかしと、顎《あご》を撫《な》でて、女にうつつをぬかして、学問をおろそかにするような阿呆は、伝習生には居りませんよ、中島さん、大丈夫ですよ、女も話位のことなら大目に見ていて貰わんでは若いものは叶《かな》いませんよ。

中島は、不機嫌《ふきげん》な顔で行って終った。

行って終うと、みんなの話は直ぐまた元へ戻った。しかしあの別嬪は、どうも娘さんでもないが、それかと云って何処かの御新造というでもない、一体なんだろう。

麟太郎がひょっとそこへ入って来たが、にやにやっとしただけで、一と言も物を云わずにそのまま引返して行った。


本蓮寺の上人は、実にいいお声だ。お経をお上げなさるその声が、いつも、麟太郎が伝習所から退《ひ》けて来るのが夕刻、お寺の門を前にすると、谿川《たにがわ》の水が流れてでもいるように、静かに澄み切って聞えて来るのだ。夕の勤行《おつとめ》だ。それが毎日、判で捺《お》したように定っている。

麟太郎は、今、その帰り道で、ふと、そのお声を思い出しながら、何気なしに、筑後町を通ると、すぐ鼻っ先の家から、小さな笑い声を残して、軽い日和《ひより》の音をさせて、ひょいと出て来た女がある。

思わず顔を見た。おやっ、あの別嬪だ。麟太郎は、草履取の彦助一人を供につれているが、そのまま、其処《そこ》へ突っ立って、女のすれ違って行くを見送った。

麟太郎は、彦助を見て、にやにやした。そしてそのまま、女の行った方へ、小半町余り戻って行った。

女は、下駄と傘《かさ》を売っている小さな、ちんまりとした店へ入って行った。店は小さいが、如何《いか》にも裕福らしくがっちりとした古舗《しにせ》である。梶屋《かじや》と染抜いた紺の暖簾《のれん》がずっと張ってあって、店の戸は開いている。

肥《ふと》った年配の、実直らしい男が坐って、こっちを見ていた。

麟太郎は引返した。

それから十日余りも経《た》ったであろう。

雨が降っている。もう三日も糠《ぬか》のような雨がつづく。まだ梅雨というでもないに、どうにもうっとうしい。

佐藤が、伝習所からのかえりに、ここを通ると、さすがの呑気が、のけ反《ぞ》る程にびっくりしたというは、その店へ腰をかけて、にこにこ笑いながら、あの伝習所中評判の別嬪と、馴々《なれなれ》しく話をしている麟太郎を見たからだ。

「こ奴あ魂消《たまげ》た」

奴め、額を叩《たた》いて、ずっと前を通り過ぎて、こっちから見ていると、いやなかなか、麟太郎が出て来ない。もういやんなっちまって、も一度、前へ出かけて行って麟太郎を脅《おど》してやろうかと思っていると

「とんだ邪魔でんした」

そんな大きな声がして、やっと先生出て来た。女は店の敷居の外まで送って出て、丁寧に頭を下げているが、これあ全く美しいおなごだ。麟太郎が傘をさして、足駄の音をかちかちさせて、悠々《ゆうゆう》と前を通りすぎると、横っ丁へかくれていた佐藤が、おどす気で、出しぬけに、先生っといって鼻っ先へ飛び出して行った。

「馬鹿奴が、まだいたのか」

「え、わたしの通ったのを知ってられたんですか」

麟太郎は、横を向いて、美人薄命よ、とにやにやして、あの人あ、四年前に嫁入ってたった二十日でその連合《つれあい》に死なれたとよう。

麟太郎は、後はなんにも云わない。やがて、寺の門が見えて、松のみどりが雨にしたたる。

ほら、上人のいい声が聞えて来た。

夏風

三月末日、江戸から、勝麟太郎に、講武所砲術師範を命ずるという達書が来た。が、長崎伝習如故《もとのごとし》というのだ。麟太郎は、永井さんからこれを渡されて、いかに大砲が事でも長崎にいて江戸のものにゃあ教えられねえ、え、御本尊が長崎で伝習だ、永井さん、これあどんな訳のものでんしょう、と苦笑した。玄蕃頭《げんばのかみ》も仕方なく、笑っていると、幕府もいつまでたってもこんな事じゃあとんといけませんね、空鉄砲で喜ぶは、ぶっ放したおのれ一人、雀も気の利《き》いたは逃げませんよ、と今度は、思いきり口を開いて哄笑《こうしょう》した。麟太郎を小十人組のままでは、幕府もさすがに気がさすのだろう、と云って資格だけをくっつけて見たところでどうなるものか、小十人の時だって、あなたが身分の事について御不服を申されては、今度の長崎伝習というが出来なくなる、大所《たいしょ》に立ってどうか辛抱していただきたいと、大久保右近将監《うこんしょうげん》がわざわざお城で麟太郎の控所へ出て来て囁《ささや》いて行ったものだ。それ故《ゆえ》麟太郎も納ったが、これはいいとしても、格式がどうの、家格がどうのと、いつまで古い事にばかりとらわれていたのでは、ほんに幕府も埒《らち》あねえというものである。

それから間もなく、今度は、小十人組から大番へ組替のことを達して来た。大番というの眼目《がんもく》は、戦場の先鋒《せんぽう》だが、ふだんは江戸城の守衛をする。こ奴あ旗本の中でも出来る奴を選んで引抜き、老中が直々の支配だけに、出世の出来る機会の多い組で、みんな、これへ入るをねがった。麟太郎は、うれしくも、おかしくもない顔つきで、その達書を無造作にふところへ入れて永井さんのまえを退《さが》った。

丁度、この日、おたみからたよりが来た。昨日、中林様のお小屋へおきんさんをお見舞申したら、もう、お産も間もないように見受けましたので、女子と申すものは、こういう時に夫の側《そば》にいないは、誠に心細いもの故、お母上とも相談をいたし、杉さんに、おきんさんの方へ帰っていただく事に致しました。子供達も大そう大人にて、わたしの申す事をよく守り、お母上も御丈夫、田町の方は、なんの心配もございませぬので、あなた様のお許しもないに一存も如何《いかが》かと思いましたが、そういう事に致しました。中林様でも、せめてお産の当座だけでもと思い、丸山中屋敷に拝領《ほんごう》のお小屋を、もうそのように仕度《したく》をしてあるとの事で、ほんに、いい時に、いい事をしたような気が致しております、とあった。

四五日して、杉からもたよりがあった。御新造《ごしん》さんのお言葉に従わせて貰《もら》ったが、塾生は決してなおざりにしないから安心して下さい。それから、ゆうべ、はじめて親しく主人伊勢守に目通りして、蘭学を講じました、といって来た。

この頃の老中というは、途方もなく忙しいものだった。まして、阿部様は、幕府を背負っている。お城を下がって来るのはいつも真っ暗になってからで、さて屋敷でも、休んでいるという事は出来ない、山のような書類があるし、必ず、五人や三人の客は来ている。諸侯もあれば、柳営《りゅうえい》の諸役のものもある。

杉も、所望されて来ているに、今日まで、蘭学の話をする折もなかった。

辰の口の老中屋敷で、杉が、その座敷へ入って行くと、伊勢守は、二三冊の蘭書をのせた小さな机を前へ置いて、笑い顔で坐っていられた。実に温和な風采《ふうさい》の人だ。

御苦労だな、とそういって、御用多で、本日まで心にかかりながらも、思うに任せなかった。幸いに、暇が出来たから、今夕はゆっくりといろいろ教えて貰いたい、と、丁寧な、静かな口ぶりである。

先《ま》ず、独逸《ドイツ》のゴタツ版のハンドアトラスという万国地理書を、お手前の机からとり上げて、

「これの講釈を承りたい」

杉は、かしこまりましたといって、直ちに、世界地理を説いた。伊勢守は、じっとしてきいていたが、如何《いか》にもなあと、少し首をふって、世界に対すると、成程日本は小さい島に見える。形の上だけより日本を見る事の出来ないもの達には、軽んずるも無理ではないようだ、ひとり言をいった。

夜になって、文法書グラマチカの講釈がつづいた。杉は先ず十品詞について詳しく解釈した。

「成程よく整っている、これでは物もわかり易《やす》い訳である」

と主人は、こう云ったが日本の文法に堪能《たんのう》の方故、グラマチカも直ちに相わかり、実に賢明なお方であると、杉は、力を入れてこの麟太郎への手紙に書いてよこした。

「杉も、追々酬《むく》いられるようだ」

お寺の真新しい畳へ、腹ん這《ば》いになって、読んだ手紙を傍《かたわ》らに、こんどは肱枕《ひじまくら》で、すっかり夏らしくなった涼風を、丸窓から、ふところへ受けて、うつらうつらとしている。今日は、伝習が休みで、朝っから何処《どこ》かへ出て行っていた佐藤が、帰って来た。

先生々々、と呼んだが、麟太郎は、眼も開かず寝たままだ。こうやって寝ていても眠っているとは限らない麟太郎だ。佐藤は、それを承知故、いよいよ二千両でコットル船を造ることになったそうですよ、といった。

果して、麟太郎は、大きな眼を開いた。誰からきいたえ。謹吾からですよ、そっと先生のお耳へ入れろと云いました。馬鹿奴、謹吾というがあるか、頭取心得だ、伊沢様と云え。

麟太郎は、あわてて起きると、仕度をして、駈《か》けるようにお寺を出て行った。佐藤は少しあっけにとられていた。

その麟太郎が、急に立ち佇《ど》まって、にこにこして、やあといった。お寺の門をだらだら下った坂の中途だ。女が立っている。あの傘屋《かさや》梶屋《かじや》の美人である。性は梶名はお久。

「ゆうべあ、じりじりしたんだが、飛んだ事でどうにも行けなかったよ。今夜あきっと行く」

女はなにか云おうとしたが、そのまま、にこにこっと笑ったきりで、黙ってうなずいた。

「おい、お寺へ来ちゃあいけねえよ。ぽつぽつ噂《うわさ》が立ってるようだよ」

女は手の甲で口を押えて、笑いながら、立っても、元々なんでもないのでございます、恐《こわ》いことはござりませぬ、というようなものを、眼に云わせた。

それあそうだが、奴らあ、方図《ほうず》もなく騒ぎやがるからよ。

「先生も案外お気が弱うございますね」

お久さんは、実に美しい眼をした。

わざと、ぶらりとした風で、伝習所へ出て行くと、永井さんはもう大そうな喜びようで、すぐに、幕府《こうぎ》からコットル船製造が、許されたことを麟太郎へ告げた。

「お目出とうございます」

麟太郎は、永井さんへそう云っているのであるが、これが、また自分で、自分へ云っているような心地もして、いつものように、涙が瞼《まぶた》の中に一ぱいになった。ペルスライケン大尉に教えられながら、長さ十五間、五百石積のそのコットル船の図は、麟太郎が引いたのだ。

明日にも、職方へ命じ、大波戸の海岸を、仮造船所にして、あすこで工を起しましょう、と永井さんも、江戸っ児だ、ひどく性急《せつかち》だ。

講武所の師範も大番組もない、そんな絵にかいた御馳走《ごちそう》のようなものよりは、小さくとも、船を造る、自分達の手で、自分達が走らせる船を造る。日本ではじめての洋船を造る――。麟太郎に、こんなうれしいことはないのだ。

「それから」

と永井さんは、一寸《ちよつと》、改まった口調で、永持さんは、今度、伝習生を解いて、長崎奉行附組頭に栄転されましたよ、といった。ああそうですか、と麟太郎はそれあ結構だ、わたし共のように、蘭学ででもなければあ取りどころのないものとは違って、永持さんは吏才に長じている、適材を適所に向けるが、いっち大切な事です、永持さんはここにいては並みの人だが、そっちへ持って行けば第一人、しかもまだまだぐんぐんといくらでも延びる方だ、永井さん、いい事をなさいましたね。

その夜、麟太郎は、お久さんのところへやって行った。なんだか知らない今日は、うれしい事が、胸の中に満ちあふれるような気持がしている。

あの糠雨《ぬかあめ》の日この方、幾度、互いに逢《あ》ったのだろう。

「おや、先生、お袖《そで》のところが、ほころびておりますよ」

お久はそういって、お針道具を持ち出すと、麟太郎のうしろへ廻って、そのほころびを繕ろおうとした。麟太郎は、妙な身ぶりで、それを縫わせまいとする。お久も笑いこけて、困ったお方でございますね、といったが、

「先生、ちょいとお召し物をおぬぎ下さいまし。上だけかと思いましたら、まあずっと、お裾《すそ》の方までほころびているようでございますから」

派手な柄の、女の単衣《ひとえ》。それを出して傍へ置きながらそういった。

麟太郎は、彦助がいつも縫っておいてくれるのだが、今日、伝習所で若い奴らと腕角力をしたからあの時にやったのだな、そんなことを云って、自分の着物をぬぎ、お久の単衣をきて、ぴんと袖を張って、どうだえ、野暮勝も、こうなれあとんと粋《いき》だわさ、といって、一人でくすくすいつまでも笑った。

お久は、針を運びながら、先生、お寺へ伺って、おすすぎなども致したいのでございますが、やっぱり、いけませんか、と低い声でいった。別にいけねえと云うはねえが、美人に寺あ釣合わねえ、それに彦助はおいらには、とんと、いい女房、お前さん、来ねえがいいよ。

麟太郎が寺へかえったは、もう夜更《よふ》けであった。が、帰ると直ぐ、井戸へ出て、例によって水をかぶると、腰きりの肌襦袢《はだじゅばん》一枚になったままで、押入れから、大きな絵図らしいものを取出すと、行燈《あんどん》をかき立てて、その図へ定規を当てると、右へ廻り左へ廻り頻《しき》りに、その図を引きつづけた。

麟太郎は近頃、築城の学をやっている。これは、その図だ。

佐藤与之助は、今朝は西の馬場で、春山弁蔵と二人で、馬の稽古《けいこ》をする事に約束してある。八時からの授業に間に合うように、戻らなくてはならないから、まだやっと夜が明けたばかりの時に、起き出した。

気がつくと麟太郎が、なにかことことやっている。先生、もうお眼ざめですか、そう云いながらその座敷へ入って行った。縁の障子をすっかり開けて涼しい朝風を入れながらまだ図を引いている。もう凡《およ》そは出来たようだ。

麟太郎は、おい水を一ぺえ持って来ておくれよ。佐藤の方を振向きもせず、そういった。は、佐藤は庫裡《くり》の方へ行って水をくんで来て、それを差出しながら、ゆうべは、おかえりがお遅いようでしたが、どちらでした、といった。

馬鹿、お前、そんな余計な事ばかりに気を遣《つか》う故とんと学問が出来ねえのだ。

佐藤はへらへら笑って、しかしゆうべあんなに遅いに、もうお起きでお仕事は、全くよくお続きなさいます。

「なにをへらへら笑っていやがる。夜は寝るものたあ限らねえよ。おいら、ゆんべは寝やしねえよ」

「へーえ、そうですか、こ奴あいよいよ驚いた。しかしわたしも相当な猛者《もさ》な気《つもり》でいますが、どうにも先生には叶《かな》いません。みんなわいわい云っている中に、もう先生は、ちゃんと何してるんですからね、いや、先生の早いには——」

「ふむ、早いかねえ、ふん、早いかねえ。おいら、なんでも他人に負けるが嫌《きれ》えだよ」

　麟太郎は、じろりと、佐藤を見た。おいうっかりしてちゃあ、この伝習も虻蜂取《あぶはちと》らずでお終《しま》いになって終うぜ、ペルスライケン大尉などあ違うが、凡そ阿蘭陀《オランダ》の奴らあ、実にいい加減を教えてやがるんだ。中には、ずるずるにこの伝習を引張って、高え月俸を取ろうとしているのが顕々《ありあり》と見える奴もいるわさ。あ奴らあ、国《あちら》を出る時に内々でこれ位の事を云いつけられて来てるらしいんだ。だからこそあのペルスライケン大尉さえ、あれ程の熱心で親切な立派な人だが、つい近頃まであ只《ただ》一通りの砲術位のところを教えりゃあいいつもりでいられたんだ、おいら、先夜膝《ひざ》詰めで、それ位の事じゃあどうにもならねえ、もっと高等なもの、高等砲術、高等工兵術というようなものを教えてくれろと談じ込んだところが、最初《はな》の中は、それにはみんなの土台が出来ていねえ、蘭語だけでも、五六年やらなくちゃあ駄目でしょうというんだ。おいら腹が立ったからそれじゃあこの勝にだけでも教えてくれろ、もし勝にわからなかったら、仕方がねえ諦《あきら》めるといって、毎日、授業を終ってから、おいらだけ一時間だけ、堡塁《ほるい》築造法製図法を教わった。どうだ、こ奴あと、麟太郎は、自分がゆうべ徹夜の製図を指さして、

「お前わかるかえ、築城図だよ」

話しながら、段々まじめになって来るのに、梶屋のお久さんの一件をひやかすどころの騒ぎではなくなって、佐藤は、その製図と、先生の顔を半々に見て、眼をぱちくりさせて黙って終った。

「それにしても、江戸もんは、よくもよくもがらくたばかり来たものだ。佐藤、お前、荘内《しょうない》だが、おいらの塾にいた故か、お前も、大そうな、がらくただぞ」

麟太郎の云う通り、伝習生の中では、どうも江戸人が一体に成績が良くない。各藩の選抜生に比べて、学問が落ちるばかりか丸山の廓《くるわ》などへ遊びに行って、次の朝の授業に遅れたり、仮病《けびょう》を使って休んだりも、殆《ほとん》ど江戸人に定《きま》っている。

「佐藤、いつぞやペルスライケン大尉は、日本人は直ぐにわれわれを凌《しの》ぐ素質をもっているといったが、ぶらぶら遊んでいちゃあ凌ぐどころか、奴らの足許《あしもと》にだって寄れやしねえ。遊ぶなら遊ぶでもいい。が夜になったら寝るもんだ、くたびれたら憩《やす》むんだ、と定めていちゃあいけねえわさ。阿蘭陀の奴らあ、こっちからおいらのように突込んで行かなくちゃあ、なんにも教えやしねえのだよ」

解《わか》りました、よく勉強いたします。佐藤は、麟太郎を素っ破抜く気で、機先を制されたか、こ奴あいけねえ叶わねえ、頭をかきながら、庫裡の方へ行って終った。

この朝は、丁度スガラーウェン中尉の講義であった。永井さんも、ずっと、はじめから教室へ入って、伝習生達と一緒に教わって来たし、伊沢謹吾もそうだ。

麟太郎が、見ると、もう、中尉が出て来るというのに、今朝はその伊沢が席についていない。伊沢は、もう、二度程、こんな事がある。

肥った、大きな目玉のしゃがれ声の中尉が出て来た。大きな巻絵図を持って来て、造船術の講義だ。今日は通詞の横山又之丞が、その横に立ったが、中尉は、伊沢さん見えてませんねといった。ひどく不満なものが、その太い眉《まゆ》の間に溢《あふ》れていた。麟太郎にして見れば江戸でおのが育てた人間だ、ちょいと閉口して、うつ向くと、横山は、もう直ぐ参られましょう、公用で何処ぞへ外出していられましたから、と答えた。中尉は、皮肉そうに、丸山ですか、とつぶやいて、それでも直ぐに、講義がはじまった。

三十分間も経《た》った。伊沢が入って来て、少してれ臭そうに黙礼して席へついた。麟太郎の方は見ないようにしている。中尉はじっとこれを見ていたが、しばらくして、手に持っていた白粉墨《おしろいずみ》を、その向っていた黒板へ叩《たた》きつけると、いつもに似ぬ早口で、

「伊沢さん」

と叫んだ。そして、息をつく間もなく、ぺらぺらとしゃべった。伊沢は、とにかく、その権幕から、自分の遅刻を叱《しか》っていることは察しられるが、なんにしても、天下の

御普請奉行伊沢美作守の倅《せがれ》だ、それにこの伝習の頭取心得。余り人に頭ごなしに叱られたことはない。ただ、黙っていた。

中尉は余っ程、虫のいどころが悪かったか、さんざ、叱りつけて、今日はこれまでっというと、そのまま、さっさと、教室を出て行って終った。みんな、横山通詞の方を見た。

通詞は、どうも講義に遅刻されるというのは、あなた御自身、学問が遅れる事と相成ります故《ゆえ》、これからは、どうぞ御遅刻なされぬように――と、中尉の言葉を通訳した。みんな、権幕はひどかったが、それ位の事か、まあよかったと、ほっとした。

突然、馬鹿野郎っ、麟太郎が、横山を突刺すように指さして立ち上がった。

「横山さん、通詞というは、そんな出鱈目《でたらめ》を云うものかえ」

麟太郎は、お前さん、わからねえなら、わたしが和解をして上げようよ。え、伊沢さん、スガラーウェン中尉はね、あなたは、余り学問もよく出来ねえに、そう怠《なま》けては困るではないか、わたしは、あなたのような不真面目《ふまじめ》な人を教えるために、わざわざ遠い本国から来ているのではない、いい素質を持っていながら、世界に立おくれている哀れな日本を同情を以《もっ》て教えに来ているのだ、あなたは頭取心得という職にありながら、欠席、遅刻すでに両三回に及んでいる。そんな人を教えるは、本国国王の大命に叛《そむ》く事になる。大命に叛くは忠勇なる阿蘭陀軍人の死に値するものであるから、わたしは、再び、あなたを見る事は無いであろう、というのだ。つまりは、お前が罷《や》めて江戸へけえるか、俺が罷めて阿蘭陀へけえるかという事だよ。

伊沢謹吾は青くなった。こう、みんなの前で、ずけずけ云われては、ほんとうに、どうするも出来ない。

麟太郎は、永井さん、と向き直って、どうにも長崎通詞というは狡《ずる》っかしこくていけませんね、学問の通詞はまじめにやっても、教官の叱言《こごと》というは、まるでみんなへ伝えない、教官がぷりぷり腹を立てているに、こっちはとんとわからねえものだから、二度も三度も、同じ間違いをやっては、いっそう教官を怒らせる、殊《こと》に、あなただの、伊沢さんだの、その他身分の高いものには、高ければ高いだけ、教官の叱言は一切伝えねえ。叱言どころかあべこべにお世辞までつけたして、御機嫌《ごきげん》を取る。ずいぶん、あなただって、ペルスライケン大尉などには叱られているのです。でも、あなたは更に御存じないでんしょう。通詞がこんな事じゃあ仕様がない。幕府の天下も行詰った風になったというは、柳営の諸役をはじめ、通詞に至るまで凡そみんながいい加減な事ばかりを、やったり、しゃべったりしているからでんしょう。全く肝腎《かんじん》の通詞がこんな風じゃあ、安心して教官の講義もきいてはいられませんよ。

その席にいた横山をはじめ十人余りの通詞たちは、顔色をかえて首《うな》だれて終った。

伊沢の事が、とんだ飛ばっちりで、問題が、そっちへそれたままで、とにかく、教室を終り、矢田堀と麟太郎と、伊沢も後へついて、永井さんの座敷へ行った。

伊沢は顔が上がらない。麟太郎は、永井さんへ、この人の事は、どうぞ勝へ一応お任せ下さいという。ごたごたの火元ではあるけれども、いわば、遅刻というだけの事で、別に、伊沢をどうしようというもない。宜しく、と永井さんは、うなずいた。

通詞の横山も、永い間の習慣でこんな事になったのだが、とにかく、これはこのままでは済まない。というは、学問の教室で出鱈目の通詞をしたという事だ。長崎奉行荒尾石見守《いわみのかみ》、川村対馬守《つしまのかみ》の両所へ談じ、処分然《しか》るべく致そうという事で、これも話が定り、

「伊沢さん、今夜、勝が寺へ来て下さい」

そういって、麟太郎は、引取った。

夜、伊沢がしょんぼりとして本蓮寺へやって来ると、麟太郎は、その顔を見るなり、もう涙が一ぱい瞼《まぶた》の中にあふれた。よくこんな風になる、が、その涙は滅多に瞼の外

へは出なかった。

「おいら、お前さんのお父上《とうさま》から、謹吾の事あ何分頼むと、手をついて頼まれた事がある。お前さん、なんとも思ってなくても、おいら、お前さんのお父上のあのお心に酬《むく》いなくちゃあ気がすまねえのだ。おいらの、おやじも、おいらがことを——」

と、ここまで云ったが、急に暫《しばら》く黙って終った。

「申し訳ありませんでした」

謹吾は手をついた。麟太郎は、眼をしばたたいて、お前さんも外の奴らのように、知れた身分のものならば、おいら、なんにも云いはしねえが、後々幕府《だんな》がところの立派なお役につくべき人だ、あんな事でどうするものか。え、おい、伊沢さん、遊びの果てが金に詰り、揚句が悪い病気にでもかかって、可惜《あたら》一生を棒にふるが落ちよ、お前さん知ってるだろう、伝習はじまってまだ半年も経たねえに、そんな奴らあ、四五人も出来て終ったじゃあねえか。それに、おいらあ、と麟太郎は、

「この伝習だって、そんなに長え事あねえと思っているんだ」

「え？　どうしてでしょう」

「みんな、余り金がかかり過ぎる。内々の噂《うわさ》だが、熊本藩の人達なんざあ近々に一応引揚げるってことだ。その他各藩の聞役《かんとく》だって、伝習についてもそれぞれ余りいい報

告はしていねえようだ。伝習生は伝習生で、勉強をするには器械類をはじめ、いろいろ自分で買わなくちゃあならねえ故、貧乏ものには堪《たま》らねえよ。会所からみんなの借銭だって、もう、大そうなものだ。これがいつまで続いたら、伝習生は一生涯借銭で苦しまなくちゃあならねえことになる」

そう云われれば、誠にそうだ。だからよ、と麟太郎は、まじまじと伊沢を見て、今の中にせっせと勉強するんだ、一生懸命でやるんだ。もう半年か一年か二年かしれねえが、今、うんと、こっちの腹へ入れて置かなくちゃあ、それだけ、世の中に立おくれる、急ぐんだ、こっちが勉強をしてぐんぐん突込んで行けあ、教官たちだって、教えねえという訳には行かない、それを、ただ、教えてくれるだけを覚えただけでは、ほんに知れている、むしろ、金を使って、長崎辺りにうろうろしている事あねえようなもんだよ。

だからこそ、おいら、お前さんの事もあるが、あの通詞どもの不真面目が、かねが ね癪《しゃく》にさわっていたを、ずいぶん我慢をして来たが、とうとうあんなにやっつけて終ったのさ。なあに、あ奴ら、毛唐人とこっちの商人《あきんど》の間に入って、悪どい儲《もう》けばかりしてやがるんだ。おいらあ、もっともっとやっつけてやる気だ。

伊沢が帰って、引違いに、佐藤が戻って来た。そして、麟太郎の顔を見て、なにか云おうとすると、おい、わかってるよ、伝習生が、みんな、勝もあれ程にやらなくともよかろう、遣《や》りすぎているといってるんだろうと、にやにやしながらいった。

本当に、麟太郎がかえってから、西役所の中はごたついた。勝さんも余り傍若無人だというもの、いやあれでいい勝さんが正しいというもの。佐藤がかえる時までその議論がつづいていた。

「ほったらかして置け。おいらにゃあ、おいらの遣《や》り口というがある。ふん、解るものか」

その夜、遅く、中島三郎助がやって来た。

「ずいぶん遅くやって来たね、中島さん、今夜あ、もう議論は真っ平だよ」

「いや議論じゃあありません」

中島は、今にも、麟太郎へ、しがみつきでもしたいような表情で、

「実あ、明日、伝習所の方で申上げようと思ったんですが、どうしても、明日まで待ち切れない。じりじりして、いても立ってもおれんもんですから、やって来たのです」

ほほう、麟太郎は、あんたのような方にも、そんな自分で押え切れないような気持

というものが動くのかねえ。

「中島といえども木石じゃあありませんよ」

中島は、大きな声で心から愉快そうに笑った。

「いや、勝さん、あんたは偉い、あれだけの事を、思いきって、玄蕃頭様の前でぶちまけるは、実に敬服した。伝習生などはどうでもいい、自分だけよければ他人はどうでもいい汲々《きゆうきゆう》としている、あなたは、教官達と親しくして、ひたすら自分の学問にのみというような人間とのみわたしは今日まで思っていた。悉《ことごと》くわたしの間違いであり、あなたを軽蔑《けいべつ》した己れこそ却《かえ》って軽蔑せらるべき人間であった事を知りましたよ。あなたの今日のあの事で、あなたの伝習に対する熱心と真面目を知り、むしろ、この中島如《ご》きは熱心に於いてさえまだまだ足りない事を知りましたよ。いや、勝さん、あなたの正しい事、真っ直ぐな事に猛進されるあの態度に、中島、これからの一生のいいお手本を見せていただきました。中島は、不敏にして阿蘭陀の伝習に得ること少なくとも、あなたによって、この心の奥底に、不抜不動なものを植えつけられた事で、この長崎留学の値打ちがあります」

「待った、待った、中島さん」

と、麟太郎は手をふって、そんなに云われちゃあ、こっちが、くすぐったくて堪《たま》らねえ、これ御覧な、この通りべっとりと汗をかいたよ。

中島木鶏《もくけい》のかえったのは、もう、十一時過ぎであった。

麟太郎は、縁側へ胡坐《あぐら》をかいて、夜空の下にうずくまっているような、北の山々を見ている。月が、西に廻って、山は斜めにその鈍色《にびいろ》の光に、夢を見ているようだ。

お上人《しょうにん》が、昼から、上の原のお檀家へ行っていたが、駕《かご》でかえって来た。

麟太郎が、蝦夷《えぞ》箱館《はこだて》の渋田利右衛門さんの家から、その利右衛門さんの病死の知らせの手紙を受取ったのは、次の朝であった。

さすがに、胸が詰った。

そして、上人が本堂へ出て利右衛門さんの冥福《めいふく》を祈るお経の間、そのうしろに坐って、両手を合わせ、眼をつぶったうしろ姿は、よくもまあ、父の小吉に似て来たようだ。

渋田さんは、只々、麟太郎の成功をのみ祈ってくれていたが、もう少しというところ、ほんとうに口惜《くや》しいことをした。数えれば僅《わず》かに四十三歳であられる。

満月だ。長崎の夏の月夜は、殊《こと》に美しい。梶屋のお母さんの思い立ちで、麟太郎は誘われて、森崎の波戸場から、小舟で、稲佐まで月見に出かけた。

お久さんと、たった三人、船頭が一人。お重箱へいろいろ詰めて、お母さんの、大そうなもてなしである。

さざ波一つないそれあ静かな海を、稲佐の弁天様のところまで十町足らず、月が映って、きらきらしている。稲佐岳がなんともいえない。

弁天様の前の海の中に、燈明台が一つ、ぽっかりと浮んでいるのがまた美しい。

「お久さん、長崎《ここ》の勘定方を勤めた蜀山人《しょくさんじん》の歌というを知っているかえ」

「いいえ、存じませぬ」

「長崎の山より出ずる月はよか、こんげな月はえッとなかばい」

「まあ」

「粋な人さ」

「でも、えッとなかばいは、酷《ひど》うございますね。ねえ、お母さま」

「お前、勝先生へいつもそんげな言葉つこうとりますよ。今更、ひどいと申しても詮《せん》もない」

お母さんへ、笑いながら、麟太郎は、美人が国言葉で話すは、いっそ、美しく見えるものだ、そんげななかばいでやるが、いっちいいわさ、と、軽くお久さんの肩を叩《たた》いた。

弁天様の渚《なぎさ》へ舟がつく。お社《やしろ》から直ぐに浄土宗の悟真寺だ。麟太郎は、え、おいらあ飛んだ担《かつ》ぎ屋でね、弁天様へ、男と女が揃《そろ》うてのお詣《まい》りは、大そうなやきもちで、どんな仲のいいも不仲になるときいている、おいら、詣るがいやだが、お久さん行くかえ、と笑った。

そうそう。とお母さんが直ぐに立ち停って、うっかりここへ来て終ったがここへのお詣りはわたしが一人で行って来る、お前さんは、先生のお供をして、悟真寺さんの裏山まで行って来るがいいよ、あすこは、いいお月見の場所故、といった。

でも、それじゃあお母様がお一人で。いいんだよ、わたしはお詣りをしたら、文海《ぶんかい》さんところで、お茶をよばれていますから、文海さんにも、ここ久しゅうお目にかかりませんからね。文海は弁天さんのお守をしている真言宗のお坊さんで、お母さんとはかねて懇意だ。

それから間もなく、麟太郎とお久さん、ただ二人は、悟真寺の石段を登っていた。月は明るいが、茂り合った木の下暗は、時々、二人の足許《もと》をさえ危なくした。

二人とも暫く無言だった。麟太郎は、突然、

「おいらの、恩のあるお人が死んでねえ」

「え？　どなた様でございますか」

「お前さんは知らねえよ。蝦夷の人だよ、北の果ての蝦夷の——よく出来た立派な人だった、そしておいらの偉え人間になるばかりを楽しみだといってくれてたが、死んだよ。こっちがちっとも偉くならねえにおいらが長崎へ行くとたよりをしたら、これで自分の平生の望みも達したというものだ、私は一度は外国へも行って見たいと思っているが、親の遺言もあり、そんな自由は出来ないが、今日あなたに斯様《かよう》な御命令の下ったは私へ下ったも同じと私は心得ているから、どうぞ充分に勉強をして下さいと涙の出るようなたよりであった」

お久さんは、ただうなずくだけだ。

「いい人というは早く死ぬねえ」

麟太郎は、ひとり言のようであった。

おいらの、おやじもいい人だったよ。おいら、段々年をとって来て、はじめてほんとうにおやじが、わかって来た気がするんだ。喧嘩《けんか》もする、道楽もする、がそんなものを通り越したいいところが、たんとあった人だ。幕府《だんな》がところの小役人は、隠居にしたり、蟄居《ちっきょ》にしたり、眼の仇《かたき》にしていたが、一斗の酒あ一升枡《ます》にゃあへえらねえ。へん、べら棒が。おいら、今んなって、おやじが懐《なつか》しくってならねえ時がある。島田虎之助先生もいい人だった。永井青崖先生もいい人だった。それに、その蝦夷の人だって、心学道話の講義をしながら自分で泣いてね、ほんに、いい人だったんだよ。

　そういって、ふと、気がついたかくすくす笑って、え、おいらなんざあいいところの一つもねえ人間だ、それに伝習所での憎まれっ子よ。長生きをするよ。

　わたくしも、我儘《わがまま》おなごで、そちこちの憎まれものでございます、やっぱり長生きでございましょう。でも、長生きをしても仕方のない女子でございましたねえ。一度、女子を捨てた女子、すたれものでございますもの。

「馬鹿をお云いな」

　麟太郎が少し叱るような声だ。女子を捨てた女子とはなんだえ、といって、お前さん不縁になったを、女子を捨てたはねえだろう、じゃあ不仕合せの女子は、みなすたれものということになる。すたれものか、すたれものでねえかは、その人の心次第、一度、夫を持ったからだ故、二夫に見《まみ》えねえなんざあ、おいら、嫌えだよ。一生涯をすくすくと行くもあれあ、途中で大病をし、思わぬ事で大怪我《おおけが》をするもある。お前さんなんざあ言わば一生でのその大怪我だ。そんな事で閉口垂《へこた》れるは世の中は、おのに仕合せなことばかりがあるものと一人定《き》めに思っている阿呆だわさ。

「ほほ。そうおっしゃって下さるは先生ばかり、世の中は、やれ出戻りだ後家さんだと、とんと対手《あいて》にはしてくれませぬ」

「しねえ対手に、して貰うはねえだろう。してくれるはきっとある」

「そうでしょうか」

「お前さん、案外、唐変木《とうへんぼく》でんすね」

「ほ、ほ、ほ、ほ」

「そんな若さで、美しいがこのまま朽ちてどうなるものかよ」

悟真寺の裏山で見る月は如何《いか》にもいい。誠に、こんげな月はえッとなかばいである。ここの開基《かいき》玄故《げんこ》というが、大の耶蘇《やそ》嫌いだ。禁じられているに、長崎にこ奴のはびこるが癪にさわってわざわざ筑後から、稲佐へやって来て、ここに小さな庵《いおり》を結んでただ一心に仏を説いた。それが今ではこんな立派なお寺になった。

麟太郎は、やがて、弁天様の方へ戻って行った。こうして、こんなところを二人っきりで歩いていると、なんだかこう妙な風な気持がするものだよ、と言った。お久さんも、うなずいた。ちらりと、上眼づかいに麟太郎を見た眼に、月が光った。

お母さんは、文海さんのところの縁へ坐って、お茶を振舞われていた。文海は、白い髭《ひげ》の垂れた年をとった坊さんだ。

お久も、ここは懇意だ。麟太郎を案内して、庭を廻って行くと、おや、夜というに小鳥が鳴いているようだね、と、麟太郎が足をとめた。銀の鈴をふるような鳴き音《ね》の小鳥だ。

見ると、軒にかけられて、青白い月の光を一ぱいに受けた小鳥籠《かご》がある。

お坊さんは、麟太郎へ挨拶《あいさつ》をするとすぐ、これは野鵐《のしこ》と申しまして、月の光を見て鳴くがさてさて麗《うるわ》しい小鳥でございますといった。そうでんすか。出雲《いずも》の鳥でございますが、昔は雲州侯の御留鳥《おとめどり》と申して出雲から他領へは一切持ち出されぬ事になっておりましたげで。ほら、おききなされませ、あの玉をふくんでころがすようなは、乙《おつ》鈴《みすず》と申しまして、あれが一番うるわしいのでござります。ほら、今のが金鈴、ほら、今のが引鈴《ひきすず》、鈴虫のようでございましょう。噂《うわさ》では、江戸の御直参方の間にも、大そう名鳥をお飼いなさるお方様がいられますとかききましたが。

「いや、わたしは貧乏学問生、とんと噂にもききません」

お坊さんはいろいろいうが、麟太郎は、少し面倒臭そうにして、

「さ、お母さん、余り遅くなるようだ。もう帰りましょう」

「さようでございますね」

お母さんは、お久の方を見て、では文海さん、また寄せて貰います、と、やっと座

を立った。

三人が、そこを出るまで野鴉が鳴いていた。

また舟へのった。

麟太郎は、ふと、今の小鳥の声が、まだ聞えるような気がした。聞える筈《はず》はない。が、そんな気がして、いい声の小鳥だね、とお久さんへいった。余り、藪《やぶ》から棒なので、みんなびっくりしたが、ほんとうに美しい声でございます、殊に月を見てああして鳴くのが一番なのだそうでございますよ。

本蓮寺へ戻って来ても、まだ、この声が聞えるような気がした。すぐ佐藤が部屋へやって来た。先生また大変が起きましたよ。

なんだよ。またスガラーウェンが怒り出したんだそうです。なにを怒ったえ。塩飽《すいふ》の奴が、観光丸の甲板でまた火を焚《た》いて、飯ごしらえをしたまではよかったんですが、とうとう粗相をして火事にして終ったんですよ。

「え？　火事だ」

え、火事ったって直ぐに消しましたが、スガラーウェンが、いやもう大変な怒りようで、水夫を一人残らず交代しなくては、二度と、船での実地教習はやらないという事を、取締頭取まで談じ込んで来ました。

「水夫も重々悪いが、スガラーウェンも少々うるせえ奴だ。ほったらかして置けあいいんだよ。水夫だって、あれをやるためにみんなの教練に非常な邪魔になるは知っているんだ。が、船の上で、煮たきをして喰うは、あ奴ら、親代々の仕来たりよ。悪いと知りつつ俄《にわ》かにゃあ止められねえのさ。この幾年も幾百年もの仕来たりが、お互いの五体にこびりついて、お互いを苦しめている。それあ水夫ばかりじゃあねえ。幕府の諸役どももそうだ、いや諸役ばかりじゃあねえ、日本国人が、みんな今、それ故に苦しんでいるのさ」

残る鳥

本蓮寺の庭の真ん中に、百日紅《さるすべり》が一ぱい咲いて、暑い最中に、幕府《えど》から、また妙なことを云って来た。麟太郎に、ちょいとの間江戸へかえって、田町の塾生を中心に阿蘭陀《オランダ》式の調練を見せろというのである。自分ではなんにも気づかずにいるが、勝が事は、方々で、大そうな評判になっているからだろう。

べら棒が。心の中でそう思って、永井さんから云われた時に、碌《ろく》に返事もしなかった。

永井さんが、わたしの想像では、これまで洋式調練をやったのは、高島秋帆にしろ、佐久間象山にしろ、直接幕府とは関係のない人達が多かった。幕府としても、旗本とか御家人とか、直参のものにそれをやらせて、外様《とざま》大名などのいくらかの抑えにもしよう気持もあるようだというは、誠に本当であろう。が、麟太郎は、この長崎から江戸へ出て、調練をやって、また長崎へかえって来るは、幾日の無駄になります。と突込んだというは、これまでの伝習生も、来春には、大体が一応江戸へかえって、改めて交代の新しい人達が来るという事に話が定っている。それまでには、もう幾月もないのだ。その幾月を、こっちは、いよいよ命がけで勉強をしようというように、そんな事で一日を裂くも嫌《いや》な事である。

「わたしは海軍の伝習生、今頃そんな調練などは御断わり致しますよ」

こう云い出したら、梃《てこ》でも動かないのは、玄蕃頭《ながいきん》も知っている。早速、江戸の役向きへこの事をいってやった。

が、幕府《えど》でも、そうかといって引込む訳にも行かない。殊《こと》には、阿部様が大そうに御所望でいられる。どうしても勝がやらぬという事になると、先《ま》ず支配の者から組頭など、二人や三人は飛ばっちりで怪我《けが》をしなくてはなるまい。その勝が組頭の生田五郎八郎などは、切腹ものだなどと立ちさわいでいるということを、伊沢美作守から、内々で知らせて来た。

「困ったな勝さん」

永井さんは本当に困ったような顔をした。

「勝あ真っ平ですよ」

そんな事が、二三度あって、それじゃあどうです、あたしがところの杉純道は、今は阿部様の御抱《おかかえ》でもあり、あ奴にやらせやしょう。あ奴なら、あたしよりあ万端確かですから。

「一応役向きへ申伝えよう」

ところが、その杉がまたうんと云わない。飛んでもねえ話だ、勝麟太郎と杉純道を同じものに見ようなんぞはとんだ量見違いである、器《うつわ》の大小が余り違いすぎる、杉は、阿呆だが、これでも身の程というを知っています。と対手《あいて》にしない。

云い出して取止めにするのは、御威光にかかわると定めている幕府は、手をかえ品をかえ、結局は、表向きは、勝麟太郎が調練を見せるという事に、でっち上げて終《しま》った。

「馬鹿々々しい話だ」

麟太郎は、ぶつぶつ云って、永井さんにさえ当ったが、その麟太郎は指揮の名義だけで、江戸へ行かずともいいようにしてくれたは、その永井さんの骨折、礼を云われればとて、当られる節はないのだが、出来ている人だ、永井さんも笑って終った。

杉が一切をやるが、その杉とて悧巧《りこう》ものだ。表には、やっぱり勝の弟子筋で、近頃大目附となっている、愛宕下《あたごした》の土岐丹波守頼旨《よりむね》を押し立てて、これに総指揮をさせることになった。

赤坂桐畑というのは田町の近くの原っぱだ。ここでその調練の、下稽古《したげいこ》がはじまった。田町のぼろ塾のものだけでは足りないから、杉がまた才覚をして、伊沢美作守や、大久保右近将監に相談して、二百余りを狩り集め、土岐丹波守が、馬で、こ奴を指揮した。

杉は、いつも原の隅《すみ》っこに胡坐《あぐら》をかいて、両膝《りようひざ》に肱《ひじ》をついて、頰《ほお》をつっ張りながら、じっとこれを見ていた。その眼の中には、調練よりは、麟太郎が、お寺の広い座敷に腹ん這《ば》いになって、にやにやこっちを見ている姿が、はっきりと見えるようであった。

十一月十三日。縮み上がるように寒かった。夜明け頃に、ぱらぱらと霰《あられ》が降った日だが、いい塩梅《あんばい》に五つ刻《はちじ》頃からは、晴れて、勝塾の阿蘭陀調練が、雑司谷《ぞうしがや》の鼠山で行われた。阿部様をはじめ、老中は久世大和守様。若年寄の遠藤但馬守《たじまのかみ》、酒井右京亮《うきようのすけ》の御両所。それに目附は岩瀬修理と大久保右近将監が出張って、正面、仮座所に床几《しようぎ》を据えて、御覧であった。

銃は、悉《ことごと》く、麟太郎が図を引いた川口の銅太のところで拵《こしら》えたもの。大砲もその通りだ。が、今日は大砲も鉄砲も打たなかった。ただ、その扱い方だけをやって見せた。鍛冶の鉄五郎は、あれからまた一度中風のひどいのが来た。もう立つ事も動く事も出来ないが、今もやっぱり、銅太の鍛冶場《かじば》にいて毎朝、戸板へのって、鍛冶場の真ん中へ出張り、勝先生がおかえんなさるまでに、大砲をもう一門拵えなくちゃあ死ねねえ死ねねえと頑張《がんば》っている。

その病中の、命を鋳込んだ大砲二門、なんとかして、一発でもぶっ放しておくんなせえよ、と見舞がてら相談に行った杉へ不自由な手を合わせるようにして頼んだが、それは、閣老方の御都合で出来なかった。

調練は先ず成功だ。この詳しい知らせが、長崎へ届いた時、麟太郎はにやにやして「永井さん、江戸の奴らも、偉《えら》くなりましたね。この次あ、あなたが、総船将で、江戸の沖でわれわれ伝習生の軍艦操練を、御上の御覧にいれる事ですな。さあ、いつになるか、二年先か、三年先か」

といった。玄蕃頭も、一日も早くその日を迎えたいものだ、といった。

「それには、幕府《えど》も馬鹿ばかり云わず、われわれに、半時間でも多く勉強させる事です」

「一つ、阿部様へ、さよう上申しましょうかね。はっはっはっ」

そんなこんなの中に、麟太郎は、長崎で二度目の正月を迎えた。安政四年丁巳《ひのとみ》の歳《とし》。年三十五となった。

大久保右近将監が、目附に兼ねて、蕃書《ばんしょ》調所総裁になったのは、暮のこと。この正月は早々に、長崎奉行を命じられたが、頭っから受付けなかったという噂《うわさ》が、その長崎へも伝わって来た。麟太郎にして見れば、大久保が来てくれたら万事好都合で大そう有難いんだが。

が、大久保はかねて長崎奉行一年交代に大の不賛成だ。長崎奉行などというものは、少なくも五年やらなくては、ほんの御役が勤まるものではない。一年位では、やっと下役の人々の顔を覚え、これからというところで江戸へ戻る事になる。自然ほんの腰掛けの気持にもなり、お役に精神を打込むよりは、先ず己れの利得栄達のみに心を遣《つか》うことになるのが人情である。いかん事だという論だ。

長崎奉行は、金をたんと残してかえる。それだけに、みんないい加減で一年を過すが、「もののふ」の大久保には気に入らない。俺はそんなところへ足を踏み込むさえ潔《いさぎよし》としないというが腹だろうとは、永井さんにも麟太郎にも、うすうす察しられる。

しかし、踏み込んで来て、泥田を耕されるがいいに。麟太郎はそう思った。

お久さんは、いつの頃からか、自然に、寺へやって来るようになっていた。麟太郎は今更面倒臭いことも言わなかったし、佐藤だって、彦助だって、この人の来るを不思議とも思わなくなっていた。それにお久さんは、よくなんにでも気がついてやさしいから、みんな、なんとなく懐《なつか》しがる。

片割月が出ていた。伝習所の前のも咲いたが、お寺の門内の寒椿が、大そう美しかった。

日の暮れ方からお久さんがやって来て、待っているところへ麟太郎がかえって来た。お帰りなさいませ、そういって、刀を受取って羽織をぬがせ袴《はかま》の紐《ひも》を解いてやったが、麟太郎はむすっとして、一と言も口を利《き》かなかった。

お茶を出したがそのままそこへ、でーんと仰向けに引っくり返って、べら棒め、ぷつりとそう云っただけで、じっと、いつまでも眼を閉じている。

どうぞなされましたか。お久さんが二度きいたが、答えない。仕方がないから、こ

っちもそこへ坐ったままで、膝《ひざ》の上へ手を重ね、その麟太郎の顔を見ていると、ずいぶん経《た》ってから、

「おい、おいら、江戸へけえるよ」

と出しぬけにいった。所詮《しょせん》は、伝習が終れば、帰るべき人だ、今年か、それとも来年か、帰るべき人が帰るのだと、かねて覚悟はしていたが、お久は、妙に、どっきりした。

「いつでございますか」

うつ向いたまま低い声であった。

「三月よ」

と麟太郎も低い声でそういってから、お前さんには世話になったねえ、おいら、忘れねえよ。

お久は、なんにも云わなかった。顔は見ないが、ぽたっぽたっと涙の、美しい頬へつたっているのが麟太郎にはよくわかった。が、麟太郎の不機嫌《ふきげん》は、お久さんと別れて帰る事に、今更、心を乱しているのではない。今日、伝習所で長崎へ来てこの方、はじめて、永井玄蕃頭とやり合ったのが、未《いま》だにむかむかしているのだ。

「お久さん、いい歌を教えようか」

また出し抜けに云った。はい、こんげな月はえッとなかばいで御座いますか。おいら馬鹿故《ゆえ》、一つ覚えと思っているね。へん、驚きなさんなよ。麟太郎は、笑顔になって——

おんだいやあ、そんげんしますな、ばけしとったい。どういう此人《こんなん》な、余所《よそ》はしもんじゃろか。おんどが青餅あ外にある、外にある。あんたすかね。唄だろう。が、唄うが如く、話すが如《ごと》く、麟太郎の唄は、とんと下手糞《へたくそ》だ。

わたしはいや、そんなにしますな、人を馬鹿にしてさ。どんなにまあこの人は、いやらしいだろか、わたしの好きな人は外にありますあります、お前はいやだよ。——という意味である。

「もう沢山、もう沢山でございます」

お久が手をふって、麟太郎を打つ真似《まね》をして、ようまあそのような、訛《なま》りの戯唄《ざれうた》などをお覚えなされましたと泣きながら笑った。

うめえだろう、え。

「お上手でございます。たんとまあ、おからかいなさいまし」

「飛んでもねえ、決してそんな悪い量見じゃあねえよ」

起き上がって、まじまじとお久さんの顔を見つめた。

「お前さん、江戸へ来ねえかえ」

「え？ わたしが」

「いやかえ」

「いいえ、いやではございませせぬ。が、江戸はわたくしのようなものの参るところではございません」

「どうしてだえ」

「わたしが参っては、先生に、いやな思いをおさせ申す事がきっと出来ると思います。わたくしは、長崎の土になり、御先祖のお墓へ埋まるように生れついて来た田舎女子《いなかおなご》でございます」

「そうかねえ」

「でも、先生は、この長崎をすぐにお忘れなさいましょうけれど、わたくしは一生――」

麟太郎は、ちょいと眼を伏せた。なんだか、妙に泣きたくなるようなので、ふと、心を外へ持って行った。きょう伝習所で永井玄蕃頭と少しやり合った事が、胸の中に蘇返《よみがえ》って来た。

実は幕府も、この長崎伝習で莫大《ばくだい》な金がかかる事に弱り切っているは知れていた。長崎でそんな金を使うよりは、江戸へ同じようなものを建てて、ここで海軍生を養った方が安上がりだ、取敢《とりあ》えずその心構えで、そちらで伝習熟達のものを取纏《とりまと》めて、帰って来いと、正式の命令が改めて、今日来たのである。

しかしはじめの中は、まだ伝習に足りないところもあって、江戸ばかりというにも行くまいから、熟達生の後には、新しい人を派遣して、これまた当分は伝習を受けさせることは予定の通り。その取締りには、改めて、講武所出役の目附木村図書《ずしょ》を派遣するというのだ。

そう永井さんから云われた時に、麟太郎は、

「誰が残りますか」

ときいた。いや誰も残らぬ、とにかく主立ったものはみんな帰れというのだ、各藩の者もわれわれが帰るとなれば、それぞれ帰藩するだろうし、われわれ居っても仕方のない事であろう。

「教官たちは、ほったらかしですか」

「いや、直ぐに新役が来るのだから決してほったらかしという訳ではない」

「そうですか。そういうお考えでんすか」

麟太郎は、それで沈黙した。べら棒奴、おのがはじめて来た時の事を考えて見よ、みんな、あんなに困ったではないか。

むかむかして来た。

「教官たちは、日本人ってものあ飛んだ得手勝手なものだと思うでんしょう」

吐きつけるようにして、さっさと帰って来たのである。

襖《ふすま》の外で佐藤の声がした。先生、門前で中島木鶏《もくけい》がここへ参ると一緒になりました。是非お目にかかりたいと申して、あちらで待っております。

今夜あ御免だ、逢《あ》いたくあねえよ、別嬪《べっぴん》の客があるから、勘弁しろと云っておくれよ。

とんだ事、そんなことでも云ったらいよいよ飛び込んで来ますよ。

仕方がねえな、と麟太郎は笑って、じゃあ鼠に引かれねえように待ってお出《い》でよ、そうお久さんへ云って出て行った。

大書院へ、ぽっかりと行燈《あんどん》が一つ、小さな火鉢《ひばち》をすぐに小坊主が持って来てくれた。

麟太郎は、丸腰で、出がけに、綿入れのどてらを引っかぶるようにして来た。

「御用かえ」

木鶏は、相変らず、きっちりと坐って、手を膝へ置いていた。斜めに行燈を受けた姿が、なにかの彫刻にでもあるようだ。

「あなたも江戸へおかえりですか？」

「多分そうでんしょう」

「それで毛唐人共に恥ずかしくはないですか」

「なにがだえ」

「教官がいるのに、生徒がみんな江戸へかえるは余り信義がないとは思いませんか」

麟太郎は黙ってにこにこしていた。

「中島三郎助は帰らない」

「おや、お前さん、幕府《だんな》の御威光が恐《こわ》くあねえのかえ」

中島は無言であった。なにか深い決心をしている。自分の言い分が通らなければ、ひょっとしたら、腹でも切る気かも知れない。唇《くちびる》が二三度、ぴくぴく痙攣《けいれん》したが、いつまでも無言だ。畳へその痩《や》せた影が黒々とうつっている。

「寒いね」

しばらくして麟太郎がそういったが、中島はやっぱり黙っていた。

突然、中島は、はらはらと涙をこぼした。

「どんなことがあっても、あなただけは、帰るまいと信じていた」

「どうしてさ」

「武士が信義を失うという事は、命を失うよりも惜しいと、あなたは知っていられるからです」

「全くねえ。――が、中島さん、江戸もいいよ、来月あ、もうお花見だよ」

中島はじろりと睨《にら》んだ。麟太郎は、へらへら笑って、

「永井さんは、あれで却々《なかなか》皮肉だからね。あたしゃあ、ひょっとしたら、土壇場で、勝さんお前さんお残りよ、位の事を云うんじゃねえかと思っているが」

「え？」

「あの人あ悧巧《りこう》だ。まさか、幕府の御威光に恐れて、それよりも、もっともっと大切な日本人の信義を売るような事あしめえと思うんだがねえ」

「わかった」

と中島は、飛んでもない大きな声を出して、

「勝さん、やっぱり、あなたは帰らないつもりでいるんだ、勝さん、勝さん、やっぱりあなたは、帰らぬつもりでいるんだ」

「いいや、帰るよ。帰れと云われりあ、大人しくけえるよ」

佐藤が飛んで来た。先生々々、永井さんが見えました、玄蕃頭様が——。

こんな夜中に、と麟太郎は、ちらりと中島を見て、

「御覧よ、永井さんはやっぱり出来ているよ」

「え？」

「あたしゃあ残るかねえこれあ。喜ぶがいるよ、あなたの外にも」

にやにやしたままもう立ちかけて、上人の御面会所に行燈《あかり》をな、そう佐藤へ云って、中島さんあなたもお出でよ。誘いながら自分はどてらをぬぎ捨てて、玄関の方へ出た。

玄蕃頭を迎えると、中島は佐藤の部屋の方へ行った。

面会所で火鉢へ手をかざしながら永井さんは、勝さん、あなたに負けましたよ、と、あっさり笑ってふところから、蘭文字の一通を取出した。

「ペルスライケン大尉から、これが届きましてね。通詞に和解させましたが、云われるまでもなく万々尤《もっと》もで」

麟太郎は、それを押しいただいて読んで行った。伝習生達は悉《ことごと》く引揚げるとの事だが、それはもう一応考えて見ていただきたい。本年は本国から新たに教官も来て、われわれと交代することになっている。また生徒も新旧入代るのだから、それは丁度、

われわれとあなた方がはじめて長崎でお目にかかったと同じ事になる、再びあの困難を繰返すのは如何《いかが》なものであろう。それに昨年来のコットル船も未だ出来上がってはいないし、かねての計画によるいろいろな機械類もやがて到着するのだから、この際、何人か一人なり二人なり居残られて、すべての周旋の労を執られるという事には参らぬか、というのだ。

「永井さん、うまく行ったようですね。残りましょう、わたしが」

「あなたが？」

「世に、云い出し兵衛《べえ》というがあります。勝がのこります」

それじゃ、あなたが些《いささ》か貧乏籤《くじ》を引いた事になるなあ。永井さんは一寸《ちょっと》てれ臭そうな顔をした。江戸の御家族の事もあるし――

「いや、実は、こちらにいいのが出来ましてね」

「これあ驚いた手放しだね」

「先《ま》ずそんなところです」

永井さんは、明日でもよかったのだが、今日、あなたが誰か残すというのに、わたしが反対したものだから気になってね、実あ、わたしも、誰かこんな事を云い出してはくれまいかと、心待ちをしていた訳なんだ。わかってますよ永井さん、こう書いたものを受取ると、幕府の方は元より文句の云いようはないですからね、誠に好都合に行ったものだ、あなたには叶《かな》わない、と麟太郎も笑ったし永井さんも上機嫌で、事悉く思う壺にはまったというような顔をして帰られた。

教官から云い出させるようにしたも、勝にわたしが残ると云わせるようにしたも、永井さんが、じっと静かにして、幕府々々と云いながらも、みんなそんな風に仕事をして行ったようである。永井さんは、腹もあり、策もある人だ。

中島がまた気配を察して、佐藤と共に玄関へ送って、その姿の門の外へ行くか行かぬに、その玄関へ両手をつくと、麟太郎の方へ、幾度も幾度も平伏した。

勝さんほんに済まんねえ。永井さんは、顔を見る度に、幾度も幾度もそんな事をいった。麟太郎はその度に、今更済まんはねえでんしょうと、皮肉に微笑した。

二月はじめに、伝習所の教室へ、いよいよ江戸へかえる人達の名前が書き出された。矢田堀景蔵が船将で、みよしの両側へ、葵《あおい》の御紋章のついた観光丸で、来月四日長崎を出帆する。元より永井さんも乗って行くし、運用の佐々倉桐太郎も、天文の小野友五郎も、砲術の鈴藤勇次郎も——船でかえる伝習生は十五人。後は陸路帰府という。諸藩からの人達も、伝習執心の佐賀の佐野栄寿左衛門、中牟田《なかむだ》倉之助たちの外はこの前後に思い思いの便によって何《い》れ《ず》も帰国することとなった。

この三月四日は、海も山も、けぶるような霞《かすみ》で、山間《やまま》のところどころに、牡丹刷毛《ぼたんはけ》のように、ぽってりと満開の桜が見える。

波戸は、見送りの人達で一ぱいであった。

人気ものの伝習生が長崎を去る。若い女子たちが、そっちに一かたまり、こっちに一かたまり。誰と、どういうことがあったものか、中には泣いているもある。

長崎の諸役人をはじめ、居残りの麟太郎たちは、ペルスライケン大尉を中心に、波戸の真ん中に集まって、これを送った。佐藤も、中島三郎助も、春山弁蔵も、願い出て、麟太郎と一緒に残ったし、伊沢謹吾、伴鉄太郎、榎本釜次郎など、遅れて長崎へ来たいわば二期生十一人組も残された。

頬を撫《な》でる風もない。海はとろりとして油のようである。その朝凪《あさなぎ》の中を、観光丸は、蒸汽の響きを残して、辷《すべ》るように出て行った。昇平丸とは違う。どんな大暴風雨《おおじけ》があろうとも、江戸までは二十日か二十一日。

麟太郎は、またたきもせず、じっと、船の動くを見つめている。思わず佐々倉はよくやるよ、と独言した。舵《かじ》を持っているは、中島と同じ浦賀与力で、運用専門の伝習を受けた桐太郎。彼理《ペルリ》が浦賀へ来た時は、僅《わず》かに十六で、すでに与力を勤めていたが、中島と共に第一番に、その黒船へ漕《こ》ぎつけた評判の人だ。この時、ただ一人の母が、若いわが子のために、黒船へ行けば二度とはかえれまい、御先祖の御仏壇へお暇乞《いとまご》いを申し、水盃をして行きなさいと云うを、武士というは死ぬる為《ため》に生きているものでございます、なんの水盃でしょう。と笑って出かけて行ったという。その佐々倉は、運転がなかなかうまい。ペルスライケン大尉も、微笑で、麟太郎を見た。同じ事を思っているのだろう。

船が見えなくなると、考えてもいなかった程、なにかしら、がっかりしたようなものを感じた麟太郎は、伝習所へ戻ると、大尉が、その後を追って来た。

「勝さん、あなたの残られた事はわれわれの幸福《しあわせ》でもあり、あなたの幸福でもあったとわたくし思います」

「は。有難うございます。伝習生の少ない間に、一生懸命教えます。やりましょう」

「わたしは、是非、米利堅《メリケン》から欧羅巴《ヨーロッパ》というへ行きたい。それには、その地理というをもっと詳しく知りたいと思っています。どうぞそれを教えていただきたい」

「米利堅、欧羅巴へ行く。いい事だ、勝さん、それはいい。是非、行かなくてはいけませんよ」

麟太郎は、ほんとうに、そのつもりだ。是非にもその機会をつかむ気だ。しかし、一気に米利堅から欧羅巴まで行くは、なかなか容易でもなし、幕府が許す筈《はず》もない。先ず爪哇《ジャワ》へ行くといって出かけて、そのまま、渡って終《しま》う手段を考えているは、蟄居《ちっきょ》中の松代《まつしろ》の佐久間象山から、手紙での注意によるのだ。誰にも云わなかった。が、この時はじめて大尉にだけは洩《も》らした。

麟太郎が、この際、欧羅巴を見るということは、決して勝個人の為ばかりではない、日本国のためだと、大尉は、ひどく気乗りで、それをすすめて帰って行った。

伝習所から本蓮寺へ帰る道で、小さなしゃれた屋敷の土塀《どべい》の外を通った。いつもここを通るが気がつかなかったが、ふと、いい花の匂《にお》いが、今日は、その辺りに立ち罩《こ》めているのを感じた。通詞の隠居の家ときいたが、多分、なにか阿蘭陀花でも植えているのだろう。

そこの角を廻って、筑後町の通りへ出ると、お寺の方から、お久さんが、にこにこしながら来るに出逢った。何処《どこ》へ行ったえ。そういうのへ、お久さんは、さあ、こちらで、わたしの参るは何処でございましょうねえ。知るものかよ。

お久さんは、暫《しば》らく黙っていた。が、そっと胸を押えて、わたし、やっと安心いたしました。船が出て、あなたが、はっきりと、そうして、そこへお残りなさったお姿を見るまで、心の休まる間もございませんでしたが。

なにを心配したえ。

存じません。

お前さん、おいらが江戸へけえるといっても、一緒には行かねえというきつい女子よ、心配はねえでんしょう。

まあ。

ぶらりぶらりと歩く麟太郎がうしろへお久さんが随《つ》いて、もう、うすうすと日の昏《く》れた西坂首塚の小山の下を、支那《しな》寺の方へ行っていた。首塚は、島原一揆《き》三千三百人の首を埋めたとこだ。

なににつまずいたか、麟太郎はよろよろとした。おっと危ねえ、小石奴が。はいていた草履の片緒がふっつり切れた。

おや。いけませぬ、わたしがお繕《なお》しいたしましょう。お久さんは、すぐにそこへしゃがんで、麟太郎の片足から草履をとった。麟太郎は片足で立っていなくてはならない。

こ奴あいけねえわさ。

ほんの少しの間わたしの肩におつかまりなさいまし。

しゃがんだお久の肩に手をおいて、緒をなおすのを待った。

まだかえ。

まだで御座います。

そんなことを、二三度くり返して、やっとまた肩を並べた時は、もうすっかり四辺《あたり》が暗くなっていた。

何処へ行くえ。

まあ、あなたが、こちらへ参られましたに。

当もなく、海へ出たり、山へ出たり、夜道を歩いて、二人がお寺へかえったのは、だいぶ遅い。

お久さんは、これまでにない程よく笑った。麟太郎が江戸へかえらぬは、余っ程うれしい様子であった。

永井さんの後の、木村図書喜毅《ずしょよしたけ》が来るまでは、長崎目附岡部駿河守長常というが伝習取締をしていたが、陸路長崎へ向った図書が五月四日安着した。伊沢謹吾が、若党をつれて日見村まで出迎えた。二里余りのところである。

木村さんは、勝とは逢った事がない。江戸ではだいぶ評判だが、どんな人物ですかと、長崎への道々伊沢へきいた。

「そうおたずねなされても、一と口には申されぬ人です。阿蘭陀教官達は何れも勝先生の蘭語の堪能《たんのう》に舌を巻き、どのような難問題でも勝さんのところへ持ち込めば立ちどころに解決する、あの人は悧巧《りこう》で、しかもすぐ物事の先を見抜くといってます。ただ人を脅したり、からかったりする事が好きで困ります」

「ほほう。わたしも、やられますかな」

「まあ、そのお覚悟がおいりでございましょう」

二人とも笑った。

その麟太郎は、伝習所の玄関式台に、ぴったりと坐って両手をついて、木村さんを迎えた。中島だの佐藤だの、居残りの伝習生たちは、門内の両側へ並んで立っていた。

木村さんは、二十六で目附になった程だが、角のない大人《おとな》しい人だし、よく他人の云うこともきく。

麟太郎よりは六つの下、丸顔でにこにこにこにこして、一同へ会釈《えしやく》をしながら、入って行った。

その朝、改めて伊沢や麟太郎を居室へ招《よ》んで逢った。麟太郎は、畳へ手をついて、始終行儀正しく丁寧にしていた。

「勝さん」

と、木村さんは、静かな口調で、わたしは伝習のことはなにも知らない。阿蘭陀の言葉も出来ない。実に不適当な役を仰《おお》せつけられたというものだ。万事はあなた方の御引廻しをいただかなくてはなりません、在所の親類が出て来たつもりで、よろしく願いますよ。といった。麟太郎は、その木村さんの言葉に、不思議な好もしさを感じられた。

木村さんが、ほんの儀礼的ではなく、心からそう思っている偽りないものが、こっちにもそのまま素直に響いたのだろう。

「問題は軍艦のない海軍伝習です。観光丸は江戸へ去り、阿蘭陀へ注文の船は四月も前にもうあちらは出たらしいがまだ来ない。それをべんべんと待ちますか」

「その辺どうしたらいいであろう」

木村さんの、微塵《みじん》も我のないが、いよいよ麟太郎の気持を打った。ここで、なにか言ったら、一応突っかかって行く気もあったかも知れないが、そうですねえと、こっちも素直にせざるを得なかった。

「間もなく、ここで進水をしたコットルが一艘《そう》使えます。あれで実地をやるよう教官へ願いましょうか」

「どうぞ」

「ところで木村さん、あなたは、人間一人は一体、どの位の座敷があったら、先ず、通常の生活だと思《おぼ》し召しですか」

伊沢は、はっとした。ほうら、はじまった、先生がまたなにかやり出したので実に冷やりとした。

が、直ぐに、それを安心させてくれたというは、これまでにかつて無いこと対手《あいて》の返事を待たず、麟太郎が言葉をついだからである。

実は、これまで伝習生は、五六畳の間へ四五人の割で宿舎を当てられた。夏の暑い日などはとても堪《たま》らない。だから自然外出をする、外出をすれば若いもの故、余りいい事はしない。伝習生は不品行で、料亭などで飲食ばかりしているよう江戸へも伝えられていたと思いますが、木村さん、わたしは、この余りにも狭苦しいところの生活《くらし》が問題だと思っている。あなたの初の仕事に、先ずこれをお考え下さいませんか。

麟太郎は、永井さんの時とはまた違った気持で木村さんに協力する気のようだ。

いつの間にか、話は、江戸のことになっていた。講武所の中に軍艦教授所というが出来て、こちらで伝習を終って帰ったものが、その教授方に内定しているらしいということや、正月には蕃書調所の開所式を挙行して、直参陪臣にかかわらず、洋学執心のものの入学を許したが、毎日朝の五つ刻《はちじ》から夕方七つ刻《よじ》まで打つづけに、会読、輪読、素読と稽古が激しいので、学問生たちがだいぶ苦しんでいることや、尾州の医者柳河春三《しゅんさん》が洋算用法を出版して大そう評判になっていることや、木村さんは、ずいぶんいろいろと知っている。

「それにどうも江戸も大変で」

と、くすくす笑いながら、武備の資助だというので、市中方々の空地を開墾させているんだよ、その中《うち》には大名方の庭園も、みんな畑になる事でしょうよ。とちょいと首を縮めた。

二月は、大雪が降ったりして、寒かったためか、悪い風邪が流行《はや》って、大そう死人が出来た事や、浅草の蔵前に、去年の冬から、大笠《おおがさ》と綽名《あだな》のつく八卦見《はっけみ》が出て、その箨笠《たけがわがさ》の差渡しが五六尺もある、それがまた評判で大そうなはやりようは、とんと馬鹿々々しい話だと、そこまで云って、木村さんは気がついたか、

「阿部様が御病気で、ここのところ、ずっと御引籠《ひきこも》りでいられたが、どうなされましたか。心配なことだ」

といった。麟太郎も、伊沢も、びっくりしたように眉《まゆ》を上げたが、木村さんは、言

葉をついで、

「何分にも、非常の折柄、十五年が間も引つづいての御執政故、お疲れの出られるも御尤《ごもっと》も、まことに痛わしく思われる」

しんみりした。

麟太郎が、伝習所を出て、お寺へかえりかけたのは、まだお昼前であった。

かんかん日が照って暑い。麟太郎は、青葉の日蔭《ひかげ》をぬって、西浜町から南へ歩いていた。寺とは反対の方だ。まだ寺へ帰るも早いから十善寺郷の唐人屋敷へ行って見るつもりだ。

思案橋へかかって来た。鍛冶屋町から本石灰町《ほんしっくいちょう》へかかった一と頃は、石橋でもあり、土橋でもあった丸味を帯びた木橋で、長さ四間。これを渡ると、左へ入って鼻っ先が丸山の廓《くるわ》。唐人屋敷は右へ切れる。

気がつくと、今こっちへ、橋を渡ろうとしているのは、中島三郎助だ。真っ昼間、外のものならともかく中島木鶏が、こんなところを歩いているさえ不思議だ。

それに、日頃、泰山崩《くず》るるともびくともしない程に、落着いている人が、どうも少し狼狽《ろうばい》しているというは、麟太郎が、ここにいるも気づかぬ様子で知れる。

小刀一つ、刀は妙な手つきで、鞘《さや》ごと袴《はかま》の間へさし込んで隠しているらしい。

急ぎ足でやってくる。真っ蒼《さお》で、口を堅く結んでいるへ、麟太郎は、おい、中島さんと出し抜けに声をかけた。

中島は見ると、勝だ。失敗《しま》ったというような顔をして立ち停って、どちらへ、と取ってつけたように云った。

どちらへは、こっちで云う事だよ、と麟太郎は、にやにやした。中島は、それには答えず、御免、というと、そのまますれ違って、逃げるように駈け出した。声がうしろを追って、

「対手は死んだのかえ」

え？　ぎっくりして振返ったが、一度立ち停ろうとして、しかし、またそのまま駈けて行って終《しま》った。いい人間だが、上下《かみしも》を着てかしこまらなくては礼儀にならねえと一筋に思い込んでいるようなが木鶏先生の疵《きず》よ、やられたは誰かな。麟太郎は、にやにやしながら、ちょいと右へ折れて、小さな橋をまた渡った。橋の袂《たもと》に柳がある。俗にここを山の口といった。

この山の口の足袋《たび》屋は、同じところの福砂《ふくさ》屋の加須底羅《カステラ》と共に知られて名代は、麟太郎もとっくに知っている。

「御免よ」

すっと、暖簾《のれん》をくぐった。別にこれという変った姿はしていないが、何処《どこ》となく江戸臭い、伝習所臭い。店のものは、ひどく丁寧にするを、麟太郎は悠々《ゆうゆう》とそこへ腰をかけて、足袋を云いつけながら、ゆっくり出された茶をのんでいた。

間もなくだ。

山のものらしい若い男が、おろおろ顔で二三人、何処かへ飛んで行ったと思うと、いい加減の年輩の、如何《いか》にも廓者《くるわもの》然としたのが店の先を通りかかった。さっきから、何事か起きたらしいと、気づいていた店の番頭の一人は、暖簾の外まで出ていて、春さん、なにかあったのか、ときいた。

「お侍の喧嘩《けんか》で、一人が二階から往来へ転がり落ちたんだよ」

「何処のお侍さ」

「江戸弁だから、伝習所のお方じゃあないだろうか。その往来へ転がり落ちたお方が、大そう血を吐かれてね、死人のようになっていられるよ」

「何家え？」

「引田《ひけだ》屋さんだよ。今奥へおつれして、御介抱を申している。医者も迎えに行ったよ」

二人は話しながら、内にいる麟太郎を気にした。麟太郎はそのまま、行こうとする廓の男へ、待てよ、と声をかけて腰を上げた。

「倒れてるはなんてえ奴だえ」

へえへえ、男は、小さくなって、よくは存じませんが、引田屋では、金様々といって大そう大切なお客様でございます。

麟太郎はうなずくと、求めた足袋をふところに、金を払って、平気な顔つきで出て行った。

「おい、金様は何処にいるえ」

いきなりつかつかと引田屋へ入って来た麟太郎は、もう広い土間へ草履をぬいでいた。

「びくびくしなくてもいいんだよ。おいら、金様の仲間だよ」

みんなを尻目に、奥の座敷へ入って行った。

戸障子を開け放し、涼しいところへ、額を冷たい手拭《てぬぐい》で冷やして寝ているは、同じ伝習の松平金之助だ。寄合衆松平安房守《あわのかみ》の四男、伴鉄太郎などと一緒に来た二期生だが、ここへ来ては学問もよくするし、出来もした。だからこそ身分がいいばかりでなく、西の馬場での調練には号令教導役をやっている。

枕許《まくらもと》に、佐藤与之助が、しょんぼりとうつ向いていた。

「どうした、何処か痛えか」

突然の麟太郎の声に、金之助は、びっくりして眼を開いた。

「けえれるなら、おいらがおぶって行く。帰ろう」

金之助は、ぼろぼろと涙をこぼした。今、麟太郎を見た瞬間、こんなところでこんな事になって、どのように怒鳴りつけられ、この上恥をかくかと思って、身も心も縮んでいたに、意外な言葉だ。

この馬鹿が、とじろりと、青くなっている佐藤を見て、おのは、さっさと帰《けえ》って、中島から眼を放すな、といった。否《いや》も応もない。愚図々々していれば擲《なぐ》り飛ばされる位のものだ。佐藤は、あわてて立ち上がると、そこを出て行った。

「どうだ、けえれるか。帰れなくも、まさか、こんな処《ところ》で死には出来めえ。さ、けえろう」

「はい」

「そうか、帰るか、帰るか」

麟太郎は、抱き起して、四辺《あたり》にいる人達へ、大そう世話になり、迷惑をかけたらしいが、後で、おれが万々の片づけに来る。おれは、伝習所の勝麟太郎というもんだ。そう云って、みんな眉《まゆ》を寄せて、大丈夫だろうかというようにしかつめ面で見ている間を、金之助を背負うと、ここを出た。こっちも小柄だが、金之助も小柄で痩《や》せている。廓の奴らは、なにか、おかしなものでも見るようにわいわいいって、そちこちから、これを見ていた。根が薄情な社会だ。金之助がとんだ事で、引田屋でも迷惑に思っていたところだろうし、顔はしかめても、こうして背負われて行くを心の中では喜んでいよう。

思案橋を真っ直ぐ東へ来ると寺町になる。青い山から山が重なったその裾《すそ》に、寺がいくつもいくつもあって、そこの晧台寺《こうたい》と興福寺の間にあるが長照寺《ちようしようじ》。麟太郎のいる本蓮寺の末寺だ。ここに、金之助もいるし、中島三郎助もいるが、金之助は、年は若いがなんにしても五千石の旗本の子、中島はたかが与力では、身分が違うから伝習生は、身分の上下はなしとは云うものの、やっぱりそうは行かない、面白くない事がいろいろあるとは、かねて麟太郎もきいていた。

橋の際で、金之助を駕《かご》へ乗せて麟太郎もやっと、ほっとした。引田屋で駕を呼ばせるも知っているが、一刻も、あすこでまごまごしているはいやだった。仮初《かりそめ》にも武士のぶっ倒れている場所ではないから。——駕の傍《かたわ》らから麟太郎が、さっきお前の頭へ手拭をしめしては載せていたのが、お前の惚《ほ》れて通《かよ》う女かえ、可愛《かわい》い女だが左の瞼《まぶた》の下に小さな黒子《ほくろ》がある、泣き黒子といってあれはいけねえよ、あの女あ将来きっと不仕合せだねえ。そんな笑い声が、ひどい熱で、くわっくわっと五体が今にも燃えるようにさえ思う金之助の耳へ夢うつつのように聞えていた。

寺へ着くと、安心をしたか金之助は、脚《あし》ががくがくして立つ事も出来なかった。

「中島さんはいるかえ」

麟太郎が、いろいろ手伝ってくれる坊さんへきいた。いいえ、いらっしゃいません、さっきお戻りになりましたが、またお出かけなさいました。

佐藤与之助は来なかったかえ。

はい。参られましたが、どなた様もいられないので、直におかえりなされました。

とにかく、奥の間へ床を敷かせ、金之助をねせると、じっと静かにしていれゃいいんだよ。金之助は、うなずいた。二階から堕《お》ちた途端に大そう血を吐いたので、みんな仰天して終ったが、金之助は肺癆《はいろう》を患《わずら》っている、それももうひどく進んでいるを、かねて当人は隠しているが麟太郎は出島の蘭人医者から、耳打ちをされて知っているのだ。

先生済みません、このままではわたしは心苦しくてなりません、どのような処分でも受けます、どうぞ御規則に照らして下さい。金之助は、幾度もそう言ったが、麟太郎はそれに答えもせず、坊さん達へ、看護の事や、出島の医者を迎えに行く事を云いつけて、じっと寝ているんだ、動いちゃあいけねえ、熱がさっぱりとれるまであ、伝習もいけねえよ。そういって立ちかけた。

先生っ。なにか云おうとした。が麟太郎は、中島がおれがところへ行っていそうだ、あ奴の事だ、妙な真似《まね》でもされちゃあ厄介だからな。といってから、金之助の顔をのぞくようにして、お前、あ奴が憎いかえ。

金之助は、起きようとさえした。そして、先生々々と口の中で叫ぶように云いながら、烈《はげ》しく手をふって、

「わたしが悪いのです。あの人は幾度、幾十度、涙をこぼしてわたしに忠告してくれたか知れないのです。家門を思い、わたしの将来を案じ、或時は怒り、或時は慰め、心から、親身も及ばぬ程、放埒遊蕩《ほうらつゆうとう》をいさめてくれました。わたしは、有難いと思った、いつも心の中で手を合わせていました。が、昨夜もわたしの外出しようとするのを見て、袖を押えてとめたのです。それを、それを、わたしは――」

声が慄《ふる》えている。もういい、もういい、もうわかった。お前さんは、ただ、心もか

らだも静かにしていることだ、すべては、おれに任せて置け。無理をして、馬鹿をして、万に一つ長崎くんだりで死んだりしちゃあ、御両親に済むめえ、いや幕府《だんな》に済むめえ。

麟太郎は、道を歩きながら、金之助の泣き顔が、眼の前に、ちらついてならなかった。

「可哀そうな奴だ」

思わず口に出た。

本蓮寺には、察した通り中島三郎助が石のように坐って、待っていた。その傍らに佐藤が坐って、如何にも困り切ったというような顔をしている。それに、先生になにをされるかと、びくびくしているのだ。麟太郎は、黙って、中島と対《むか》い合って坐った。

「中島さん、行って見れあ丸山もなかなかいいところだろう。美しいがいるね」

中島は、眼を光らせた。そして、ぐっと膝《ひざ》をにじり寄せて、

「わたしは切腹します」

「お前さん馬鹿故、大抵はそんなところだろうと思ったが、え、中島さん、おいら、きいて置きてえよ一体どんな気で死ぬんだえ」

「勝さん、中島がここでこうして今まであなたを待ったのは、死んだ後に、あなたに

だけはこの中島の心底がわかって置いて貰《もら》いたかったからです。誰もわからんでもい、馬鹿といい、阿呆というもいい。ただあなたにだけは、そうは思われたくない」

「いや、おいらも思うよ、お前さんは、飛んだ阿呆だよ」

え？　中島はまじまじと麟太郎を見た。

「おい中島さん」

麟太郎は、大きな眼で睨《にら》み返して、

「お前さん、一体幾歳《いくつ》だえ」

叱《しか》りつけるような声であった。

中島は黙っていた。

長崎へなにしに来たんだ、毛唐共にへえこら云って馬鹿にされながら物を教わっているはなにが為だ、おのが為か、立身出世をしてえ為か。おい、お前さん、なんぼ馬鹿でも、まさか、そんな気で来ているんじゃあねえだろう。己《おの》れというを一切棄てて、夜の明けかけている神国の、お役に立とう身仕度《みじたく》をしに来ているんだ。それをなんでえ、私事の喧嘩沙汰《ざた》に、腹を切るの切らねえのと、何処を押せあそんな馬鹿々々しい音が出るえ。麟太郎の声は次第に大きくなって行った。

中島は頰をふるわせた。あなたの言われる通り或いは小さい事かも知れない、しかし、友人をいさめて容《い》れられず、しかも廓で刀をぬいてこれを斬《き》ろうとした。その時からわたしは決心をしていたのです。あの時に下賤の者どもが如何に武士というを愚かしく見たか。同じ江戸の伝習生同士が刀にかけてさえ争った、江戸人を見る、伝習生を見る、彼等はこれより如何に軽んずるか。その責によっても、わたしは死に値すると思っています。

「馬鹿よ」

麟太郎は、ぺしゃぺしゃと軽く自分の頰をうって、そんな馬鹿じゃあ、行末も知れている、伝習を止《や》めて江戸へけえるがいいよ。と言いながら、おい武士《さむらい》がほんに恥をかいた、死ぬべきだというは、そんな事じゃあねえよ、友人を諫《いさ》めて容れないから死ぬ、斬り損なったから死ぬ、それじゃあ余りちっちぇえじゃあねえかえ、今の武士の命あ、もちっと値打ちが上がっている筈《はず》だよ。

中島が再び沈黙している間に、佐藤与之助は、麟太郎に問い詰められて、ゆうべ金之助が自分を誘って丸山の廓へ行こうとした時からの話をした。

佐藤が何気なしに一緒に行こうとすると、中島は、顔色をかえて食ってかかった。金あれ程度々いうにわからぬのか、それ程この中島を無視するのかというのだった。

之助は、いや無視はせんが、お前さんより丸山の女の方が可愛いだけの事だ、そんな堅っ苦しい事を云わずどうだえ一緒に行かないか。——京の女に長崎衣裳《いしよう》、江戸の意気地にはればれと、大阪の揚屋《あげや》で遊びたい、なんと通《つう》ではないかいな——と唄いながら、一尺余りの瑇瑁《たいまい》の笄《こうがい》に簪《かんざし》八九本、銀の櫛《くし》、桔梗《ききよう》絞りの江戸《えど》妻袷帷子《づまあわせかたびら》に、黒びろうどの帯を前へしめ、しゃなりしゃなりと歩む味を、中島さんは夢に見られた事もあるまいからお話にならんよ、と、そう云って出かけて終った。中島は、坐ったまま無言で見送っていたが、引田屋へついて一刻《とき》ばかりもした時分に、のっそりとその座敷へ入って来たのである。

そして、無言で金之助の手首をとって引立てながら、四辺の膳椀《ぜんわん》を蹴散《けち》らし、傍らの女へ、ぺっぺっぺと唾《つば》を吐いた。

「なにをするのだ」

「いいから帰れ」

「帰らぬ。松平はお前の家来じゃあないよ」

「帰れ。長崎へ遊びに来たのではなかろう」

「遊びには来ないが、おれが、学問は、遊ばぬお前より上のつもりだ」

金之助は酔っていたが、佐藤が立ちさわぐ女どもを座敷の外へ追い出して戻って見ると、中島は、もう刀をぬいていた。伝習生一統の為だ、江戸人の為だ、一緒に死ねというような事を叫んでいたようだったが、激しく金之助へ斬りかかった。金之助は逃げた、そして二階から往来へ飛び降りたのだが、そこへ転がって血を吐いたから、下のものは二階から投げ落されたのだと思ったらしい。中島の力任せに打ちふった刀が、床柱へざっくり斬り込んで、弓なりに曲って終った。その中《うち》に引田屋ばかりではない、丸山の廓中が大さわぎになって終った。

「考えて見れば、あんなところで刀をぬく。しかも対手を斬れもせず、お負けに刀をまげて、鞘《さや》へも入らぬようにする。いやはや中島も見下げ果てた人間です。こんな奴は長生きをしても、幕府のお役には立ちそうもない。勝さん、やっぱり切腹します。ただ、中島が丸山へ行ったも、刀をぬいたも、ひたすら秀才松平金之助の放蕩を止めさせ、立派に伝習を修行させたかったからです。わたしは駄目です、が、松平の修行は将来必ず御国のお役にたつと、こう信じているからです。ただただ幕府のため、御国の為に松平を真面目《まじめ》にしたかった、それだけの事なのです」

中島は、おいおい声を上げて泣いた。麟太郎は、傍へ寄ると静かに肩を叩《たた》いて、

「わかっているよ中島さん」

とそういってから、実あね、おいらも、あ奴の事は時には腹にすえかねることもあるんだ。が、ねえ金之助も可哀そうな奴なんだ。あれあもうそんなに長くあ生きていられねえのだよ。え？　中島は大きく眼を見張った。年内さえむずかしいと出島の医者に云われている、それでもあれああれでなかなか剛情だから伝習を止めて江戸へけえろうとはしねえが、心の中ではやっぱりそれが不安で不安で、己れの心にもからだにも、毒になるとは知りながらも、廓へでも行かずにゃあいられねえのさ、一緒にいてお前さん気がついているか、いねえか、もうこの二た月の間に六七遍も血を吐いているんだよ。

そうでしたか。中島は、がっくりした。それに、あれの母親というは継《まま》だとな。あれあ長崎で死ぬ気でいる、可哀そうだがそれが却《かえ》って幸福《しあわせ》らしくもあるんだよ。

中島は、次第にからだが慄えて来た。そして、悪かった、申し訳ない、面目ない。

さっと脇差をぬいた。その手をぴたっと麟太郎が押えて

「馬鹿あお止《よ》しよ。おい、おいらと一緒にこの長崎で金之助の死水をとってやる気あ出ねえかかえ」

そんな気の弱い事でどうなるものか、病気なんぞにゃ勝ちぬいて、修行をするんだ

よ、自棄《やけ》っ糞《くそ》で遊んでいるなんざあ男らしくもねえ、とんと阿呆のする事だ――麟太郎もそう云ってやりたいは山々だが、もうなにもかも手遅れを知っては、恐い顔さえする気にはなれずに来たのだ。

その夜。

長照寺の金之助の枕辺《まくらべ》で、まんじりともせず、介抱をしたは中島三郎助である。

「中島も俄《にわ》かに江戸が恋しくなった。小康を得られたら一緒に江戸へかえりませんか」

「そうだねえ。でも、江戸へかえっては丸山のあの女が可哀そうだからね。ふっふっ」

金之助の瞼《め》はうるんでいた。それに今度阿蘭陀からの新しい軍艦で交代の新教官が大勢見えるが、その中には、いい医者も来るそうだし、と淋《さび》しそうに云って、来てももう仕方はないだろうが、と笑った。

「今度来るのは、観光丸より小さいが立派に出来ているらしいね。長さ二十六間、百馬力、三百噸《トン》、長さも三間程短く、馬力も五十落ち、噸数も百落ちる。が、大砲が十二門あるそうですよ、観光の六門の倍になる」

力ないが、そんな事をいった。気を紛らそうと努めているようだ。

「ヤッパン号と名がついているが、勝さんは、そんなのあいけねえといってたね」

「こちらへ来たら日本名になりましょうね」

中島もなんだか涙が出そうな気がする。

日頃同じ寺にいながら、二人はこんな話さえしなかったのだろう。中島も元気づけるような声を出した。金之助は、中島が、阿蘭陀士官と一緒に大波戸で拵《こしら》えて、やっと進水したコットル船は、いつになったら航海が出来るのかといったが、中島が、この夏は大丈夫でしょうと答えた時は、もう、すやすやと眠っていた。

本蓮寺の麟太郎へ、久々で、杉純道からのたよりが来た。初っぱなに、奥さんからの伝言だといって、河半のお筆さんが今度御主人の後押《あと》しで、柳橋に小さな料亭をはじめた。国のお子さんも達者で島田先生に亡《な》くなられた一時は真っ暗な穴の中へ落込んだような気持がしておりましたが、お蔭様でどうやらこれから先が少しずつ明るくなって来るようでございますとのことだという。それに岩さん夫婦も元気で欠かさず見舞ってくれるし、丑松《うしまつ》も三公も相変らずとあった。

それからわたしの事ですが、先般幕府から蕃書調所出役を命ずる内意があったが、わたしは、阿部様御抱の旨《むね》を申して、堅く断わったところ、後で阿部様が、それを聞かれて大そうお喜びなさいました由《よし》を中林からききました。ただ厄介なのは丹鶴書院の水野土佐守でいつぞやも柳営で、伊沢美作守に逢ったら、杉はわたしのところで約定のあるのをそちらへ奪われては迷惑するといったそうで、わたしは美作守から、これはどういう訳かときかれ、ただ月六回行っただけでその外には、抱えるとかなんとか、なんの約束もないといったら、土佐守は怪《け》しからぬ仁だ、今度は大いに云い詰めてやるなどと申された。いや、そんな事はどうでもいいが阿部様が大そうお悪く、一同心配している。それに内科だから蘭医というのが一人もお傍《そば》にいない、漢方でやっているが甚《はなは》だ心許《こころもと》ないとあった。

（第二巻に続く）

新潮文庫最新刊

木内昇著
占《うら》
いつの世も尽きぬ恋愛、家庭、仕事の悩み。"占い"に照らされた己の可能性を信じ、逞しく生きる女性たちの人生を描く七つの短編。

武田綾乃著
君と漕ぐ5
—ながとろ高校カヌー部の未来—
進路に悩む希衣、挫折を知る恵梨香。そして迎えたインターハイ、カヌー部みんなの夢は叶うのか——。結末に号泣必至の完結編。

中野京子著
画家とモデル
—宿命の出会い—
画家の前に立った素朴な人妻は変貌を遂げ、青年のヌードは封印された——。画布に刻まれた濃密にして深遠な関係を読み解く論集。

D・ヒッチェンズ
矢口誠訳
はなればなれに
前科者の青年二人が孤独な少女と出会ったとき、底なしの闇が彼らを待ち受けていた——。ゴダール映画原作となった傑作青春犯罪小説。

北村薫著
雪月花
—謎解き私小説—
ワトソンのミドルネームや"覆面作家"のペンネームの秘密など、本にまつわる数々の謎。手がかりを求め、本から本への旅は続く!

梨木香歩著
村田エフェンディ滞土録
19世紀末のトルコ。留学生・村田が異国の友人らと過ごしたかけがえのない日々。やがて彼らを待つ運命は。胸を打つ青春メモワール。

勝《かつ》海《かい》舟《しゅう》

—第一巻・黒船渡来—

新潮文庫　し-6-1

昭和四十三年十一月三十日　発行
平成十六年九月二十日　五十九刷改版
令和五年二月二十五日　六十九刷

著者　子《し》母《も》沢《ざわ》寛《かん》
発行者　佐藤隆信
発行所　株式会社 新潮社

郵便番号　一六二—八七一一
東京都新宿区矢来町七一
電話　編集部(〇三)三二六六—五四四〇
　　　読者係(〇三)三二六六—五一一一
https://www.shinchosha.co.jp

価格はカバーに表示してあります。

乱丁・落丁本は、ご面倒ですが小社読者係宛ご送付ください。送料小社負担にてお取替えいたします。

印刷・東洋印刷株式会社　製本・株式会社大進堂

ISBN978-4-10-115305-6 C0193